永恆之王

THE ONCE AND FUTURE KING

II

亞瑟王傳奇

特倫斯・韓伯瑞・懷特

簡怡君　譯

T. H. WHITE

CONTENTS

目錄

The Once and Future King

第三部

殘缺騎士

「……不，」

藍斯洛爵士說：

「一旦蒙受恥辱，

便永無翻身之日。」

第一章

班威克城堡裡，法國男孩看著磨亮的茶壺蓋表面，凝視映在上頭的倒影。蓋子在陽光下閃現黯淡的金屬亮澤。壺蓋幾乎與今日士兵的鋼盔無異，當成鏡子，效果自然有限，可是他也沒有別的選擇。他來回翻轉壺蓋，希望能從凸面的各種扭曲形象中，得出自己的大致樣貌。他試圖找尋自我，卻畏懼可能找到的結果。

男孩認為自己出了問題。日後他雖然成為偉人，全世界都臣服腳下，仍終生為此缺陷所困，彷彿知道心底潛藏了什麼，為之羞慚，卻無法理解。我們也毋須試圖理解。既然他寧可深藏心中，我們便不應多加探觸。

男孩站在兵器庫裡，四周陳列著各式武器。過去兩小時，他一邊拋擲一對啞鈴——他稱作「秤砣」——同時唱著既不成調也無歌詞的曲子。他年方十五，剛從英格蘭回國，父親正是協助英格蘭王弭平叛亂的班威克國王班恩。你一定記得，亞瑟有意招募年輕人成為騎士，趁早使他們具備圓桌信念，而他早在宴席注意到藍斯洛，因為這孩子不論玩什麼幾乎都是贏家。

藍斯洛猛力舉著啞鈴，發出無言的噪音，心裡想著威武的亞瑟王。他滿心敬愛之意，才會在此舉啞鈴。他將自己和英雄唯一的那次對話銘記在心，隻字未忘。

那時他們正要乘船返回法國，亞瑟與班恩王親吻道別，然後喚住藍斯洛，兩人走到船的一角。班恩艦隊的紋章船帆、忙於纜索的水手、武裝砲塔、弓箭手和鉛白色的海鷗，便成了他們談話的背景。

「藍斯洛，你過來一下好嗎？」國王說。

「陛下。」

「晚宴時，我注意到你和別人玩遊戲。」

「是的，陛下。」

「你看來大獲全勝。」

藍斯洛瞇眼看著地面。

「我想找很多精於遊藝的人才，一起協助我實踐理念。這是等我平定全國、成為真正的國王之後要做的事。你長大以後願意來幫忙嗎？」

男孩扭扭身子，突然眼神奕奕地看著對方。

「與騎士有關，我打算建立一個騎士組織，就像嘉德勳章[1]，專門對抗濫用武力的人。你有興趣加入嗎？」

「有的。」

國王仔細打量他，不確知他究竟是欣喜、驚怕，還是純粹出於禮貌。

「你了解我所說的話嗎？」

藍斯洛有些倉皇。

「法文中我們稱之為 Fort Mayne[2]，」他解釋：「家族裡誰的臂力最強，誰就當家，可以照他的意思胡來。所以我們才說 Fort Mayne。您想要集結一群相信正義而非強權的騎士，終止『強壯的手臂』為亂。是的，我非常想加

1 Order of the Garter，西元一三四八年左右由英王愛德華三世制定。相傳某次舞會中，索爾斯堡（Salisbury）伯爵夫人不慎掉落襪帶，國王急中生智，撿起襪帶綁於自己腿上，並告誡周遭竊笑的人，替伯爵夫人解圍。嘉德（garter）勳章即源自此，此字母也有襪帶之意。

2 意即「強壯的手臂」。

入。但我得先有所成長。謝謝您。現在我要說再見了。」

於是他們乘船離開英國，男孩站在船首，始終不肯回頭，怕洩漏自己的感情。其實早在宴席當晚，他便愛上亞瑟。那位甫戰勝歸來的北方君王，晚餐時滿臉通紅、意氣風發的模樣，深深烙印心頭，隨著他回到法國。

在那雙專注搜尋壺蓋的黑眼睛後頭，是他昨晚的一個夢。七百年前——如果按照馬洛禮的記載，則是一千五百年前——那時的人與現代的精神科醫師一樣，很把夢境當一回事。藍斯洛的夢令他不安，並非這個夢潛在的意義，因為他絲毫不知這個夢意義何在；而是夢使他失落。夢境是這樣的。

藍斯洛和弟弟艾克特．德馬利斯分別坐在椅子上，他們站起身，騎上兩匹馬。藍斯洛說：「出發吧，讓我們去追尋找不到的東西。」他們便啟程。但是有某個人或某種力量朝藍斯洛撲來，把他痛揍一頓，奪去他身上衣物，替他穿上一件滿是繩結的衣服，要求他改騎驢子。接著有一座美麗的井，井水清澈至極，為他平生僅見。他從驢上走下，到井邊喝水，只覺世上美好之事莫過於此。不料他才彎身湊上，井水便往下降，直直降到井底，離他愈來愈遠，碰也碰不到。他因此覺得淒涼，彷彿遭井水遺棄。

男孩反覆傾斜手中錫蓋，將亞瑟、水井、使他夠格為亞瑟效力的啞鈴，還有肌肉痠疼的臂膀都拋諸腦後，心中卻還有個揮之不去的念頭。這個念頭與金屬蓋映出的面容有關，與那位於他靈魂深處，使他長成如此容貌的缺陷有關。他從不自欺欺人，深知無論再怎麼轉動頭盔，鏡中倒影仍不會改變。他早已決定，等自己長大成人，受封騎士，一定要給自己取個憂悒的稱號。他既是長子，受封騎士只是早晚的事，然而他不願自稱藍斯洛爵士，而要叫做Chevalier Mal Fet，亦即「殘缺騎士」。

男孩看來，他的面容就像皇家動物園裡的怪物般醜陋；而他認為必定有什麼緣由。他長得像非洲猩猩。

第二章

藍斯洛最後成為亞瑟王麾下最偉大的騎士。他在戰局的頂尖地位類似板球選手布雷德曼[1]，崔斯坦和拉莫瑞克則分居第二和第三。

但你得記住，人除非努力鞭策自己，否則無法精通板球此道；而長矛競技就如板球，是門藝術。長矛競技有許多方面近似板球。競賽時，會有個記分帳棚，裡頭真有個記分員在羊皮紙上戳記，那些記號就像今天板球記分員為每次得分所做的紀錄。從大看臺到茶點帳棚間，那些穿著上好袍子四處走動的人，必然也會發現這項競技和板球比賽十分相似。它十分費時——要是藍斯洛爵士對上一位好騎士，他通常得在場上待一整天；而且鎧甲很重，所有人的動作都像以慢動作播放。開始比劍時，雙方劍士在綠地上面對面站立，就像擊球手與投球手，只是站得近些。或許加文爵士一開始會來個內旋球，而藍斯洛爵士會以一記漂亮的滑腿打法，將球擊至後外野；之後藍斯洛面對加文的守備，會回敬一個前球——這叫「突刺」；所有圍在場邊的人會拍手叫好。大帳中的亞瑟王可能會轉向桂妮薇，表示那個偉大的男人足下工夫美妙如昔。騎士的頭盔後方有幃巾，防止熾烈的陽光照在鎧甲上，就像今天板球選手有時會放在帽子下的手帕。

論評藝術的等級，騎士運動和板球是差不多的，而藍斯洛和布雷德曼唯一不同之處，大概是他優雅些。他不用彎腰伏在球拍上，也不用跳起來接球。他比較像另一位板球選手伍利[2]，不過，如果光坐在原地就想變成伍利，可是行不通的。

兵器庫是班威克城堡最大的房間，小男孩戴著高頂頭盔站在這裡，日後他將成為藍斯洛爵士。在未來三年中，這孩子醒著的時間大多耗在這房間裡。

從窗戶看出去，他可以看到主城堡的房間，大多很小，因為建築堡壘時不會有閒錢享受奢華。在內堡和裡頭那些小房間周圍，有座寬廣的牛欄，或說是個環形要塞，若有人圍城，城堡的牲畜就會被趕到這裡。城堡周邊圍著一面帶著塔樓的高牆，牆的內面蓋了許多充作商店、穀倉、兵營和馬廄的大房間，其中一間就是兵器庫，夾在安置了五十四馬的一間間馬廄和牛舍之中。最好的家族鎧甲（那些真正在使用的鎧甲）收在城堡內一個小房間裡，兵器庫裡放的是軍隊的武器、家族中閒置不用的東西，以及進行操演、練習或體能訓練所需的物品。

各式方旗和三角旗安置在架著椽木的屋頂下，或懸或倚，旗上飾有班恩家的盾徽，這種徽紋現稱為「遠古法蘭西[3]」。牆邊收著比試用的長矛，平放在爪釘上以免彎曲變形，看來有點像體育館裡練習用的橫木。一個角落立著一堆已經變形、受損，不過還有點用處的長矛；占了第二面主牆的架上，則放著步兵使用的工具，有無袖短鎧甲、手套、矛、高頂頭盔和波爾多劍。對班恩王來說，住在班威克是好運的，因為當地出產精良的波爾多劍。還有甲具桶，遠征海外用的鎧甲以乾草包覆收在裡頭——有些桶子從上次遠征後就沒再打開過，其實裡頭混雜了各種稀奇古怪的東西。照看兵器庫的戴普大叔曾打開一個甲具桶，替裡頭的物品列了清單，卻大失所望地離去——他在裡頭找到十磅椰棗和五包糖。那若不是十字軍帶回來的錐狀糖塊，就是某種蜜糖。戴普大叔把名單留在甲具桶旁，除了糖，名單還列有一頂附金飾的戰盔、三雙鐵手套、一件外袍、一本彌撒書、一塊祭壇布、一對鎖子甲、一只銀便盆、十件獻給吾主的襯衣、一件皮短褂和一袋西洋棋。此外，在這些甲具桶堆成的凹處裡，有一組修繕受損鎧甲的架子，架上還有一大罐橄欖油（現在較偏好礦物油，不過在藍斯洛的時代，他們沒這麼考究）；還有一盒盒用來拋光的細沙、好幾袋鎖子甲用的鉤釘（每兩萬枚要價十一先令八便士）、鉚釘、鎖子甲的備用環、用來裁切新皮繩與束膝帶的皮革，以及千餘種在當時很不錯，但現今已遭世人遺忘的東西。有軟鎧甲——類似曲棍球守門員穿在身上的保護墊，或像美式足球員身上那種填塞式的防護衣。一些如刺槍靶等操練用的物品都推到各個角落，好在房間中央騰出一些位置，戴普大叔的桌子則放在門口，桌上散落鵝毛筆、吸墨沙、藍斯洛腦袋不靈光時用來打他的棍子，以及混亂得難以形容的筆記，上頭記載最近有哪幾件鎧甲罩衣拿去抵押（對價值不菲的鎧甲來說，抵押是一大福音）、哪幾頂頭盔在哪一天被擦得亮晶晶帶過來、誰的臂甲需要修理，以及在何時付了誰什麼東西、請他擦亮什麼東西。大多數帳目都有錯。

要一個男孩在一個房間待上三年，只在用餐、睡覺以及在田地裡練習長矛比試時才離開房間，似乎是段很漫長的時間。光想像一個男孩會去做這種事就夠困難了，除非你一開始就了解藍斯洛既不浪漫、也不殷勤的個性。丁尼生[4]和前拉斐爾[5]的擁護者很難認出這個陰沉不討喜，還有一張醜陋面孔的孩子，他不會向任何人透露自己其實是靠著夢想和祈禱活下來的。他們可能會好奇，這孩子用來對抗自我的蠻橫力量究竟有多大？竟讓他年紀輕輕便這樣摧殘自己的肉體。他們也可能猜想，這孩子為什麼這麼奇怪？

---

1 唐納德．布雷德曼（Sir Donald George Bradman, 1908-2001），澳洲板球選手，公認史上最佳擊球手。

2 弗蘭克．伍利（Frank Edward Woolley, 1887-1978），英格蘭板球選手，是位有著出色成績的全方位板球選手。

3 France Ancient，象徵法國王室的百合徽紋，以藍色為底，上有重複的金黃色百合圖樣。若徽紋中的百合只有三朵，則稱為「現代法蘭西」（France Modern）。

4 阿佛烈．丁尼生（Alfred Tennyson, 1809-1892），英國桂冠詩人，著有長篇敘事詩《國王之歌》（*Idylls of the King*），是亞瑟王文學中相當重要的作品。

5 前拉斐爾派（Pre-Raphaelites），也譯為前拉斐爾兄弟會，由英國畫家、詩人和評論家在一八四八年發起的組織，反對缺乏想像力又造作的畫風，欲發揚義大利畫家拉斐爾之前的藝術風格，他們的主張對之後的英國畫壇影響極大。代表人物有米萊（John Everett Millais）、但丁．羅塞蒂（Dante Gabriel Rossetti）、威廉．羅塞蒂（William Michael Rossetti）、亨特（William Holman Hunt）等，其畫作亦有不少以亞瑟王傳奇為主題。

一開始，藍斯洛拿著一柄鈍頭矛和戴普大叔對戰好幾個月，那是一段煩悶的日子。戴普大叔會全副武裝地坐在一張凳子上，拿著鈍頭矛的藍斯洛反覆向他進攻，找出鎧甲上最好的著力點。之後他安靜獨處幾個鐘頭，另外在他獲准碰觸真正的武器之前，又在戶外待上數小時，練習各種投擲法，用彈弓或擲矛來練習擲射、拋接棍棒。經過一年苦練，他晉級到刺靶練習：在地上立起一根木樁，用劍和盾與之戰鬥，有點類似攻擊假想的敵人，或是沙袋練習。他在刺靶練習中所用的劍和盾，是一般武器的兩倍重量，公認重量一般以六十磅為佳。這樣一來，當他最後使用一般武器時，相較之下會比較輕鬆，就能運用自如。與板球不同的是，最後階段是模擬戰鬥。在歷經所有艱苦挫折的鍛鍊之後，他終於獲准進行幾近真實的戰鬥，對象是他的兄弟和堂表兄弟。這些戰局必須嚴守規則，一開始可能是先擲射鈍頭矛，接著用尖端和刃鋒都已弄鈍的劍互擊七次，「在有限時間的過程中，不能扭打，也不能用手抓著對方，否則會被判定受罰」。突刺在這些比賽是不合規定的，也就是說，你不能用矛尖猛戳。最後他們會以劍盾鏗鏗互擊。現在，這個充滿幹勁的男孩，可能會帶著他的劍和圓盾輕率地挑釁同伴。

在蛙人與自由潛水[6]出現前，有一款英國皇家海軍的制式舊型潛水裝，如果你穿過就會明白，為什麼那些潛水兵的動作都很慢。一名潛水兵兩條腿上各有四十磅重的鉛，前胸後背各有一塊重達五十磅的鉛板，還要加上潛水衣和頭罩的重量。不在海裡時，他的重量是一般人的兩倍，跨越甲板上的繩索或通風管時，就像爬一堵牆般，可真是艱鉅的任務。如果你從前面推他一把，他後面的重量就會讓他往後摔倒，反之亦然。受訓過的潛水兵會變得很擅長應付這些麻煩，他們能舉起重達四十磅的腳，在船梯上輕快地上下來去；但若是一個訓練不足的傢伙，光是移動就會讓他累得半死。藍斯洛和那些潛水兵一樣，要學習如何抵抗重力並且行動敏捷。

全副武裝的騎士和潛水兵不只這點相似。

除了頭罩、一身累贅以及難以呼吸的狀況，他們都還得借助許多親切仔細的助手來著裝。必須倚賴這些助手，才能讓身上的行頭看來恰如其分。潛水兵把性命交在那些為他著裝的海軍士兵手裡，這些年輕士兵就像見習騎士或騎士的侍從，心中懷抱某種保護的敬意，謹慎專注地照顧潛水兵。他們是以職稱而非姓名來稱呼他，所以他們說的是「潛水兵，坐下。」「潛水兵，現在輪到左腳。」或是「潛水兵二號，對講機裡聽得到我的聲音嗎？」

把自己的性命交在他人手上是件好事。

三年了。其他男孩有別的事可想，所以他們並不擔心；但是對那個醜陋的男孩，這些練習是他晦暗神祕的生命的全部。為了亞瑟，他得和那些精於遊藝的人一樣砥礪自我。即使夜晚躺在床上，也得思考騎士的理論。他得在數百個有爭議的議題中有正統合理的見解，例如武器的適當長度、盾牌披飾[7]的式樣、肩甲的接合方式，雪松木是否如喬叟[8]所堅信，比梣木更適合製矛？

他早年思考何謂騎士精神時，有個簡短的例子：洛伊的雷諾與荷蘭的約翰這兩位騎士進行長矛比試，雷諾故意繫了一頂篷盔（一種內填了稻草的巨大鼓狀盔，有時會用來罩在原有的頭盔上），所以它很鬆；荷蘭的約翰手中的矛尖打到雷諾的篷盔時，它就掉了下來。也就是說，那頂篷盔從雷諾身上掉下來，雷諾卻沒有從馬上掉落。這招很

6 free diving，或譯裸潛，即不攜帶水下供氧裝備，憑藉一口氣下潛到水中，在水中停留，最後再浮出水面。
7 mantling，頭盔、盾牌之中，用來裝飾、增加防禦的布料或是其他金屬材料。
8 傑弗里・喬叟（Geoffrey Chaucer, 1342-1400），英國中世紀著名作家，著有《坎特伯雷故事集》（*The Canterbury Tales*）等書，此本著作鮮明反映當時時代特色。

有效，卻也很危險——所有騎士為此爭論許久，有些人說這是下流把戲，有些人認為這雖然公平但太過冒險，有些則認為這是個好方法。

這三年鍛鍊所造就的藍斯洛，既沒有一顆快樂的心，也無法像雲雀那樣歡唱。在他的時代，一輩子看起來不過就是一週後的未來，他卻因為鍾情於某人的提議，花了三十六個月進行騎士訓練。這段時間，他用白日夢來激勵自己。他想成為全世界最傑出的騎士，如此亞瑟就會以愛回報他；此外，他還想要另外一樣在那年代仍然可能發生的事情，那就是他希望能夠透過自身的純潔和卓越，施行一些常見的奇蹟——比如說，治癒盲人之眼。

第三章

有三個偉大家族與亞瑟的命運緊緊相繫，這些家族有個共同的特徵：家中都住著一位天才，扮演介於導師和密友之間的角色，影響著孩子們的性格。在艾克特爵士的城堡，這人是梅林，他深刻影響亞瑟的人生；在寂遠的洛錫安，這人是聖托狄巴，他那好戰的哲學思考，必然相當影響著加文和他那幾位兄弟對氏族的向心力；而在班恩王的城堡，這人是藍斯洛的叔叔，名叫關波爾。他其實就是我們先前見過的那個老人，大家都叫他戴普大叔，不過他的教名是關波爾。那個年代，為孩子命名通常相同於今日我們為獵狐犬和小馬取名的方式。如果你是有四個孩子的摩高絲王后，你會在所有孩子的名字都放一個字母 G：加文（Gawaine）、阿格凡（Agravaine）、加赫里斯（Gaheris）、加瑞斯（Gareth）。如果你的兄弟叫班恩（Ban）與波爾斯（Bors），你就註定名為關波爾（Gwenbors）。這樣比較容易記得你是誰。

戴普大叔是家族中唯一把藍斯洛當一回事的人，唯一認真對待戴普大叔的也是藍斯洛。這個老傢伙很容易被人輕忽，因為他是那種無知人們會取笑的特異人士，也就是真正的大師。他的興趣之一是騎士之道，戴普大叔有的可不只是一副在歐洲受過考驗的盔甲，他自有一套理論。他對新哥德式風格的稜線、扇形圖案和凹紋大感憤怒。穿戴活像納爾遜桌上繩飾的盔甲，在他看來簡直荒謬透了，因為每道溝紋都會讓敵人的攻擊容易著力。他曾說，一具好鎧甲的標準就是要完全找不到著力點；而每當想起日耳曼人做的那些可怕紋路，他就快抓狂。說到紋章學，他無所不知。如果有人犯了什麼明顯的錯誤，比如混淆了金屬材質和顏色，他全身就會像觸電般陷入狂熱：長長的白色八字鬍尖端會像蟲鬚般顫動，指尖怒不可遏地扭絞在一起，揮舞手臂，暴跳如雷，眉毛跟著動個不停，幾乎就要嘶嘶冒出煙來。但如果沒有這樣激烈的情緒，是成不了大師的。因此，當他們起了爭執，比如為了在盾牌上切出一個開口，或者要不要在盾上加入背帶之類的事，他摑了藍斯洛的臉，藍斯洛也很少放在心上。有時戴普大叔被惹煩了就會揍他，不過藍斯洛也忍了下來。那個年代，他們都這麼相處。

男孩容忍戴普大叔暴烈脾氣的原因之一，是他想要的一切都能夠從大叔身上學習。戴普大叔是位傑出的神職人員和權威，同時也是法蘭西最優秀的劍士之一。一切都是為了學習，男孩真心認為。一切都是為了在這位天才的粗暴教導之下去破壞、去追跡、去突擊——為了舉起那重劍往前伸直突刺，直到自身就要迸裂成兩半，只是讓戴普大叔接住他的奮力一擊，逼迫他更嚴酷地拉筋。

自從他有記憶以來，那個有雙青鋼色眼睛的男人就興奮地在那裡跳上跳下，彈著手指，用盡吃奶的力氣大叫，好像不這麼做就活不下去似的：「迴圈攻擊！雙迴擊！繞劍脫出！一！二！」

夏末某個晴朗日子，藍斯洛和他叔叔一起坐在兵器庫裡。在這個大房間裡，許多灰塵在太陽的光束中飛舞，已經打轉了好一陣子，牆上排列著磨亮的盔甲、成排的矛，頭盔和高頂盔則掛在木釘上。這裡有短匕首、甲具及各種繡有班恩家盾徽的方旗和三角旗。這兩人激烈地比試了一回合之後，坐下來休息，戴普大叔被擊敗了。藍斯洛現年十八歲，劍術已經比老師更為傑出——雖然戴普大叔並不承認，而他的學生也很巧妙地假裝沒這回事。

他們還在喘氣的時候，一名見習騎士進來通報藍斯洛的母親召見他。

「什麼事？」

見習騎士表示有位先生來了，說要見他，王后說他馬上就到。

伊蓮王后此時正坐在城頂房間裡織著掛毯，兩名客人分坐在她左右。她並不是康瓦耳姊妹當中那位伊蓮；這個名字在當年很普遍，《亞瑟王之死》就有好幾位女性都叫伊蓮，這種情況在手稿來源混雜不清時尤其常見。三名大人坐在長桌旁，看來像是一排主試官坐在這陰暗的房間裡。一位客人是位花白鬍子的年長紳士，頭戴尖頂帽，另一位則是個剃了眉的漂亮輕佻女子，肌膚呈橄欖色。三人全都看著藍斯洛，那位老紳士率先開口：「嗯！」

其他人等著。

「你們叫他加拉罕。」老紳士說。「他的名字是加拉罕，」他又說：「行了堅信禮之後，現在叫藍斯洛。」

「您怎麼知道？」

「沒辦法。」梅林說：「就是有人會知道，這話題就別再繼續了。現在，我看看，還有什麼是我要告訴你的？」

剃了眉的年輕女子以手掩口，像貓一樣，優雅地打了個呵欠。

「從現在起算三十年，他會了遂心願，而且他會是全世界最傑出的騎士。」

「我能活到那一天嗎？」伊蓮王后問。

梅林搔了搔頭，又拿指節往頭上敲了敲，然後回答：「會。」

「這樣呀，我得說，這一切都非常美好。你聽到了嗎，藍斯？你會是全世界最傑出的騎士呢！」王后說。

男孩問：「您是從亞瑟王的宮廷來的？」

「是的。」

「一切都好嗎？」

「是的。他向你致意。」

「國王快樂嗎？」

「非常快樂。桂妮薇也向你致意。」

「桂妮薇是誰？」

「天啊！」魔法師叫了起來：「你不知道嗎？不，當然不知道。我的腦袋叮叮噹噹亂成一團了。」說到這裡，他望向那位美麗的女士，彷彿她或許得為那些叮噹聲負責——事實上的確如此。她就是妮姆，而他最後還是愛上了她。

「桂妮薇是亞瑟的新王后，他們結婚好一陣子了。」妮姆說。

「她父親是羅德格蘭斯王，」梅林解釋：「亞瑟結婚時，他送了一張圓桌給亞瑟當新婚賀禮，還有一百名騎士隨行。那張圓桌坐得下一百五十人。」

藍斯洛應了一聲：「噢！」

「國王想通知你此事。也許使者在途中淹死了。也可能是暴風雨。但他確實想告訴你。」梅林說。

「噢。」男孩又應了一聲。

梅林發現情況有點棘手，加快語速。光看藍斯洛的表情，他無法分辨少年是內心受傷，還是生來就那副樣子。

「他目前為止只補上二十九個空位，還有二十一個位子。相當多。所有騎士的名字都會用金字寫在上面。」

場面陷入一片靜默，沒人知道該說什麼。然後，藍斯洛清了清喉嚨。

「我待在英格蘭的時候，有個男孩名叫加文，他已經成為圓桌的騎士之一了嗎？」他說。

梅林看來有些愧疚，點了點頭。

「他是在亞瑟結婚那天受封的。」

「我明白了。」

又是一陣冗長的靜默。

「這位女士名叫妮姆，」梅林自覺最好開口打破這個僵局。「我愛她，我們現在算是蜜月旅行途中，不過是以魔法來進行就是了。現在我們得啟程前往康瓦耳。很抱歉，我們不能再久待了。」

「我親愛的梅林，可是您會留下來過夜吧？」王后高聲道。

「不、不了，謝謝，真的非常感謝。現在我們得趕緊動身。」

「離開以前喝點什麼吧？」

「不了，謝謝。您人真好，不過我們真得走了。我們要去康瓦耳施些魔法。」

「真是來去匆匆……」王后說。

梅林站起身來，拉著妮姆的手，打斷了王后的話頭。

「現在，再見了。」他堅決地說。幾個旋轉之後，他們倆就消失不見。

他們的軀體是離開了，但魔法師的聲音仍在空氣中迴盪。

「結束了，」他們可以聽到他鬆了口氣，「現在，我的天使，就去康瓦耳的那地方吧，我告訴過妳的，裡頭有個魔法洞穴，如何？」

藍斯洛窅拉著步伐回到兵器庫的戴普大叔身邊。他站在叔叔面前，咬住嘴脣。

「我要去英格蘭。」他說。

戴普大叔驚訝地看著他，不過一句話也沒說。

「我今晚動身。」

「這有點突然，你母親通常不會這麼快就決定。」戴普大叔說。

「母親不知道這件事。」

「你是說你要逃家嗎？」

「如果我告訴父母，他們只會大驚小怪，我不是要逃家，我還會回來。不過我得盡快趕到英格蘭。」

「你是要我別告訴你母親嗎？」

「是的。」

戴普大叔嚼著八字鬍的尖端，絞著雙手。

「如果他們知道我沒有阻止你，班恩會砍了我的頭。」他說。

「他們不會知道的。」男孩一派淡然，隨即離開去收拾行李。

一週後，藍斯洛和戴普大叔坐著一艘特別的小船來到英吉利海峽中央。小船兩端各有一個像是城堡的構造，單桅杆中間還有另一個城堡，像個鴿子籠。船的首尾都有旗子，色彩鮮明的帆上有個王道十字[1]，一道長旗飄揚在桅頂。船上有八個槳手，而這兩名旅客暈船了。

1 Cross Potent，十字的四個端點各有一道與十字垂直的短線紋，看起來像是四個丁字尾端點相連的十字紋，是紋章中常見的十字紋。

第四章

這名崇拜英雄的少年帶著一顆苦澀的心馳向卡美洛。十八歲的他將生命獻給了國王，卻只落得遭人遺忘，不啻一大打擊；他在滿是灰塵的兵器庫裡花上那麼多時間，咬牙揮舞著沉重的武器，卻看到加文爵士早他一步成為騎士。而所有不平當中，最痛苦的莫過於他為了年長國王的理念摧殘自己的身體，最後卻發現國王的妻子翩然而來，不費吹灰之力就奪走了他的愛。藍斯洛嫉妒桂妮薇，同時又以自己的妒忌為恥。

戴普大叔騎著馬靜靜跟在這個受傷的男孩身後。有件事他很篤定：他教出了全歐洲最好的騎士；但男孩太年輕，還不了解。戴普大叔激動地跟在他的天才身後，就像隻呵護著杜鵑鳥的山雀般興奮。他背負戰鬥甲具，這些甲具根據他的巧思井然有序地用皮帶繫起——因為從現在開始，他就是藍斯洛的侍從。

他們來到一塊林間空地，一條小溪從中穿過，有片水深不過數吋的淺灘，溪水流過那些潔淨的石頭淙琤作響。陽光灑落空地，旅鴿懶洋洋地唱著「嗚咕——嗚，咕咕」的調子，在那條悅耳的小溪對岸，有個頭戴頂盔、身穿黑色鎧甲的魁梧騎士。他端坐在一匹黑色戰馬上，盾牌罩著帆布套子，完全看不到盾徽的圖案。那副鐵甲讓他顯得高大肅穆，巨大的頭盔隱沒了他的臉，帶著幾分威脅的意味。你不知道他在想什麼，也不知道他下一步要做什麼。

他是個危險人物。

藍斯洛停了下來，戴普大叔也是。黑騎士策馬來到淺水處，在他們面前勒住韁繩。他舉起長矛行了個禮，之後矛尖指向藍斯洛身後某處。這要嘛是叫藍斯洛回家，要嘛就是要他到那裡去，好好比武一場。不論是前者或後者，藍斯洛用臂鎧行了個禮，轉身走向指定地點。他從戴普大叔取來他的矛，將原本用鏈子懸在後面的頂盔拉到前面，並將那鋼製塔樓抬到頭上就定位，繫上綁帶。現在，對方也看不見他的表情了。

這兩個騎士在小小的空地兩端對陣，雖然他倆一個字也沒說，卻不約而同托起長矛，策動馬匹，開始比試。

戴普大叔躲在附近一棵樹後頭，喜不自勝地把手指捏得喀啦喀啦響。雖然藍斯洛自己還不明白，不過他已經可以預見黑騎士的下場。

初體驗總是興奮，比如說，第一次自己搭飛機總是令人興奮得喘不過氣。在此之前，藍斯洛從來沒有進行過真的比試——雖然他用上百個矛刺靶和上千個鐵環練習過，卻從未認真以性命相拚。在這場比試之初，他這麼想：「現在可是騎虎難下，沒人會來幫我了。」然而他隨即鎮定，下意識地以他一貫對付矛刺靶和鐵環的方式來行動。

他的矛尖擊中了黑騎士肩甲邊緣底下，位置準確無誤。他的馬全速奔跑的同時，黑騎士的馬還在小跑步。於是黑騎士連人帶馬快速地向左偏，以漂亮的拋物線雙雙飛起，轟然落地。藍斯洛從他們身側呼嘯而過的時候，可以看到這一人一馬倒在地上，騎士那支破碎的長矛落在馬腿間，盾牌從馬匹上掉落，一只閃亮的馬蹄鐵將罩在外頭的帆布撕裂開來。只見人馬纏在一起，彼此都害怕對方會傷害自己，因此都猛力踢踹對方，想要重獲自由。後來那匹馬用前腿撐著，將身體抬直了，而騎士坐起身來，舉起一隻戴著臂鎧的手，像是要揉他的頭。藍斯洛勒住了馬，轉頭騎回黑騎士身邊。

一般說來，一位騎士用長矛將另一位擊落馬下後，落馬的那位通常會大發脾氣，把摔倒的原因怪罪到馬身上，並且堅持要對方下馬，徒步用劍分個高下。他們的理由通常是：「那頭母馬的兒子害我栽了跟頭，不過我老爹的寶劍可就不同了。」

然而黑騎士並沒有這麼做，他雖然穿了一身黑，個性顯然開朗多了。他坐起來之後，透過頭盔上的縫隙吹了聲口哨，聲音聽來充滿驚訝和讚賞之情。他取下頭盔抹了抹額頭。盾牌的外罩已被馬蹄子扯壞，露出紋章圖案：底色金黃，上面畫著一隻以後腿直立的紅龍。

藍斯洛把他的矛扔到一旁的灌木叢，跳下馬來，在那騎士身旁跪下。他的心再次盈滿了愛。沒有發脾氣確實是亞瑟的作風，被人結結實實地打下馬來卻坐在地上讚美對方，也是他典型的風格。

「大人。」藍斯洛說，一邊謙卑地取下自己的頭盔，低著頭，行了一個法蘭西式禮。

國王十分興奮，匆忙想起身。

「藍斯洛！」他高聲說：「天啊，是那個小男孩藍斯洛呢！你是班恩王的兒子吧？我記得當年班恩王來參與畢德格連之戰時看過你。剛剛真是出色的一擊！我從沒見過這麼漂亮的攻擊，你從哪學來的？真不錯！你是要到我的宮廷嗎？班恩王近來可好？你那位迷人的母親好嗎？真的，我親愛的小老弟，剛剛真是太棒了！」

藍斯洛看著氣喘吁吁、正伸出雙手要扶起他的國王，心中嫉恨之意煙消雲散。

他們把馬帶了回來，並轡而行，慢慢朝王宮前進，完全忘了戴普大叔。兩人都有許多話要向對方傾訴，一路說個沒完。藍斯洛捏造了班恩王或伊蓮王后的傳話，亞瑟則告訴他加文殺了一位女士。他還說派林諾國王結婚之後變得十分勇猛，結果在一次競技中誤殺了奧克尼的洛特王；又告訴他圓桌及他對圓桌的期望。雖然進度很緩慢，但現在藍斯洛來了，一切都會步上正軌。

他到卡美洛的第一天就受封為騎士（他在過去兩年中隨便哪個時間都能成為騎士，不過他希望亞瑟授勳，所以拒絕了其他人選），當晚，他晉見桂妮薇王后。傳說她有著金髮，不過並非如此；王后的頭髮是令人驚豔的黑色，而她那對深邃澄澈的藍眼睛裡，也蘊含讓人吃驚的無畏之色。她對這年輕人扭曲的面孔感到訝異，但並不害怕。

「好了，」國王說，他將他倆的手拉在一起，「這是藍斯洛，我和妳提過他。他將會是我手下最好的騎士，我從沒見過有人能像他對我那樣，把人打下馬來。我要妳好好對待他，桂妮，他的父親是我的老朋友。」

藍斯洛冷冷地吻了王后的手。

他並未發現她有何特別，因為此時此刻，他心裡都是他先前自行描繪的形象，根本容不下她真正的樣子。他只覺得她是個強盜，搶走他的東西，由於強盜都是虛偽冷酷、工於心計，他也認為她虛偽冷酷、工於心計。

「你好嗎？」王后問。

「我們得跟他說說他離開之後發生了什麼事。很多事要說呢！從哪開始好呢？」亞瑟說。

「就從圓桌開始吧。」藍斯洛說。

「噢，天啊！」

王后笑了，也對這位新騎士露出微笑。

「亞瑟老想著圓桌，連晚上都會入夢。要是沒讓他講上一星期，他是說不完的。」她說。

「目前進行還算順利，這種事不可能一直都很順暢。我們已經有了一個理念，現在人們也開始理解，是件好事。我確定這能行得通。」國王說。

「奧克尼一族的問題怎麼辦呢？」

「他們早晚會改變主意。」

「你們是指加文嗎？奧克尼一族發生了什麼事？」藍斯洛問。

國王看來有些不自在，接著說：「問題出在他們的母親摩高絲。她養育他們的方式既缺乏愛也沒有安全感，所以他們很難理解那些待人以誠的人們，反而存有疑懼。他們沒辦法理解我要他們去做的事。現在他們有三人在這裡——加文、加赫里斯和阿格凡。這不是他們的錯。」

桂妮薇解釋：「我們剛結婚那年，亞瑟首度為聖靈降臨節舉行慶典，他派眾人外出探險，看看他的理念是否能落實。等他們回來，我們才知道加文砍了一位仕女的頭，親愛的老派林諾也沒能救出一位落難少女。亞瑟很生氣。」

「那不是加文的錯，他是個好人，我喜歡他。是那女人的錯。」國王說。

「之後情況有好轉嗎？」

「有的。當然，進展緩慢，不過我確定漸入佳境。」

「派林諾很後悔嗎？」

亞瑟說：「是的，他確實很後悔。不過這也沒有什麼好後悔的，那只是他諸多糊塗事的其中一件而已。真正的問題在於，自從他娶了法蘭德斯女王的女兒，就變得非常勇猛，認真比試，而且常常獲勝。我之前告訴過你，有天他和洛特王在練習時殺了對方，引起了很大的反彈。奧克尼的孩子們發誓要為父親復仇，現在全都去找可憐的老派林諾，說要血債血還。我實在沒辦法約束他們。」

「藍斯洛會幫你的，有個老朋友來幫忙真好。」王后說。

「是啊，真好。好了，藍斯洛，我想你應該會想看看你的房間。」

那時夏天已然過了一半，卡美洛的業餘鷹匠帶著他們的遊隼，進行最後的訓練。如果你是個聰明的鷹匠，很快就能讓你的鷹展翅飛行；如果你沒那麼聰明，犯錯在所難免，有時候會沒辦法完成獵鷹最後的訓練。因此，卡美洛所有鷹匠都想表現出自己是個聰明的傢伙，所以都盡早讓鷹加入訓練行列。如果你到野地散個步，常會看到四面八方都是氣急敗壞的鷹主，一邊拉著放鷹繩，一邊和助手爭論不休。正如同詹姆士一世所說，放鷹容易令人情緒激動，鷹本身即性情凶猛，與之為伍的人也受此感染。

亞瑟送了藍斯洛一隻關在鷹籠中的矛隼，供他娛興之用。這件禮物極為貴重，因為只有國王才能夠養矛隼。雖然這說法不一定正確，不過至少朱莉安娜．巴恩斯院長是這麼告訴我們：皇帝可以擁有金鷹，國王可以飼養矛隼，接下來的伯爵養遊隼，貴族仕女養雌灰背隼，王室侍從養蒼鷹，牧師養雌雀鷹，而聖水執事則養雄雀鷹。藍斯洛很喜歡這件禮物，而且忙不迭和其他氣急敗壞的鷹匠比賽。那些鷹匠竭力批評彼此的訓練方式，互相說著一些心口不一的阿諛之詞，眼中卻帶著猜忌。

藍斯洛得到的這隻矛隼還沒完全換羽，她和哈姆雷特一樣，身體胖得直喘氣[1]。由於換羽的關係，她在鷹籠裡關了好一陣子，這讓她有些怏怏不樂，暴躁易怒；所以藍斯洛得先用放鷹繩拉著她飛幾天，直到確定能夠安全使用誘餌為止。

所謂放鷹繩，是一條綁在老鷹繫腳皮繩上的長索，用來防止老鷹飛走。如果你用放鷹繩放過鷹，就會知道這玩意有多難用。現在大家會使用釣魚的捲線器，收放比較方便，不過藍斯洛的年代並沒有好的捲線器，只能把放鷹繩像毛線那樣繞成一顆球。這導致兩個很糟糕的問題：一是所有的繩球都會碰上，總會糾結成一團，而非一顆整齊的繩球；再者，如果你在一處未好好修整的野地放鷹，放鷹繩就會纏上薊草和草叢，阻礙鷹前進，妨礙訓練。因此，藍斯洛和那些怒氣騰騰的傢伙都繞著卡美洛走，天空中滿是打結的繩子、敵對的氣氛，以及振翅的鷹群。

亞瑟王要他的妻子好好對待這個年輕人。她喜歡丈夫，也察覺到自己橫阻在他和他的朋友之間。她並沒有蠢到試圖為此補償藍斯洛，但她對他產生了某種興趣。那張破碎的臉雖然醜陋，卻討她喜歡，而且亞瑟也要她好好對待他。當時卡美洛的放鷹人群眾多，放鷹的助手卻沒幾個，所以桂妮薇與藍斯洛一起去放鷹，幫他整理繩球。

他沒怎麼注意這女人。「那女人過來了」或「那女人走了」——他是這麼跟自己說的，他完全沉浸在放鷹的氛圍。這項活動對女性來說算不得一回事，而他看待她的態度，比女性對放鷹的態度好不了多少。他雖然外表醜陋，卻是非常溫文有禮的年輕人，而他的自我意識也太強，不會讓自己一直想著這種瑣碎的小事。他的嫉妒已經轉化成漠視她這人的存在。他繼續放鷹，禮貌地接受並感謝她的幫忙。

一天，那些薊草惹出大麻煩，他又誤算了前一天應給的食料量。那隻矛隼情緒很糟，藍斯洛也感染了她的心情。桂妮薇並不擅長放鷹，對鷹也不特別感興趣，那天就被他的臭臉給嚇著；她嚇壞了，人也變得笨拙起來。她好心盡力想幫忙，但她知道自己對放鷹沒什麼天分，心裡又慌亂，所以雖然小心又和善，專注盡力想把放鷹繩捲好，卻還是捲錯了。而他以一種幾近粗暴的態度，從她手中拿走那顆可憐的繩球。

「這樣不對。」他說，然後深深皺起眉頭，開始生氣地用手指扯開她精心捲繞的繩球。瞬間，一切都靜止了。桂妮薇站在那裡，心裡十分受傷。藍斯洛感受到她的沉默，也佇立在原地。那隻鷹停止撲翅，樹上的葉子也不再沙沙作響。

---

1 典出《哈姆雷特》（*Hamlet*）第五幕第二景，哈姆雷特與萊爾提斯鬥劍時，其母葛楚德王后在一旁觀戰，說哈姆雷特「He is fat, and scant of breath」，之後拿了手巾給哈姆雷特擦汗。

此時，這年輕人明白了一件事：他傷害了一個真實的人，一個和他年紀相仿的人。他從她眼底看見她認為他所帶有的敵意，發現自己嚇壞她了。她一直試著對他好，但他總是以刻薄的態度回報。然而，最重要的是，她是個有血有肉的人。她既不工於心計，也不虛偽冷酷。她是美麗的珍妮[2]，會思考，也有感覺。

2 Jenny，桂妮薇的小名。

第五章

起初注意到藍斯洛和桂妮薇墜入愛河的，是戴普大叔和亞瑟王。梅林（他現在被那位善變的妮姆穩穩當當鎖在洞穴裡）已經提醒過亞瑟，而他對此事下意識地感到恐懼。不過，他一向不喜歡預知未來，一直不把梅林的忠告放在心上。至於戴普大叔，則是和他的徒弟站在那隻業已馴化的矛隼的鷹棚裡，給小弟子來場長篇大論。

「上帝啊！」戴普大叔用上了好幾個同類的感嘆句：「這是怎麼了？你在做什麼啊！我教出全歐洲最好的騎士，但他竟為了一位淑女的美麗眼睛，就把我教給他的東西全都拋到九霄雲外。而且還是位已婚的夫人！」

「我不知道你說什麼。」

「不知道！不知道！聖母啊！」戴普大叔咆哮起來，「我說的是桂妮薇？還是別人呢？願榮耀永歸於神！」

藍斯洛抓住老人的肩，讓他坐在一個箱子上。

「聽著，叔叔，」他堅定地說：「我一直想告訴你，你是不是該回去班威克了？」

「回班威克！」他叔叔大叫起來，彷彿心頭被人戳了一刀。

「是的，回班威克。你不能永遠假裝是我的侍從。第一，你是兩位國王的兄弟；再者，你的年紀是我的三倍。這不符合軍事規章。」

「軍事規章！」老人咆哮著：「你這沒種的傢伙！」

「說別人沒種不大好吧。」

「你所知道的一切都是我教你的！沒看到你證明自己的能耐就要我回去班威克嗎！喂，你還沒在我面前用過劍！你那把歡悅劍還沒上過陣！你這忘恩負義、不知感恩圖報的傢伙！我會抱憾而死的！我向老天發誓，我會！」

這惱怒的老人爆發一大串高盧式咒罵，包括征服者威廉那句「上主榮光[1]」與假託路易十一之口的「天殺的」[2]笑話。然後他順著這條王室的思路，依序以盧卡[3]的聖容、上帝之死、上帝的牙齒和上帝的頭來咒罵紅臉威廉、亨利一世、約翰王和亨利三世[4]。矛隼似乎很喜歡這場表演，興奮得豎起了羽毛，看起來活像個女僕在窗外揮舞拖把。

「好吧，如果你不想走，就留下，不過，請不要跟我談王后的事。要是我和她互相喜歡，我又能怎麼辦？而且喜歡別人也沒什麼錯吧？王后和我又不是什麼惡人。你為了她跑來教訓我，簡直當我們之間有什麼不可告人之事。你要嘛是誤會了我，要嘛是不相信我的榮譽。請別再提了。」藍斯洛說。

戴普大叔兩眼一翻，搔亂頭髮，扳扳指節，親親指尖，接著又用別的姿勢來表達他的看法。不過，之後他倒是再也沒有提起這段戀情。

亞瑟對這問題的反應很複雜。梅林警告過他，他的妻子與他最好的朋友會彼此相愛，但這說法本身互相矛盾——你的朋友若背叛了你，就算不上是你的朋友。亞瑟深愛他那玫瑰花般的桂妮薇和她所擁有的活力；同時對藍斯洛懷有直覺的敬意，而這份敬意很快就成了喜愛之情。因此，他實在不知道該不該懷疑他們。

他的結論是，最好的解決之道，就是帶藍斯洛參加羅馬戰爭。無論梅林的警告是否為真，不但能讓這孩子遠離桂妮薇，而且，讓他的優秀子弟兵跟在身邊也是件好事。

歷經數年之久的羅馬戰爭十分曲折，我們不需在這方面花太多時間。論其本質，這場戰爭是畢德格連之戰的合理結果，也是延燒到整個歐洲的後續戰火。在大不列顛，為贖金而戰的封建想法已遭粉碎，但在國外可不同，而現在有個外地的贖金獵人找上這位安坐王位不久的國王。有個叫做路奇烏斯的先生，是羅馬的獨裁官[5]（馬洛禮用的字眼就是獨裁官，仔細想想還真有點奇怪），他遣大使前來要求亞瑟繳納貢金——交戰前，叫做貢金，交戰後，就叫贖金了。國王徵詢議會意見後，回信拒絕。於是路奇烏斯獨裁官便宣戰了。他也派出使者，如麥考萊[6]所說的拉爾斯．波希納[7]，到境內各地去爭取同盟。至少有十六位國王和他一道從羅馬出發，進入日耳曼高地與英格蘭人對戰。他的同盟來自安巴居、阿藍奇、亞歷山卓港、印度、哈蒙山、幼發拉底河、非洲、大歐羅巴半島、爾塔因、伊拉米、阿拉伯、埃及、大馬士革、達米耶塔港、凱亞、卡帕多其亞、塔斯、土耳其、龐斯、潘波里、敘利亞和加

1　Per Splendorem Dei，為征服者威廉（即英王威廉一世）起兵攻打當時的英王哈羅德二世，於一〇六六年九月登陸英格蘭時所說的話。

2　Pasque Dieu，典出法國作家雨果名著《鐘樓怪人》第十卷第五章〈法王路易的祈禱室〉，路易十一在此通篇呼喊這句話。

3　盧卡的聖容，為奉於盧卡聖瑪爾定主教座堂（Duomo di San Martino）的聖像，據傳是由曾與耶穌對談的法賽利人尼哥底母（Nicodemus）所雕刻，與耶穌本人十分相似。

4　此處四位英格蘭君主是依照年代排列，分別是威廉二世、亨利一世、約翰王、亨利三世。

5　羅馬史上有多位獨裁官以路奇烏斯（Lucius）為名：在西元前四五八年和四三九年兩度出任獨裁官的辛辛納圖斯（Lucius Quinctius Cincinnatus）；西元前三二五年與三〇九年兩度出任獨裁官的科索（Lucius Papirius Cursor）；西元前八二年出任獨裁官的蘇拉（Lucius Cornelius Sulla）。但懷特在下文中點出拉爾斯．波希納其人，此處的路奇烏斯應是指羅馬王政時代的最後一位羅馬王蘇佩布（Lucius Tarquinius Superbus）。

6　麥考萊（Thomas Babingron Macaulay, 1800-1859），十九世紀英國詩人、歷史學家和政治家，著有通俗敘事詩《古羅馬之歌》（*Lays of Ancient Rome*），敘述羅馬歷史的英雄故事。

7　拉爾斯．波希納（Lars Porsenna），伊特魯利亞（Etruria，義大利中部古國）國王，曾於公元前五〇八年出兵羅馬，擁護最後一任羅馬王蘇佩布的王位。

里西亞，此外還有來自希臘、賽浦路斯、馬其頓、卡拉布里亞、凱特蘭、葡萄牙的同盟[8]，以及上千名西班牙人。

就在藍斯洛迷戀上桂妮薇的起初幾個星期，亞瑟決定橫越海峽，到法蘭西迎擊敵人。在這場戰爭中，他決定將這名年輕人帶在身邊。當然，那時候的藍斯洛還不是公認的圓桌第一騎士，否則他無論如何都得跟著出征。現階段他只和亞瑟進行過一場比試，而公認的騎士隊長是加文。

被帶離桂妮薇身邊，藍斯洛十分不滿，他認為這意味著亞瑟不信任他。他也知道，崔斯坦爵士在類似情況下留在康瓦耳陪伴馬克國王的王后。他不明白為何他不能像崔斯坦一樣留下來陪桂妮薇。

雖然羅馬戰爭持續數年，不過我們不用一五一十交代。就是一般的戰事，雙方互相推擠、叫陣、重傷受苦，許多人命喪沙場，還有無畏的勇氣、高超的本事、漂亮的戰術，日日上演。這是畢德格連之戰的擴大版，而亞瑟也同樣拒絕將這場戰爭視為運動或商業行為——雖然它的確具有這種特質。紅頭加文擔任使節時動了怒，在談判當中殺了個人。藍斯洛爵士率兵迎戰人數三倍於他的敵軍，打了漂亮的勝仗，並手刃黎利王與三位赫赫有名的貴族：阿拉庫克、赫爾德和赫倫戴[9]。該役中還有三個惡名昭彰的巨人敗亡，其中兩名是亞瑟親手解決的。最終決戰時，亞瑟手持斬鋼劍[10]往路奇烏斯皇帝頭上一斬，直劈到胸口才停下來。後來發現，敘利亞的蘇丹、埃及國王和衣索比亞國王（海爾．塞拉西[11]的祖先），以及十七名來自各地的國王和六十名羅馬元老，都死於這場戰爭。亞瑟將他們的屍體放在豪華的棺木裡（此舉毫無嘲弄之意），以這些棺木代替原本的貢金送交羅馬市長，此舉讓市長和將近整個歐洲都承認了他的共主地位。普里森斯、帕維亞、彼德聖及崔伯港[12]都向他宣示效忠。於是繼英格蘭之後，歐洲大陸上的封建戰爭慣例也就此打破，永遠消失。

在這段征戰的日子裡，亞瑟變得非常喜歡藍斯洛，他們返家時，他已經完全不相信梅林的預言，拋到九霄雲外。藍斯洛是這場戰爭中公認最偉大的戰士。他們兩人都認定桂妮薇不可能成為他們之間的阻礙，剛開始那幾年便如此平安地度過了。

---

8 以上提及之地名均引自馬洛禮《亞瑟王之死》。亞歷山卓與達米耶塔均為埃及北部重要港口。卡帕多其亞為土耳其城市。此處之「非洲」是指羅馬時代非洲撒哈拉沙漠以北部分地區，尤指努米底亞（大致相當於今阿爾及利亞）。大歐羅巴半島即歐洲大陸，因歐洲可視為亞歐大陸伸入大西洋的一個大半島，古代腓尼基人將愛琴海以西稱為「歐羅巴」，意思是「日落之地」。

9 阿拉庫克（Alakuke）、赫勞德（Herawd）、赫倫戴（Heringdale）均為馬洛禮《亞瑟王之死》之中出現的貴族。

10 Excalibur，傳說中亞瑟王擁有的著名神劍。此劍之名最早出現於《亞瑟王之死》，由湖中仙女贈與亞瑟。

11 Haile Selassie，衣索比亞皇帝，一九三〇至一九七四年間在位，試圖使國家現代化，然而未能處理饑荒問題，晚年遭軍方政變罷黜。

12 以上提及之地名均引自馬洛禮《亞瑟王之死》。普里森斯（Pleasance）、彼德聖（Petersaint）為義大利城市名，帕維亞（Pavia）為義大利北部城市。

第六章

截至目前，人們對藍斯洛爵士有什麼印象呢？他們也許認為藍斯洛不過就是個武藝超群的醜陋青年，不過他可不只如此。他是個擁有中世紀榮譽觀的騎士。

有句話這麼說：「某某人說到做到。」這話總結了藍斯洛曾試圖表達的理念，今天你在英國鄉間還不時會聽到，愛爾蘭農夫用來表示讚美或恭維。

藍斯洛想做個一言九鼎的人。他將自己所說的話視為他最寶貴的資產，而那些無知的鄉民也是這麼想。

不過奇怪的是，雖然待己與待人誠信很重要，但他天性中有個矛盾的想法偏離聖賢之道。對他來說，他說的話之所以有價值，不僅因為他是個好人，同時也因為他是個壞人。只有壞人才需要準則來約束自己的所作所為。比如，他喜歡傷害別人。這個奇怪的理由，使他成為一個殘酷的人，然而也出於同樣理由，讓這可憐的傢伙從未殺過任何一個求饒的人，也從未在他可事先防範的情況下殘忍待人。他會愛上桂妮薇，原因之一就是，他對她所做的第一件事就是傷害她，如果他沒有在她眼中看見受傷的痛苦神情，可能根本不會把她當成人來看待。

聖賢之所以成聖，多半有些奇怪的理由。如果換成是個不會為心中禮儀規範所苦的人，可能會就這麼帶著他心所崇敬之英雄的妻子遠走高飛，這樣一來，亞瑟的悲劇或許就不會發生了。藍斯洛花了半輩子折磨自己，試圖找出何者為善，以剷除自己為惡的傾向；換成平常人，可能早在招致自我毀滅之前就斬斷根源了。

這兩位好友從羅馬戰爭回到英格蘭的時候，船隊在三明治港靠岸。那是個灰濛濛的九月天，藍色及紅銅色的蝴蝶在收割後新萌芽的草叢中飛舞，鷓鴣像蟋蟀般鳴叫，黑莓逐漸熟成變色，仍包覆在棉絨搖籃中的榛果核仁還沒什麼味道。桂妮薇王后在海灘上迎接他們，她親吻國王之後，藍斯洛就明白了——她終究還是橫在他們兩人之間。他動了動，看起來像是自己的五臟六腑打了結；對王后行禮之後，他馬上到最近的一家旅舍休息，當晚他躺在床上徹夜無眠。第二天一早，他提出離開宮廷的要求。

「但你幾乎沒待在宮廷裡啊，為什麼這麼快就要走？」亞瑟說。

「我應該離開的。」

「應該離開？你這話是什麼意思？應該離開？」國王問。

藍斯洛握緊了拳頭，指節暴突。「我想遠行探險，尋找冒險的機會。」

「可是藍斯洛……」

「圓桌不就是為了這個目的而設立嗎？」年輕人大吼：「不是要騎士遠行探險、對抗強權嗎？為什麼你要阻止我？這正是圓桌的重點啊！」

「噢，拜託，」國王說：「你不要這麼激動。如果你想去，當然可以照自己的意思。我只是覺得如果你能陪伴我們一陣子也很好。別生氣了，藍斯洛。我真不懂你究竟是怎麼了？」

「早點回來。」王后說。

第七章

那些知名的探險就是這麼開始的。不為名聲，也不為娛樂，而是為了逃離桂妮薇；是為了維護他的榮譽，而非樹立榮譽。

我們得仔細談談其中一次探險，才能說明他是如何努力分心忘情，又是如何成就那些高貴情操。同時，也可以展現英格蘭當時的情形，了解亞瑟王為什麼要推行他對於公理正義的理論。亞瑟並不驕慢，然而他的國家格美利早年陷入無政府的混亂狀態，因此需要像圓桌這樣的理念，讓此地得以存續。像洛特這樣輕啟戰端的人雖已受制裁，但是擁地自重的貴族行徑如同盜匪，卻逍遙法外，無從約束。那些土豪或拔下猶太人的牙齒，拿走他們的錢財，或把反抗他們的主教處以火刑。這些惡主底下的農奴會被澆上油脂放在慢火上烤、用滾燙的融鉛燒燙、釘上木樁、挖掉眼睛丟在一旁等死；或被割斷腿筋，只能用手和膝蓋沿路爬行。小規模的爭鬥不斷，讓窮苦無依的人更難生存；就算騎士在戰鬥中被拽下馬，他全身鎧甲嚴密防護，若非武藝高手，誰也傷不了他。就像在傳奇的布汶之戰[1]，法蘭西的腓力．奧古斯都落馬之後被步兵包圍，然而那些倒楣的步兵無法刺穿他的盔甲，因此他很快獲救，而且愈戰愈勇，因為他暴怒不已，完全失控。不過，藍斯洛初次遠行探險的故事，倒是以其獨特的方式，為那段紛爭不斷的強權年代做了明證。

在威爾斯邊界上有兩個騎士：卡拉鐸斯爵士和特昆爵士，他們是克爾特族人。這兩個保守派男爵從未臣服於亞瑟，也不相信任何形式的政府，只相信武力。他們都擁有堅固的城堡和邪惡的家臣；在他們領導之下，那些家臣為惡的機會要比在一個安定社會中來得多。他們就像捕食弱小同伴的老鷹。不過，把他們比為老鷹有點不公平，畢竟許多老鷹很是高貴，而特昆爵士和高貴一點也沾不上邊。如果他現在還活著，很可能會被關進瘋人院，而他的朋友鐵定會逼他去做心理分析。

藍斯洛爵士騎著馬尋求冒險，離自己真正想去的地方愈來愈遠。因此對他而言，馬兒腳下的每一步都是種折磨。就在出發冒險一個月左右，某天他碰上一個身披鎧甲，騎著高大馬匹的騎士，馬鞍前方橫著另一位五花大綁的騎士。受縛的騎士昏迷不醒，全身是血，還沾滿了泥漬；他的頭懸在那牝馬肩上，頭髮是紅色的。俘虜他的騎士坐在鞍上，體格十分魁梧，藍斯洛從對方的盾徽認出他是卡拉鐸斯爵士。

「你的俘虜是誰？」

大個子騎士從身後取出俘虜的盾牌，舉高。盾面是金黃色底繪上紅色山形紋，三個綠色薊花紋將山形紋夾在中間。

「你對加文爵士做了什麼？」

「不關你的事。」卡拉鐸斯爵士說。

加文一定是在馬兒停步時醒了過來，他倒栽的頭發出聲音：「好兄弟，是你嗎？藍斯洛爵士？」

「真高興見到你，加文。你還好嗎？」

「糟糕透頂，尚祈您伸出援手。若閣下袖手旁觀，恐再無人能擔此任。」加文爵士說。

1 Battle of Bouvines，發生於西元一二一四年，英國約翰王與神聖羅馬帝國奧托四世（Otto IV of Brunswick）結盟，欲取回英國輸給法國的失土；法王腓力二世（Philip II Augustus，即法蘭西的腓力·奧古斯都）擊敗了對手聯軍，獲得扭轉歐洲權力版圖的巨大勝利。

他這番話用的是正統騎士語，是高位者所用的語言——那個年代有兩種語言，諾曼法語的位階高於撒克遜英語，這種情形就像「高階日爾曼語」是指德語，「低階日爾曼語」則是指荷蘭語。

藍斯洛看著卡拉鐸斯爵士，用撒克遜方言說：「把那傢伙放下來，跟我比個高下吧？」

「傻子，我會讓你落得同樣的下場。」卡拉鐸斯爵士說。

他們把加文放在地上綁好，讓他無法逃走，準備開打。卡拉鐸斯爵士有個侍從可以遞矛給他，不過藍斯洛堅持戴普大叔待在家裡，所以一切都得自己來。

這場爭鬥和先前與亞瑟比試的那一場不同。兩名騎士更為勢均力敵，而且在一開始，兩人也都沒有落馬。他們手中的梣木矛裂開了，但兩人都還坐在馬鞍上，兩匹馬兒嚇得停在原地。之後兩人比劍，藍斯洛證明他的劍藝高於對方，打鬥一個多小時之後，他一劍刺進卡拉鐸斯爵士的頭盔，穿透頭骨——接著，就在這具屍體歪倒在馬鞍上時，藍斯洛一把抓住對方的領子，將他扯下馬來，同時砍下他的頭。他為加文鬆綁，接受他的衷心感謝，然後再次踏上英格蘭的荒野，完全沒再想起卡拉鐸斯爵士的事。他碰上他的表弟萊諾爵士，兩人一路同行，行俠仗義。不過，忘了卡拉鐸斯爵士真是件不智之舉。

某日，他們騎了好一段路，在酷熱午間來到一座森林。藍斯洛心中為了王后掙扎不已，加上天氣熾熱，已經累壞了，再也沒辦法前進。萊諾也很疲睏，他們將馬繫在一棵長在灌木叢中的蘋果樹上，躺在樹下休息。藍斯洛馬上入睡，不過蒼蠅的嗡嗡聲吵得萊諾爵士無法成眠，這時，他眼前出現一幅奇景。

有三名全副武裝的騎士正在逃命，一名騎士緊追在後，他們座下的馬蹄轟隆作響，搖撼地面（藍斯洛居然沒醒來，真是怪事），接著，後頭的魁梧騎士趕上他的獵物，將他們一個個擊落馬下，俘虜了他們。

萊諾是個很有野心的孩子，他認為自己可以代他那聞名遐邇的表哥爭取這個戰功，他安靜起身穿上鎧甲、上馬，向那勝利者挑戰。但沒三兩下他也被擊落了，而且被五花大綁動彈不得。藍斯洛醒來之前，這場華麗的表演便結束了。這四場戰鬥的神祕勝家是特昆爵士，最近死於藍斯洛之手的卡拉鐸斯爵士就是他的兄弟。特昆爵士喜愛把俘虜帶到他那可怕的城堡，扒光他們的衣服痛揍一頓，直到自己滿意。

另一場表演開始時，藍斯洛兀自沉睡。在這隊人馬，有四名服儀華麗的騎士持著矛，撐著一頂綠色的絲質罩篷，罩篷下則是四位中年女王，她們騎著白騾，看來優美如畫，從蘋果樹旁經過時，藍斯洛的戰馬發出一聲刺耳嘶鳴。這四位巫后當中年紀最長的是摩根勒菲，她停住隊伍，朝藍斯洛爵士走去。他穿著全副鎧甲躺在長草地上，看起來頗為危險。

「是藍斯洛爵士！」

這世上傳播速度最快的莫過於醜聞，在那些擁有超自然力量的人之間傳送尤其迅速，因此四位女王早就知道他和桂妮薇的戀情；而她們也知道，他現在是全世界公認最強的騎士。她們因而嫉妒桂妮薇，同時也對這個擺在她們眼前的大好機會感到欣喜。她們開始爭論，究竟她們之中誰可以施展魔法以便擁有他。

「我們犯不著為此爭吵，」摩根勒菲說：「我會在他身上施咒，讓他六小時內都醒不了。我們把他平安帶回我的城堡之後，由他選擇他要誰。讓他自己選。」

事情就這麼說定。這位沉睡不醒的頭號戰士和他的盾牌就由兩名騎士抬到戰車堡。這曾是糧食堡，但外觀已經失去仙靈氣息，話說回來，建築本來就只是座很普通的碉堡。熟睡中的藍斯洛被送到一個寒冷、空蕩的房裡，等待咒語失去效力。

藍斯洛醒來時，並不知道自己在哪裡。房間似乎是用石頭砌成，很暗，像個地牢。他躺在黑暗之中，心想不知道接下來會發生什麼事。沒多久，他就開始想起桂妮薇王后了。

接下來倒是發生了一件事：有位年輕少女為他帶來晚餐和問候。

「你好嗎，藍斯洛爵士？」

「我不知道，美麗的姑娘。我不知道自己是怎麼到這來的，所以實在不知道自己究竟好不好。」

「不用害怕，如果你就是她們說的那個偉人，明早我或許可以助你一臂之力。」她說。

「謝謝妳。無論妳能不能幫我，我都很感激妳能為我設想。」

那位美麗的少女之後便離開了。

次日一早，傳來了打開門栓的咚咚聲和生鏽門鎖的嘎吱聲，幾名穿著鎖子甲的侍衛走進地牢，在門的兩側列隊站好，迎入四位魔法女王。每位女王都穿著最漂亮的衣服，堂堂地向藍斯洛爵士行了屈膝禮。他有禮地站著，嚴肅地對每位女王鞠躬。摩根勒菲為他一一引見，她們分別是高爾女王、北加里斯女王、東土女王、外島女王。

「聽著，」摩根勒菲說：「我們知道你的事，所以你也不必妄想有什麼是我們不知道的。你是跟桂妮薇王后有過曖昧的湖上騎士藍斯洛，是世界公認的第一騎士，這也是那女人喜歡上你的原因。不過，一切都結束了。如今你在我們四人手中，你得從中選出你的女主人。顯然，若非出於你自己的意願，也沒什麼意義——不過你也只能從我們四人之中選擇。你要選誰？」

藍斯洛說：「這叫我怎麼回答？」

「你必須回答。」

「第一，妳指控我和大不列顛王后，並非事實。桂妮薇是對國王最忠貞的女士。如果我現在是自由之身，或是妳給我一副鎧甲，我願意和妳所指定的任何一個戰士比武，證明此事。第二，我絕對不可能選妳們當中任何一位作為我的女主人。失禮之處還請見諒。不過，我只能這麼說。」

「噢！」摩根勒菲說。

「就是這樣。」藍斯洛說。

「就這樣？」

「是的。」

四位女王嚴峻而高傲地行禮，旋即離開房間。侍衛靈巧地向後轉身，身上的鎖子甲在石地上敲得叮噹作響。光線從門後消失。門關了，鎖落了，閂也上了。

那位美麗少女帶著下一頓餐點進來時，似乎想和他說話。藍斯洛注意到她很有膽識，或許喜歡恣意而行。

「妳說妳或許能夠助我一臂之力？」

女孩懷疑地看著他說：「如果你就是她們說的那個人，我就能助你一臂之力。你真的是藍斯洛爵士？」

「恐怕正是在下。」

「那麼，如果你能協助我，我就幫你。」她說完，便哭了起來。

少女哭起來十分迷人，並且帶著某種決心。不過，趁她還在哭泣，我們最好解釋一下格美利早年舉行的比武大會。真正的比武大會並不同於長矛競技，長矛競技中，騎士以單挑的方式攻擊或防禦，贏家會得到獎賞；比武大會則比較像自由戰：先讓一群騎士選邊站，每邊各有二十到三十名騎士，之後進行自由對戰，衝擠成一團。這種混戰有其重要性，比如說，如果你付了比武大會的報名費，你也能參加長矛競技，但若你只交了長矛競技的費用，就沒辦法參加比武大會。在這些狂亂的混戰中，參賽者很容易受重傷。如果適度有些規矩，這種混戰倒也不是壞事，可惜在那個年代，根本沒有章法可言。

潘卓根時代的快樂英格蘭，有點像是奧康諾[2]時代的可憐老愛爾蘭，派系林立。無論是某國的騎士、某地的住民，或是某個貴族的家臣，都可能與附近的派系水火不容，對立並會演變成世仇，隨後某地的國王或領導就會向另一地的國王或領導下戰書，舉行比武大會；雙方都會抱著要給對方難看的意圖。在羅馬天主教徒對上新教徒、斯圖亞特王室對上橙黨[3]黨員的時代，也是相同情況，他們正面交鋒時都拿著粗木棍，心裡也都想著要殺了對方。

「妳為什麼哭呢？」藍斯洛問。

「噢，天啊，可怕的北加里斯王向我父親下了戰書，要在下週二舉行比武大會。他找來了三名亞瑟王的騎士助陣，我那可憐的父親一定會輸。我很擔心他會受傷。」少女啜泣著。

「我懂了。妳父親叫什麼名字？」

「他是巴德馬格斯王。」

藍斯洛站起身，禮貌地親吻她的前額。他馬上明白她希望他做些什麼了。

「很好，如果妳能救我離開這個監牢，我會在下週二為巴德馬格斯王出戰。」

「噢，謝謝你，」少女說，一邊擰乾她的手帕，「恐怕我現在得離開了，不然他們會在樓下找我。」

如果北加里斯王本人要和她父親對戰，她當然不會幫著北加里斯的巫后，囚禁藍斯洛。

清晨時分，城堡裡的人都還沒起床，藍斯洛就聽見那扇沉重的門被安靜地推開。一隻柔軟的手握著他，在黑暗中領著他往外走。他們通過十二扇魔法門來到兵器庫，那裡放著他的鎧甲，全都擦得閃閃發亮，準備就緒。待他裝束完畢，他們前往馬廄，他的戰馬正在鵝卵石上蹭著閃閃發光的蹄鐵。

「請千萬記得。」

「當然。」他說完，在晨光中騎過了吊橋。

他們躡手躡腳地穿過戰車堡的走廊時，已經計畫要先與巴德馬格斯王碰面。藍斯洛要到附近一座白衣修士會[4]的修道院，在那裡和少女碰頭——當然，她背叛摩根女王讓藍斯洛逃走之後，自己也得逃走才行。他們要在修道院裡等人把巴德馬格斯王帶來，事先為比武大會安排。不幸的是，戰車堡位於野森林中，而藍斯洛迷路了。他和馬漫無目的地走了約莫一天，一路上不是撞到樹枝，就是纏在黑莓叢裡，一人一馬很快就發起脾氣。傍晚時分，他們跌跌撞撞來到一座紅色綢質帳棚，裡面一個人也沒有。

他下了馬，看著那頂帳棚。布滿亂石的森林裡有著這麼豪華的帳棚，觸目所及卻毫無人跡——看起來實在有點詭異。

---

2 丹尼爾・奧康諾（Daniel O'Connell, 1775-1847），愛爾蘭傳統舊教（天主教）政治意見領袖，反對合併法，大力推動愛爾蘭獨立和天主教解放運動。

3 橙黨（Orange Order，或譯奧蘭治團體）是新教基進組織，成立於一七九五年，在解放天主教的聲勢壯大時，主張維持新教在愛爾蘭所擁有的優勢；主要據點在北愛爾蘭，每年七月會舉行盛大遊行。

4 white friar，羅馬天主教加爾默羅修會（Carmelite）的修士，因穿白袍得名。

「真是奇怪的帳棚。」他想。由於他腦中裝滿了桂妮薇，思緒也跟著抑鬱起來，「不過，我想今晚應該可以在裡面過夜，這頂帳棚在這，要不是有什麼冒險等著，就是主人到別處度假去了；如果這裡有險可冒，我就該接受挑戰；如果是主人離開了，他們也不會介意我在這裡窩一晚。再怎麼說，我迷路了，也沒別的事好做。」

他卸下馬具，繫好馬，脫下身上的鎧甲，整齊地掛在樹上，盾牌放在最上面。之後他吃了一些那女孩給的麵包，在一條流經帳棚旁的小溪裡喝了些水，伸展手臂，讓手肘喀喀作響，打了個呵欠，用拳頭叩擊門齒三次後，上床睡覺。床十分華麗，床罩也是紅色綢緞，和帳棚同款料子。藍斯洛滾上床，鼻子壓進絲枕裡，把它當成桂妮薇送上的一個吻，便沉沉睡著了。

他醒來時，月色已亮，有個裸身的男人正坐在他的左腳上剪指甲。

藍斯洛一察覺到男人的存在便立即驚醒，迅速在床上動身。男人察覺有他人也大吃一驚，跳起來抄起劍。藍斯洛跳到床的另一邊，跑向他掛在外面樹上的武器；男人追上來，手上揮舞著劍，想從後面給他一擊。藍斯洛安全地跑到樹旁，拿著武器轉過身來。他們看起來既詭異又嚇人——月光下，兩人都裸著身，雙方手裡的銀色鐵器也在滿月之下閃閃發亮。

「看招！」男人大叫，他瞄準藍斯洛的腿猛烈一擊。下一刻，他的劍卻已落地，他雙手抱著肚子，彎著腰，尖叫起來。藍斯洛這一擊讓他見了血，血在月光下看起來是黑色的，而他胃裡的某些東西也對外展露了它們的祕密生活。

「別打了！饒了我。別打了。你快殺死我了！」男人叫道。

「對不起，可是你甚至沒等我拿到劍就進攻。」藍斯洛說。

男人繼續尖聲大喊：「饒了我！饒命！」

藍斯洛把劍插在地上，上前檢查對方的傷勢。

「我不會再傷害你了，沒事了，讓我看看。」他說。

「我的肝臟被你切開了！」男人控訴。

「嗯，我只能說我真的很抱歉。話說回來，我也不知道我們到底為什麼會打起來。靠在我肩上，我們一起把你弄去那張床上。」

藍斯洛把男人放在床上，幫他止血，發現那道傷痕並不致命；就在此時，一名美麗的女士出現在帳棚門口。當時他們已經點上燈心草蠟燭，所以她馬上就發現出了什麼事，立刻放聲尖叫。她衝去安慰受傷的男人，罵藍斯洛是凶手，繼續大哭大叫。

「別叫了，他不是凶手，我們只是有點誤會。」男人說。

「我睡在床上，他進來坐在我的腳上，我們都受到驚嚇便打了起來。很抱歉我傷了他。」藍斯洛說。

「但這是我們的床，」女士尖叫起來，看起來就像《金髮姑娘與三隻熊》[5]裡頭的熊，「你在我們床上做什麼？」

「真的很抱歉，我來的時候沒在帳棚裡看到任何人，加上我迷路了，很疲憊，所以我想若是借住一晚，應該沒什麼關係。」

「是沒關係，我們歡迎你借住一晚，畢竟這傷也沒那麼糟。能告訴我你的名字嗎？」男人說。

---

5 *Goldilocks and the Three Bears*，英格蘭童話，其中一個版本講述金髮姑娘來到森林中，發現一間有三張床的房子，她在三張床輪流試躺，最後睡在小床上；後來一家熊三口回家發現了她。

「藍斯洛。」

「哇！」男人大叫起來，「親愛的，瞧瞧剛才我是和誰對打呢！難怪我一下就輸了。我還在想，你怎麼那麼輕易就放過我呢。」

他們堅持藍斯洛應該留下來過夜，隔天一早，他們也指出正確方向，好讓他前往白衣修士會的修道院。

這場邂逅在我們的故事主線就到此為止，不過，那位騎士名叫貝勒斯，他傷勢復原之後，經由藍斯洛引介成為圓桌騎士。他個性寬厚溫和，是亞瑟需要的人；而藍斯洛讓他坐上圓桌，試著彌補自己犯下的錯。

在白衣修士會的修道院中，那位美麗的少女心急如焚地等待。她很擔心他會失信。一聽鵝卵石地面上響起他的馬蹄聲，她立刻從高塔的房間飛奔而下，熱烈歡迎他。

「父親今晚會到，」她高聲說：「噢，我真高興你來了！我還怕你可能忘了呢。」

聽到她選用的字眼，藍斯洛扭曲的嘴角露出一絲笑容。他換上平民的服裝，洗了澡，靜待巴德馬格斯王到來。

「格美利真是個奇怪的地方，」他自言自語，好讓思緒遠離年輕的王后，「事情發生得好快，大半時間都不知道自己在哪裡。而我那表弟從蘋果樹下消失了，這還得找出個解釋才行。至於巫后啦、比武大會啦、入夜之後跑到你床上的人啦、一個家有一半的人都消失得無影無蹤啦，要行事合宜實在很困難。」

之後他梳了梳頭髮，整整衣袍，下樓見巴德馬格斯王。

由於馬洛禮書寫過了，此處無須詳述這場比武大會。藍斯洛從那名年輕少女推薦的人選中挑了三名騎士與他同去，他也安排讓連他在內的四名騎士都使用素面盾——這是羽翼未豐的騎士所用的白色盾牌，藍斯洛堅持，因為他知道圓桌有三位弟兄會代表另一邊出戰。他不希望被認出來，可能會在弟兄間造成心結。但是，他又覺得和他們對戰是他的責任，他已答應少女的請求。對手陣營由北加里斯王領兵，他手下有一百六十名騎士，巴德馬格斯王只有八十名。藍斯洛先迎向第一位圓桌騎士，讓他的肩膀脫臼；之後他使勁朝第二位發動攻勢，那可憐的傢伙掛在馬尾巴上，頭盔插入地表數吋之深；最後他朝第三位的頭盔用力一擊，那名騎士的鼻子開始流血，騎著馬跑走了。在他打斷北加里斯王的大腿骨之前，所有人都能鑑別，不管從哪方面來說，這場比武大會都算是結束了。

接下來，我們的英雄出發探查萊諾究竟出了什麼事，這是他首度能夠自由地去做這件事情——打從他這位表弟失蹤之後，他不是被一群邪惡女王囚禁，就是得履行他對救命恩人的義務。他離開前，巴德馬格斯王得到了比武大會的獎賞，而那位少女對他感激涕零。他們彼此承諾友誼長存，如果有求於彼此，只要送個信，即當傾力相助。藍斯洛爬上馬，向幾個農夫問了路，摸清方向，往他和表弟走散的森林走去，也就是有蘋果樹的地方。雖然天氣冷，不過他認為，如果在最後見到表弟之處來個地毯式搜索，或許能找到什麼蛛絲馬跡。

在那棵蘋果樹所在的樹林中，他遇到一位騎著小白馬的女士。事實上，他就是在那棵樹下碰到她。那棵樹可能是棵魔法樹，才會有許多人從那裡經過。

「夫人，」他說：「您可知道，這座森林裡有什麼險可冒嗎？」

「如果你夠強壯，能夠一一挑戰，那可多了。」她說。

「我可以試試。」

「你看來是個強壯的男人，似乎也很勇敢，不過你的耳朵實在招風得有點嚇人。如果你願意，我就帶你到這世上最殘暴的領主那兒，不過他一定會殺了你。」女士說。

「沒關係。」

「要我帶你去，得先告訴我你的名字。如果你不是個有名的騎士，帶你去簡直就是謀殺了。」

「我叫藍斯洛。」

「我想也是，」女士說：「好吧，實在很幸運。如果有關你的傳言都是真的，你可能是這世上唯一能夠打敗他的人。他的名字是特昆爵士。」

「很好。」

「有人說他是個瘋子。他曾在一次戰爭中俘虜並囚禁六十四名騎士。他用荊棘鞭打他們，如果你成了他的階下囚，他也會將你的衣服脫光，狠狠抽打你。」

「聽起來是個有趣的對手。」

「那裡有點像是集中營。」

「我準備好面對了。這就是亞瑟創造圓桌武士的原因，他想要避免這類事情發生。」藍斯洛爵士說。

「如果我帶你過去，你得答應我，事成之後，要為我做一件事——也就是說，如果你獲勝的話。」

「什麼樣的事呢？」他謹慎問道。

「你不用害怕，只是要你去向另一位我認識的騎士挑戰，他害得幾位少女非常痛苦。」

「我很樂意為您效勞。」

「好吧，上帝知道你之後的路途。無論如何，你和他對戰時，我會為你祈禱。」女士說。

他們騎了一會兒馬，來到一處淺灘，有點像藍斯洛初次與亞瑟王交手的那處淺灘。淺灘四周的樹上掛著生鏽的頭盔和淒涼的盾牌，那裡共有六十四面盾牌，上面有斜帶紋[6]、山形紋、直立的梭子魚、鶇或金鷹的圖紋、雙腿向前直立的正面獅臉，看起來有種遭人遺忘的荒涼。盾牌的肩背帶都已變綠，生著霉斑。整個地方看起來就像是獵場看守人的絞刑架。

空地中央的主樹上掛著一只巨大的銅盆，睥睨著那些落敗的盾牌。銅盆底下最新的盾牌屬萊諾所有——銀白色底面上畫著紅色斜帶紋，還畫有排行標記[7]。

藍斯洛知道他該怎麼處理那只銅盆，他也動手了。他調好頭盔位置，穿過低垂的樹葉，來到銅盆旁邊，用矛尾敲擊銅盆，直到把盆底敲落。之後他和那位女士靜立林中。森林似乎被那陣可怕的噪音震懾住，一片寂然。

無人前來。

「他的城堡在後面。」女士說。

他們安靜地策馬走向城門，在門前來來回回騎了半小時，他脫下頭盔和臂鎧，皺起眉頭，焦慮地咬著指甲。

6 bend，在紋章學中指從盾面左上角往右下角斜畫而下的斜帶紋，另有左斜帶紋（bend sinister），是從右上角往左下角斜畫而下的斜帶紋。

7 cadency，額外加在家族盾徽上的標記，各地用法不一。以英格蘭來說，一般長子會在盾徽上方畫一條標記紋（label，綴有流蘇式短直帶紋的橫帶紋），次子畫新月紋（crescent）、老三畫星形紋（mullet）等等；家中女性不管排行第幾，通常無法使用這類標記，不過也有例外會讓女性採用，像是將家族盾徽的框線從盾形改成菱形。

半小時過去之後，一個魁梧的騎士穿越森林而來。他的相貌讓藍斯洛吃了一驚，因為他很像之前藍斯洛為了營救加文而殺死的卡拉鐸斯爵士；不但體格相似，前鞍也橫著一個五花大綁的騎士。更怪的是，這位騎士的盾牌畫著三個薊花紋和一個山形紋，盾牌上方還有個方塊[8]塗成紅色。事實上，眼前這第二位高大騎士俘獲的正是加赫里斯，加文的弟弟。藍斯洛審視著那位騎士。

或許我們可以這麼說，如果你能看出騎士的風格，多少能夠認出那些穿著鎧甲的騎士是誰了，即使他變裝或拿了素面盾也沒有影響。日後藍斯洛有時候必須變裝作戰，不然沒有人願意和他打，不過亞瑟等人通常會從騎馬的方式認出他。就像現在，雖然我們因為距離太遠而看不清板球選手的面孔，但還是認得誰是誰，那個年代也一樣。

由於藍斯洛花了很長的時間鍛鍊，很善於判斷他人的風格。他看著特昆爵士，很快便注意到他的坐姿有個小缺點。他對那位女士說，如果特昆不調整坐姿，他應該可以救出那個俘虜。結果，特昆爵士進行長矛比試時，確實調整了坐姿，這項批評就無效了；不過這倒是間接說明了長矛競技是怎麼回事，所以或許值得一提。

競技中最重要的，就是騎術。如果一個人敢在衝撞的那一刻仍然全力衝刺，通常就會贏。大多數人都會略微退縮，因此沒讓衝力達到最大。這也是藍斯洛總是獲勝的原因，他身上有股戴普大叔所說的「衝勁」。他變裝時，有時候會故意大剌剌坐在鞍上，騎姿笨拙，不過最後總會來個真正的衝撞，所以有時他連長矛都還沒擊出，觀眾和他那不幸的對手就會大叫：「啊！是藍斯洛！」

「這位好騎士，把傷者放下來休息一會吧，我們兩個來較量一下。」他說。

特昆爵士朝他騎過去，從牙縫中擠出一句：「如果你是個圓桌騎士，我可是恨不得把你打倒再痛扁一頓。你和你那整桌騎士都一樣。」

「說得簡單呢。」

他們按照慣例向後撤退，托起長矛，如雷霆般朝對方衝撞。藍斯洛在最後一刻發現，針對特昆爵士不良的坐姿，他判斷有誤，而在最後那一瞬間，他發現特昆是他在長矛比試上所遇過最好的對手；對方衝刺的力道與他相當，目標也相當精準。

兩名騎士縮身閃避，同時雙矛互擊，而兩匹馬前奔中途這麼一受阻，人立起來向後摔倒。兩枝矛雙雙斷裂，高高拋入空中，有如烈性炸藥般優雅地轉了一圈又一圈，這情景嚇得馴馬上的女士忍不住轉過頭去。再回頭時，兩匹馬都摔斷了背倒在地上，兩名騎士動也不動地躺在地上。

兩小時後，蘭斯洛和特昆還在以劍相拚。

「住手，我有話問你。」特昆說。

藍斯洛停手。

「你是誰？」特昆爵士問，「你是我碰過最強的騎士，我從沒見過誰有這麼強大的力量。聽著，我的城堡裡現在有六十四名俘虜，另外在我手下死傷的有好幾百人。不過，這些人都比不上你。如果你願意與我講和，與我為友，我就釋放這些俘虜。」

「你真仁慈。」

8 canton，在盾徽右上角（左上角稱 canton sinister）另加的一個方塊，用來顯示持有人之間有血親關係。

「只要你不是那人，我就願意。不過，要是你就是那個人，我就得和你拚個生死。」

「那人是誰？」

「藍斯洛。如果你是藍斯洛，我絕不會求饒或請和。他殺了我兄弟卡拉鐸斯。」

「我就是藍斯洛。」

特昆爵士從頭盔的縫隙中哼了口氣，竟趁對手不備狡滑出招。

「噢，這樣嗎？我只要假裝我不是我自己，就可以救出那些俘虜，而你居然連一聲招呼都不打就想殺了我。」藍斯洛說。

特昆繼續嘶嘶地噴著氣。

「卡拉鐸斯爵士的事我很抱歉，不過他是死於一場公平的交戰，也沒有提出求和。我並沒有手下留情，他是在交戰中被殺的。」藍斯洛說。

他們又打了兩小時。對穿著鎧甲的騎士來說，劍並不是唯一的武器，有時他們用盾緣互擊，有時用劍柄互捅。周圍的草地都濺上他們的血，血點看似鱒魚身上的斑點，拖著尾痕的血跡則彷彿一隻隻小蝌蚪。因為身上盔甲沉重，所以有時他們摔成一團；笨重的騎士頭盔填塞稻草，只留一個小孔呼氣，他們都覺得快要窒息；兩人疲倦地舉著盾牌，根本無法好好遮護自己。

整場打鬥眨眼間就結束了。他倆都一言不發。藍斯洛抓住時機丟下劍，抓住特昆頭盔上口鼻部位的開口，兩人摔倒在地，特昆的頭盔脫落。他們抽出短匕近身互搏。特昆的身體彈起，又抖了一抖，便斷氣了。

後來，加赫里斯和那名女士餵藍斯洛喝水時，他說：「不管他做錯多少事，他都是個厲害的傢伙。他沒求和，真是遺憾。」

「想想那些重傷的騎士和那些酷刑吧。」

「他是個老派人，我們確實得阻止這種人橫行，不過，他仍舊算是老派武士中的佼佼者，無庸置疑。」他說。

「他是個畜生。」女士說。

「不管他如何，他都愛著自己的兄弟。啊，加赫里斯，能把你的馬借給我嗎？我想繼續前進，不過我的馬已經死了，可憐的生物。你若願意，可以去城堡放出萊諾和其他人。叫萊諾回宮廷去吧，要他聰明點。我得和這位女士前往別處。你能答應我嗎？」

「你剛剛才救了我和我的馬，當然可以帶走他，」加赫里斯說：「天啊，你一直在營救我們奧克尼人！上次你才救了加文，阿格凡人就在這座城堡裡。藍斯洛，你當然可以帶走我的馬，當然。」

第八章

藍斯洛初次遠行探險為期一年，途中還有其他幾次冒險，不過或許只有其中兩件值得細寫。兩次都和強權勢力的保守道德觀有關，亞瑟王也為此發起聖戰對抗。正是這種老派，即諾曼貴族抱持的態度，在此時期提供了冒險的機會，因為鮮少有人會像權貴世家在財產被奪時表現得如此苦大仇深、憤慨不平。圓桌騎士受命出外對付惡霸；憤怒的領主則遵循「恃強凌弱」原則，憑著絕望的狠勁抄起棍棒。如果那個年代有《泰晤士報》這類刊物，他們必定投書控訴。好一點的會說服自己，說亞瑟是一股新風潮，而他的騎士悖離了祖先之道；壞一點的則把亞瑟說得比布爾什維克黨人[1]還糟，他們放任天性中的殘暴，淨是幻想些子虛烏有的犯行，再一股腦歸罪到圓桌騎士。情況與常識完全脫節，繪聲繪影的暴行事蹟由暴虐的人所相信。由於失去權力的恐懼感作祟，在藍斯洛必得撂倒的領主當中，有很多人也如此看待他，認定他是那種放毒氣的劊子手。他們和他對戰的方式既寡廉鮮恥又充滿恨意，好像他是敵基督者[2]一樣，而且他們也深信自己是在捍衛正義。這已經成了一場意識型態的內戰。

一個晴朗的夏日，藍斯洛騎馬經過一座陌生城堡的林地，草地雜生著高大的榆樹、橡樹和山毛櫸等各種樹木，而藍斯洛正抱著一顆沉重的心思念著桂妮薇。那位領他去找特昆爵士的女士在分別之際（他已經為她履行承諾），與他談了一會兒有關婚姻的話題，激怒了他。女士說他應該娶個妻子或找個情婦，藍斯洛生氣了。「眾口悠悠，要說什麼，我管不著，」他說：「不過現階段我是不可能結婚的，我也不認為找情婦會有什麼幫助。」兩人就此爭論了一陣子便分道揚鑣。如今，雖然又歷經幾場冒險，他仍思索那位女士的忠告，心情十分低落。

此時，空中傳來一陣鈴聲，他抬起頭。

有隻漂亮的遊隼在他頭頂上，對準一棵榆樹頂端飛過，她在微風中發出清澈的叮噹聲，身後還拖著一條放鷹繩。她心情不好，一飛到榆樹頂端便坐下，用泛著怒氣的眼睛和噴著氣的鳥喙四下張望，那條放鷹繩在最近的一根樹枝上繞了三圈。她注意到藍斯洛往她騎來時，憤怒地又想飛走，不過被放鷹繩絆住，只能頭下腳上地拍打著翅膀。藍斯洛緊張得一顆心幾乎要跳進嘴裡，擔心她會不會弄斷自己的羽毛。沒多久，她不再拍動翅膀，就這樣倒吊在那裡慢慢旋著，看起來卑微、憤怒而荒謬，但她的頭就像蛇，仍舊向上抬著。

「噢，藍斯洛爵士，藍斯洛爵士！」某位不知名的仕女騎著馬，全速朝他飛奔而來，而且顯然想要放開馬轡，以便握緊自己的手。「噢，藍斯洛爵士！我的隼不見了。」

「她在那裡，就在樹上。」他說。

「噢，天哪！噢，天哪！」仕女說：「我只是試著用繩子把她叫回來，繩子就斷了！如果我不把她抓回來，我丈夫會殺了我。他是個魯莽的人，很熱衷放鷹。」

「不過他不可能殺了妳吧？」

「噢，他會的！他可能並非故意，但是他會！他就是這樣一個莽撞的人。」

「或許我能阻止他？」

「噢，不，千萬別這麼做。你說不定會傷了他，我可不想讓你傷了我親愛的丈夫。你不覺得爬上那棵樹把鷹抓

1 Bolsheviks，由馬克思主義者列寧（Vladimir Lenin）創始的組織，一九一七年在俄國發起十月革命，建立蘇維埃政權。

2 antichrist，在基督教末世論中，敵基督指的是反對基督者，或是自稱為基督者以迷惑世人。

下來比較好嗎？」仕女說。

藍斯洛看了看仕女，又看了看那棵樹。之後，他重重嘆了口氣，對仕女說了一番話。根據馬洛禮的紀錄，他是這麼說的：「這位美麗的女士，既然您知道我的名字，也要求我發揮騎士精神幫助您，我會盡我所能去抓您的鷹。雖然我實在不太會爬樹，這樹又高，而且沒幾根粗大的樹枝能助我攀爬，不過我還是會盡力而為。」

他的童年都在學習成為戰士，沒時間像其他男孩去偷鳥巢。對於在亞瑟或加文那種背景下成長的人來說，這位仕女的要求並不難，但他實在非常困擾。

藍斯洛難過地脫下鎧甲，直到身上只剩襯衫和長褲，期間他數次偷瞄了那棵可怕的樹，最後在仕女於樹底下大談鷹隼、丈夫和今日的好天氣時，英勇地撲上了第一根粗樹枝。

「好吧。」他說。這時他眼裡盛滿憤怒，整張臉也可怕地皺成一團。「好吧，好吧。」

在樹頂，隼被放鷹繩給牢牢纏住（她照例讓繩子繞上頸子和翅膀，並且認為那條繩子在攻擊她），所以藍斯洛得讓她停在他光裸的手臂上。她帶著歇斯底里的狂暴情緒抓著他的手臂，不過他也沒空去管那些抓傷，只是耐著性子解開纏結的繩子。鷹匠被自己的鷹弄傷時，很少會去斥責鷹。他們太過投入了。

他成功從樹枝中救出隼，發現沒辦法憑藉單手爬下去。仕女此時正在樹下，看起來好小好小，藍斯洛對她吼道：「聽著，我要想辦法折下一根粗樹枝，把樹枝綁在她的繫腳皮繩上，再把她丟下去。我會找根不太重的樹枝，這樣她會慢慢往下降。我得把她往外丟一點，她才能從樹枝脫身。」

「噢，請務必小心！」仕女叫著。

完成諸事後，藍斯洛開始小心往下爬。途中有幾處不好著力，他只能靠自己的平衡感過關。就在他離地還有約二十呎時，有個全副武裝的胖騎士騎著馬一路狂奔而來。

「哈！藍斯洛爵士！你現在所在之處真是正合我意啊！」胖騎士吼著。

仕女撿起那隻隼，想離開現場。

「女士！」藍斯洛喊。他開始懷疑，為何每個人都知道他的名字。

胖子高聲叫喊：「你這殺手，別碰她！那是我老婆！對，她就是！她只是照我的吩咐行事罷了。這是個詭計。哈！哈！現在你身上沒有那副出名的鎧甲了，我這就要殺了你，像淹死一隻小貓那樣殺了你。」

「這可不合乎騎士典範啊，」藍斯洛皺了皺臉，「你至少應該讓我穿上盔甲，公平決戰。」

「讓你穿上盔甲？你第一天出來混嗎？你以為我是誰啊？老子可不信那些新潮玩意，一派胡言！只要哪個把小孩烤來吃的傢伙落在我手上，我一定會動手殺了那個惡棍！」

「但……」

「你下來，下來！我整天都在等這一刻呢！下來受死吧！你要是個男子漢，就要像個男子漢！」

「我向你保證我從來沒烤過小孩。」

胖騎士的臉漲成紫色，大吼道：「騙子！騙子！惡魔！你馬上給我下來！」

藍斯洛坐在一根樹枝上，啃著手指甲，雙腿懸在那裡晃呀晃的。

「你的意思是，你故意放掉那隻身上帶著放鷹繩的隼，為的就是要在我衣衫不整時殺了我？」

「你下來！」

「如果我下去，我一定會盡我所能殺了你。」

「你這小丑！」胖騎士大叫。

「好吧，這是你自己的錯了，」藍斯洛說：「你不該玩這種下流把戲。我再給你最後一次機會，你要不要做個紳士，讓我下去整裝應戰？」

「當然不行。」

藍斯洛折斷一根腐爛的樹枝，往他那匹馬的另一側跳下樹，於是馬就攔在兩人中間。胖騎士騎著馬朝藍斯洛衝來，傾身橫過擋在中間的馬，想砍下藍斯洛的頭。藍斯洛用樹枝擋下這一擊，讓對方的劍卡在木頭上，接著他從劍主人手中奪過劍，割斷他的喉嚨。

「走開吧，」藍斯洛對仕女說：「別哭了。妳的丈夫是個傻瓜，而妳則是個煩人的傢伙。殺了他，我一點都不後悔。」

不過，其實他心裡很後悔。

最後一次冒險也與背叛和仕女有關。當時這年輕人正悲傷地騎馬穿過沼澤地帶，當年還是溼地，可說是英格蘭最荒涼原始的地區。整片沼地到處都是祕密通路，只有那些曾降服於烏瑟．潘卓根的撒克遜沼地人才知道該怎麼走。這整塊帶著海水鹹味的平原，是這片陰霾天空底下一塊巨大的茅草地。鷺鷥鳴叫，澤鷸從蘆葦叢上低掠而過，數百萬隻赤頸鳧、綠頭鴨與澤鳧列成一隊隊飛行，就像許多香檳酒瓶乘著靈光一般的翅膀在空中飛翔。在這塊泡在鹽水裡的沼地上，來自斯匹次卑爾根群島的鵝群在此覓食，頸子彎成特殊的環曲形，而沼地人帶著網子和工具尾隨其後。這些沼地人的肚子長著斑點，腳上有蹼——英格蘭其餘地方的人這麼相信。他們通常會殺死外來者。

藍斯洛騎在一條似乎哪兒也去不了的直路上，就在此時，他看見兩個人從另一頭朝他飛馳而來。是位騎士和他的夫人。那位夫人騎在前面，看起來像發了瘋般，騎士在後頭追她。陰沉的天空下，他的劍閃閃發光。

藍斯洛朝他們騎去，大叫：「這裡！這裡！」

「救命啊！」婦人尖叫，「噢，救我啊！他想砍了我的頭！」

「別理她！滾開！」那騎士咆哮：「她是我老婆，給我戴了綠帽！」

「我沒有，」婦人哭了起來。「噢，先生，救救我吧。他是頭殘酷暴虐的野獸。只是因為我喜歡我的日耳曼表兄，他就吃醋了。我為何不能喜歡我的日耳曼表兄？」

「妳這淫蕩的女人！」那騎士大吼，試圖抓住她。

藍斯洛騎到他們中間，「說真的，你不可以這樣對待女性。不管是誰的錯，你都不能殺女人。」

「何時有這等規矩？」

「自亞瑟王即位為王起。」

「她是我老婆，她和你一點關係都沒有。滾！不管她怎麼說，她都是個淫婦！」

「噢！不，我不是。你這惡霸！你還喝酒！」婦人說。

「是誰讓我心煩想喝酒的？更何況，喝酒再怎麼有罪，也比不過通姦。」

「你們兩位都別說了，這事有點麻煩。我最好擋在你們之間，等你們都冷靜再說。先生，如果我請你饒了這位女士，和我比試一場，你應該不會反對吧？」藍斯洛說。

「當然反對。」騎士說：「我認得你的盾徽——銀白底，紅色斜帶紋，你是藍斯洛。我還沒笨到向你挑戰，更別說是為了這個婊子。天殺的，你幹麼一定要管這閒事？」

「只要你以你的騎士精神起誓，不殺這位女士，我這就走。」藍斯洛說。

「我不會發這種誓。」

「你是不會，反正，就算你答應了，也不會遵守誓言的。」婦人道。

「有幾個沼地兵跟在我們後面。你往後看看，他們可是全副武裝。」騎士說。

藍斯洛勒住馬，回頭看。就在這時，那騎士從他的近側衝過去，砍下婦人的頭。藍斯洛沒看到任何士兵，他轉回來時，發現身側那名騎在馬上的婦人已經丟了腦袋，她的身體駭人地抖動著，慢慢向左傾斜，最後跌倒在地，濺得他的馬匹身上都是鮮血。

藍斯洛氣得臉色發白。

「光是為此，我就該殺了你。」他說。

那騎士立刻跳下馬，躺在地上。

「別殺我！饒命啊！她是個淫婦！」

藍斯洛也下了馬，拔出劍來。

「起來，起來打啊，你這個，你這個……」

騎士匍匐爬向他，抱住他的大腿，拉近了自己與這位復仇者之間的距離，好讓他無法順利揮劍。「饒命啊！」

這卑鄙的做法讓藍斯洛打從心裡厭惡。

「起來，起來打啊！你聽著，我會脫下盔甲，只用劍和你比試。」

然而那騎士只是一逕說著：「饒命！饒命啊！」

藍斯洛開始顫抖，不過他發抖並非為了那個騎士，而是因為他自身的殘酷。他憎惡地舉起劍，一把推開那騎士。

「看看這些血。」他說。

「別殺我，我求和了，我求和了。你不能殺一個開口向你求饒的人啊。」

藍斯洛舉著劍，從騎士身邊走回自己的馬，彷彿他正遠離自身的靈魂。他感受到自己心中的殘酷和怯懦，這兩樣東西正是他之所以勇敢而仁慈的原因。

「起來，我不會傷害你的。起來，走吧。」他說。

騎士看著他，四肢著地，就像隻犬，然後猶疑畏縮地起身。

藍斯洛轉身離開，他覺得很不舒服。

在聖靈降臨節的慶典，之前遠行探險的圓桌騎士會在卡利昂齊聚一堂，講述他們的冒險故事。亞瑟發現，如果事後必須談論爭鬥過程，他們會比較想要以新的方式來行使正義。他們喜歡帶俘虜一起來，作為故事的見證人，就好像非洲某個偏遠地區的警察署長之類的人物，派他手下的警察局長去到叢林，要他們在下一場聖誕節時，把他們導向正途的對象（也就是那些未開化的部落酋長）帶來。這樣一來，偉大的宮廷讓那些部落酋長印象深刻，常常就改頭換面地回去了。

藍斯洛初次遠行冒險之後的第一個聖靈降臨節，幾乎是一場災難。幾個橫暴派的巨人衣衫襤褸，被奧克尼一族所俘，來此輸誠效忠。不過，整個會場到處都是藍斯洛的代表。「你是誰的人？」「藍斯洛。」「好傢伙，那你又是誰的人？」「藍斯洛。」沒多久，整張圓桌就一直吼著同樣的答案。亞瑟說：「貝勒斯爵士，歡迎來到卡利昂。能不能請你告訴我，我手下的哪位騎士讓你心服口服？」整張圓桌異口同聲地吼道：「藍斯洛。」貝勒斯爵士不知道那些人是不是在笑他，整張臉紅了起來，用氣音回答：「是的，我向藍斯洛爵士求和。」

貝第維爵士來了，並坦承他是如何砍下他那不貞妻子的頭。他把頭顱帶來了，有人叫他帶著那顆頭去向教宗懺悔——此後他變得十分聖潔。加文來了，態度乖戾，並用蘇格蘭腔陳述藍斯洛是如何從卡拉鐸斯爵士手中救了他。而加赫里斯則代表六十四名拿著生鏽盾牌的騎士，述說藍斯洛從特昆爵士手中救了他們的經過。巴德馬格斯王的女兒也來了，熱切地敘述著他們與北加里斯王舉行的比武大會。在那些我們沒提到的冒險裡，還有許多人前來，大多是藍斯洛偽裝成凱伊爵士時敗在他手下的騎士。你可能還記得，在我們的第一部「石中劍」，凱伊因為管不住自己的舌頭，很不受歡迎。在這次遠行冒險途中，藍斯洛不得不從三名追在凱伊身後的騎士手中把他救出來。後來，為了讓凱伊毫髮無傷回到宮廷，某天晚上藍斯洛趁他睡覺時和他對調鎧甲，所以後來找上藍斯洛的騎士都把他認成凱伊，因此大吃一驚；這些騎士碰上穿著藍斯洛鎧甲的凱伊便躲得遠遠。在這情況下向藍斯洛求和的騎士包括：加文、尤文、沙格默、馬利斯的艾克特和其餘三人。此外還來了一個騎士：洛貴斯的梅利奧特爵士，他是在超自然的情況下獲救。

這些人全都表示效忠之意，不過宣誓的對象不是亞瑟王，而是桂妮薇。藍斯洛遠離了她一整年，但他的忍耐也是有限的。他無時無刻想著她，渴望回到她身邊，他得讓自己小小放縱一下，所以他把他的俘虜送去跪在她腳下。這是一項致命的錯誤。

第九章

如果人無法同時愛上兩個人，那麼，就很難解釋桂妮薇的情形。也許人不能用同樣的方式去愛兩個人，但是愛人的方式有很多種。女人可以同時愛她的孩子和丈夫，而男人常常會對一個女人抱有性欲，但心裡又愛著另一個女人。某方面來說，桂妮薇愛著這個法蘭西人，但她也沒有失去對亞瑟的愛慕之情。她和藍斯洛開始相愛時，不過是兩個大孩子，而國王要比他們年長八歲之多。在你二十二歲時，三十歲幾乎就算是個老人了。且她與亞瑟的婚姻被稱為「政治婚姻」，這樁婚姻是建立在亞瑟與羅德格蘭斯王之間的協定，並未徵詢她本人的意見。這樁婚事就像一般的政治婚姻，建立了成功的聯盟。藍斯洛出現之前，這個年輕女孩傾慕她那威名赫赫的丈夫，儘管他垂垂老矣。對他，她有尊敬、感激、親切、愛情，以及一種保護欲。她的感覺還不只如此，或許你可以說，她對亞瑟抱有多種情感，卻獨獨缺少浪漫的熱情。

然後那些俘虜來了，這位僅僅度過生命中二十幾個夏天的王后紅著臉坐在王位上，整座大廳燈火通明，底下滿是高貴的騎士，全都跪在地上。「你是誰的俘虜呢？」「我是王后的俘虜，藍斯洛爵士遣我來此，生死聽憑您差遣。」「你又是誰的俘虜？」「是王后您的，藍斯洛要我來的。」藍斯洛爵士——人人嘴裡都掛著這名字；他是這世上最傑出的騎士，凌駕眾人之上，甚至高過崔斯坦；他既優雅又仁慈，相貌醜陋卻戰無不勝；而他把這些人全都送給她。這像是個生日派對，有這麼多禮物。就像故事書裡寫得一樣。

桂妮薇坐得筆直，向她的俘虜屈身行王室禮。她赦免所有人，眼神比頭上的王冠還要閃亮。

藍斯洛最後才抵達。先是門邊那群拿火把的人起了一陣騷動，之後有個聲音開始在大廳裡打轉。前一刻，觥籌交錯的聲響和扯著嗓子的招呼聲，聽起來就像聖基爾達島[1]的海鳥聚會；下一刻，喊著多要一塊羊肉、多來一品脫蜂蜜酒的聲音就全靜止了，一張張模糊不清的白色臉孔全轉向門口。只見藍斯洛就站在那兒，身上不再是鎧甲，而是高貴的天鵝絨袍，裝飾著荷葉邊和菱形花紋。這個醜陋但友善的黑色人影猶豫著，不明白這陣寂靜所為何來，燈光讓他自慚形穢。那些臉孔又轉了回去，海鳥聚會旋即重新開始，藍斯洛走上前去，親吻國王的手。

這一幕道盡一切。或許一切盡在不言中比任何解釋都來得有力。

「嗯，藍斯，」亞瑟高興地說：「毫無疑問，這真是場熱鬧的狂歡。有了這些俘虜，珍妮坐都坐不住呢。」

「這些人都是要獻給她的。」藍斯洛說。王后和他都沒有看著彼此，而當他們這麼做時，雙方就像兩塊互相靠近的磁鐵，喀地一聲對上了，這一刻，他跨過了那條界線。

「我情不自禁地想，他們也是要獻給我的，結果你給了我一份相當於三個國家的大禮。」國王說。

為了避免沉默，藍斯洛覺得現在非說點什麼不可，他開始用很快的速度說：「對全歐洲的帝王來說，三個國家實在不算什麼。你這麼說，好像沒打敗過羅馬獨裁官似的。你的領土最近如何呢？」

「一如你之前的規畫，藍斯洛。如果你和其他人沒有進行文明教化的工作，打敗獨裁官又有什麼好處呢？若整個歐洲到處都是瘋狂的爭戰，當上歐洲的帝王又有什麼用呢？」

桂妮薇努力打破沉默，好支持她的英雄。這是他們初次共謀合作。

「親愛的亞瑟，你真奇怪，你一直都在打仗，征服別的國家，贏得勝利，你卻說戰爭是件壞事。」她說。

「確實是件壞事，是全世界最糟糕的事。噢，上帝啊，這事我們不需要再多解釋了吧。」

「是不需要。」

「奧克尼一族的情況呢？」那年輕人匆忙地問：「你那舉世聞名的教化進行得如何了？強權還是代表公理正義嗎？你可別忘了，我離開有一年之久啊。」

國王托著頭，悲傷地看著兩肘之間的桌面。他是個仁慈、有良知、愛好和平的人，從小便由一位天才導師嚴格管教。他和導師的結論是：殺害別人或當暴君都不對；為了阻止這類事情再次發生，他們發明圓桌的概念，有點像是民主概念、運動精神或是道德原則。然而此刻，在努力推行和平世界的同時，他發現鮮血已經淹上他的手肘。他健康愉快時，不怎麼會為此難過，因為他明白，這樣的兩難無可避免；但是脆弱時，他會受羞愧與躊躇折磨。北歐人中，他是推行文明教化的先鋒之一，也是率先揚棄匈奴王阿提拉[2]之道的人。有時，為了消滅混亂而戰的戰役似乎並不那麼值得。他經常想，對他手下那些死去的士兵來說，即便是活在暴政與瘋狂之下，活著也比死去來得好。

「奧克尼一族很糟，至於教化，除了你剛剛帶來的成果以外，其餘也很糟。你還沒來的時候，我一直覺得自己不過是個空有名號的君主，不過現在，我覺得我算得上是三國的帝王了。」他說。

「奧克尼一族怎麼了？」

「天啊，我們非得在你剛回來，大家都興高采烈時說這件事嗎？不過我想我們是得談談。」

「是摩高絲。」王后說。

1 St. Kilda，位於蘇格蘭西部海域的島嶼，有著火山遺跡，是大西洋孕育許多野生海鳥的廣大棲息地，自一九八六年起名列聯合國教科文組織世界遺產。

2 阿提拉（Attila the Hun, 406-453），古代歐亞大陸匈奴人的著名領袖，史學家稱為「上帝之鞭」（Scourge of God），曾多次率領大軍入侵東、西羅馬帝國，造成重大打擊。在西歐，他被視為殘暴及搶奪的象徵。

「部分問題在她。現在洛特死了，摩高絲和所有她找得到的人發生關係。我真希望派林諾國王殺死洛特的那場不幸意外從未發生，她現在這樣，對她的孩子造成很負面的影響。」

「什麼意思？」

國王以手刮著桌面說：「我真希望那次你扮成凱伊時，沒有擊敗加文，我尤其希望，你從卡拉鐸斯和特昆手裡營救他們兄弟時，沒有光榮獲勝。」

「為什麼？」

「這圓桌，」這年紀較長的男人一字一句地說：「在我們想到這個辦法時，是個很好的概念。我們必須為那些慣於爭戰的人找到一種方式，讓他們能在不傷害人的情形表現自我。我所能想出的，只有帶起一陣風潮，就像小孩那樣。而為了讓他們加入，我們得像學校裡那些孩子弄出個幫派，入幫者得先發毒誓，只能為幫派的理念而戰。你可以稱之為『教化』，我一開始發明這觀念時，我只是要人們不欺凌弱小——不要侵犯少女、不要搶劫寡婦、不要殺害無力還擊的對手。人應該要文明、有教養。但是，這個概念已經變成一種運動精神了。梅林總說運動精神是這世界的詛咒，的確如此。我的計畫全亂了。現在這些騎士都過於熱衷，把理念變成一種競賽。梅林說過，這是一種比賽狂熱。人人都喋喋不休地散播謠言，又是暗示，又是猜測，最近誰把誰打下馬來，誰拯救的少女最多，誰是圓桌最好的騎士。我做一張圓桌，就是為了防範這種事，卻仍無法避免。而奧克尼就是其中最狂熱的一族，我猜想，他們從母親那裡得不到安全感，讓他們認為必須在排名中奪冠，確保一個安全的地帶，至關重要。他們必須贏，為了補償她，就必須贏。這就是為什麼，我希望你沒打敗加文。他是個善良的傢伙，但他會把這件事放在心裡，日後與你為敵。更別說你長矛比試的平均分數，已經傷了他的自尊。這些分數是他們成就的一部分；對我手下的騎士來說，取得這些成就，已經勝過他們的靈魂。如果你不謹慎行事，奧克尼一族會要你血債血還，就像他們要可憐的派林諾付出代價一樣。這是種可恥的心態。為了他們所謂的榮譽，他們行使毫無價值可言的事。我真希望我從來沒有發明榮譽、運動精神，或文明教化這些事。」

「好一場演說啊！」藍斯洛說。「別難過了。就算他們一族要我血債血還，也傷不了我。至於你的計畫，別胡說，完全沒亂啊。圓桌是有史以來最好的想法了。」

仍把頭埋在手中的亞瑟抬起眼來，發現他的朋友和他的妻子正互相凝視，眼中帶著一股孩子般的失控與瘋狂，他很快低下頭，專心看著自己的盤子。

第十章

戴普大叔說話時，手裡轉著一頂頭盔。「你的披飾又破又舊。我們得再去弄一個來。披飾被砍破是榮耀，不過有機會換掉卻不管，就不怎麼名譽了，反而像是種吹噓。」

他們此刻正在一個北面有窗的小房間裡說話，房內冷暗，青色光線看來就像是凍結在鐵製品的油脂。

「好。」

「歡悅劍的狀況如何？還鋒利嗎？拿起來好不好平衡？」

歡悅劍是由中世紀最出色的鐵匠迦藍所打造。

「好。」

「好！好！」戴普大叔喊道。「除了『好』，你能不能說點別的？藍斯洛，我的靈魂已經要踏進棺材了，不過它還是要問你，你是不是啞啦？你到底發生了什麼事？」

藍斯洛正在弄順他頭盔上的羽飾，這羽飾原本是戴普大叔手上那頂頭盔的裝飾，是一種識別標記，而且可以取下。透過電影和漫畫，你腦中那些穿鎧甲的騎士可能通常會插著鴕鳥羽毛，像蒲葦莖幹那樣不斷點頭。這裡的羽飾可不同了。舉例來說，凱伊的羽飾狀如堅硬的扁平扇子，前後攤開，孔雀羽毛上的雀眼紋都經仔細排列，就像一把堅固的孔雀羽扇豎在他頭上。這樣的羽飾既不是一叢羽毛，也不會點頭；比較像是魚的脂鰭[1]，但比較俗麗。藍斯洛不大喜歡俗麗，他戴的是幾根用銀線綁起來的蒼鷺頸羽，和他盾上的銀白色很相襯。他原本撫摸著那些羽毛，現在卻把它們猛力扔去角落，站了起來，焦躁地在窄室裡踱步。

「戴普大叔，你還記得我要求過你，不要提起某件事嗎？」他說。

「我記得。」

「桂妮薇愛我嗎？」

「這你該問她。」他叔叔以法式的邏輯回答。

「我該怎麼做？」他大叫起來。「我該怎麼做？」

如果難以解釋桂妮薇為何同時愛著兩個男人，就更不可能解釋藍斯洛的情形。至少在這個年頭不可能，因為我們不會受迷信和偏見所囿；我們只要順著自己的心意就行了。那為什麼藍斯洛不像已脫離蒙昧的現代人，要不直接和桂妮薇發生關係，要不乾脆和他心目中英雄的妻子私奔？

讓他進退兩難的原因之一是，他是個基督徒。身處現代世界，我們很容易遺忘在遙遠的古代有一些人是基督徒；而在藍斯洛的年代，除了約翰．史考特斯．艾利基納[2]之外，就沒有其他新教徒了。藍斯洛在教堂長大（無論是誰，都很難背棄自己的出身），而他信仰的宗教明白地禁止他引誘摯友的妻子。另一個阻礙他隨心所欲的絆腳石即是騎士精神，也可以說是亞瑟所發明，而後深植於他那顆年輕心靈中的文明教化。一個信奉強權的惡領主，就算當著教堂審議會的面，或許也會帶著桂妮薇遠走高飛，因為奪人之妻本身就是一種「恃強凌弱」、強者為王的表現。

1 adipose fin，魚體表面一種由皮膚和脂肪構成的鰭狀突起，位於背鰭與尾鰭間，只見於一些少數魚類。

2 John Scotus Eriugena（800-877），愛爾蘭神學家、哲學家和詩人。

但是藍斯洛整個童年歲月都在思考騎士言行與亞瑟王的理論，他認定世上是有公理的，而他的信心一如亞瑟堅定，亦如那些愚信的基督徒般堅定。最後一個原因是他天生的障礙。在他那個乖僻腦中的神祕角落裡，在那些他深刻體會的悲傷無解糾纏中，有些我們無法解釋的東西，讓那男孩心中產生了障礙。他自己也無法解釋，而對我們來說，那實在是太過遙遠的事了。他愛亞瑟，也愛桂妮薇，但他恨他自己。全世界最好的騎士——這項顯然只有他能如此自稱的榮銜，招來眾人嫉羨的目光，但藍斯洛從不覺得自己是個好人。他的外在醜怪而高貴，長得活像鐘樓怪人，內在則藏著他自幼深植的羞恥感和自我厭惡。現在要去深究是什麼原因造成這樣的結果，已經太遲，要一個年幼的孩子相信自己不討人喜歡是非常容易的事。

「在我看來，這一切都取決於王后想怎麼做。」戴普大叔說。

第十一章

這一回，藍斯洛在宮廷裡待了好幾個星期。日子一天天過去，他愈來愈難以抽身。他發現自己困在社交活動裡，而在那些基本的活動之外，他最關切的是他個人的困境（因為他和我們這個時代的人不同，他認為純潔是很重要的事。他就像丁尼生爵士筆下那個男人，相信只有心地純淨的人才能擁有「十人之力」），他的力量確實就如同十人之力，中世紀發明這個詞時的解釋也是如此。而他從這想法推論，如果他與王后在一起，就會失去他那十倍於常人的力量。基於這個理由（以及其他理由），他帶著絕望的勇氣抗拒著她。桂妮薇也很難受。

某日，戴普大叔對他說：「你還是離開好了，你已經瘦了將近十三公斤。要是你走，有些事不管怎樣都會有個了斷。最好快點擺脫。」

「我不能走。」藍斯洛說。

「請留下來。」亞瑟說。

「你走吧。」桂妮薇說。

第二次遠行探險是他人生的轉捩點。當時在卡美洛有許多謠言，主角都是某個叫佩雷斯國王的人，他是個跛子，住在鬧鬼的柯賓堡裡頭。大家認為他有點瘋，因為他相信他和亞利馬太的約瑟[1]有親戚關係。在現代，他這種人會成為不列顛的以色列人[2]，而且會花上一輩子測量大金字塔的甬道來預言世界末日。不過，佩雷斯國王倒也沒

1 Joseph of Arimathea，耶穌門徒。十分富有，也很有地位，耶穌被釘上十字架之後，他領出屍體，安葬入本該是自己的墓中。傳說聖杯就是由他帶至英格蘭。

2 英裔以色列主義（British Israelism）認為英國人源自「消逝的以色列第十支部」，不過已多次遭到駁斥。

瘋得太厲害，他的城堡確實鬧鬼，裡頭有個鬧鬼的房間，房裡有數不清的門；到了晚上，會有東西從門外跑進來和你對戰。亞瑟認為或許值得派藍斯洛過去研究一下。

前往柯賓的路上，藍斯洛經歷了一次奇怪的冒險；在那之後許多年，藍斯洛一想起這趟冒險就懊喪不已。他每每回頭將它視為失去童貞的最後一場冒險，並且在之後二十年內日復一日地相信，那件事發生之前，他一直是上帝的臣民，但在那之後，他就成了一個謊言。

柯賓堡底下有個村落，看起來很繁榮，有鵝卵石街道、石造房子，和年代久遠的橋梁。城堡就坐落在村中一側的山坡上，另一側山坡上則有一座塔。村民都集結在街上，彷彿正等著他到來；而空氣中有種夢幻般的氛圍，彷彿陽光帶來一陣金雨。藍斯洛覺得很奇怪，他血液裡彷彿充滿過多的氧氣，而他能感受到每一面牆上的每一塊石頭、這村子裡所有的色彩，還有胯下座騎的愉快步伐。這座村子被施了魔法，村民都知道他的名字。

「歡迎光臨，湖上騎士藍斯洛爵士，騎士中的菁英！」他們喊。「您一定能解救我們脫離這個危難。」

他勒住馬與村民談話。

「為什麼你們要大聲叫我呢？」他一邊問，一邊想著其他事情，「你們怎麼知道我的名字？發生了什麼事？」

他們毫不費力且莊重地以合聲回答。

「噢，這位好騎士，您看到那座山丘上的塔了嗎？裡頭有位痛苦的小姐，她被人用魔法放在沸騰的水裡煮，已經過了好幾個冬天。只有全世界最傑出的騎士才救得了她。加文爵士上星期來過，但他無能為力。」他們說。

「如果加文爵士辦不到，我當然也沒辦法。」他說。

他不喜歡這種競賽。身為全世界最優秀的騎士，你得面臨一種危險，那就是不斷受到挑戰，直到你無法維持這個頭銜為止。

「我想我該走了。」他說，然後抖了一下馬韁。

「不，不，」那些人嚴肅地說：「我們知道您是藍斯洛爵士。您能從滾水救出我們的小姐。」

「我得走了。」

「她正在受苦。」

藍斯洛靠在馬肩上，右腿跨過馬尾，雙腳落地站定。「告訴我該做些什麼吧。」他說。

人群圍著他排成一隊，由村長拉著他的手，所有人一起走上山丘，期間除了村長向他解釋狀況，大家都很安靜。

「我們領地的小姐，以前是這個國家最美麗的女孩，摩根勒菲女王和北加里斯女王對她起了嫉妒之心，將她禁錮在魔法中作為報復。那樣傷害她實在太可怕了，如今她已經在滾水裡待了五年。只有全世界最傑出的騎士才能救她出來。」村長說。

他們來到塔前闡門時，另一件怪事發生了。那門是以古老的方式閂著，石造大門有深狹縫隙，讓沉重的橫閂來回移動，而閂的重量足以抵禦攻城鎚的攻擊。但現在這些橫閂自動移入牆內，鐵鎖也自己轉動，發出嘎吱聲。門安靜地開了。

「進去吧。」村長說。眾人在塔外站定，等著看會發生什麼事。

塔內的一樓有座火爐，用來維持魔法之水的熱度，藍斯洛進不去。二樓有個充滿蒸氣的房間，遮蔽了他的視線。他像盲人一樣將雙手在面前交握，走進房裡，直到聽到短促尖銳的叫聲才停下來。許久未開啟的門重啟後，帶入的氣流驅開部分蒸氣，發出叫聲的女孩就在那裡。這位迷人的小姑娘害羞地坐在一個澡盆裡看著他。她就如同馬洛禮所描述，全身像根針一樣光溜溜。

「呃。」他說。

女孩臉紅了，至少是以待在滾水裡的狀態下所能表現出來的臉紅。她低聲說：「請把您的手給我。」她知道要如何解除這個魔法。

藍斯洛伸出手讓女孩握住。她站起來走出浴盆，外面的人全都歡呼起來，彷彿他們確知裡頭發生了什麼事。他們帶了一件連衣裙和合適的內衣進來，那紅通通的女孩著裝時，村裡的婦女在門口圍成一圈。

「哦，穿上衣服的感覺真好。」她說。

「我的小親親！」一個又胖又老的女人喊著，流下歡喜的淚水。她顯然是女孩幼時的奶媽。

「藍斯洛爵士辦到了，」村民大聲叫道：「為藍斯洛爵士三呼萬歲！」

歡呼聲結束之後，先前在滾水中的女孩走向他，把手放在他手中。

「謝謝您，我們應該到教堂感謝上帝和您。」她說。

「應該的。」

他們來到村裡一間整潔的小禮拜堂，感謝神的恩典。他們跪在兩道牆之間，牆上的壁畫畫著一些看起來十分重要的聖人，頭上頂著藍色的光環，踮著腳尖站著，避免因透視畫法而被畫矮了。彩色玻璃窗上鮮麗的圖畫投射在他們頭上，有鈷藍、錳紫、銅黃、紅色、銅綠色。整個室內充滿各種色彩。儀式進行了一半，他才明白，上帝允准他行使奇蹟，而這正是他一直想做的事。

佩雷斯國王從村子另一頭的城堡一拐一拐地走來，查看狀況。他看著藍斯洛的盾牌，心不在焉地親吻先前還泡在滾水中的女孩，他像隻順從的鸛鳥般傾過身去，讓她在他臉上輕吻一下。他說：「天啊，你是藍斯洛爵士！我看到你從水壺魔咒救出我的女兒。你真是個好人！這事很久以前就有預言了。我是佩雷斯國王，亞利馬太的約瑟是我的近親。不過你呢，當然了，是我們主耶穌基督的八等親。」

「天哪！」

「真的，真的，」佩雷斯國王說：「這全都以算術的方式寫在史前石柱上了，而且我在卡波涅克的城堡裡有幾個聖盤之類的東西，還有一隻嘴上帶了個黃金香爐的鴿子，能往四面八方飛。不過我還是要說，你實在是大好人，把我女兒從那個水壺裡救出來了。」

「爹地，應該有人為我們介紹一下。」女孩說。

佩雷斯國王像是想趕走蟲子似的揮了揮手。

「伊蓮，」他說。又是一個同名的人。「這是我女兒伊蓮。幸會幸會。這位是湖上騎士藍斯洛爵士。幸會。這些全都寫在石頭上了。」

或許是第一次見面時她沒穿衣服，藍斯洛有點偏心地認為，除了桂妮薇以外，伊蓮是他所見過最美麗的女孩。他也害羞了起來。

「你一定要來跟我們待一陣子，」國王說：「這也寫在石頭上了。哪天把聖盤和別的東西拿給你看。教你算術。天氣真好。女兒不用每天泡在滾水裡。我想晚餐應該準備好了。」

第十二章

藍斯洛在柯賓堡留了幾天，那些鬧鬼的房間一如預期，除此之外也沒別的事好做。由於桂妮薇，由於這份無望的愛帶來劇烈苦痛，他胸口澎湃難安而致筋疲力竭，沒有多餘力氣到別處。打從愛上她之初，他就一直煩躁不安，所以他覺得，只要他繼續到處走、做別的事情，或許還有逃離的希望。現在，讓自己忙碌的力量已經消失，他覺得，如果只是等著看自己會不會心碎，那麼人在哪裡都一樣。還有，他也把另一件事看得太簡單了：如果妳只有十八歲，而全世界最傑出的騎士在妳一絲不掛時將妳從冒著滾水的水壺裡救出，妳極有可能愛上他。

一晚，佩雷斯滔滔不絕的宗教族譜十分令人厭煩，而那男孩心上的折磨讓他在晚餐桌上無法好好吃飯，甚至坐也坐不住，此時總管抓住機會。他已經服侍佩雷斯家族四十年了，他妻子便是那位含淚歡迎伊蓮的奶媽，他本人也支持戀愛。他也十分了解藍斯洛這樣的年輕人——如果以現今的英格蘭來比擬，可能還是個大學生或噴射機駕駛員。如果總管生在現代，他會是個出色的學院總監。

「先生，再來點葡萄酒嗎？」總管問。

「不了，謝謝。」

總管有禮地鞠躬，又倒了一盅酒；而藍斯洛看也不看就喝光了。

「先生，這酒不錯。王上在酒窖花了很大的心血。」總管說。

這時佩雷斯國王已經到圖書館忙著預言了，把煩悶的客人留在大廳。

「是的。」

貯酒室外頭傳來一陣窸窣聲，總管過去查看；此時藍斯洛正在喝另一杯酒。

「先生，這可是瓶好酒。王上為了這些酒建造良好的儲藏室，內人剛剛從酒窖拿了一瓶新的酒上來。看看這些酒垢，先生，我可以向您保證，您一定會喜歡這瓶酒。」總管說。

「對我來說，所有的酒都一樣。」

「您真是個謙虛的年輕人，」總管一邊說，一邊換了一個更大的酒杯。「請容我這麼說，先生，您儘管說您那個小玩笑吧，不過鑑賞好酒的行家，可是很容易就被認出來的。」

藍斯洛想要與自己的悲哀獨處，然而總管正在煩他，而他也發現自己受到打擾。因此他自忖，自己心不在焉的時候是不是對總管做了什麼無禮的事。或許這總管是真的對酒很狂熱而無法自抑。他很有禮貌地喝掉了酒。

「很好，」他帶著鼓勵的口吻說。「絕品佳釀。」

「先生，真高興聽到您的讚賞。」

「你曾……」藍斯洛問了一個天底下所有年輕人都不斷詢問的問題，並未注意到這是受酒精影響。「你曾經談過戀愛嗎？」

總管謹慎地笑著，又斟上一滿杯。

還不到午夜，藍斯洛和總管已經在桌上相對而坐，兩人的臉都紅通通的，中間放著一瓶香料酒，這是由紅酒、蜂蜜、香料和總管妻子加進去的其他材料混合而成的。

「所以我告訴你，」藍斯洛像隻人猿般瞪著眼睛，「我不會跟別人說，不過你真是個好傢伙，善解人意的傢伙。和你談話很愉快，可以暢所欲言。再來一杯。」

「祝健康。」總管說。

「我該怎麼做？」他大叫，「我該怎麼做？」

他把他那顆可怕的頭放在桌上的雙臂當中，開始哭泣。

「勇敢一點！不做毋寧死！」總管說。

他用一隻手拍著桌子，眼睛看著貯酒室的門，另一隻手又幫藍斯洛斟滿一杯酒。

「喝吧，開懷地喝吧。請容我直言，先生，要做個男子漢啊。馬上就會有好消息的，一定會的，之後，您就會像那些吟遊詩人說的，想緊緊抓住無情的短暫時光。」

「好傢伙，如果我有機會，沒這麼做可真該死。」藍斯洛說。

「小男孩和他主人一樣優秀呢。」

「那當然，」那年輕人說，然後眨了眨眼，不過他擔心自己看起來必定像頭野獸。「事實上，還要更棒呢，是吧，總管？」

他開始像個傻子一樣地笑著。

「噢，」總管說，「我妻子布萊珊來了，就在貯酒室門口，她手裡拿著一封信呢。我敢說那一定是要給您的。上面說什麼？」總管問道。他看著坐在那裡瞪著信紙的男孩。

「沒什麼。」他說，然後把信丟到桌上，搖搖晃晃走到門邊。

總管拿起信來讀。

「上面說桂妮薇王后就在五哩以外的凱斯堡，她要您過去。還說國王沒和她在一起。紙上還有幾個唇印。」

「是嗎？」

「您不敢去。」總管說。

「我不敢？」藍斯洛咆哮起來，跌跌撞撞走入黑暗當中，十足誇張地笑著，一邊叫喚他的馬。

次日一早，他在一間陌生的房間裡驚醒。房間很暗，窗上懸著繡毯；他的頭並不疼，因為他體格很好。他跳下床走向窗戶，拉開窗簾。那一瞬間，昨晚發生的一切，他全都明白了——那個總管、那些酒、可能摻和在酒裡的愛情魔藥、桂妮薇的信，以及剛才躺在他床邊的軀體：黑暗、結實、帶有已然冷卻的熱情。他拉下窗簾，額頭靠在窗框冰冷的石頭上，感到十分沮喪。

「珍妮。」他說。雖然只過了幾分鐘，對他卻像數小時。

床上沒有傳來回答。

他轉過身，發現眼前是之前身陷滾水的女孩——伊蓮。她躺在床上，赤裸的細瘦手臂夾住身側的床單，紫羅蘭色的眼睛定定看著他的眼。

對於自身的感情，藍斯洛一直都是個殉道者，我們也用不著掩飾這個事實。就在他回頭看到伊蓮的時候，他那張醜陋的臉上出現了無盡的憤怒與悲傷，那感情是如此簡單、誠實，因此在窗外光線的照射之下，他的裸體看起來尊貴不可侵犯。他開始顫抖。

伊蓮動也不動，只用靈活的眼睛看著他，像是隻老鼠。

藍斯洛走到放著他的劍的箱子旁。

「我應該殺了妳。」

她只是望著他。十八歲的她在那張大床上看來渺小得可憐，而且她嚇壞了。

「妳為什麼這麼做？妳做了什麼？妳為何要背叛我？」他大喊。

「我必須這麼做。」

「但這是叛行！」

他無法相信她的背叛。

「這是背叛！妳背叛了我！」

「為什麼？」

「妳讓……妳拿走了……偷走了……」

他把劍擲到角落，坐在那口箱子上，開始哭泣，臉上所有的線條奇異地扭絞在一起。伊蓮從他身上偷走的是他的力量，她偷走了他的十人之力。直到今天，孩子們仍然相信這種事：只要他們今日表現良好，明日就能在板球賽投出好球。

藍斯洛停止哭泣，他盯著地板，開始發言。

「我還小時，我向上帝祈禱，求祂讓我行奇蹟。只有處子能夠行奇蹟。我想成為全世界最優秀的騎士。我既醜陋又寂寞。妳的村人說我是全世界最傑出的騎士，而我也確實把妳從滾水裡救出來，行了奇蹟。我不知道那第一次居然也是最後一次。」

「噢，藍斯洛，你以後還能行更多奇蹟。」伊蓮說。

「不可能。妳偷走我的奇蹟了。我再也不是全世界最優秀的騎士了。伊蓮，妳為什麼要這麼做？」

她開始哭泣。

他起身拿毛巾裹住自己，走到床邊。

「別在意了，喝醉酒是我的錯。我覺得很難過，所以我喝醉了。我想或許是總管故意讓我喝醉的。如果他確實是故意的，那真是非常不公平。別哭了，伊蓮，這不是妳的錯。」

「是我的錯，是我的錯。」

「或許是妳父親要妳這麼做，好在族譜裡弄進一個我主耶穌基督的八等親。不然就是總管的妻子——女巫布萊珊唆使的。別為了這件事感到抱歉，現在沒事了。來，讓我吻妳一下。」

「藍斯洛！」她哭喊。「這一切都是因為我愛你。我不是也有對你付出嗎？我是個處女，藍斯洛。我沒有搶走你的東西。噢，藍斯洛，這都是我的錯。我該死！你為什麼不用你的劍殺了我？但這一切都是因為我愛你，我無法克制自己。」

「好了，好了。」

「藍斯洛，如果我有了孩子呢？」

他停下安慰她的話語，再次走到窗邊，彷彿要瘋了。

「我想要有你的孩子，我要叫他加拉罕，就跟你的首名一樣。」伊蓮說。

她赤裸的細瘦手臂仍夾著身側的床單。藍斯洛轉過身，憤怒地看著她。

「伊蓮，如果妳有了孩子，那是妳的孩子。用同情來綁住我並不公平。我要走了，希望永遠都不要再見到妳。」

第十三章

桂妮薇此時正在一間陰暗的房間裡做斜針繡之類的女紅，她討厭做這種事。這是為亞瑟製的盾牌護套，上面有隻以後腿直立的紅龍。伊蓮只有十八歲，要解釋一個孩子的感覺相當簡單；但桂妮薇已經二十二歲了，她已經發展出某種個人特質，當王后還是個孩子時，曾單純地接受眾俘虜之禮，而這種特質改變了曾經單純的感受。

有一種稱為「人生知識」的東西，要等到步入中年之後，你才會擁有。你無法將它傳授給年輕人，因為它沒有邏輯，也不遵守那些永恆不變的法則。它沒有規則可言。只有將女人帶往她生命中期的漫長歲月，才能發展出這樣的調和感。如果你要教寶寶走路，用邏輯向她解釋走路是沒有用的，她必須親身體驗，才能學習走路的奇怪姿勢。同樣，你也不能教導一名年輕女性何謂人生知識。她必須經歷歲月的體驗。之後，當她開始厭棄她那老舊的軀體時，她會赫然發現自已懂了。日子可以繼續過下去，而她所憑藉的不是原則、不是推理、不是是非，僅是一種奇特且不斷改變的調和感，這種調和感往往與原則、推理或是非相違。她不再希冀以尋求真理的方式生存（如果女人真的有過這種希望），從今而後，她會遵循第七感的指引。她在初次學習走路時學會了第六感，也就是調和感，而現在她有了第七感：人生知識。

男人和女人都利用第七感，試圖駕馭充斥著戰爭、不貞、妥協、恐懼、愚弄和偽善的人生及其中的起伏。發掘第七感的過程很緩慢；發掘出第七感也不代表勝利。或許嬰兒會驕傲地哭出來：我擁有調和感了！但第七感沒有可供辨識的哭聲，我們只能帶著那著名的人生知識，以一種僵化的習慣來駕馭這詭譎的起伏。因為我們已經來到一個僵持的階段，想不到別的事好做了。

而在這階段，我們開始遺忘那段我們尚未擁有第七感的時光。就在我們遲滯地走向調和，我們開始遺忘，我們的軀體一度也擁有閃耀著生命熱情的時光。記得這樣的感覺並無法獲得撫慰，因此它在我們的意識中死去了。

然而，曾幾何時，我們每個人都赤裸裸地站在這世界面前，眼前的人生是一連串問題，受到我們密切而熱情的關注。曾幾何時，尋求上帝是否確實存在是非常重要的問題。對那些要面對現世的人來說，來生存在與否至關重大，因為那會決定她此生的生活方式。曾幾何時，對我們火熱的軀體來說，自由戀愛與天主教道德觀對立的問題，就像有把槍讓我們的腦袋開花一樣重要。

而在更早之前，曾幾何時，我們以我們的靈魂測度世界、愛，而我們自己又是什麼。

在我們得到第七感時，這些問題和感覺都會逐漸消失。步入中年的人，能夠毫無困難地在信仰上帝與觸犯誡律之間取得平衡。事實上，第七感會慢慢殺死其餘感覺，因此最後誡律根本不算什麼問題，我們再也看不見、感覺不到、聽不見它們了。曾經喜愛的軀體、尋求的真理、質疑的上帝，我們從此耳聾目盲，無所知覺。我們現在正在最後一感的保護之下，以安全而無意識的調和走向無可避免的死亡。〈感謝上帝賜我年老〉這首詩如是吟唱：

感謝上帝賜我年老，
賜我年歲、疾病與死亡。
年衰體病，尤以踏進棺材之時，
便得從心所欲。

桂妮薇坐著做斜針繡，腦中想著藍斯洛時才二十二歲，還沒步入人生歲數的一半，也沒生病，所以她只有六感。我們很難想像她的想法。

首先，是心智與身體的混亂——那是會為了日落與月光的魅惑而哭泣的時期；那是對上帝、對真理、對愛情和永恆的信仰與希望所產生的信念與困惑；那是會為了形體之美而心醉的天性；那是會疼痛與鼓脹的心；那是至極的快樂與逾恆的哀傷，而兩者之間彷彿橫亙著一片汪洋。接著是無禮地暴露出肆無忌憚的自私任性，以平衡上述這些迷人的特質——心神不寧、無法安定，總忍不住要去打擾中年人——針對抽象的話題（例如「美」）冒失地爭論，彷彿真有興趣與中年人談論這些；至於何時該出於對中年人的尊敬而壓抑真理，則一點經驗都沒有；所擁有的，是一種籠統的興奮與厭惡，以及與第七感格格不入的感覺。而這些，都是二十二歲的桂妮薇所擁有的部分特質，因為人人皆有。但是在這之上，她的個人特質裡還有個寬廣又不確定的部分；她以此不同於天真的伊蓮——她可能不那麼悲情，也比較真實；就是這樣的力量，讓她成為藍斯洛所愛的珍妮。

「噢，藍斯洛，」她一面縫著盾冠，一面吟唱：「噢，藍斯，快點回來吧。帶著你那扭曲的微笑，或是你獨特的走路方式回來吧，你的步伐會告訴我你是生氣，還是感到迷惑。回來告訴我，愛情是或不是一種罪惡都無妨。回來告訴我，只要我是珍妮、你是藍斯就夠了，別人會如何都沒關係。」

令人吃驚的是，他回來了。從伊蓮那裡直奔回來，在她的掠奪後直奔回來，藍斯洛就像枝飛向愛情之心的箭矢般歸來。他已在謊言中與桂妮薇共寢，他的十人之力也被騙走了。現在的他在上帝眼中是個謊言，所以他覺得自己也確實成了一個謊言。他再也不是全世界最優秀的騎士，再也無法行使奇蹟對抗魔法，也無法獲得醜陋與空虛靈魂的報償，這個年輕人飛奔向他的愛人求取安慰。他馬下的鐵蹄在鵝卵石上發出噠噠聲響，那聲音讓王后放下手上的女紅，起身探看是否亞瑟打獵歸來。他腿上的鎖子甲環踏在階梯上，發出鏗鏘聲，像是馬刺敲在石頭上。她還沒確定到底發生了什麼事，便又哭又笑地背叛了她丈夫，她一直都知道自己將會這麼做。

第十四章

「藍斯，這裡有一封你父親寫來的信，說他遭逢克勞達斯王攻擊。我應許過他，必要時會協助他對抗克勞達斯，回報他在畢德格連會戰中助我一臂之力。我得去一趟。」亞瑟說。

「我明白了。」

「你有什麼打算？」

「你這話是什麼意思？我有什麼打算？」

「這個嘛，你是要和我去？還是要留在這裡？」

藍斯洛清了清喉嚨。「你覺得怎麼做最好，我就怎麼做。」

「這對你來說可能很困難，我不想這樣要求你，不過如果我請你留在這裡，你會介意嗎？」亞瑟說。

藍斯洛想不出任何安全的字眼，國王便將他的沉默誤解為失望。

「你當然有權去見你父母，如果你很想回去，我不會要你留下的。或許我們可以改天再安排。」他說。

「你為什麼要把我留在英格蘭？」

「得有個人留下來盯著那些氏族。如果我知道有個足以應付狀況的人留在這裡，我在法蘭西會安心些。康瓦耳的崔斯坦和馬克王之間的問題很快就會浮上檯面，還有奧克尼的宿怨。你知道這些艱困的。而且，有個人可以照顧桂妮，我也比較放心。」

「或許，」藍斯洛痛苦地選擇用詞，「你信任別人比較好。」

「別傻了。連你都信不過，你要我相信誰呢？你只要在狗舍外面露個臉，那些小賊馬上聞風而逃。」

「這可不是張好看的臉。」

「你這殺人不眨眼的傢伙！」國王高聲地開了個玩笑，重重地往這位朋友背上一拍，隨即離開，安排遠征了。

他們有了一整年歡樂時光，這個奇異的天堂為期十二個月，躲藏在琴酒般清澈的水底下或砂礫河床上，只有鮭魚才知道這個天堂存在。他們戴罪長達二十四年之久，但只有第一年看似快樂。當他們年華老去，回憶及此，這一年當中何時下雨結霜他們都不記得了。對他們來說，四季都染上了玫瑰花瓣邊緣的美麗色彩。

「我不懂，妳為什麼會愛上我呢？妳確定妳愛我嗎？是不是有什麼地方弄錯了？」藍斯洛說。

「我的藍斯。」

「可是我的臉，我看起來那麼可怕。現在我相信，不管這世界是什麼樣子，神都會愛它，只因為祂愛它。」

有些時候，他的恐懼會籠罩著他們。桂妮薇並不因為自己的作為懊悔，但她從她的愛人身上察覺到了。

「我不敢想。別想。珍妮，吻我。」

「為什麼要想呢？」

「我無法不想。」

「親愛的藍斯！」

其他時候，他們會為了芝麻小事爭吵，然而即便爭執，也是情人之間的拌嘴，事後想來也覺得甜蜜。

「妳的腳趾頭看起來像是要到市場的小豬。」

「我希望你不要說這種話。太不尊重了。」

「尊重！」

「對，尊重。為什麼你不該放尊重點呢？我畢竟是王后啊。」

「妳叫我尊重地對待妳，當真嗎？那我想我應該要一直保持單膝下跪的姿勢吻妳的手囉？」

「有何不可？」

「我希望妳不要這麼自私。如果有什麼事是我無法忍受的，那就是有人把我視為她的財產。」

「自私！的確！」

之後王后會開始跺腳，或一整天都心情不好。不過，在他適度表示悔意後，她便原諒了他。

後來，他們會告訴對方自己的私密感受，而當他們互相傾訴時，總是帶著某種純真的驚奇。有一天，藍斯洛對王后說出他的祕密。

「珍妮，我還小時，我討厭我自己。我不知道為什麼。我覺得很丟臉。那時我是個非常聖潔的男孩。」

「你現在沒那麼聖潔了。」她說著笑了起來。她並不了解他正在對她說的話。

「有一天，我哥哥要我借他一枝箭。我有兩三枝特別直的箭，我很珍惜，而他的箭則有些彎曲。我假裝弄丟了那些直箭，沒辦法借給他。」

「你這個小騙子！」

「我知道。後來，因為我對他撒了謊，非常自責，也認為我對上帝不真誠。所以我到護城河邊的一叢刺人蕁麻旁，把平時用來射箭的手伸進去處罰自己，我捲起袖子就伸手進去。」

「可憐的藍斯，你那時真是個純真的孩子。」

「但是珍妮，我沒被蕁麻刺到。我很確定，我的確記得我沒被刺到。」

「你是說這是個奇蹟嗎？」

「我不知道。很難確定。那時我是個愛做夢的孩子，總是活在想像的世界裡。在那個世界裡，我是亞瑟最優秀的騎士。蕁麻的事可能是我想像出來的，但是我記得自己沒有被刺到的時候，我嚇了一跳。」

「我確信那是個奇蹟。」王后堅定地說。

「珍妮，我這輩子一直都想要行使奇蹟。我想要做個聖潔的人。我想那是一種野心，或是一種驕傲，或許是某種不值得去做的事。對我來說，征服這個世界是不夠的，我還想要征服天堂。我很貪心，僅是最強的騎士並不夠，還要成為最優秀的騎士。做白日夢最糟的地方就在這裡。這就是為什麼我想要遠離妳。我知道，如果我不純潔，就不可能行使奇蹟了。而我確實行了一個奇蹟，那是個很棒的奇蹟。我從滾水中救出一位被魔法禁錮的女孩，她叫伊蓮。之後我就失去了我的力量。現在我們在一起了，我再也無法行奇蹟了。」

關於伊蓮，他並不想告訴她所有真相；他認為，如果她知道她並非他的初次對象，可能會傷害到她。

「為何不能？」

「因為我們是有罪的。」

「我個人從來沒行過奇蹟，」王后的語調有些冷酷，「所以我可不像你那麼後悔。」

「但是珍妮，我一點都不後悔。妳就是我的奇蹟，為了妳，我可以再把它們都扔下海。我只是想告訴妳我小時候的感覺。」

「這個嘛，我不敢說我能體會。」

「妳無法了解想要在某些事情上有所成就的念頭嗎？不，我看得出來，妳不需要。只有那些有所缺憾、低劣、次等的人才需要有某種成就。妳一直都完美無瑕，所以妳不需要去想像。但是我總不停想像著。我知道我再也不是最優秀的騎士後，有時會很害怕，即使現在和妳在一起，我也會這麼想。」

「那我們最好到此為止，這樣一來，你就可以去好好告解一番，然後行更多奇蹟。」

「妳知道我們是不可能結束的。」

「在我看來，這整件事都是想像出來的，」王后說，「我無法了解。這似乎很不實際而且自私。」

「我知道我很自私。我沒辦法控制自身。我試著不要自私，但那是天性，我沒辦法。噢，妳不能了解我對妳說的事嗎？我小時候很寂寞，而我努力鍛鍊自己。以前我告訴自己，我將成為橫越花刺子模沙漠[1]的偉大探險家；或者成為像亞歷山大或聖路易王那樣偉大的國王；或者是偉大的療癒者，我會找到一種能治癒傷口的香膏，免費發送眾人；我也可能成為聖人，只要碰觸傷口就能治好；或者我會去追尋某種重要的東西，比如真十字架[2]或聖杯那樣的聖物，或是其他類似的東西。這些都是我的夢，珍妮。我只是告訴妳，我以前都在做些什麼夢。那是我所謂的奇蹟，我現在已經失去的奇蹟。我把我的希望給了妳，珍妮，作為我愛的禮物。」

1 原文為 Chorasmian Waste，位於今中亞西部。波斯、印度、阿拉伯、突厥、蒙古等古帝國都曾統治過這塊土地。

2 The True Cross，據說是當年釘死耶穌基督的十字架，在基督教義中具有重大意義。由羅馬大國君士坦丁大帝的母親，聖海倫娜（St. Helena）尋獲。

第十五章

他們那美好的一年，在亞瑟返家時宣告終結，而且幾乎立刻毀於一旦，但並非國王的緣故。他歸來那晚，當他詳述自記憶中湧現的細節、訴說他是如何打敗克勞達斯時，門房那兒起了一陣騷動；晚餐時，波爾斯爵士被引入大廳。他是藍斯洛的表親，之前在柯賓堡度假，調查鬧鬼的事。他給藍斯洛捎來一份訊息，是晚餐後附在他耳邊說的。不巧的是，他討厭女人，而他也像大多數厭惡女性的人一樣，有一種女性的缺點——輕率；他也把這消息告訴他的好友，很快整個宮廷都知道了：柯賓的伊蓮生下一個漂亮的兒子，她為他受洗命名為加拉罕——如果你還記得，那就是藍斯洛的首名。

「所以，」桂妮薇後來與她的愛人獨處時說：「這才是你失去奇蹟的原因。你說把希望給了我，全是謊話。」

「這話是什麼意思？」

桂妮薇開始用鼻子吸氣，她覺得眼球後面有兩根充血的拇指，正試著把她的眼球推出來，而她不想看他。她試著不去想像，心中也感到害怕。她可能會說出一些丟人又充滿恨意的話，但她沒辦法控制自己的舌頭。她就像在大海中游泳的人般掙扎著。「你知道我是什麼意思。」她望向別處，苦澀地說。

「珍妮，我是想告訴妳，但這解釋起來太困難了。」

「我能了解有多困難。」

「事情不是妳想得那樣。」

「我想得那樣！」她大叫，「你怎麼知道我怎麼想？我想得和大家想得都一樣，那就是你是個誘拐女孩的卑鄙傢伙！你和你的那些奇蹟不過是謊言罷了！而我居然笨到相信你。」

她每丟出一項指控，藍斯洛就轉一次頭，彷彿試圖不讓那些話戳中他似的。他看著地面，藏起他的眼睛。他的雙眼很大，通常讓他看來有種恐懼或驚訝的表情。

「伊蓮對我來說毫無意義。」他說。

「但她應該有一點意義啊。她是你孩子的母親，你怎能說她對你毫無意義？你還試圖隱瞞她的事！不，別碰我，走開。」

「我不能在事態演變至此時離開。」

「如果你碰我，我就去找國王。」

「桂妮薇，我在柯賓時被人灌醉了，他們告訴我妳在凱斯等我，摸黑把我帶去伊蓮的房間。我隔天早上就離開，回到這裡。」

「差勁的謊話。」

「這是真話。」

「小孩都不會相信。」

「如果妳不願相信，我也無法逼妳。我發現真相時，想拔出劍殺了伊蓮。」

「我會讓她死的。」

「那不是她的錯。」

王后拉扯自己的衣領，彷彿衣領太緊，她說：「你在替她說話，你愛上她了，還欺騙我。我一直都這麼覺得。」

「我發誓我說的是實話。」

她突然停止控訴，哭了起來。「為什麼不早點告訴我？為什麼不告訴我你有個孩子？為什麼一直騙我？我想她才是你的奇蹟，你引以為傲的奇蹟。」

同樣承受著狂亂情緒的藍斯洛也哭了，他伸出手臂環抱著她。

「我不知道我有了孩子，我不想要孩子。那不是我所追尋的。」

「如果你早點告訴我實話，我會相信你的。」

「我是想告訴妳，但我做不到。我怕妳會難過。」

「現在這樣我傷得更重。」

「我知道。」

王后擦乾了眼淚，看著他，她的微笑像是一場春雨。沒多久，他們就吻在一起，感覺就像讓雨水洗淨的綠色大地。他們覺得彼此更加了解，但也種下了猜疑的種子。他們的愛更加強大，但憎恨、恐懼與猜忌的種子同時也開始生長，因為愛與恨是可以並存的，兩者會互相折磨，而這為他們的愛情帶來了最猛烈的風暴。

第十六章

此時在柯賓堡，稚氣的伊蓮正準備啟程。她要從桂妮薇手中搶下藍斯洛，除了她自己，所有人都對這場遠征感到同情。她手無寸鐵，也不知如何作戰，她這麼做也毫無尊嚴可言。藍斯洛並不愛她，她仍無藥可救地愛著他。她能夠用來和王后的成熟相抗衡的，只有她自身的不成熟和卑微的愛情，還有那個帶去見父親的白胖嬰兒——然而這孩子對他父親來說，僅象徵一樁殘酷的詭計。這場遠征就像赤手空拳的軍隊，要攻下牢不可破的要塞，同時還將一隻手綁在身後。伊蓮個性樸實，這只能歸因於她這輩子大多數時間，都在那座魔法大釜中遺世獨居，而這樣的她決定要在桂妮薇的地盤與對方交鋒。她訂製最華麗精巧的衣袍，要去卡美洛挑戰英格蘭王后；不過，穿上這些衣服，只會讓她看起來既呆蠢又土氣。

如果伊蓮不是伊蓮，她可能會把加拉罕當作武器。同情和歸屬可以打動藍斯洛這種人，也許能夠成功地約束他。但伊蓮並不聰明，也不懂如何約束她的英雄。她帶著加拉罕是因為她愛這孩子，她把他帶在身邊，不過是她不想與她的寶寶分開，同時也想在他父親面前炫耀他，還有部分是她想比較他們的相貌。她最後一次看到她那幼小心靈所繫的男人，已經是一年前的事了。

而在伊蓮計畫要俘虜藍斯洛的同時，藍斯洛正在宮廷和王后在一起，不過此刻，他的心再也無法保持國王離家在外時，他為自己編織出來的短暫平和了。國王在外時，他還能讓自己沉浸在過去的時光中，但國王現在無時無刻都在他肘腋之側，彷彿批判著他的背叛。他對桂妮薇的熱情並沒有埋葬他對亞瑟的愛，他仍感覺得到那份情感。對藍斯洛這樣的中世紀人物來說，這是很痛苦的，因為他們有個致命的弱點，就是看到高位者便會興起敬愛之心。而藍斯洛無法忍受的是，這讓他覺得他對桂妮薇的感情是低賤的，但這卻是他一生中最深刻的感情——然而現在所有的密會都讓它看起來很低賤。這名丈夫的出現，迫使這對情人匆匆相會、關門落鎖，想出卑劣的計謀和罪惡的花招，這一切都玷辱了那些若非如此美妙，則根本不該碰的事物。

在這個汙點中，折磨他最甚的莫過於他知道亞瑟是個仁慈、單純又正直的人，莫過於知道他總是遊走在重傷亞瑟的邊緣，而他是愛他的。桂妮薇也有自己的痛苦。他們初次懷疑而爭吵的時候，兩人都在對方眼中種下了（或說見到了）痛苦的種子。對他來說，愛一個嫉妒而多疑的女人是件痛苦的事。她沒有立即相信他解釋與伊蓮的關係，是個致命打擊，但他無法不愛她。

最後，他的性格出現一些反抗的因子，也就是他對純潔、榮譽與性靈上的優越所懷抱的奇特欲望。這些事，加上他下意識對伊蓮要帶著他的兒子而心懷恐懼；凡此種種，不但粉碎了他的快樂，也不容許他逃避。他很少坐下，總是不安地四下徘徊；把東西拿起來，卻連看也不看就又放下；走到窗邊往外看，卻什麼也看不見。

而桂妮薇確實察覺自己對伊蓮的到來有所恐懼，她在伊蓮要來的那一刻便知道了。然而，對她和所有女性來說，這種恐懼比男性更甚。男人常常指控女人，說他們本來並沒有任何不忠的念頭，都是被女人無意識的的嫉妒給逼出來的。但是不忠的念頭可能原本就存在，只有女人才能夠意識、察覺。舉例來說，偉大的安娜·卡列妮娜就是用狂熱的無理嫉妒，將佛朗斯基逼到某種地步[1]——雖然那是唯一能實際解決他倆問題的方法，也是無可避免

1 典出俄國小說家托爾斯泰（Leo Tolstoy）名著《安娜·卡列妮娜》（*Anna Karenina*），女主角安娜·卡列妮娜為愛拋夫棄子，與軍官佛朗斯基私奔，但兩人的愛情終究破滅，最後安娜自殺身亡。

的解決之道。她能夠看到的未來比他要多很多，因此她以一股激情朝著未來前進，毀了此刻，因為她知道，未來必然走向毀滅。

這就是桂妮薇的狀況。也許伊蓮這個急迫的問題並未讓她過度緊張，也許她並沒有真的懷疑過藍斯洛，然而，她的先見之明已然察覺她的愛人見不到的厄運與憂傷。更精確地說，她並非以邏輯理性察知這些事，而是在她更深層的意識中浮現的。可惜的是，語言是種笨拙的工具，一個母親「無意識」地感到她的寶寶在隔壁房裡哭泣，我們就不能說她「沒察覺」這回事。在這層面，桂妮薇潛意識裡感知到的事實，包括亞瑟與藍斯洛的情形、宮廷裡會發生的大部分悲劇，以及她自己沒有生子——這樁事實令人痛苦，永遠都無法彌補。

她告訴自己，藍斯洛已經背叛了她，她是伊蓮詭計之下的受害者，而她的愛人一定會再次背叛她。她用上千句類似的話折磨自己，但在內心未知的角落裡，她的感受又是另外一回事了。或許她確實嫉妒，但不是對伊蓮，而是對那個嬰兒；或許她害怕的是藍斯洛對亞瑟的愛；又或許，那是一種對整個局勢的恐懼，因為局勢並不穩定，而且註定會遭到報應。女人遠比男人清楚，上帝的律法終會彰顯。她們有更多理由明白這一點。

不管如何解釋桂妮薇的態度，結果都為她的愛人帶來痛苦。她變得跟他一樣焦躁煩亂，無理、殘酷的程度更是遠勝。

亞瑟的感受是這場宮廷悲劇的最後一個環節。他的成長過程完美無缺，這對他本身來說是種不幸。他的老師教導他的方式，就像讓他在子宮內接受教育，在那裡，他以魚類到哺乳類的姿態體驗人類歷史。同時，他也像個子宮裡的孩子受到愛的保護。此種教育造成的影響，就是他在成長過程中沒有獲得任何有用的生活技能——沒有惡意、虛榮，沒有懷疑、殘酷，甚至沒有一般程度的自私。在他看來，嫉妒可說是最不名譽的惡行。可悲的是，他既無法恨他的朋友，也無法折磨他的妻子。他得到太多愛與信任，而他也擅長對別人付出愛與信任。

亞瑟並非那些動機玄奧到可以詳細解剖的有趣角色，他只是個單純而情感豐沛的男人，因為梅林相信愛與單純有其存在價值。

現在，這個在他眼前發展的情勢是個惡名昭彰的難題（非常難解，所以人稱「永恆的三角習題」，就像歐幾里德的幾何習題「驢橋定理」[2]），亞瑟只能退開。也只有那些信任別人又樂觀進取的人才有辦法退開，那些得不到愛情又背信忘義的人，會受到自我厭世的想法驅使，轉而攻擊別人。亞瑟的強壯和溫柔讓他抱著希望：如果他信任藍斯洛和桂妮薇，事情終究會好轉。對他來說，這麼做似乎比用一些手段逼迫他們立即回到正途要好些，例如，以不忠的罪名送這對情侶去砍頭。

亞瑟不知道藍斯洛和桂妮薇是一對戀人，他從來沒確實發現他們在一起，也沒有找出他們有罪的證據。在這些情況下，他那無畏的天性希望自己不會發現他們在一起，而不是設下陷阱來破壞眼前情勢。他並非縱容的丈夫，而是他希望藉由拒絕察覺此事，讓麻煩自行消失。當然，他下意識地很清楚他們正睡在一起，也明白如果他質問妻子，她會承認。她有三項最大的美德：勇敢、慷慨和誠實。所以他沒辦法問她。

國王對眼前局勢的態度並沒有讓自己比較快樂。他不像桂妮薇那麼激動，也沒有藍斯洛那樣不安，但他變得更加沉默。他在自家宮廷像隻老鼠偷偷摸摸，不過，他確實一度試圖抓住那把刺人的蕁麻。

「藍斯洛，」某日下午，國王在玫瑰花園裡找到他。「你最近看起來不大好，出了什麼事嗎？」

2 拉丁語為 Pons asinorum，又稱等腰三角形定理。

藍斯洛折下一朵玫瑰，掐著花萼。這種花後來被稱為遠古玫瑰，五枚花萼都從花瓣底下向外伸展，如同玫瑰紋章[3]。

國王孤注一擲地問：「這，和那位聲稱有了你的孩子的女孩有關嗎？」

如果亞瑟只問了他第一個問題，或許那件事就會在回應的沉默中揭露出來。但是亞瑟擔心有什麼不該說的在這陣沉默中透露，於是他用第二個問題引導對方，機會轉瞬即逝。

「是的。」藍斯洛說。

「我猜，你沒辦法逼自己娶她？」

「我不愛她。」

「嗯，你自己的事你最了解。」

那時的藍斯洛無法自制地想訴苦，解除心中某些痛苦，但又無法對眼前這個特殊的傾聽者說出事實，於是他開始說起伊蓮，那是一段冗長而瑣碎的陳述。他對亞瑟說出了部分事實：他是如何蒙受恥辱，又失去了他使行奇蹟的能力。而他被迫讓伊蓮擔任這場告解的主角，半小時後，他無意間給了國王一套可以採信的說詞，亞瑟不想知道事實真相時，可以說服自己的說詞。對這可憐的傢伙來說，這部分的事實很有用，他在之後那幾年學會用這套說詞來取代可怕的真相。身處文明制度下的我們，面對這種狀況會馬上採取離婚法庭、贍養費等等補償措施；我們能以一種合宜的輕蔑態度看待那些戴綠帽的懦弱丈夫。但亞瑟只是中世紀的野蠻人，並不了解我們的文明制度，面對像嫉妒這樣的惡德，也只能繼續保持過度寬大的禮儀。

後來在玫瑰花園裡找到藍斯洛的是桂妮薇，她的態度一派甜美而理性。

「藍斯，你聽說了嗎？有個使者剛到，說那個讓你心煩的女孩帶了寶寶，正要到宮廷來。她今晚就會到。」

「我知道她要來。」

「當然，我們應該盡全力好好待她。可憐的孩子，我想她並不快樂。」

「她不快樂不是我的錯。」

「當然不是你的錯。不過這世界總會讓人不快樂，我們一定要在行有餘力的時候幫助那些人。」

「珍妮，妳對這件事表現得如此寬大，真是太好了。」

他轉向她，想要抓住她的手。她的話語讓他燃起希望，以為一切都會沒事。但珍妮抽回了手。

「不，親愛的。她離開前，我不想和你在一起。我要你保持自由之身。」她說。

「自由之身？」

「她是你孩子的母親，又是個未婚女子。我們倆永遠不可能結婚。假如你願意，我希望你能和她結婚，因為這是我們唯一能做的事。」

「但是，珍妮……」

「不，藍斯，我們要保持明智。她在這裡時，我要你離我遠一點，讓你確知自己究竟愛不愛她。至少這是我能為你做的。」

3 此處是指英國蘭開斯特家族的紅玫瑰，以及約克家族的白玫瑰兩種紋章，由五瓣玫瑰構成，花瓣間有綠色花萼伸出。為了英格蘭王位，這兩大家族的支持者斷斷續續於一四五五至一四八七年間發生內戰，後稱為玫瑰戰爭。

第十七章

伊蓮抵達城門塔樓的入口，桂妮薇冷冷地親吻了她。「歡迎來到卡美洛，無比歡迎。」

「謝謝。」伊蓮說。

她們心懷敵意，面帶微笑地注視著對方。

「藍斯洛看到妳會很高興。」

「噢！」

「親愛的，大家都知道寶寶的事了。這沒什麼好害羞的。我和國王都很期待，想看看他是不是長得像他爸爸。」

「妳人真好。」伊蓮有些彆扭地說。

「妳一定要讓我第一個看他。妳叫他加拉罕，對吧？他強壯嗎？會認東西了嗎？」

「他現在十五磅重。如果妳願意，現在就可以看他。」女孩驕傲地宣告。

桂妮薇以一種旁人無法察覺的方式努力克制情緒，然後開始擺弄著伊蓮的圍巾。

「不了，親愛的，」她說：「我不能這麼自私。妳長途跋涉而來，一定得好好休息，寶寶也需要安頓下來。今晚我可以等他睡了再來看他。有很多時間。」

但她最後還是得去看看那個嬰兒。

藍斯洛再次碰到王后時，她的甜美與理性全消失了，顯得冷酷而驕傲，說起話來彷彿在發表演說。

「藍斯洛，我想你應該到你兒子那裡。你至今都還沒去看他，這讓伊蓮非常傷心。」她說。

「妳看過他了？」

「是的。」

「他醜嗎？」

「他長得像伊蓮。」

「感謝上帝。我馬上就去。」

王后把他叫了回來。

「藍斯洛，」她說著，用鼻子深吸一口氣。「我相信你不會在我的屋簷下和伊蓮睡在一起。如果你我在塵埃落定之前必須分開，你也不能和她睡在一起，這樣才公平。」

「我不想和伊蓮睡在一起。」

「你當然會這麼說。我會相信你。不過，如果你這次違背了你的諾言，我們之間就結束了。徹底結束。」

「我能說的都說了。」

「藍斯洛，你欺騙過我一次，我怎麼能夠肯定你不會再騙我？我安排伊蓮住在我隔壁的房間，如果你去，我會知道。我要你待在自己的房間。」

「都聽妳的。」

「今晚如果我能離開亞瑟，我會送信給你。我不告訴你時間。如果我送信給你時，你不在房裡，我便會知道你和伊蓮在一起。」

布萊珊夫人為小男嬰準備搖籃時，伊蓮正在她房裡哭泣。

「我在射箭場看到他，他也看到我了。但是他轉過頭，找了個藉口就離開。他甚至都還沒來看過我們的孩子。」

「好了，好了，」布萊珊夫人說。「天啊，真是一團亂。」

「我不該來的，來了只會讓我覺得自己更悲慘，他也這麼覺得。」

「那是因為有王后在。」

「她很漂亮，對吧？」

夫人陰沉地說：「一個人要心地善良才算是真正的美麗。」

伊蓮開始無助地啜泣，她鼻子通紅，看起來很抗拒，就像那些要放棄權位的人一樣。

「我要他快樂。」

敲門聲傳來，藍斯洛走了進來——她的眼淚馬上就乾了。兩人行了禮，顯得很不自然。

「我很高興妳來卡美洛，妳好嗎？」

「我很好，謝謝你。」

「寶寶……他好嗎？」

「這是閣下您的兒子。」布萊珊夫人加重了語氣。

她將搖籃轉向他，往後移一些，讓他看得到孩子。

「我的兒子。」

他們站在那裡，低頭望著那新生的小東西；他看起來既無助又沒什麼活力。如同詩人所吟詠，他們現在很強壯，這孩子卻很羸弱，但是有一天，他們會變得羸弱，而他則會變得強壯。

「加拉罕。」伊蓮說，她彎腰靠近裹毯，做一些蠢笨的手勢，發出毫無意義的聲音，母親在寶寶有反應時都喜歡這麼發聲。加拉罕捏著小拳頭，朝自己的眼睛揮拳，這似乎讓那女人感到很高興。藍斯洛驚異地看著他們母子。「我的兒子，」他想，「他是我的一部分，不過他很漂亮，似乎並不醜。要怎麼才能分辨那些嬰兒呢？」他將右手手指伸到加拉罕面前，放進他那胖胖的手掌中讓他握住。那隻手看起來就像是由一個精巧的娃娃工匠裝在手臂上，手腕有一圈皺褶。

「噢，藍斯洛！」伊蓮叫著。

她試圖衝進他懷裡，不過他把她推開。他的目光帶著恐懼和憤怒，越過她的肩膀望向布萊珊；然後他發出一陣野性而瘋狂的叫聲衝出房門。失去支撐的伊蓮倒在床邊，哭得比之前更厲害。而布萊珊維持著剛才承受藍斯洛爵士目光的姿勢，僵硬地站在原處，以一種高深莫測的表情看著那扇關上的門。

第十八章

隔天早上，他和伊蓮都被召到王后房裡。對藍斯洛來說，他帶著一種快樂的感覺前去見她。現在的他，正在回憶桂妮薇昨晚是如何託稱身體不適，離開國王的房間，在黑暗中召喚她的愛人。那雙經常暗中幫助他們會面的手領著他的手指躡手躡腳來到指定的床上。雖然亞瑟的房間就在隔壁，必須保持安靜，他們卻在一股熱情的溫柔中盡其所能獲得歡愉。自從發生伊蓮的事，這是藍斯洛最快樂的一天。他覺得，只要他能說服他的桂妮薇與國王斷得乾乾淨淨，讓整件事情為眾人所知，仍有維持榮譽的可能。

桂妮薇看起來僵直而嚴厲，臉上是完全褪去血色的蒼白；不過她鼻翼兩側各有一個紅色斑點，看起來像是暈船了。她獨自一人。

「原來如此。」王后說。

伊蓮直視著她那對藍眼睛，而藍斯洛像是被人射中似的停下了腳步。

「原來如此。」

他們站在那裡，等著看桂妮薇下一步是要開口還是會就此死去。

「你昨晚去哪了？」

「我……」

「別說了。」王后尖叫著，她移動手，他們可以看到她握著一球手帕，已被撕成碎片。「叛徒！叛徒！帶著你的娼婦滾出我的城堡！」

「昨晚……」藍斯洛說，有股絕望在他心中旋繞，但兩個女人都沒注意到。

「你不要跟我說話。別對我撒謊。滾！」

伊蓮平靜地開口：「藍斯洛爵士昨晚在我房裡。我的侍女布萊珊趁暗帶他來的。」

王后指著門，用手指比出戳刺的動作。她一邊顫抖，頭髮一邊開始往下滑，看起來十分駭人。

「滾出去！滾出去！妳也是！妳這禽獸！妳怎麼敢在我的城堡裡說這種話！妳怎麼敢在我面前承認這種事！帶著妳的情夫滾出去！」

藍斯洛呼吸沉重，定定注視著王后。他可能已經失去意識了。

「他以為他是要去找妳。」伊蓮雙手交疊，順從地看著王后。

「老掉牙的謊言！」

「這不是謊言。我沒有他活不下去。布萊珊幫我偽裝的。」伊蓮說。

王后搖搖晃晃地跑上前，想要打伊蓮耳光，但那女孩沒動，像是希望桂妮薇打她。

「騙子！」王后尖叫。

她跑向藍斯洛。他雙手抱頭坐在一口箱子上，眼神空茫地看著地板。她抓著他的披肩，又拖又拉地把他往門的方向拽，但他一動也不動。

「所以你教她說這些？為什麼你不想個新的故事？你可以給我一點有趣的說法啊，你以為那套陳腔濫調還有用是嗎？」

「珍妮……」他說話的時候沒有抬起眼睛。

王后想要吐他口水，不過她從來沒練習過吐口水。

「你怎麼敢叫我珍妮？你全身上下都還沾滿了她的味道。我是王后，英格蘭王后！我不是你的娼妓！」

「珍妮……」

「滾出我的城堡！」王后用她最高的音調尖聲大叫。「永遠都別再來！不要讓你那張邪惡、醜陋、野獸一般的臉出現在這裡！」

藍斯洛突然大聲對著地板說了一聲：「加拉罕！」

然後他把手從頭上放下來，抬起頭，讓旁人看著她方才所說的那張臉。那張臉帶著一種驚訝的表情，一隻眼睛的視線歪斜。

他用一種比較平靜的語調說：「珍妮。」但他看起來像個盲人。

王后張嘴想說些什麼，不過一個字也沒說出口。

「亞瑟。」說完他開始大聲尖叫，然後跳到窗外去——那是一樓的窗戶。她們聽見他衝進灌木叢，樹枝劈啪斷裂，接著他一邊跑過樹林和灌木叢，一邊發出某種顫抖而響亮的叫聲，像是出獵的獵犬。那嘈雜的聲音隨他遠去逐漸消失，留在房中的兩個女人陷入一陣沉默。

伊蓮現在的臉色和王后先前一樣蒼白，但仍站得筆直維持著她的驕傲。「你把他逼瘋了。在這之前，他的心智本來就已經很脆弱了。」

桂妮薇一句話也沒說。

「妳為什麼要把他逼瘋？」伊蓮問：「妳已經有了一個好丈夫，還是這塊土地上最好的男人。妳是王后，妳有妳的尊嚴與快樂，還有一個家。我沒有家、沒有丈夫，而我的尊嚴也消逝了。為什麼妳不讓我擁有他？」

王后依舊沉默。

「我愛他，我為他生了一個漂亮的兒子，這孩子日後也會是全世界最優秀的騎士。」伊蓮說。

「伊蓮，離開我的宮廷。」桂妮薇說。

「我現在就走。」

桂妮薇突然抓住她的裙子。

「別告訴任何人，」她口氣急促，「剛剛發生的事妳一個字都不能說出去。如果妳說了，他就完了。」

伊蓮把裙子拉了回去。

「妳認為我會這麼做？」

「不然我們該怎麼辦？」王后大叫起來。「他瘋了嗎？他會好起來嗎？之後會發生什麼事？我們該做點什麼吧？我們要怎麼說呢？」

伊蓮沒有停步回話，但她在門邊回過頭，嘴脣顫抖。

「是的，他瘋了，妳贏了，妳得到他，但是妳也毀了他。妳接下來要如何處置他？」她說。

房門關上，桂妮薇坐了下來。那條破破爛爛的手帕從她手中落下。她開始哭泣——緩慢、深沉、毫無掩飾的哭泣。她將臉埋在雙手中，悔恨地顫抖起來。（那位從不在意王后的波爾斯爵士曾對她說：妳的眼淚真是可恥，妳只在一切都於事無補時才落淚。）

第十九章

兩年後，佩雷斯國王和布利昂爵士坐在城頂房間裡。那是個和煦的冬日早晨，野地還結著霜，風平霧薄，不會干擾鴿子的視線。昨晚留下來過夜的布利昂爵士穿著鑲貂皮的緋紅色衣裳。他的馬匹與侍從在庭院中等候，正準備帶他回布利昂城堡，動身之前，兩人吃了一頓早茶，他們坐在那裡，手伸到明亮的爐火前，喝著熱香料酒，咬著酥餅，談論著那個瘋子。

「我確定他曾是個貴族，他老是做那些只有貴族會做的事，而且他非常喜歡紋章。」布利昂爵士說。

「他目前在哪裡？」佩雷斯國王問。

「只有上帝知道了。那些獵犬到布利昂堡的那天早上，他就消失了。不過我確定他以前是個貴族。」

他們啜著熱酒，注視火焰。

「如果你問我，」布利昂爵士壓低聲音，補上一句：「我相信他就是藍斯洛爵士。」

「胡說。」國王說。

「他又高又壯。」

「藍斯洛爵士死了。上帝祝福他。每個人都知道這件事。」國王說。

「又沒證實。」

「如果他是藍斯洛爵士，你絕不會認錯。他是我見過最醜陋的男人了。」

「我從來沒見過他。」布利昂爵士說。

「有人作證，藍斯洛穿著襯衫長褲發了瘋到處跑，最後給野豬刺傷了，死在修道院裡。」

「那是什麼時候的事？」

「去年聖誕節。」

「差不多就是我那個瘋子跟著狩獵隊跑掉的時候，我們那次也是在獵野豬。」

「這個嘛，他們或許是同一人吧。如果是，事情就有趣了。你那個人是怎麼跑來的？」佩雷斯國王說。

「前年夏季遠行探險的時候，我像以前一樣，把帳棚搭在一片漂亮的綠地上，在裡頭等著看會發生什麼事。我記得那時在玩西洋棋，外頭突然傳來一陣駭人的吵鬧聲，我出去一看，發現有個沒穿衣服的瘋子正在毆擊我的盾牌，而我家的矮人坐在地上揉著他的脖子（那瘋子差點沒把他的脖子給扭斷）大聲呼救。我走到那傢伙前面說：『看這裡，你這好傢伙。你不會想和我對打。過來，把劍放下，乖乖聽話。』他手裡握著我一把劍，而且我看得出來他已經瘋了。所以我說：『你不該打架的，老小子。我知道，你需要吃點東西，好好睡上一覺。』說真的，他看起來實在很可怕，眼睛通紅，活像是連續三晚盯梢著哪隻幼鷹。」

「他怎麼說？」

「他只說：『言及於此，汝當止步，勿近我身，如若不然，休怪我手下無情。』」

「真奇怪。」

「對啊，很怪吧。我是說，他居然會說上位語。」

「他做了什麼？」

「這個嘛，我那時只穿了一件袍子，而這男人看起來又很危險，所以我回到帳棚，穿上鎧甲。」

佩雷斯國王又遞了一塊酥餅給他，布利昂爵士點點頭接了過來。

「我穿上鎧甲之後，」他咬了滿嘴食物後繼續說，「拿了把劍出去，想讓那傢伙繳械。我不想攻擊或打他，不過這傢伙是個會殺人的瘋子，也沒別的辦法奪下他的劍。我走向他，就像眼前有條狗那樣把手伸出去說：『可憐的傢伙，過來，好傢伙。』我以為事情很容易就能解決。」

「結果呢？」

「他一看到我穿著鎧甲，又拿著劍，就像老虎撲了過來。我從沒見過這種攻擊。我試著擋下他，而且我敢說，要是他露出破綻，我就會因為自衛而殺了他。可是我發現自己坐在地上，耳鼻都在流血。他給了我一擊，嗯，我整個腦袋都受傷了。」

「天哪。」佩雷斯國王說。

「後來他把劍丟到一邊，直直衝進帳棚裡。我那可憐的老婆就在裡頭的床上，身上連件衣服也沒穿。不過他就這樣跳上床躺在她旁邊，一把搶過床單把自己裹在裡面，便睡著了。」

「一定是個已婚男子。」佩雷斯國王說。

「我老婆發出恐怖的尖叫聲，從另一邊跳下床，套上罩衫跑到外面來找我。那時我還躺在地上反應不過來，所以她以為我死了。我告訴你，我們還吵鬧了一陣子，真是大驚小怪。」

「那他還睡得著？」

「睡得跟木頭一樣沉。最後我們總算從那一團混亂中清醒過來，我老婆把我的一隻臂鎧放到脖子下面，好止住鼻血，然後商量了一會兒。我家矮人是個聰明的小傢伙，他說我們不應該傷害他，因為他是受到上帝護佑的人。事實上，也是這個小矮子說他可能是藍斯洛爵士。那年有很多傳言都在談論藍斯洛之謎。」

布利昂爵士停下來，又咬了一口酥餅。

「最後，」他說：「我們把床跟其他東西全搬上馬，用轎子把他抬到布利昂堡。他連動也不動一下。我們把他弄到那裡之後，把他的手腳全綑起來，以防他突然醒來。我現在覺得很抱歉，不過依照我們當時的了解，實在也不能冒險。我們把他放在一間舒適的房間裡，有乾淨的衣服，我老婆還給了他很多營養食品讓他恢復體力，不過我們認為還是得一直綁住他才行。我們把他留在那裡待了一年半。」

「他是怎麼跑走的？」

「我正要說呢，這可是整個故事最精華之處。一天下午，我出外到森林裡晃了半小時，兩個騎士從背後攻擊我。」

「兩個騎士？從背後？」國王問。

「對，兩個，從背後。是布魯斯．索恩斯．匹帖爵士和他一個朋友。」

佩雷斯國王重重拍了膝蓋一下。

「那個人是個眾所皆知的敗類。我不懂為何沒有人幹掉他。」他高聲道。

「問題是要先抓到那傢伙才行。不過，我是在和你說那個瘋子的事。布魯斯爵士和另一個傢伙讓我處於相當劣勢的情形，你一定也會同意我的說法，而我得很遺憾地說，我最後夾著尾巴逃走了。」

布利昂爵士停了下來，注視火光。他又打起精神。

「嗯，不過，總不能大家都是英雄，對吧？」他說。

「當然。」佩雷斯國王說。

「我那時傷得很重，」布利昂爵士說，發現情節似曾相識，「我覺得自己就要昏倒了。」

「是。」

「那兩個一人一邊一路追著我到城堡去，過程中不斷攻擊我。我至今都還不知道自己是怎麼逃掉的。」

「全都寫在石柱上了。」國王說。

「我們拚老命地騎，騎過城門塔樓的砲眼洞，那瘋子一定就是在那裡看到我們，我告訴過你，我們把他安置在城門塔樓的房間裡。所以啦，事情經過他全都看到了，我們後來發現，他赤手空拳地弄壞了腳鐐。那可是鐵製腳鐐，就扣在他的腳踝上。他為了弄壞，結果自己受了重傷。之後他從後門衝出來，滿手是血，那些鐵鏈還掛在後頭。他把布魯斯的同夥拽下馬來，拿了那人的劍，當著布魯斯的頭就是一擊，打中他的鼻子，他就這麼落馬了。第二個騎士想要從背後刺殺那瘋子（他可是手無寸鐵），不過，就在那傢伙刺出的那一剎那，我把他的手腕斬斷了。之後那兩個人拉住他們的馬逃命。我可以向你保證，他們跑得可飛快。」

「這就是布魯斯的結局。」

「那一年，我兄弟待在我那裡。我對他說：『為什麼我們要把這個好傢伙用鐵鏈鎖起來？』看到他受傷的手，我很愧疚，我說：『他既快樂又親切，而且他救了我的命。我們不能再把他鎖起來了，應該要還他自由，盡我們所能去幫助他。』嗯，佩雷斯，我喜歡那個瘋子。他個性溫和，又受歡迎，他還叫我大人。一想到他可能就是那個偉大的湖上騎士，而我們居然把他綁起來，還讓他謙卑地叫我大人，我就覺得很可怕啊。」

「最後發生了什麼事？」

「他安靜地待了幾個月。之後獵野豬的獵犬到城堡來了，其中一個跟在後面的傢伙把他的馬和長矛留在一棵樹旁邊；那瘋子拿了矛，騎著馬跑掉了。上流的狩獵似乎讓他很興奮，鎧甲、對戰或是打獵，這些事情觸動了他那可憐的腦袋，他也想要參一腳。」

「可憐的孩子，真是可憐的孩子！他很可能就是藍斯洛爵士。有人說他去年聖誕節給一隻野豬殺了。」國王說。

「我想聽聽那個故事。」

「如果你說的那人就是藍斯洛，那麼在他們打獵的時候，他就騎在那隻野豬正後方。那隻野豬很有名，獵犬們抓了牠好幾年都抓不到，這也是不能徒步進入這處獵場的原因。藍斯洛是唯一趕上這場殺戮的人，那隻野豬殺了他的馬，撕裂他的踝骨，在他的大腿留下一道很嚴重的傷，不過後來他就砍下了牠的頭。他是在一座修道院附近殺死牠的，只一擊，野豬就死了。那座修道院裡有位隱士跑出來，不過傷口和整個情況讓藍斯洛發了狂，拿起劍就往隱士身上丟。這件事我是從一位當時在場的騎士聽來的。他說那人毫無疑問是藍斯洛爵士，從他相貌醜陋和其他事情就能判斷。他又說，在那人昏過去之後，是他和隱士把他弄到修道院裡。他說，受了那種傷，沒人能撐過；而且無論如何，他看到那人死了。他說啦，他非常確信這個瘋子是個偉大的騎士，因為就在那人躺在死野豬旁奄奄一息的時候，他站在旁邊，聽見那人稱呼隱士為『兄弟』。所以你看，或許他最後還是恢復了神智。」

「可憐的藍斯洛。」布利昂爵士說。

「上帝賜福予他。」佩雷斯國王說。

「阿門。」

「阿門。」布利昂爵士看著火焰，跟著重複一次。然後他站起身，抖了抖肩膀。

「我該走了，我忘了問，你女兒現在怎麼樣了？」他說。

佩雷斯國王嘆了口氣，也站了起來。

「她把時間都花在女修道會。」他說：「我想她明年就會正式加入了。不過她下星期六會回家探望幾天，到時我們就能見到她。」

第二十章

布利昂爵士離開之後，佩雷斯國王拖著腳步走上樓，開始研究聖經家譜學。他思索著藍斯洛的事，為了他的孫子加拉罕，他對這事很有興趣。我們都曾經差點被我們的妻子和親密愛人逼瘋，但佩雷斯國王認為，人類天性之中有種傾向，通常可以讓我們不致發狂。而他認為，這種傾向在藍斯洛身上不大正常——至少，因為情人間的口角而失去理性，是不大正常的。他看著班恩家的家譜，希望能在這家族裡找出哪個瘋狂分子得為這件事負責。如果有，或許也會遺傳到加拉罕身上。這樣可能就得把那孩子送去伯利恆醫院[1]，也就是現在的精神病院。不這麼做，會引起很多麻煩。

「班恩的父親，」佩雷斯國王喃喃自語，他擦亮眼境，吹掉了堆積在紋章學、家譜學、招魂問卜術、神祕數學等眾多文獻上的灰塵。「是班威克的藍斯洛王，他娶了愛爾蘭王之女。而藍斯洛王的父親，是喬納斯，他娶了高盧曼紐爾的女兒。好，那喬納斯的父親是誰呢？」

仔細思考，或許真能在藍斯洛的心智中找到脆弱的一環。十年前，那個小男孩還在班威克城堡兵器庫裡來回轉壺盔時我們就注意到，男孩的內心深處或許一直有那麼一個他人無法觸及的黑色地帶。

「納西安，」佩雷斯國王說：「這見鬼的納西安，好像有兩人叫這名字。」

1 hospital of Bethlehem，位於英國倫敦，歷史悠久，最初以修道院成立於一二四七年，後來成為精神病院，正式名稱為 Bethlem Royal Hospital，又稱為 Bedlam。

他回頭從利賽斯、哈里艾勒葛羅斯、隱士納西安（藍斯洛愛好幻想的特質可能遺傳自他）、納帕斯，再到第二個納西安（如果他還活著，會對佩雷斯國王有關藍斯洛只算是我主八等親的理論感到不滿）來探詢。事實上，在那年代，幾乎所有隱士都叫納西安。

「見鬼了。」國王又說，之後他瞥了窗外一眼，看城堡外頭的噪音究竟是怎麼回事。

以前曾迎接過藍斯洛的村民追趕著一個瘋子（今天早上似乎出現很多瘋子），一行人到處亂竄。瘋子沒穿衣服，瘦得像鬼，一邊跑一邊以手護頭。幾個繞著他跑的小男孩朝他身上丟泥巴，他不時停下，抓起一個男孩扔去灌木叢。然而此舉不過是讓那些男孩開始對他丟擲石塊。佩雷斯國王清楚地看到鮮血從他高高的顴骨向下流，也看到他凹陷的臉頰、寫滿恐懼的眼睛和肋骨之間的藍色暗影。他也能看出，這個男人正向城堡而來。

佩雷斯國王步履維艱地下樓。這時，一大群城堡的人站在城堡中庭，把那瘋子團團圍住，還用一種欽佩的目光看著他。他們放下鐵閘門，把村裡的孩子擋在外頭；他們有意善待這個逃亡者。

「看看他身上的傷，好大的一道傷疤。或許他發瘋前是個四處行俠仗義的騎士呢！所以我們應該好好對待他。」一個侍從說。

就在女士們咯咯笑，見習騎士在一旁指指點點時，那瘋子低著頭，靜靜站在圈子中央，等著看接下來會有什麼事發生在他身上。

「也許他是藍斯洛爵士。」

這話引出了一陣大笑。

「不，我是說真的。一直都沒人能證實藍斯洛死了。」

佩雷斯國王直直走向那瘋子，看著他的臉。他得站到那人身旁才看得清楚，他問：「你是藍斯洛爵士嗎？」

那張瘦弱、臉骨突出的容貌骯髒，長滿鬍子，而眼睛連眨都不眨一下。

「你是嗎？」國王又問。

這啞巴仍舊沒有回答。

「他又聾又啞，」國王說：「我們把他留下來作為弄臣吧，我得說，他那張臉實在夠有趣的。哪個人給他弄件衣服來吧，嗯，要滑稽的衣服，讓他睡在鴿舍裡。給他弄點乾淨的稻草。」

那個啞巴突然舉起雙手，發出一聲大吼，所有人都嚇得往後退，國王的眼鏡也掉了。之後他又放下手，順從地站著，於是大家都發出神經質的笑聲。

「最好把他鎖在裡面，安全第一。食物不要用手拿給他，丟給他就行了。小心駛得萬年船呀。」國王明智地說。

藍斯洛爵士就這樣被帶去鴿舍，成為佩雷斯國王的弄臣。他被鎖在房裡，吃丟過來的食物，睡在乾淨的稻草上。

佩雷斯國王的姪子（一個叫卡斯特的男孩）下週六要受封為騎士，城堡裡洋溢歡樂的氣氛。伊蓮也會回來參加這場典禮。國王一直著迷於各種慶典儀式，這回他是以王室的方式來慶祝，領地裡每個男人都得到一件新袍。令人遺憾的是，這回慶祝，他過度慷慨地使用了布萊珊夫人的丈夫所管理的酒窖。

「祝健康！」國王喊。

「為健康乾杯！」卡斯特爵士回應，他可是拿出自己最好的表現來了。

「每個人都拿到袍子了嗎？」國王大吼。

「是的，謝謝您，陛下。」參與盛會的人回答。

「確定嗎？」

「千真萬確，陛下。」

「那好。袍子萬歲！」

國王高興地披上自己的袍子；他在這種場合就變了個人。

「陛下這麼慷慨地送禮給我們，大家都十分感謝。」

「別客氣了。」

「為佩雷斯國王三呼萬歲！」

「萬歲！萬歲！萬歲！」

「那傻子呢？」國王突然問：「傻子有拿到袍子嗎？那可憐的傻子在哪？」

回答這問題的是一片沉默，大家都忘記把袍子拿到藍斯洛爵士旁邊。

「沒袍子？沒那件袍子？」國王大喊：「把傻子叫過來！」

於是藍斯洛爵士從鴿舍裡被帶出來，作為王室餘興節目。他穿著七拼八湊的弄臣衣服，在火光中筆直站著，鬍子裡還沾著稻草，看起來十分可憐。

「可憐的傻子，」國王難過地說：「可憐的傻子，來吧，穿上我的袍子。」

佩雷斯國王無視於反對的進言和忠告，脫下那件價值不菲的長袍，蓋在藍斯洛頭上。

「放了他，讓他今天也快樂快樂。總不能永遠把一個人鎖起來吧。」國王叫喊。

藍斯洛身穿那件堂皇的衣服筆直地站著，在大廳中看起來有股奇異的莊嚴。如果他能好好修整一下鬍子（把鬍子剃得乾乾淨淨的現代人，已經忘了鬍子修整前後會有多大差別）；如果他在那場野豬追獵之後，沒在那可憐隱士的小房子裡餓到只剩一把骨頭；如果沒有謠傳他死了——即便如此，大廳中仍有某種敬畏的氣氛，只是國王並沒有注意到。而當藍斯洛爵士慎重地踩著步伐回去他的鴿舍，整間屋子的鄉巴佬都自動讓出一條路給他。

第二十一章

伊蓮行事仍然不甚優雅。若是處於相同情形，桂妮薇會愈見蒼白、引人注目，但伊蓮只是愈加豐腴。她穿著見習修女的白衣裳，與幾名女伴一起步入城堡花園，走路顯得有點笨拙。現年三歲的加拉罕牽著她的手，走在她身邊。

伊蓮打算成為修女，並非因為感到絕望。她也不會在往後餘生扮演電影裡的修女。兩年時光，一個女人可以忘記很多愛情；至少會將情感打包收藏，並且適應這段變化。比起一個生意人記得自己因為運氣不好，而錯失某項可以讓他坐擁百萬的投資，她對這份愛的記憶也沒深刻多少。

伊蓮決定離開兒子，成為耶穌的新娘，是她認為這是自己唯一的出路。這既不戲劇化，也不全然出於虔敬；她只是明白，她永遠無法再像愛她那死去的騎士一般愛上別人。所以她放棄了，無法繼續逆風而行。

她不再為藍斯洛哀嘆，也不再為他伏枕哭泣。她甚至很少想起他。他就像個不斷鑽磨著岩石的貝殼，將她心中那個屬於他的角落給磨損了。對她來說，雖然過程痛苦，然而現在貝殼已經安穩地留在岩石裡，嵌在裡面，不會再磨耗岩石了。現在的伊蓮與幾個女孩走在花園裡，腦中只想著卡斯特爵士受封為騎士的典禮、宴會的蛋糕夠不夠吃，以及得替加拉罕補襪子。

跟在伊蓮身邊的一個女孩在玩某種球戲（就是當尤里西斯遇上瑙西卡[1]時，她手中正在玩的那種球戲），好讓身體保持暖和。那顆球引著她朝井邊灌木叢的方向前進，她旋即又朝伊蓮跑回來。

「有個男人，」她悄聲說，彷彿她所說的不是人，而是條響尾蛇。「有個男人睡在井邊。」

伊蓮的好奇心被勾動——並非因為那是個男人，也不是那女孩被嚇著了，而是居然有人會在一月睡在戶外，實在有點不尋常。

「安靜點，我們去看看吧。」伊蓮說。

這位體態豐腴的白衣見習修女躡手躡腳地走近藍斯洛——這名平凡的女孩平心靜氣地走向他，渾圓的臉蛋從不願顯現高貴的神情；她是想著要給加拉罕補襪子的年輕少婦，無法察覺人性的脆弱與需求。她平靜而天真地向他走去，心裡忙著想別的事，像隻無憂無慮的兔子一邊啃著青草，一邊蹦蹦跳跳地穿過常走的小路。然而，脖子上的繩圈卻突然收緊。

伊蓮的心不過跳了兩下，便認出藍斯洛。她的第一下心跳先是升高，在頂端顫抖著，接著第二下心跳便趕了上來，讓波頂再次攀高，這兩下心跳像是受到駕馭而騰起的馬兒，旋即雙雙跌落。

藍斯洛穿著一身騎士的袍子，伸展著身體。布利昂爵士聲稱那些上流人士的活動觸動了他的腦袋，此話不假。這可憐的瘋子被那件長袍及他腦中貂皮和色彩的奇異記憶所驅使，離開國王的餐桌來到井邊。他獨自一人在沒有鏡子的黑暗中洗臉，用那削瘦見骨的指節清洗眼窩，並試著用馬廄的馬梳和大剪刀整理頭髮。

伊蓮遣走身邊的女伴。她將加拉罕的手交給她們當中一個，他也沒有抗拒，就這樣離去。他是個神祕的孩子。

伊蓮跪在藍斯洛爵士旁邊看著他，她沒有碰他，也沒有哭。她抬起手輕撫他骨瘦如柴的手，腦中浮現的是那隻手先前較完好的模樣。她屈身蹲伏好半晌才開始哭泣——她是為了藍斯洛而哭，為了他在睡眠中放鬆的疲倦雙眼而

1 希臘神話中，尤里西斯（即奧德賽）得罪海神波賽頓，於特洛伊戰爭結束後返鄉途中，在海上漂流了二十年之久，最後在雅典娜的安排下，為阿爾凱諾奧斯國王（Alcinous）的么女瑙西卡（Nausicaa）所救。阿爾凱諾奧斯國王派船護送尤里西斯返回故鄉，然而護送尤里西斯的船隻最後承受了海神之怒，在故鄉的海岸上化為石頭。

哭，也為了他手上的那些白色傷疤而哭。

「父親，如果您不幫我，就沒人能幫我了。」伊蓮說。

「怎麼了，親愛的？我有些頭疼。」國王問。

伊蓮根本不理會他的話。

「父親，我找到藍斯洛爵士了。」

「誰？」

「藍斯洛爵士。」

「胡說，藍斯洛被野豬殺死了。」

「他在花園裡睡著了。」

國王突然從王座上站起身。「我一直都知道，只是我太笨了，所以不了解。他就是那個瘋子。當然是。」

他有點發暈，舉起單手放在頭上。

「交給我吧，讓我處理，我知道該怎麼做。總管！布萊珊！天殺的每個人都去哪了？啊！啊！你在這裡。好，總管，去把你妻子布萊珊夫人帶來，再找兩個我們信得過的人。我看看，帶赫伯特和葛斯吧。妳說他在哪裡？」

「就睡在井邊。」伊蓮很快地回答。

「沒錯。所以，我們得讓大家別靠近玫瑰花園。你聽到了嗎，總管？所有人都要迴避，因為國王要來了，沒人可以擋路。拿條床單，要厚實的床單。我們可以用床單四角把他兜起來。備好塔樓的房間，叫布萊珊晾乾床單，最好弄張羽毛床。生火，找醫生，告訴他要看巴托羅謬．安格李克斯[2]書裡跟瘋病有關的內容。噢，妳最好做點果凍之類的。趁他睡得正熟，我們該幫他換件乾淨衣服。」

他再次醒來時，他們發現他目光澄澈，不過心智狀況顯然還是很糟，得靠他們拯救。

又一次醒來時，他說：「耶穌基督，我怎麼會在這裡？」

他們當下只說要藍斯洛好好休息、等他強壯起來再談云云。醫生對皇家交響樂團揮了揮手，他們即刻開始演奏〈耶穌基督那溫柔的母親〉；根據巴托羅謬博士書中的建議，瘋子會喜歡樂器。每個人都滿懷希望地看著音樂會產生什麼效果，不過藍斯洛只是抓著國王的手，痛苦大喊：「看在上帝，大人，告訴我，我是怎麼跑到這裡的？」

伊蓮摸著他的額頭，要他躺下。

「你來的時候像個瘋子，沒人認出你是誰。你之前崩潰了。」她說。

藍斯洛對她投以困惑的目光，緊張地笑了。

「我把自己弄得像傻瓜一樣。」他說。

之後再問：「很多人看到我發瘋嗎？」

2 Bartholomeus Anglicus（1203-1272），一二二四至二五年間曾在法國大學教授神學，編有《事物的本質》（*De Proprietatibus Rerum*），是當時所有已知科學的百科全書，內容包括神學、哲學、醫學、天文學、編年學、動物學、植物學、地理學、礦物學等，共十九冊。

第二十二章

藍斯洛的軀體向他的心智展開報復。他在一間通風良好的房間裡躺了兩週，身上每根骨頭都在痛，期間伊蓮並沒有一直待在他的房間。他完全聽任她擺布，而她也夜以繼日照顧他，不過，她心裡有某樣東西讓他感到寬慰——不管那是禮儀、驕傲、慷慨、謙卑，或者只是一股不想把他生吞活剝的決心都好。她一天就只來一次，而且對他也沒有任何責難。

一天，她正要離開，他叫住了她。他穿著一件日袍坐起身，雙手放在大腿上。

「伊蓮，我想我得計畫一下。」

她等著他宣告對她的判決。

「我不能永遠留在這裡。」他說。

「你知道，你想待多久都可以。」

「我不能回宮廷。」

伊蓮有些遲疑地說：「如果你願意，我父親會給你一座城堡，我們……可以住在一起。」

他看著她，又望向別處。

「或者你也可以只要那座城堡。」

藍斯洛抓起了她的手，「伊蓮，我不知道該說些什麼。我沒辦法好好表達我的想法。」

「我知道你並不愛我。」

「那妳認為我們這樣會快樂嗎？」

「我只知道什麼時候我會覺得不快樂。」

「我不希望妳不快樂，然而不快樂有很多種。難道妳不認為，如果我們住在一起，以後妳會更憂傷嗎？」

「我會是全世界最快樂的女人。」

「聽著，伊蓮，只有誠實以對，我們才有希望，就算實話很傷人也得如此。妳知道我並不愛妳，也知道我深愛王后。之前發生的事是一場意外，也無可挽回。事情就是這樣，我不能改變。妳設計欺騙我兩次。如果不是妳，我現在應該還在宮廷。妳認為在這種情況，我們住在一起會快樂嗎？」

「在你成為王后的人以前，」伊蓮驕傲地說：「你已經是我的人了。」

他抬起一隻手遮住眼睛。

「妳希望妳丈夫和妳的關係是這樣嗎？」

「有加拉罕在。」伊蓮說。

他們並肩坐著，一起看著火焰。她沒有哭泣，也沒有要求憐憫；他也明白，她沒用這些事情讓他難堪。雖然難以開口，他還是說了：「伊蓮，如果妳希望我留下來和妳在一起，我就這麼做。但我不懂妳為何這麼希望。我喜歡妳，非常喜歡妳。發生了那些事之後，我也不明白為何還喜歡妳。我不希望妳受傷害。但是伊蓮，我不能娶妳為妻。」

「我不在乎。」

「這是因為……婚姻是一種契約，而我……我一直都以自己說話算話為傲，如果我無法守住承諾……如果我對妳沒有那種感覺……該死的，伊蓮，欺騙我的人是妳，我沒有任何義務娶妳為妻。」

「你是沒有義務。」

「義務！」藍斯洛大吼，面孔扭曲。他朝著火吐出那個字眼，彷彿嘗起來味道糟透。「我必須確定妳能夠了解，我不是在欺騙妳。我不會娶妳為妻，因為我並不愛妳。這一切並不是我造成的，我不能給妳我的自由，我不能保證我會永遠和妳在一起。這些條件很傷人，伊蓮，我不希望妳接受。這是情勢所逼。如果我不這麼說，那我就是在說謊，事情會更糟……」

他沒再開口，把頭埋在雙手中。

「我不懂，我一直試著盡我所能把事情做到最好。」他說。

「不管是什麼條件，你都是我善良仁慈的主人。」伊蓮說。

佩雷斯國王給他們一座藍斯洛爵士已經去過的城堡。向國王承租該地的布利昂爵士得搬出去，騰出位置給他們；布利昂爵士一旦得知這是為了向曾經救他一命的瘋子表達感激之意，他更是欣然從命。

「他是藍斯洛爵士嗎？」布利昂問。

「不是，」佩雷斯國王說：「他是自稱『殘缺騎士』的法國騎士。我告訴過你，藍斯洛爵士已經死了，這事我可沒說錯。」

經過安排，藍斯洛從此將隱姓埋名度日；如果讓人知道他還活著，還住在布利昂堡，只會在宮廷引起一陣騷動。

布利昂堡有條很不錯的護城河，它其實是一座島。進城唯一的辦法是到陸地邊的城門塔樓搭船。城堡本身環繞著一道鐵製的魔法柵欄，或許是拒馬之類的東西。有十名騎士受命服侍藍斯洛，另有二十名女士服侍伊蓮。

她欣喜若狂。

「我們要叫它歡樂島。我們在這裡會很快樂。還有，藍斯……」聽到她用小名稱呼他，他畏縮了一下。「我希望你能做你喜歡的事。我們要舉辦比武大會、放鷹，還要做很多事。你一定要請人來住，這樣我們就有伴了。藍斯，我答應你，我絕不會嫉妒，也不會想花你的錢。只要我們小心行事，我們就會很快樂，不是嗎？歡樂島真是個可愛的名字，對吧？」

藍斯洛清了清喉嚨，「確實是個很棒的名字。」

「你得打造一面新的盾牌，這樣就能參加比武大會，又不會被認出來。你想用哪種盾徽？」

「隨便，以後再慢慢安排吧。」藍斯洛說。

「殘缺騎士。真是個浪漫的名字！有什麼含義嗎？」

「有好幾層意思。其中一個是『醜陋的騎士』，或是『犯錯的騎士』。」

他沒告訴她，這名字的另一層意思是「不幸的騎士」——也就是「受到詛咒的騎士」。

「我不覺得你醜，也不認為你犯了什麼錯。」

藍斯洛重新振作起精神。他知道，如果自己表現得鬱鬱寡歡，或是徹底退隱，那麼他留下來和伊蓮在一起會很不公平；不過話說回來，偽裝是件空虛的差事。

「那是因為妳很討人喜歡。」他說完迅速又笨拙地親了她一下，好掩飾他話中的玩笑意味。不過伊蓮注意到了。

「你可以親自教育加拉罕，你要把你的本事全教給他，他長大就會是全世界最偉大的騎士。」她說。

他再次親吻她。她說了「只要我們小心行事」，而她也試著謹慎。他同情她的努力，卻也感激她高尚的心。

他就像個一心二用的人，同時做兩件事，一件重要，另一件則不重要，他認為自己要對那件不重要的事盡義務。不過，被人所愛總是一件困窘的事。而基於對自身的評價，他也不想接受伊蓮的謙卑。

他們出發前往布利昂的那天早上，新受封為騎士的卡斯特爵士在大廳裡攔下藍斯洛。他只有十七歲。

「我知道你自稱殘缺騎士，不過我認為你是藍斯洛爵士，你就是吧？」卡斯特爵士說。

藍斯洛抓住了這男孩的手臂。

「卡斯特爵士，」他說：「你覺得這是個很有騎士精神的問題嗎？假設我是藍斯洛爵士，卻自稱為殘缺騎士，你難道不認為我有什麼理由才這麼做嗎？出身高貴的紳士應不應當尊重這些理由？」

卡斯特爵士漲紅了臉，他單膝跪下。

「我不會告訴任何人的。」他說。而他也確實守住這項承諾。

第二十三章

春天緩緩到來，新家也安頓下來；伊蓮為她的異鄉騎士安排了一場比武大會。獎賞是一名美麗的女僕和一隻矛隼。

五百名來自全國各地的騎士在這場比武大會中出戰，不過殘缺騎士以一種心不在焉的凶殘擊倒所有站在面前的對手，這事成了個敗筆。離去的騎士既困惑又吃驚，因為沒有一個人被殺；他把人撂倒之後，就漠不關心地饒了對方的性命，無一例外；而且，無論情況如何，這位異鄉騎士都不發一語。那些敗陣的騎士帶著瘀傷慢跑回家，沒有出席通常會在比武大會之夜舉行的盛宴，一邊猜測著那位沉默寡言的冠軍究竟是誰，一邊以迷信的口吻互相討論。伊蓮露出勇敢的微笑，然而等到最後一位騎士離開，她便回到房間哭了起來。之後她擦乾眼淚，起身去找她的主人。他在打鬥結束的那一刻便消失了；他養成一個習慣，每天晚上日落時分都會獨自離去，而伊蓮並不知道他去了哪裡。

她在城垛上找到他。兩人沐浴在金色光芒中，他們的影子、他們腳下那座高塔的影子，以及所有好像燒起來似的樹木底下陰暗的幽影，在綠地上拉出一條條靛藍色的寬帶。他的眼睛絕望地望向卡美洛。那面新盾牌在他身前支撐著他，上面有個用來掩飾身分的盾徽，是個站在黑色原野上的銀色女子身形，有名騎士跪在她腳邊。

伊蓮個性單純，所以她很喜歡這盾牌所呈現的敬意。她從來就不聰明，但現在才首次發覺，那銀色女子戴了王冠。她無助地站在那裡，不知道自己究竟能做些什麼，然而她什麼也不能做。她的武器不僅鈍，還是質地柔軟的金屬。她能用的武器只有耐性和自制，然而，如果你的對手內心充滿癡情狂愛，這兩樣武器都派不上用場，而古人無不為愛壯烈犧牲。

一天早上，他們坐在湖邊綠地上，伊蓮正在刺繡，藍斯洛看著兒子。加拉罕正和他的娃娃玩著某種私密的遊戲，他是個一本正經又沉默寡言的小男孩——其他男孩老早開始玩玩具兵時，他仍然非常喜愛這些娃娃。藍斯洛用木頭刻了兩個披著鎧甲的騎士給他，它們騎在附有輪子的馬匹上，可以拆下來，而且用托子[1]拿著矛。將兩匹馬朝向彼此，拉動繫在它們腳下兩個平臺上的線，這兩個騎士就會進行長矛競技，可以讓雙方都跌下馬鞍。但加拉罕完全不理它們，只是玩著一個叫大聖人的破布娃娃。

「關妮絲會毀了那隻雀鷹。」藍斯洛說。

在他們視線所及之處，有位城中仕女朝他們快步跑來，手上帶著一隻雀鷹。她的匆促刺激了雀鷹，牠不斷拍翅，但關妮絲不以為意，只是偶爾生氣地搔弄牠一下。

「怎麼了，關妮絲？」

「噢，夫人，有兩個騎士在對岸等著，他們說要來向異鄉騎士挑戰。」

「叫他們走，就說我不在家。」藍斯洛說。

「但是大人，門房已經告訴他們要怎麼搭船了，他們正要過來，一次一個。他們說不會一起過來，如果您打敗了第一位，第二位才會過來。第一人已經上船了。」

他起身，拍去膝上灰塵。

「告訴他在比試場等我，我二十分鐘後過去。」

比試場是一塊鋪了沙子，夾在兩道牆之間的長形空地，兩端各有一座高塔。牆上設有可以俯瞰的看臺，像是壁球的球場，不過是露天的。伊蓮和僕人們坐在看臺上觀看底下兩名騎士交鋒，他們打了很久。這場競技兩人平分秋色，各自落馬一次，而長劍比試已持續兩小時之久。兩小時後，那陌生騎士大喊：「停！」

藍斯洛馬上停手，彷彿他是個獲准休工吃晚餐的農夫。他把劍像乾草叉那樣往地上一插，站在一旁耐心等候。他的確一直都帶著農家雇工的緘默耐性行事，並未試圖傷害他的對手。

「你是誰？請告訴我你的名字，我從來沒遇過像你這樣厲害的人。」陌生人問。

藍斯洛突然將兩隻臂鎧舉到頭盔上，像是想將那張已經隱藏起來的臉掩藏在雙手後，他痛苦地說：「我是湖上的藍斯洛爵士。」

「什麼！」

「我是藍斯洛，德加里斯。」

德加里斯將他的劍鏘啷一聲往石牆一扔，隨即往護城河旁的高塔奔去，鐵鞋在比試場的地面敲出回音。他一邊跑，一邊解開頭盔扔到一旁。當他跑到門房鐵閘邊時，他把兩手圈在嘴邊，使盡全身力氣大喊：「艾克特！艾克特！真的是藍斯洛！快過來！」

他隨即又回頭跑向他的朋友。

1 用來托矛的支撐器具，與馬鞍或胸甲相連。

「藍斯洛！我親親愛愛的朋友！我就知道是你，我就知道是你！」

他摸索著繫繩，想用笨拙的手指拿掉藍斯洛的頭盔。他一把除去自己的臂鎧，也哐啷一聲往牆上擲。他等不及要看藍斯洛爵士的臉。藍斯洛站在原地，一動不動，像個疲倦的孩子，任由大人為他脫去衣服。

「可是，你這一陣子都在做什麼？你為什麼在這裡？大家都擔心你已經死了。」

頭盔也除了下來，和其他被扔在一旁的甲具作伴去了。

「藍斯洛！」

「你說艾克特和你一起嗎？」

「是，就是你的兄弟艾克特。我們找了你兩年了。噢，藍斯洛，我真高興見到你！」

「你們一定要進來休息一下。」他說。

「但是，這麼久了，你都在做些什麼呢？你躲在哪裡？王后一開始派出三位騎士搜尋你的下落，最後我們一共出動二十三人在找你。這起碼花了她兩萬鎊。」

「我一直來來去去的。」

「連奧克尼一族也來幫忙了。加文爵士也是搜索隊的一員。」

就在這時，艾克特爵士搭著船到了（這位是艾克特．德馬瑞斯爵士，不是亞瑟王的監護人），閘門升起，讓他通過。他朝異鄉騎士跑去，彷彿像在足球場上要鏟對方球似的。

「兄弟！」

伊蓮從看臺下來，在比試場一端等候。她十分清楚，她現在歡迎的人將會粉碎她的心。然而她沒有打擾他們之間的問候，只是看著他們，像個被屏除在遊戲外的小孩。她站在那裡，集中自己所有的氣力。此時她召喚了她所有的力量與她心牆上所有的護衛，在她心中那座要塞集合。

「這位是伊蓮。」

他們轉向她，鞠躬行禮。

「歡迎來到布利昂堡。」

第二十四章

「我不能離開伊蓮。」他說。

艾克特．德馬瑞斯說：「為什麼不行？你不愛她，對她也沒有任何義務。你留在這裡和她在一起，只會讓自己變得很悲慘。」

「我對她有某種義務。我無法解釋，但確實有。」

「王后很絕望，她花了巨資找你。」德加里斯說。

「這我無能為力。」

「你犯不著生氣，」艾克特說：「在我看來，你在生氣。不管王后做了什麼，既然她有了悔意，你就該大方點原諒她。」

「沒有什麼好原諒的。」

「看吧，這就是我的意思。你應該回到宮廷做你該做的事。別的不提，這是你欠亞瑟的，別忘了，你是向他宣誓效忠的騎士。他現在非常需要你。」

「需要我？」

「奧克尼的老麻煩。」

「奧克尼怎麼了？噢，德加里斯，你不了解我聽到這些熟悉的名字有多高興。把所有閒言閒語都告訴我吧。凱伊最近還是老做蠢事嗎？迪納丹還是那麼好笑嗎？崔斯坦和馬克王最近有沒有什麼消息？」

「如果你那麼想知道，就該回宮廷。」

「我告訴過你了，我不能回去。」

「藍斯洛，你該務實一點看待此事。你真以為自己隱姓埋名和這個鄉下姑娘躲在這裡，還能做你自己嗎？你以為你在一場比武大會打敗五百名騎士，還不會被認出來？」

「我們一聽說那場比武大會，馬上趕了過來，德加里斯說：『這要不是藍斯洛，我就是個荷蘭人。』」艾克特說。

「這意味著，如果你堅持留在這裡，就得放棄戰鬥。再交戰一次，你的事就會傳遍全國。事實上，我想已經傳出去了。」德加里斯說。

「和伊蓮在一起代表放棄所有，也就是你要完全隱退——沒有長矛競技、沒有比武大會、沒有榮譽、沒有愛情，可能還得一輩子躲在屋裡。你知道，要忘記你的長相，可不是件容易的事。」

「不管怎麼說，伊蓮都是個仁慈的好女人。艾克特，若有人信任你又仰賴你，你怎麼能去傷害對方？連對待狗都不能這樣殘忍。」

「可是人可不會跟狗結婚。」

「該死的，那女孩愛我啊。」

「王后也愛你啊。」

藍斯洛把帽子拿在手上轉著，他說：「我最後一次見到王后的時候，她叫我永遠都不要再接近她。」

「但是她花了兩萬鎊找你。」

他靜了半晌，接著用一種粗啞的聲音問：「她好嗎？」

「非常糟。」

艾克特說：「她知道這是她的錯，一直哭。波爾斯說她是個傻瓜，她也沒有反駁。亞瑟也很慘，圓桌整個大亂。」

藍斯洛將帽子扔到地上，站起身。

「我告訴過伊蓮，我不能保證會留下來和她在一起，所以我必須留下。」他說。

「你愛她嗎？」德加里斯追根究柢地問。

「是的。她一直都對我很好，我很喜歡她。」

在他們的目光中，他改變了自己的用詞。「我愛她。」他辯護似的說。

兩位騎士留下來待了一週，藍斯洛飢渴地聽他們帶來的圓桌消息，卻日漸消沉。晚餐時間的高桌上，伊蓮坐在她的主人身旁，席間對話充斥著她從沒聽過的人名和她完全聽不懂的事。她能做的只是再端上一份餐點，艾克特接過餐點，仍滔滔說著某則趣聞，完全沒停下來。他們把她夾在中間談笑風生，她也忙著笑。藍斯洛每天都在日落時分到他的塔樓，完全不知道這個地點已經被人發現；她第一次發現他在那裡時，她轉身輕手輕腳地離開。

一天早上，她說：「藍斯洛，有個人帶著馬和鎧甲，在護城河的另一邊等你。」

「是騎士嗎？」

「不，他看起來像是侍從。」

「我倒想知道這次會是誰。叫門房帶他過來。」

「門房說那人不願意過來。他說他要在那裡等藍斯洛爵士。」

「我去看看。」

他下樓搭船的時候，伊蓮攔住他。

「藍斯洛，如果你要離開，你要我把加拉罕教養成什麼樣的人？」

「離開？誰說我要離開？」

「沒人說，不過我想知道。」

「我不懂妳在說些什麼。」

「我想知道加拉罕應該接受什麼樣的教育。」

「這個嘛，我想就一般的方式吧。我希望他能學著當一個好騎士。但是這整個問題都是憑空想像出來的啊。」

「這就是我想知道的。」

她又把他攔下來。

「藍斯洛，你能再告訴我一件事嗎？如果你要離開，如果你必須離開我……你會回來嗎？」

「我告訴過妳，我沒有要離開。」

她一邊說話，一邊想著要如何準確表達自己的意思，就像個正慢慢穿越沼地的人，邊走邊試探著前方的路。

「這對我日後教養加拉罕會有幫助……對我要怎麼活下去會有幫助……如果我知道未來有什麼在等著我……如果我知道有朝一日……如果我知道你會回來……」

「伊蓮，我不知道妳為什麼要說這些。」

「我不是想要阻止你，藍斯。或許離開這裡是你最好的選擇，或許你終究要離去，只是，我要知道我能不能再見到你……因為這對我來說很重要。」

他執起她的手。

「如果我離開了，」他說：「我會回來的。」

護城河另一邊是戴普大叔。他站在藍斯洛那匹老了兩歲的戰馬旁，馬鞍上整整齊齊放著藍斯洛慣用的鎧甲，彷彿在檢閱工具似的。每樣東西都疊放端正，用皮帶扣在適當的戰鬥位置上。無袖短鎧捲成一束，頭盔、護肩甲和臂甲都已磨亮，實實在在地打磨了數週，表面呈現光亮的色澤，那是只有剛從店裡買來、還沒讓家庭清潔方式弄糊的全新商品才有的色澤。空氣中有馬鞍皂[1]的氣味，混合著一股獨一無二、專屬於鎧甲的味道，就像你走進高爾夫球場的專賣店所聞到的味道那樣獨特，而對騎士來說，這是一股令人興奮的氣味。

藍斯洛全身肌肉都回想起他那副鎧甲的感覺，自從他離開卡美洛後就再也沒見過它了。他的食指想起那把劍的握柄是以它為支點運作；他的拇指清楚知道，當它得在這個支點的近側施力時，要用上幾盎司力道；手掌內側的肌肉想要緊緊握住劍柄；而他整隻手臂都記得歡悅劍的平衡之感，想拿著劍在空中揮舞。

戴普大叔看似老了些，他一句話也沒說，只是拉著韁繩，排出馬具，靜待騎士上馬馳騁。他嚴厲的眼神凶猛一如蒼鷹，堅守自己的崗位，他沉默地拿出一頂巨大的頂盔，盔上有個很眼熟的羽飾，是鷺鳥的頸羽和銀線。

藍斯洛用雙手從戴普大叔那兒接下頭盔，拿在手上轉著。他的手十分精確地知道這盔的重量，剛好二十二磅半。他看著頭盔出色的打磨、嶄新的襯裡和後面的新披飾。披飾是天青色的薄綢，上面用金線手工繡上許多小小的遠古法蘭西百合。他馬上就知道這刺繡是誰做的了。他將那頂頭盔湊上鼻端，對著披飾吸了一口氣。

剎那間，她就在那裡——不是他在城垛上遙想的桂妮薇，而是以不同姿態現身、真實的珍妮；他能細數她眼瞼上每一根睫毛、肌膚上每一個毛孔、聲音裡每一種語調，以及她微笑的每一個肌肉牽動。

藍斯洛頭也不回地離開布利昂堡，伊蓮站在城門塔樓上，沒有揮手送他。她定定看著他，就像遭逢船難之後，拚命往小船上載運清水的人。她還有幾秒鐘的時間可以儲存藍斯洛，陪她度過往後的歲月。她現在所有的是這些記憶、他們的兒子以及一大筆錢。他把所有錢都留給她，使得她終生都會有一年一千鎊的收入——在那個年代，這可是一大筆錢。

1 saddle soap，混合中性肥皂與牛趾油，專門用來保養皮革產品的清潔配方。

第二十五章

離開伊蓮十五年後，藍斯洛仍然留在宮廷。而國王與桂妮薇和她的愛人，關係也一如往常，只是所有人都老了。藍斯洛發瘋後初次歸來時才二十六歲，頭髮剛剛轉成獾灰色，現在已經相當白了。亞瑟也是少年之際便長出白髮，不過掩藏在這兩人柔細鬍子底下的嘴脣依然紅潤。只有桂妮薇設法保持頭髮烏黑。她在四十歲時仍保有曼妙體態。

還有一點不同，新世代進入了宮廷。圓桌的這幾位主角心中仍有他們一貫的熱情，但是他們現在已成了一種形象，而不再是有血有肉的人了。對周遭的年輕食客來說，亞瑟不是未來的十字軍戰士，反被公認為過去的一個征服者；而藍斯洛是戰無不勝的英雄，桂妮薇則是傾國的傳奇美人。對這些年輕人來說，看到亞瑟在蒼鬱的林地中狩獵，就等於看到王者風範。他們眼中所見不是人，而是英格蘭。而當藍斯洛騎馬走過，與王后一同為了某個私密的笑話笑出聲，這些平民對他會笑感到驚異不已。「看，」他們會對彼此說：「他在笑欸！像我們這樣的粗人一樣笑呢！藍斯洛爵士笑了，這真是太紆尊降貴、太像平民了，就好像他是個普通人。或許他也會吃喝、晚上也會睡覺呢。」不過，在這些新世代心中，他們很確定偉大的湖上騎士不會做這種事。

確實，二十一年的歲月中，滔滔河水流經卡美洛的橋墩，建築物也有同樣的歲數了。起初那幾年，投石器和攻城射石機在轍痕斑斑的大道上往返，城堡石牆在一場又一場圍城戰事中摧毀；能在輪上移動的木製高塔，笨重地在那些怯戰的要塞之間來去，好讓上面的弓箭手往下射出箭矢，將死亡送進那些叛徒的堡壘；技師匠人成群結隊走在夏日飛塵之中，肩上扛著鶴嘴鋤和鏟子，在那些已然變節的望臺下挖鑿，讓巨石塌落。當亞瑟無法用正攻方式攻下一座銅牆鐵壁的城堡時，他會在牆上特定的地方挖出通道，這些通道會先用梁柱支撐，然後在適當的時機燒掉梁木，使通道崩塌，讓通道上方那些填滿粗礫石的外牆坍倒。

早年的歲月都是戰事，那些堅持自己因劍而生的人也因劍而亡。在那些歲月裡，整座塔裡的戰士都在燒烤食物，火光遍照，彷彿來了許多蓋伊．福克斯[1]似的，他們完全不認為這座塔是個要塞，他們把它搞成了一根頂級的煙囪；在那些歲月裡，戰斧砍在防斧門板上，發出鏘鏘聲響，防斧門的第一層木板是平行釘上，第二層則是垂直，所以不會順著木頭的紋理裂開；在那些歲月裡，諾曼巨人的步伐搖搖晃晃，很容易解決，只要先砍掉他們的腿就能擊中他們的頭；長劍繞著頭盔和肘甲輕快敲擊，若是狀況激烈，還會伴隨一陣火花，讓那些奮戰的騎士看起來耀眼奪目。

起初那幾年，不管你到什麼地方，都會在路的盡頭看到一些東西：可能是傭兵的行進隊伍、搶劫或蘇格蘭與英格蘭邊境上的木樁；可能是某個新秩序的騎士正和某個保守派貴族對戰，因為他想阻止對方殺害農奴；可能是某個金髮少女讓人從高聳的要塞裡用皮製繩梯救出來；可能是布魯斯．索恩斯．匹帖爵士正全速奔馳，而藍斯洛爵士緊追在後；或者可能是軍醫正在替某個不幸的戰士仔細診察，並且讓他吃下洋蔥和大蒜，以便藉由傷口的味道來診斷腸子是否被刺穿。他們檢視傷口時，會讓傷患穿上一件帶有羊脂的毛衣，是用羊隻乳房附近的生羊毛製成。這裡是坐在對手胸膛上的加文爵士，他用一把尖長的隨身匕首插進對手面甲下方的通氣孔，了結對方，那把匕首的別名就

1 Guy Fawkes（1570-1606），於一六〇五年十一月五日密謀炸毀倫敦西敏宮（今國會大廈），欲殺害英王詹姆士一世及英格蘭上下議院的議員，然而計畫尚未實施便即被捕，並予處決。倫敦今日在十一月五日仍會施放煙火，稱為「蓋伊．福克斯日」，記念這場未成功的謀略。

叫做「上帝恩典」。幾名騎士是在戰役中被自己的頭盔悶死的，在那個年代從事這種激烈的活動，通氣孔又小，常常會發生這樣不幸的意外。戰場這一頭，一些地位比較低的老派貴族架設了寬敞的絞刑臺，要吊死亞瑟王的騎士和信賴他們的撒克遜平民；那是一座華麗的絞刑臺，和隼丘[2]搭建的那一座幾可媲美，能在十六根石柱中吊上六十具屍體，看起來像土褐色的倒吊金鐘。比較簡陋的絞架上裝了橫木，像是電線桿上的踏腳處，讓劊子手可以爬上爬下。戰場另一頭有個地方，四周圍了樹籬，裡頭的灌木叢都放了陷阱，沒有人敢走近方圓一哩之內。

前方可能會有個笨蛋騎士掉進抓鹿的陷阱，而這個陷阱會彈開一根粗大的樹枝，把他整個人吊起來，掛在樹枝末端，任他在天地之間無助地擺盪。後方可能正進行一場慘烈的比武大會或派系戰爭，所有傳令官對著打算衝鋒的騎士團大吼：「不可戀戰！」這句口號相當於現在還能在英國賽馬大賽[3]聽到的那句：「別追了！」

這個世界原本會在公元一千年便結束，然而得到緩刑之後，便爆發了無法無天的暴虐行為，毒害歐洲長達數世紀之久。要為此負責的就是被圓桌視為敵人的強權教條。那些強權派的好鬥領主在尚未開發的林地裡狩獵（凡事總有例外，野森林城堡的艾克特爵士就是個好人），以至於索爾茲伯里的約翰[4]必須告訴他的讀者：如果這些偉大而無情的獵人即將經過你的居所，你該帶上你家裡所有的食物，或是你能立即向鄰居購買或商借的食物，快點離開，否則你就完了，甚至還會被冠上叛國的罪名。迪律伊[5]告訴我們，孩童會被人綁著大腿吊在樹上。而當時一個不算太罕見的景象是，你可能會看到一個全副武裝的人，臉紅得像龍蝦，看起來像是一團黏糊糊的燕麥粥，因為圍城戰事的過程中，這傢伙被當頭澆下一桶滾燙的穀糠皮。喬叟還提過其他更戲劇性的奇景：人們臉上掛著微笑，斗篷底下暗藏利刃；死屍拋在樹叢裡，喉嚨多了一道開口；冰冷的屍體張大了嘴，仰躺在地[6]。各地的刀劍都沾著血跡，天空都看得到黑煙，所有權力都不受約束；而在這段普遍混亂的時代中，加文最後成功謀害了我們親愛的老友派林諾國王，為他父親洛特王報仇雪恨。

這就是亞瑟所繼承的英格蘭，也是他追求文明教化的過程中經歷的陣痛期。如今，在二十一年孜孜不倦的努力之後，這個島成功地呈現出不同的風貌。

那些黑騎士一度滿懷狂暴怒氣，等在某個淺灘邊，要向那些冒冒失失往那條路走的人收取過路費，然而現在無論哪位少女，就算身上佩戴金飾和其他飾物，也可以在整個國境裡安全來去，不用害怕受到傷害。而那些痲瘋病人（當時他們稱之為痲疹）以前常穿著白色的蒙頭斗篷在林間漫遊，如果他們想要警告別人，會敲起悲傷的響板；如果他們不想警告你，則敲也不敲，直接衝上來一把抓著你。然而現在有了合適的醫院，隸屬宗教騎士團管轄，可以照顧這些從十字軍東征回來得了痲瘋病的人。所有暴虐的巨人都死了，而所有危險的飛龍（牠們以前會發出粗濁的聲音，像遊隼一般朝下撲擊）都不能再傷人。過去，結夥的強盜會帶著飄揚的三角旗在幹道沿途來去，而現在，快樂的朝聖者成群結隊，在前往坎特伯雷的路上分享低級的故事。那些一本正經的神職人員到沃辛漢的聖母那兒一日遊，嘴裡唱著《哈利路亞喜樂頌》；沒那麼正經八百的神職人員，則即興唱首絕妙的中世紀飲酒歌《我想死在客棧裡》。彬彬有禮的修道院長躁動不安地騎在緩步而行的馴馬上，頭上戴著毛皮製成的兜帽（這可違反了他們教團的

2 Montfaucon，巴黎近郊的山丘，古代是處刑之地，在法國大革命期間設滿了絞刑臺。

3 Grand National，英國從一八三九年起，在三、四月時於利物浦舉行的全國性馬賽。

4 John of Salisbury（1115?-1180），中古世紀英國哲學家，也是同時代傑出的拉丁文學者之一。

5 Victor Duruy（1811-1894），法國歷史學者及政治家。據說懷特藏書中有一本迪律伊所著的法國史。

6 出自喬叟《坎特伯雷故事集》〈騎士的故事〉第三部分；懷特將其中幾個字換成現代英文。

戒律）；配備時髦的侍從讓鷹停在拳頭上；體格結實的農夫和老婆為了新斗篷而爭吵；另外有一夥快樂的傢伙身上也沒穿戴鎧甲之類的裝備就出去打獵了。有些人騎著馬去了跟特魯瓦[7]一樣盛大的市集；有些人則去了可與巴黎匹敵的大學，那裡有兩萬名學者，裡頭最後出了七名教宗。修道院裡，僧侶們都以活躍的創造力描繪手稿上的起首字母，精緻複雜的程度使得這些手稿的第一頁都很難讀。而那些現在沒在手稿開頭畫基督標記「ＸＰ」的人，正仔細抄寫圖爾的格列高利主教所著的《法蘭克人史》、《黃金傳奇》[8]、《西洋棋戲》[9]，或是某本放鷹專論——前提是，如果他們沒讓神奇的路爾那本《偉大藝術》[10]或最最神奇的那位魔術師所編纂的《巨鑑》[11]迷住。廚房裡，幾個有名的大廚正在準備菜肴，其中一輪菜就包括：牛睪丸湯、甜酒湯[12]、八目鰻凍、牡蠣燉洋蔥、醬燒鰻魚、烤鱒魚、醃豬肉配芥末、雄鹿內臟、填料烤豬、燻雞、酒醬鵝肉、野鹿麥粥、清燉母雞、烤松鼠、香羊肚[13]、閹雞脖子布丁、內臟、牛胃、杏仁凝乳白肉、甘藍菜、牛油煮蔬菜、蘋果慕斯、薑糖麵包、水果塔、牛奶凍、梓蜜餞、斯第爾頓乳酪等。用餐的大廳中，那些讓酒壞了味覺的年長紳士正在享用中世紀的奇珍異饈——調味很重的鯨肉和海豚肉。美麗的女士在盤裡放上玫瑰和紫羅蘭，烤過的金盞花讓麵包牛油布丁的風味更加美妙，而那些侍從則偏愛羊奶乳酪。育兒室裡，所有小男孩都想盡辦法說服他們的母親，把硬梨子放在蜂蜜糖漿裡和醋一起燉煮，再配上發泡奶油當晚餐。餐桌禮儀也遠遠超過我們的文明程度。現在，他們不再使用麵包做的盤子，用著有蓋的盤子、加了香料的洗手缽、華麗的桌布和供過於求的餐巾。用餐者戴著花環、穿著優雅服飾，侍者則以正規的芭蕾動作上菜。葡萄酒瓶放在桌上，沒那麼體面的麥酒則放在桌底。眾音樂家組成奇特的樂團，在人們用餐時演奏鈴、大號角、豎琴、維奧爾琴[14]、齊特琴[15]和風琴。亞瑟王尚未建立他的騎士之道時，塔中騎士蘭德里[16]必須警告他女兒，晚上不可獨自一人到自家餐室去，正是擔心暗處會發生什麼事；然而現在，餐廳裡有了樂聲和燈光。而在煙霧瀰漫的拱形大廳內，原本只有邋遢的貴族在那裡啃骨頭，手指還沾滿了血；現在人們吃東西時手指都很乾淨，他們會從木碗裡取出帶有藥草香味的盥洗皂洗手。修道院的地窖裡，總管從桶子取出新釀與陳年釀製的麥酒、蜂蜜酒、波特酒、波爾多紅酒、乾雪莉酒、萊茵白酒、啤酒、攙了香料的蜂蜜酒、洋梨酒、香料甜酒和上好的白威士忌。法官在法院裡施行的是國王的新法，而非強權惡法。農家的良妻正烘著令人口水直流、熱騰騰的鐵盤麵包，他們不惜成本把上好的泥炭放進火裡，平時畜養的肥鵝足以讓二十個家庭吃上二十年。亞瑟在位時，撒克遜人和諾曼人開始認同自己是英格蘭人。

難怪歐洲所有野心勃勃的年輕騎士都群聚在這偉大的宮廷裡。也難怪他們視亞瑟為王，視藍斯洛為征服者。這段日子來到宮廷的年輕人之中，有加瑞斯，以及莫桀。

7 Troyes，法國中北部大城；中世紀時期為貿易重鎮。

8 《*Legenda Aurea*》，十三世紀時由主教佛拉金（Jacobus de Voragine）以拉丁文編撰，在歐洲風行一時；曾譯成多種歐陸語言流傳，內容關於聖徒的行蹟，如聖喬治屠龍之類的故事。

9 《*Jeu d'Echecs Moralise*》，義大利修士德塞索利斯（Jacobus de Cessolis）寫成，盛行於十四世紀歐洲宮廷，內容主要解釋西洋棋在中世紀時所代表的象徵寓意與社會意涵。

10 《*Ars Magna*》，為展現作者瑞門．路爾（Ramon Llull）邏輯體系的一本書。路爾是十三世紀的哲學家，能以阿拉伯語、拉丁語、西班牙語等多種語言寫作。

11 《*Speculum Majus*》，意為巨大的鏡子，法國作者博韋的樊尚（Vincent of Beauvais）所編，十八世紀時歐洲最大部頭的百科全書，全書共有八十本。

12 caudle ferry，一種用葡萄酒或麥酒混合糖、蛋、麵包、香料等食材的飲品。

13 haggis，蘇格蘭傳統名菜，將羊心、肺、肝等內臟絞碎，佐以燕麥、洋蔥等餡料，填入羊胃袋中煮熟。

14 viol，中世紀所用的提琴，是現代小、中、大提琴的前身。

15 zither，類似古琴、古箏的樂器，上有數十條絃。也是這類扁平型撥絃樂器的總稱。

16 書名為《*Livre pour l'enseignement de ses filles*》，由曾參與百年戰爭的貴族蘭德里（Geoffrey IV de la Tour Landry）所著，用來教導女兒適當的宮廷禮儀。

第二十六章

「這年頭，我們很少看到箭在人的心臟裡顫抖了。」一日下午，藍斯洛在弓箭靶場說道。

「顫抖！」亞瑟高聲說。「用這個字眼形容箭射中之後所產生的振動，真是太妙了。」

「我是從歌謠聽來的。」藍斯洛說。

他們離開靶場坐在涼亭裡，可以看到正在練習射靶的年輕人。

「這倒是真的，」國王陰鬱地說：「在這衰頹的年頭，是沒那麼多我們熟悉的爭戰了。」

「衰頹！」他的最高司令官抗議：「你幹麼不高興呢？這樣的日子不就是你要的嗎？」

亞瑟轉移了話題。

「加瑞斯很有前途，」他看著那男孩。「這倒有趣。他沒小你幾歲吧，不過一想到他，就覺得他還是個孩子。」

「加瑞斯是個好人。」

國王伸出手，親密地緊搭著藍斯洛的膝蓋。

「說起加瑞斯，大家認為你才是那個好人。這事已經成為傳奇了。一個男孩隱姓埋名來到宮廷，待在廚房裡工作，連自己的兄弟都認不出他來。凱伊有次故意使壞，還給他取了個綽號叫『大小姐』。在他完成偉大的冒險成為騎士之前，你是唯一親切待他的人。」他說。

「這個嘛，」藍斯洛反駁，「你不能怪加文，他十五年沒見到他弟弟了。」

「我沒有怪任何人，我只是說，你會去注意一個廚房的見習騎士，並且一路幫助他，最後還授與他騎士勳位，這是件好事。不過，你一直對人很好。」

「奇怪的是，他們會一直來這裡，」他的朋友說：「我想那是因為他們無法不來。只要是有想法的孩子，都會覺得必須去亞瑟的宮廷，就算在廚房工作也好。因為這裡是新世界的中心。這也是為什麼加瑞斯會離開他母親。她不會肯讓他來，所以他離家化名而來。」

「胡說。摩高絲是個惡毒的老女人——只能這麼說她了。她不許他到宮廷是因為她恨你，不過無論如何他還是來了。」

「摩高絲是我的異父姊妹，而我曾經做過很對不起她的事。她每個兒子都離開她，跑來服侍她憎恨的人，這對女人來說並不好過。就連莫桀也來了，那是她最小的兒子。」

藍斯洛看來有些不自在，他直覺地不喜歡莫桀，同時也不喜歡心裡有這樣的芥蒂。他並不知道亞瑟就是莫桀的父親，早在他或桂妮薇來到宮廷之前，這故事就被遮掩藏匿，一如過去亞瑟出生的祕密。但他確實感到這個年輕人和國王之間有些什麼。他毫無來由地討厭莫桀，就像狗不喜歡貓；但他對自己的偏見感到羞愧，因為這有違他協助年輕騎士的原則。

「莫桀來到這裡，一定傷她最深，」國王繼續說：「女人總是最疼愛么子。」

「就我所知，她從來不偏愛他們當中哪一個。如果他們到宮廷會傷她的心，不過是因為她恨你。她為什麼恨你？」

「那是個很糟的故事，我不想談。」

國王又補上一句：「摩高絲是個……很有主見的女人。」

藍斯洛壞心眼地笑了。

「從她行事風格看來，一定是的，我聽說她雖然已經成了祖母，卻還對派林諾的兒子拉莫瑞克死纏爛打。」

「誰告訴你的？」

「傳遍全宮廷了。」

亞瑟站起身，煩亂地邁出三步。

「上帝啊！」他叫道，「拉莫瑞克的父親殺了她丈夫！她的兒子又殺了拉莫瑞克的父親！拉莫瑞克才幾歲啊！」

他坐下來看著藍斯洛，彷彿很害怕他又會說出什麼事。

「都一樣，她就是會這麼做。」

國王突然激動地問：「加文去哪了？阿格凡呢？莫桀呢？」

「他們應該是遠行去探險之類。」

「不……不會是到北方去了吧？」

「我不知道。」

「那拉莫瑞克呢？」

「我想他還留在奧克尼。」

「藍斯洛，如果你認識我姊姊……如果你真的了解奧克尼一族就好了。他們對家族十分狂熱。如果加文……如果拉莫瑞克……噢，上天啊，請憐憫我的罪過，請憐憫他人的罪過，請憐憫這紛擾的世間吧。」

藍斯洛驚惶地看著他。

「你在畏懼什麼？」

亞瑟再次站起身，開始急促地說話。

「我擔心我的圓桌，我擔心接下來要發生的事，我擔心圓桌徹頭徹尾錯了。」

「胡說。」

「我設立圓桌，是為了終結無政府的混亂狀態。這為暴力提供出路，讓那些習慣用武力解決事情的人，可以用一種有益的方式來行使武力。但都錯了。不，讓我繼續說。之所以錯，是因為它奠基於武力。正義必須倚賴正義來建立，不能靠強權惡霸的行徑。但那就是我一直想做的事。現在，我要自食惡果了。藍斯洛，恐怕現在惡報要來了。」

「我不明白你在說什麼。」

「加瑞斯來了，」國王突然說，語氣平靜，彷彿一切都結束了。「我想你馬上就會明白。」

就在他們談話時，一個裹著皮革綁腿的信差來到靶場，國王的眼角餘光發現信差十萬火急地尋找加瑞斯爵士，並拿了一封信給他。他看著那男孩讀了信一次、兩次、三次，接著困惑地對來人說話。加瑞斯無意識地向信差鞠了一個躬，慢慢朝他們走了過來。

「加瑞斯。」國王說。

這年輕人跪下，握住國王的手，彷彿他的手是欄干或救生索。他看著亞瑟，目光呆滯，眼中也沒有淚水。

「我母親死了。」加瑞斯說。

「是誰殺了她？」國王問，彷彿那是個再自然不過的問題。

「是我哥哥阿格凡。」

「什麼！」

驚叫的人是藍斯洛。

「我哥哥殺了我母親，因為他發現她和一個男人睡在一起。」

「藍斯洛，拜託安靜一點，」國王說，然後轉向加瑞斯，「他們怎麼處置拉莫瑞克爵士？」

不過加瑞斯還沒說完故事的前半段。

「阿格凡砍下她的頭，就像那隻獨角獸。」他說。

「獨角獸？」

「拜託，藍斯洛。」

「他殺了生育他的母親。」

「我很遺憾。」

「我一直都知道他會這麼做。」加瑞斯說。

「你確定這消息是真的嗎？」

「是的，是真的。殺了獨角獸的人就是阿格凡。」

「拉莫瑞克就是獨角獸嗎？」國王溫和地問。他不知道外甥在說什麼，不過他急於幫忙。「拉莫瑞克死了嗎？」

「噢，叔叔！他們說阿格凡發現她光裸身體和拉莫瑞克爵士躺在床上，於是他砍了她的頭。他們也逮住拉莫瑞克。」

藍斯洛對往日悲劇所知不多，所以他沒有國王那樣的耐性。

「他們是誰？」他問。

「莫桀、阿格凡，還有加文。」

「所以事情是這樣的，」藍斯洛爵士說：「你那三個兄弟先殺了那個連蒼蠅都不忍傷害的派林諾國王，只因他在一場比武大會失手殺死你們的父親；又在床上殺了自己的生母，最後再宰了派林諾的么子拉莫瑞克，只因為你們那位年紀大他三倍的母親勾引他。我想，他們是聯手對付他一個人吧？」

加瑞斯將國王的手抓得更緊，垂下了頭。

「他們將他團團包圍，」他麻木地說：「莫桀從背後捅了他一刀。」

第二十七章

加文和莫桀在先住民地區劫掠了一陣後，直接回到卡美洛，但阿格凡沒和他們一起回來。拉莫瑞克才剛斷氣，或者說，他們才剛開始明白事件始末，便起了爭執。摩高絲王后之死是意外；阿格凡受了極大刺激的後果，用他自己的話說，是一時怒極攻心。不過他們本能地知道，真正的原因是出於嫉妒。所以他們用一貫的罪名指控他，說他不過就是個肥胖的惡霸，而他最崇高的工作就是殺死手無寸鐵的男女。在那場暴怒的意外過後，他們便慟哭著離開了他。加文現在憶起他對那位特立獨行的母親所懷抱的孺慕之情，也是那位巫后期望她那幾個兒子能懷抱的感情。

他陰鬱而悔恨地馳向國王的宮廷，心裡明白，他們殺死小拉莫瑞克的方式會讓亞瑟大為震怒，因為那孩子是排名第三的圓桌騎士，不過，他並不後悔殺了他。在他看來，拉莫瑞克確實該死，就像重罪犯該當處死，因為他和他父親都傷害了奧克尼一族。他知道，由於他殺了親生母親，現在宮中人都會睥睨他，而他年輕時在盛怒下殺死一名女人的舊事也會有人重提。然而這些並不足以讓他沮喪，讓他悔恨不已的，是他親愛的奧克尼族母親已逝（直到現在，他才開始釐清這件事的來龍去脈），是他又重創了亞瑟的理念，而他其實本性寬厚。他希望國王吊死他，放逐他或嚴厲懲治。他走進王室會客廳，整個人陰鬱羞愧。

莫桀就像沒事發生般，跟在加文身後走進房內，他身材細瘦，淺金髮色，看起來就像有著白化症，那對明亮的眼睛則是藍色，是褪盡了色彩的淺藍，以至於你根本看不進他眼底深處，他的鬍子也剃得很乾淨。不管是他身上哪個部分，都讓人難以掌握，頭髮、眼睛、鬍子都一樣，整個人似乎連顏色都洗刷殆盡，捉摸不定。在那張粉紅色的削瘦臉龐上，只有明亮的藍眼周圍長了魚尾紋——如果你喜歡，可以假定他閃爍的雙眼中帶著幽默，亦或是譏嘲，或就只是強調了其中天藍色的瞳孔，好顯得更幽遠深邃。他走進來，姿態筆直，同時帶著迎合與叛逆的味道，不過肩膀一邊高一邊低。接生婆技術笨拙，他生來便略微駝背，就像理查三世。

亞瑟王正在等他們，桂妮薇和藍斯洛分立於國王左右。

體格壯碩的紅髮加文笨拙地單膝跪下，雙眼不是看向國王，而是看著地板。

「請求赦免。」

「請求赦免。」莫桀也跟著說，他跪在同母異父的兄弟身邊，卻直視國王眉心。他的聲音高深莫測，修飾優雅，但話裡的意思可能與話面意思恰恰相反。

「我赦免你們，去吧。」亞瑟說。

「去？」加文問。他不確定自己是否被驅逐出境。

「對，去吧。我們可以等到晚餐再見面，但是現在，去吧。請你們離開，拜託。」

加文粗魯地說：「那件事有一半是因為運氣不好。」

這回亞瑟的聲音既不疲倦也不哀傷：「滾！」

他像戰馬一樣跺著腳，指著門，彷彿要將他們扔出去似的。他的眼睛閃著光，就像一道突來的灰綠色火焰，因此即便是莫桀，也很快地起身。加文吃了一驚，神色困惑，搖搖晃晃走出門去，而那駝背的傢伙在離開之前便恢復鎮定。他行了一個演員式的禮：腰彎得很低、看似謙卑的華麗幻影——然後他直起身，與國王相對而視，微笑，之後才離去。

亞瑟顫抖地坐了下來，藍斯洛和桂妮薇越過他頭頂互使了個眼色。他們想問，他為何原諒自己的外甥；他們也想抗議，因為原諒弒母之罪，必然危及圓桌。但他們從未見過亞瑟如此震怒，其中或許有什麼隱情，因此他們忍住不語。

不久，國王開口：「藍斯，在這件事發生之前，我曾試著告訴你一些事。」

「是的。」

「一直以來，你們兩個都聽我講述圓桌，我希望你們明白。」

「我們會竭盡所能。」

「很久以前，梅林還在我身邊幫助我的時候，試著教導我如何思考。他自知最後必須離開，所以他逼我學習獨立思考。藍斯，絕對不要讓人教你如何思考，思考是這世界的詛咒。」

國王坐著，望著他的手指，往昔的念頭有如螃蟹一般穿過指間，而他們只是等待。

「梅林贊同圓桌，當時顯然也是個好主意。它必定是個過渡階段。現在我們得想想，下一步該怎麼走。」他說。

「我看不出來圓桌有什麼問題，就因為奧克尼一族弒親嗎？」桂妮薇說。

「我向藍斯解釋過。圓桌的想法在於，重要的是公理，而非強權。遺憾的是，我們想用強權來建立公理，那是不對的。」

「我不明白為什麼不對。」

「我試著為強權挖一條發洩的管道，讓強權有效地流泄。這應該要阻止那些好戰分子，讓他們為正義而戰；我希望這樣可以解決問題，但並沒有。」

「為什麼？」

「我們已經得到正義，達到我們奮戰的目標，但現在我們身邊還是有那些戰士。你不懂嗎？我們已經把奮戰的目標消耗殆盡，因此，所有的圓桌戰士都會開始腐化。看看加文和他那些兄弟，以前還有巨人、飛龍和邪惡騎士時，我們可以讓他們有些事做，可以讓他們遵守規則。但是現在這條路走到盡頭了，他們再也無處運用他們的力量，所以發洩在派林諾、拉莫瑞克和我姊姊身上——願上帝慈悲。腐化的第一個徵兆，就是我們的騎士精神全然變成一種對競賽的狂熱，那些關於誰長矛比試的平均分數最高之類的屁話。殺戮再次開始，則是腐化的第二個徵兆。這也是我為什麼會說，如果親愛的梅林此刻還在這裡幫我，他會要我再去思考其他方法。」

「那是因為安逸和奢華的生活讓我們怯懦了，那條弦鬆了，彈出來的音自然變調。」

「不，完全不是這樣。一切只因我把強權收起放在背後，以便隨時拿出來運用。雖然我並不知道要怎麼做才能連根除去強權，但我應該這麼做，而不是試著去適應它。現在強權留了下來卻無從發洩，於是逐漸變成一條邪惡的管道。」

「你應該懲處此事。」藍斯洛說：「當初貝第維爵士殺妻，你讓他帶著她的頭去找教宗。你現在也該要求加文去找教宗。」

國王攤開雙手，第一次抬頭往上看。

「我要把你們所有人都送到教宗那裡。」他說。

「什麼！」

「倒不是真的送到教宗那裡。看吧，就像我說的，問題在於我們的強權已經沒有世俗目標，現在只剩下心靈目標了。我思索整夜，如果我的鬥士已經把可以較量的現世事物消耗殆盡，為了讓他們免於沉淪，我就必須讓他們轉而與心靈對抗。」

藍斯洛的眼神燃燒起來，開始熱切地看著亞瑟。同時，桂妮薇一言不發，她先是迅速地偷偷瞥了她的愛人一眼，然後回頭以一種全新的保留態度面對丈夫。

「有些事如果我們不做，整個圓桌就會走向滅亡，」國王繼續說：「不僅仇恨會愈結愈深，人開始在光天化日之下殺人，一些放肆的下流話也會四處流傳。看看崔斯坦和馬克王后吧，大家似乎都站在崔斯坦那邊。道德是很難議論的，不過事實如此，我們自己先發明了一種道德感，但這股道德感正在腐化，而我們莫可奈何。道德感一旦腐化，比完全沒有道德還糟。我想，所有純粹追求世俗目標的努力，都帶有墮落的種子，就像我那著名的文明教化。」

「這跟送我們到教宗那裡去有什麼關係？」

「這是一種比喻。我的意思是，我的圓桌理念是一種暫時的理想。如果我們要救圓桌，就得轉化成一種精神上的理想。我都忘了還有上帝。」

「藍斯洛他，可從來沒忘記過。」王后的聲音很奇怪。

不過她的愛人太專注這個話題，沒注意到她的語調有什麼不對。

「你想怎麼做？」他問。

「如果你了解我的意思，我想我們起初可以試著做一些有助性靈的事。我們已經達到實質的目標，也就是和平與繁榮，現在無事可做了。如果另外找個具體的目標，一個暫時的目標，像是擴張版圖之類，只要目標達成，我們就會再次面臨同樣的問題，說不定還會更糟。但是，為什麼我們不能把圓桌的力量轉向性靈層面，讓能量再次凝聚？你知道我說的性靈是怎麼回事。如果我們的強權已經打通一條通道，讓力量能為上帝服務，而不是為人民的權利服務，那當然就可以阻止腐化，而且值得一試，對吧？」

「十字軍！你要送我們去拯救聖墓[1]！」藍斯洛大喊。

「我們可以試試，我還沒有確實想過，不過或許是個不錯的選擇。」國王說。

「或者我們可以去尋找聖徒遺物，」這位司令官現在已經整個人燃燒起來。「如果所有騎士都去尋找真十字架的碎片，他們可能甚至不須和別人對戰。我是說，如果我們發動十字軍東征，我們應該還是會動用武力，會把強權運用到對抗異教徒上。不過，如果我們當真凝聚整個圓桌的力量，去尋找某個上帝的所有物，啊，這絕對值得一試。還有，既然我們到時候會很繁忙，那麼，或許根本沒有必要和別人對戰。若是如此，也許我們不必把要找的東西限為一種。想想看，我們一共有一百五十名騎士，全都是探險專家，就像偵探；如果所有騎士都把力氣用在尋找屬於上帝的東西，可能會找到好幾百件價值不菲的物品。說不定圓桌就是為此而生，為了朝這個目標前進。我們甚至可能會找到新的福音書，整個基督教世界都可能因為我們而獲益。想想看，一百五十名受過搜索訓練的人！而且現在去做一點也不嫌遲。真十字架是在三二六年發現的，不過聖屍衣[2]要到一三六〇年才在雷內找到。我們或許能夠找到那枝刺殺了我主的長矛[3]！」

「我正在考慮。」

1 Holy Sepulchre，耶穌基督的陵墓，又指建在基督受難和埋葬原址的教堂。
2 Holy Shroud，被認為是耶穌受難之後，用來包裹祂屍體的裹屍布，亞麻材質，上有一個人形印在上面，現存義大利杜林（Turin）主教座堂。
3 指羅馬士兵隆基努斯（Longinus）刺傷耶穌側腹的那柄長矛。

「我們一定要專程去找聖經手稿。」

「是的。」

「我們得到各地，到聖地，到所有的地方！就像尊貴的德·儒安維爾[4]！」

「是的。」

「我認為，這是你有史以來最了不起的想法！」藍斯洛爵士說。

「恐怕有困難，」這次，輪到國王的聲音變了調。「夜深時，我在想，或許這想法太有企圖了。你知道，人一旦達到完美境界，就會消逝。那樣一來，或許圓桌就完了。如果有人要去尋找上帝呢？」

但藍斯洛並不了解這種形上學的理論。他沒注意亞瑟語調的變化，開始對著自己哼唱十字軍的聖歌：

木十字的碎片啊，
是領袖的象徵，
人民將追隨其後……[5]

「我們可以去尋找聖杯！」他得意洋洋地大喊。

此時，佩雷斯國王的信使到了。他說，有人要求藍斯洛爵士去修道院為一名年輕人授與騎士勳位。他是個像鴿子一般溫文有禮的英俊年輕小夥子，在一座女修道院受教長大。至於他的名字，那位信使說，應該是加拉罕。

桂妮薇王后站起身又坐下，鬆開雙掌又握起來。她知道，藍斯洛爵士就要到另一個女人為他生的兒子那裡去了——然而她不怎麼在意。

4 此指Jean de Joinville（1224-1317），中世紀法國編年史家，在第七次十字軍東征中隨侍法王路易九世，著有《聖路易史》（*Histoire de Saint Louis*）。

5 原文「Lignum crucis, Signum ducis, Sequitur exercutus.」採自十字軍時代的文獻。其英文解釋為「wood of the cross, sign of the leader, the multitude was followed.」，其中 Lignum crucis 指基督受難的十字架上所留下來最大的一塊碎片。

第二十八章

如果你想知道圓桌騎士出發尋找聖杯的過程；想看加拉罕抵達的驚奇場面，而桂妮薇出於好奇、嫉妒與恐懼等錯綜複雜的心思，竟半認真地起意勾引他；想看宮廷最後的晚餐，彼時雷聲響起，還有日光、覆蓋的器皿和瀰漫整座大廳的甜香氣息——如果你好奇這些，你得閱讀馬洛禮的描述。那種說故事的方式只能用一次。重點是，圓桌騎士在聖靈降臨節之後成群結隊出發，他們首要目標就是聖杯。

藍斯洛再次回到宮廷，已是兩年後了。對留守的人來說，這兩年是很寂寞的。劫後餘生的騎士三三兩兩回來，這些疲憊的人帶來死傷消息或勝利的傳聞。他們或拄杖跛行，或牽著再也無法載人的倦馬；如果他們在戰爭當中失去一隻手，回來就是用另一隻手持著斷肢。所有人看起來憔悴又困惑，臉上有股狂熱，喃喃說著一些夢境，有自動航行的船、奇異彌撒中的銀桌、在空中飛過的矛、公牛與帶刺樹木的幻象、古老墓穴中的魔鬼、活了四百年的國王和隱士——這些都成了宮中流言。貝第維爵士計算，有半數騎士失蹤，可能都死了。而藍斯洛爵士一直沒回來。

第一位回來提出可信報告的證人是加文，他抵達宮廷時，頭纏繃帶，情緒很低落。他是奧克尼一族當中唯一拒絕學習正確英語的人，因此說話有北方口音。只是那口音幾乎是裝出來的，他心中還有一半是用蓋爾語思考。加文對南方的英格蘭人有防衛之心，並以他的種族為傲。

「這場遠行探險實在盲目又黑暗，如果要說我出過什麼無謂愚蠢的任務，這就是了。」加文說。

「發生了什麼事？」

亞瑟和桂妮薇像是兩個好孩子，手放在大腿上坐著聽故事。而他們也像孩子伶俐急切，極力想推究真相。

「發生了什麼事是吧？這個嘛，就是我浪費了十八個月，一直漫無頭緒到處亂闖，最後帶著這個你說是『腦震盪』的東西，搞得半死不活。無論如何，願上帝在這場聖杯探險中護佑我。」

「從頭開始把故事告訴我們吧。」

「從頭開始？」

他叔叔對這件事深感興趣，他頗感詫異。

「嘖，總有點什麼可說吧。」

「還不就那些老套。」

「給加文爵士拿點喝的，」王后說：「坐下來吧，大人，我們都歡迎你回家。放輕鬆點，告訴我們故事——當然，如果你不是很累。」

「不累，就是腦袋瓜有點疼。我可以說說這個故事。謝謝妳，夫人，我要威士忌。我瞧瞧，那一團糟的鳥事要從何說起呢？」

奧克尼的族長坐下來，試著回憶。

「當我們離開瓦庚堡的時候……你們知道嗎？第一天，我們一群人騎馬到瓦庚，第二天早上解散後就再也沒碰頭了。我們離開那裡時，我往西北方搜索。走哪個方向倒也不重要。在我們分開的前一天，藍斯洛給了所有人一條線索，說老佩雷斯國王曾對他提過一個聖盤，就在他其中一座大城堡裡。他倒沒強調它的重要，只告訴大家聖盤的價值。我們當中最好的一半往那方向去了，不過我不煩惱那些。我往西北方去找。」

他喝了一大口酒。

「首先，我碰上加拉罕，那個自大無情的蠻子，我對那小子的印象可好了。」他說。

「那個小鬼，」加文爵士又喝上一大口酒，暖身得差不多了，便繼續著：「不用說，那個漂亮小鬼一定是個孌童，我真是有夠倒楣，聞到這個世界的惡臭——就是他。」

「他打敗你了嗎？」

「沒，沒，那是後話。我一開始就碰上他。」

「他在修女院裡頭，在一群母雞的包圍下長大！」他生氣地說：「很多和他交手過的人都說過他個人的探險，那個聖潔的懦夫，心好比冷酷的鷂子……不過那孩子是英格蘭人，如果他膽敢去到蘇格蘭，一定會被砍死的。」

「除非他在那之前就已經被砍死了。」他下了結論，被自己這念頭嚇著了。

「加拉罕爵士做錯了什麼？」

「沒什麼，那傢伙不喝酒不吃肉，還相信自己是個處子。不過我碰上了梅里亞斯爵士——你們知道嗎？梅里亞斯爵士殘廢了。他告訴我那個加拉罕幹了什麼好事。為了某些緣故，梅里亞斯爵士被帶到那個蠻子跟前，請求那男孩讓他同行。我不懂他為什麼這麼做，因為第一個去找加拉罕的是尤文，而加拉罕爵士拒絕了！尤文爵士對他來說不夠好！好吧，好吧，不過他紆尊降貴讓梅里亞斯跟著去了，還冊封他為騎士！把我的靈魂賣給惡魔吧！居然讓一個十八歲的笨蛋冊封你為騎士！他冊封梅里亞斯時，是這麼說：『現在，這位好先生，你是國王與王后的後裔，如今授與你騎士的身分，你當成為所有騎士精神的明鏡！』你說說，這是什麼意思？這個英格蘭的勢利鬼！後來，他們兩個出發探險，來到一個十字路口，梅里亞斯說，他想往左邊去。加拉罕說：『你最好別走那條路，因為我認為我比你更該往那兒去。』瞧，漂亮的加拉罕可不來假裝謙虛那一套，對吧？總之，梅里亞斯還是往左邊去了，然後就如加拉罕所預言，有個神祕騎士向他騎來，一出手，便隔著他的鎖子甲把他打成重傷。他就快死了，而那根斷折的棍子就在他旁邊。當偉大的加拉罕找到重傷的他，我們那個小子只說：『所以，走另一條路會比較好！』這漂亮孩子跑去對一個半死不活的人說那種『我早告訴過你了』的話！也不幫他半點忙！」

「梅里亞斯爵士後來怎麼了？」

「他對加拉罕說：『爵士，如果死亡能取悅祂，就讓它來吧。』他把那根棍子舉到面前。梅里亞斯是個好騎士，我很高興能告訴各位，他還活著。」

亞瑟說：「加拉罕畢竟只是個孩子！或許他的成長過程也很辛苦。我覺得不該因為這些枝微末節，在社交所犯的錯誤，就這樣不近人情地批判他。」

「你知道他攻擊他的父親，把他打下馬來嗎？你知道他讓自己的父親跪在他身前請他賜福嗎？你知道有人請求加拉罕，說要死在他的懷裡，而他還大發慈悲允許他們這麼做？」

「這個嘛，或許真的算是大發慈悲。」

「惡魔啊！」加文大喊，把鼻子埋進酒杯當中。

「你沒告訴我們你發生了什麼事。」

「我碰上的第一個冒險，嗯，事實上，應該不能只算成一個冒險，那就是闖進了少女堡。這事最好別在王后面前說。」

亞瑟的語氣有些冷峻。「加文爵士，我的妻子不是孩子，也不是傻瓜。每個人都知道那座城堡的風俗。」

桂妮薇十分禮貌地說：「在法文裡，這叫『領主權[1]』。」

「好吧，那麼，我和尤文及加瑞斯爵士來到少女堡。這座城堡有七名騎士，總之，他們固守這個風俗。我們在城外找到這七名全副武裝的騎士，和他們好好打了一場，把他們全殺了。等到一切安頓，卻發現加拉罕已經搶在我們前面。一開始就是他把那些騎士趕出來，不過他一個人也沒殺，而我們忙著打鬥的時候，他就在城堡裡。我們不過就是做了屠夫，替不屬於我們的功績收尾。」

「運氣真差。」

「加拉罕騎著馬離開，不願跟我們說話。意思是說，我們是有罪的人，而他則是受到上帝祝福的人。之後發生什麼，我就不管了。」

「你繼續和尤文及加瑞斯一起嗎？」

「沒有，我們在少女堡之後就分道揚鑣了。我到處遊蕩，最後來到一座修道院，碰上住在那裡的宗教人士。你知道那種人嘛，就是救世軍[2]那一類。我問他能不能讓我住一晚，他第一個要求是：『我要知道，為何上帝與你之間有所阻礙？』嗯，他既是主人，也是教士，所以他逼著我告解，我也不能斷然拒絕。他針對那七個騎士的事劈里啪啦哀嘆了一堆廢話。他說，這是七件死罪；又說，我只不過是個殺人凶手，語氣平靜得像陽光一樣。」

「他有沒有告訴你，」國王興致勃勃地問：「無論什麼理由，殺人都是錯的，尤其你當時正在尋找聖杯？」

「我的靈魂一定是被他賣給惡魔了！他一直說教，說加拉罕驅逐了那七個騎士，卻沒殺半個人，又說聖杯不該扯上流血的事件。」

「他還說了什麼？」

「我不記得了。就像我所說，這傢伙講了一堆好話，又勸我應該苦修贖罪。他說，一個人要好好告解，而且要絕對坦白，否則找到聖杯也沒用。那孩子是個笨蛋，一個浪遊騎士是不苦修的，也跟那些勞動工人一樣，四旬齋[3]不齋戒——我就是很好的榜樣。我對那人撒了謊，繼續前進，之後碰上了阿格洛法和葛里菲特……後來呢？後來，我和他們共騎了四天，我想想……之後再次分道揚鑣。米迦勒節[4]之前的日子，如果沒有那些冒險，我還真是籠罩在黑暗中，什麼也沒得做。」

「事實上，」加文又補充。「英格蘭這幾年已經找不到還有什麼險可探了，這地方完了。」

「給加文爵士再拿一杯酒來。」

「米迦勒節之後，我碰上了艾克特．德馬瑞斯。他也像我一樣運氣很差。我們騎到一座位於森林裡的小禮拜堂，當晚睡在那裡做了一個夢，而且兩人都做了同樣的夢。夢裡有隻連在膀子上的手，穿著織金緞子，拿著一副馬轡繩和一根蠟燭。有個聲音告訴我們，我們兩個會需要這兩樣東西。後來我碰上第二個教士，他說馬轡代表克己，蠟燭則代表信仰，看起來艾克特和我缺少這兩樣。你看看，人把夢境扭曲成什麼樣子。之後我們碰上一件沉重的不幸，就像一直籠罩在我身邊的那種。我倆碰上了我的表親尤文，他的盾加了罩子，我們也沒認出他的盾徽。艾克特把第一次和尤文交手的機會讓給我，他是我的表親、我的族人啊。我的矛漂亮地穿過了他的胸口，那是他那件

1 droit de seigneur，意即領主擁有領地所有少女初夜權的權力。
2 Salvationist，此指基督教救世軍（Salvation Army）成員。救世軍成立於一八六五年，總部設於倫敦，現為國際慈善組織。
3 Lent，又譯「大齋期」，時間從復活節前四十天起算，到復活節前一天為止（週日不計），是基督徒緬懷基督受難的日子，期間教徒會齋戒禱告。
4 Michaelmas，記念大天使米迦勒的節慶。

鎖子甲上的弱點。」

「尤文死了嗎？」

「唉，那老傢伙死了。對我來說，這實在可怕極了。」

亞瑟清了清喉嚨。

「在我看來，這對尤文來說比較糟糕。願上帝讓他安息，如果你聽了一開頭那位教士的話，或許就不會發生這麼慘的事了。」他說。

「我不想殺他！他是奧克尼一族的表親！想想看，那個南方來的道學先生，拿著白色盾牌，他之前還拒絕與尤文共騎！」

「你是說加拉罕？他用的是素面盾嗎？」

「是啊，是加拉罕。那不是素面盾，他在某些場合都拿著一面盾牌，據他自己說，那是亞利馬太的約瑟的盾牌。徽紋是銀底，上面有個紅色的T形十字[5]。我們後來才知道，銀底是代表處子的純白，紅色十字則是代表聖杯……我離題了。」

「你剛剛說到殺了尤文。」亞瑟耐著性子說。

「我和艾克特繼續往另一座修道院騎去，我們告訴那裡的修士夢中出現的馬轡繩。我告訴你，那修士是吃素的！他說了一個殺人的老故事，十分激動，想要我們悔改。我們找一些藉口，很快就離開了。」

「他有沒有告訴你們，你們運氣不好，是因為你們只尋求殺戮？」

「有，他說了。他說，跟我們比起來，藍斯洛善良多了，因為他很少殺害他的敵人，特別是他根本沒參與這次探險。他還說，還有許多其他騎士因為各自的罪行，都和我們一樣倒楣，艾克特自己就碰上了二十個。他說，殺人和這次遠行探險的宗旨互相違背。我們只和他談了一下，之後趁他還講個沒完，我們就開溜了。」

「然後呢？」

「我們來到一座城堡，就艾克特和我兩個，前方正是一場美妙的競賽。我們加入攻擊的一方，打了場漂亮的仗。就在我們強行攻入，大家情緒都有點高昂時，加拉罕出現了。只有全能的上帝知道是哪陣妖風把那小子帶來的。他似乎不是來支持這些把對戰當成消遣的騎士，因為他加入了另一方陣營，把我們逼出城堡，然後給了我這個。」

加文碰了碰他身上的繃帶。

「艾克特沒跟他打，因為他們是親戚，」加文解釋：「我沒管那些就打了，不過就算在意那些也沒有用。他給了我一擊，劈裂我的頭盔，打碎了鐵製的防護帽，是，然後長矛擦過，殺了我的馬。我以基督之名起誓，我就這麼玩完了。我在床上躺了一個多月。」

「然後你就回來了？」

「是啊，回來了。」

「你的運氣似乎真的很不好。」王后說。

「差透了！」

5 Tau Cross，又稱聖安東尼十字（St. Anthony Cross），這種十字並非一般十形，而是T字形。

加文看著他手上的空杯好一會，然後又高興起來。

「我殺了巴德馬格斯王，你們還不知道。我剛剛說故事時忘了講。」他說。

亞瑟一直專心傾聽，同時讓自己的念頭運轉著。現在，他顯出不耐的模樣。

「去睡吧，加文，你一定累了。去睡一覺，好好想想吧。」他說。

第二十九章

下一個返家的人是萊諾爵士，他是藍斯洛的表弟。藍斯洛有個兄弟叫艾克特，還有兩個表兄弟，叫萊諾和波爾斯。萊諾有點像加文，脾氣很差，不過他惱火的對象不是加拉罕，而是他自己的哥哥波爾斯。

「道德這事真是荒誕，」萊諾說：「去找個向來擇善固執的人給我，我就能夠告訴你，連天使也插翅難飛的麻煩長什麼樣子。」

國王和王后一如往常並肩而坐，聆聽這些旅人的故事。他們養成一個習慣，在騎士歸來時，親自帶著點心飲料到大廳，以便在他用餐時聽他說最新消息。陽光穿過高處的彩繪玻璃，落在他們之間的桌面，他們的手在杯盤之間移動時，那些餐具就像紅寶石、翡翠或成簇的火焰。他們置身一個寶石魔法世界，在一座樹葉都是珠寶的森林中。

「波爾斯對道德有興趣？」

「波爾斯一向如此，真該死，看來我們家族有道德的基因呢。起頭的是藍斯洛，這已經夠糟了，但波爾斯會把自己逼瘋的。你們知道波爾斯只有過一次性行為嗎？」萊諾說。

「是嗅。」

「是啊，沒錯。而且，講到這回尋找聖杯的探險，他似乎一直在學習某種天主教義的進階課程。」

「你是說他會研讀聖文嗎？」

萊諾的態度稍稍軟化。他打從心裡喜歡他哥哥，不過他也經歷了一場危及兄弟情誼的大危機。現在他可以談這件事，也有時間想這件事，他開始看到這場爭執的另一個面向。

「不，你們千萬別把我的話當真。波爾斯是個好傢伙，如果我們家族要出個聖人，一定會是他。他腦袋不是很靈光，也有點道貌岸然，不過他的想法有時候很有價值。我相信上帝在這次的探險試探他，而我也不確定他能不能勝出。我之前曾想殺了他。」他說。

「你最好從頭開始說你的故事，不然我們不知道事發經過。」亞瑟說。

「我的故事沒什麼。我就像加文那樣亂晃，而且被幾個修士說成殺人凶手。我要告訴你們波爾斯的故事，因為我也參與其中。」

「我認為，」萊諾說：「上帝正在考驗波爾斯。這就像是他即將就任神職，所以他們要確定他是個循規蹈矩的人。你們知道嗎？我認為，加文、我、艾克特和其他所有人都偏離正道，因為一開始我們沒去告解。波爾斯第一天就去了，還進行苦修。他發誓只吃麵包和水，穿襯衣，睡在地上，當然，也不會和女士們發生關係——不過他只做過一次就是了。這就是他的問題。嗯，就在他把自己的生活搞得這麼規矩之後，首先，他開始看見幻象。他看到以血哺育幼鳥的鵜鶘[1]，還有天鵝啦、渡鴉啦、腐木和一些花。這些都和他的神學有關，他向我解釋過，不過我記不得了。再來，有個女士請求他救她逃離一名叫普里丹的騎士。救出那位女士易如反掌，他也有機會殺了普里丹爵士。你們要注意，他是在我們對戰之後才告訴我這個故事，他堅持那是他的第一項考驗。他說，覺得自己像是參加障礙馬賽，柵欄一次比一次高。他很擔心，要是哪一次搞砸了，就會被送回去馬廄。要是他殺了普里丹爵士就完了，他們會把他再次丟到場外的草地上，就像加文和我們其他人一樣。他說沒有人告訴他這些事，但這些柵欄突然就這麼在他面前冒出，好像有人監視他的一舉一動，但那人既不會出手幫忙，也不會給予提示，只在一旁看他跳不跳得過去而已。所以啦，他沒殺普里丹，只是尖聲叫他認輸，並且用劍身平打他的臉，直到他投降。於是他就這麼平安跳過了這次柵欄。國王，你認為這場探險中，有什麼在阻止我們殺人嗎？你知道，就是某種超自然的東西。有沒有？」

「萊諾，即便你之前真的想殺了你哥哥，我還是認為你很聰明。繼續吧。」國王說。

「這個嘛，接下來的考驗，與我有著切身的關係，也就是為什麼我曾想殺了他。現在我覺得很抱歉。我剛剛才感到很抱歉。但在當時，我並不明白。」

「第二項考驗是什麼？」

「你知道，波爾斯和我的感情一直都不錯。這次吵架是件小事。我們一直都以自己的方式表達親愛之情。波爾斯當時正穿過森林，同時碰上兩件事。其中一件是我，那時我全身赤裸給人綁在馬上，兩個騎士騎在馬上，分別從我左右用荊條鞭打我。另一件則是個少女，她策馬狂奔，有個騎士緊追在後，想奪取她的貞操。這兩件事發生在兩處相反的方向，但波爾斯只有一個人。」

「想想看，」萊諾爵士難過地說：「我被人用荊條鞭打，實在倒楣透了。我之前也被特昆爵士打過一次。」

「波爾斯選了哪一邊？」

「波爾斯決定營救那個少女。後來我和他對戰時，問他天殺的他到底是什麼意思，居然遺棄自己的兄弟。他說，雖然他喜歡我，但那時我像是一條髒狗，而少女畢竟是少女。所以他認為，他的職責是先去救比較好的那

1 中世紀歐洲人認為鵜鶘找不到食物時，母鳥會把自己的胸膛啄出血來餵食幼鳥，是基督教中重要的意象，象徵基督的犧牲。

一方。這就是我為何產生了殺意。」

「不過現在，我可以理解他了。我了解這是他的第二項考驗，他被迫做出困難的決定。」萊諾說。

「可憐的波爾斯，希望他在這件事情沒表現得太過道貌岸然吧？」

「他很謙和。當時這老傢伙常常面臨著考驗，而他會瞎猜一通，通常都覺得自己猜錯了——最後他走出迷陣，卻發現自己猜對了。他一直誠惶誠恐，盡其所能做好事情。」

「第三項考驗是什麼？」

「這些考驗一樣比一樣糟。第三項考驗中，有個打扮成神父的男人來找他，說是附近的城堡裡有位少女，如果波爾斯不和她發生關係，她將會死去。這個像是神父的傢伙闡明，波爾斯曾做出錯誤選擇，拯救那個少女，犧牲了自家兄弟，也就是我的性命；因此，如果他現在不和這位少女觸犯戒律，就會內疚直至死去。我應該要先交代一下，那兩個騎士把我丟在那裡等死；波爾斯後來發現我似乎死了，就把我的屍體帶去修道院埋葬。當然，我後來康復了。」

「正如那個偽神父所說，城堡裡的確有一位少女，而她也證實了那個故事。她說，如果我哥哥不善待她，魔法會導致她為愛而死。波爾斯發現，他要嘛得犯下道德上的罪行來拯救這位少女，要嘛就是拒絕犯下罪行，任由她死去。他後來告訴我，他想起天主教義問答的一些入門內容，以及先前在卡美洛出任務時聽到的布道，所以他認為，他只能對自己的行為負責，不能為這位少女的行為負責。他便拒絕了那位少女。」

桂妮薇咯咯笑了起來。

「還沒結束。那位少女美如天仙，她帶著十二位可愛的仕女，爬上城堡最高的塔樓，表示如果波爾斯不願放棄他的純潔，她們要一起跳下。她說她會逼她們跳，又說他只需要與她共度一夜就好，所以，為何不享樂，並讓所有仕女得救？十二位仕女全都對著波爾斯大叫，求他大發慈悲，哭著乞求憐憫。」

「我敢說，我哥哥左右為難。那些可憐人是那麼害怕，又那麼美麗，而他只要別那麼固執就能救她們。」

「他怎麼做呢？」

「他讓她們跳樓了。」

「真是羞恥！」王后大叫。

「噢，當然啦，她們不過是一群魔物罷了。那整座塔上下反轉，馬上消失了，事實證明全都是魔物，連那神父也是。」

「我想這件事的寓意是，你絕對不能犯下道德上的罪行，就算有十二條人命因此獲救也不行。以教義來說，我相信這是合理的。」亞瑟說。

「我不知道教義是什麼玩意，我只知道，我哥哥經歷這事後，頭髮幾乎灰了。」

「這是好事。第四項考驗又是什麼？還有嗎？」

「第四項考驗是我，這是最後一道障礙了。他把我留在修道院裡等著下葬，不過我在那裡醒了過來；等我康復得差不多了，立刻騎馬去找他。對於這件事，我此刻感到很抱歉──順道一提，我先前做了一些事，也應該請求赦免。不過，你們想想，被自家兄弟棄之不顧而被人打死，似乎有些過分吧。我那時一部分是因為從壁爐上拿了某人的食物，一部分是因為不了解到底波爾斯經歷了哪些事，還有一部分是因為在我失去意識之前，剛好知道他丟下我，把我交付給我的命運──我得說，我很痛苦。事實上，我想殺人。」

「我在森林裡的一座禮拜堂找到波爾斯，立刻表明我是來殺他的。我說：『我應該把你視為重犯或叛賊，因為你是我們尊貴的騎士世家中最虛假的一個。』波爾斯拒絕和我對戰，我說：『如果你不打，就算你站著不動我也要殺了你。』波爾斯說與所有人對戰都行，但就是不跟自家兄弟。又說在聖杯探險的旅途中，一般人他都不殺了，更何況是自家兄弟。我說：『我不管你能不能殺人，如果你要防禦，我就和你對戰；如果你不防禦，我也不管，反正我就是要殺了你。』我那時很氣憤。而波爾斯只是跪下，請求我寬恕。」

「現在我懂了，波爾斯的作為相當正確。他尋找聖杯，反對殺戮，而我是他兄弟。他也十分勇敢。不過當時我無法了解，只覺得他很固執。我在他跪下來時，把他打得四腳朝天，又拔出劍要砍掉他的頭。」

萊諾沉默了一分鐘，看著身前的盤子，彩色玻璃在那裡落下一團明亮的寶石紅，形狀像是一顆蛋。

「要知道，如果只有你自己一個人，醉心於道德與教條是很不錯，然而，如果有別人攪進來，該怎麼辦呢？我想，看到波爾斯跪下來讓我殺他，就很清楚了吧。不過，後來有個隱士從禮拜堂衝出來，護住我哥哥的身體。他說，他會竭盡所能不讓我殺了自己的兄弟。於是我殺了那個隱士。」

「你殺了一個手無寸鐵的人？」

「國王，我十二萬分抱歉，不過這是事實。別忘了，我當時是在盛怒之下，而這傢伙阻止我殺波爾斯啊！在我能力所及之處，我也不過是個普通人。他們用某種道德的武器阻撓我，我就用我的武器與之對抗。我覺得波爾斯是以一種不公平的方式和我對決，而這名隱士是站在他那邊的。我覺得他是以他的意志與我的意志相抗，如果他要救那個隱士，只要放棄自己的固執，起身與我對戰就行了。我不知道你們是否明白我的意思，總之我覺得他才該為那隱士負責，和我沒有關係。」

「當時我恐怕只是意氣行事，」過了一會兒，萊諾承認，「一個人總會知道自己是怎麼了。我想戰鬥，而且我也會去打。我說，如果不殺那隱士，我就要殺了波爾斯，而我也確實準備殺了他。你們知道那是什麼情況，這叫怒不可遏。」

大廳有一股令人不安的沉默。

「我最好說完這個故事。」他困窘地道。

「繼續吧。」

「這個嘛，波爾斯讓我殺了那個隱士。他只是躺在地上要我大發慈悲。我的怒火更盛了，一部分是羞愧所致。我舉起劍要砍下我兄弟的頭，那時，高爾的卡格凡斯爵士來了。他擋在我們之間，對我吐口水，說我不該試圖殺害我父親的骨肉。這時我腳下滿是那隱士的血，他的話成了壓死駱駝的最後一根稻草，於是我丟下波爾斯，找上卡格凡斯爵士。沒三兩回合，我就解決了他。」

「波爾斯在做什麼呢？」

「可憐的波爾斯。他那時的感覺是什麼，我不願去想。他再一次留在自己的圍牆裡，你看，他只要捨棄固執就能拯救另一個人的性命。他已經讓那隱士送死，顯然是出於頑固；而我當下就要殺了無辜的卡格凡斯，那個想要幫助他的人。卡格凡斯也一直哭著對他說：『起來啊，為什麼要讓我代替你被殺呢？』」

「這是消極地抵抗，」亞瑟顯然對此很有興趣。「這是一種新式武器。不過使用起來似乎很困難。請繼續吧。」

「接下來，我在一場公平的決鬥中殺了卡格凡斯。我很抱歉，不過我確實殺了。然後我回頭找波爾斯，想完成此事。他拿起盾遮住自己的頭，不過沒有掙扎。」

「發生了什麼事？」

「上帝來了，」男孩莊重地說。「祂來到我們之間，讓我們驚異不已，並且使我們的盾牌起火燃燒。」

很漫長的一段靜默來襲。亞瑟一直期盼著某些事，同時也對那些事懷抱著恐懼；現在他消化著這些事物帶來的第一波浪潮。

「你知道嗎，」萊諾說：「波爾斯祈禱了。」

「然後上帝就來了？」

「我不知道究竟如何，不過出現了異象，陽光在我們的盾牌上起火燃燒。我們突然停止爭執，開始大笑。我看著波爾斯，覺得他是個白痴；他親了我一下，我們便和好了。然後他告訴我他的故事，就像我剛剛告訴你們那樣；之後，他坐上一艘覆著白色綢緞的魔法船離開了。如果有人能找到聖杯，一定是波爾斯。我的故事就到此為止。」

他們沉默地坐在原地，發現要談論屬靈的事實在有點困難，最終，萊諾爵士講述了最後一段話。

「對波爾斯來說，這一切都很好，」他發著牢騷。「但是那隱士呢？卡格凡斯爵士呢？為什麼上帝不救他們呢？」

「神的旨意是很深奧的。」亞瑟說。

桂妮薇說：「我們並不知道他們過去發生了什麼事。這些殺戮不會傷害他們的靈魂，或許這樣的死法會對他們的靈魂有所助益。或許上帝讓他們這樣死去，是因為對他們而言，這是最好的選擇。」

第三十章

回來的人當中，第三位重要人物是阿格洛法爵士。他來到宮廷時已是午後向晚，寶石紅的彩光已經離開桌面爬上了牆。他有張漂亮的高貴面孔，也頗有幽默感，年紀很輕，還沒度過他生命中第二十個夏天。他盾牌的紋章上多了一條識別用的黑色飾帶，表示仍在為他父親派林諾國王哀悼。至少，他們這麼認為。不過事實上，他們上次與他分別之後，他母親也過世了；他還帶來另一個噩耗，他的一名姊妹去世——幾乎整個派林諾家族都不好運。

「加文在嗎？莫桀和阿格凡在哪？」阿格洛法問。

他看著周遭，彷彿這樣就能在大廳找到他們。在他頭頂上方，那些彩色光束照在一塊小而樸素的繡毯上，毯上畫著幾位穿著鎖子甲的騎士，他們戴著連有鼻甲的上漆頭盔，正在追一隻熊。

「阿格洛法，他們在這裡沒錯。我的快樂完全掌握在你手裡了。」亞瑟說。

「我了解。」

「你要殺了他們嗎？」

「我要先殺了加文。在尋找聖杯之後這麼做，似乎有點奇怪。」

「阿格洛法，你絕對有權向奧克尼一族復仇，我不會阻止你。不過我希望你知道自己在做什麼。你父親殺了他們的父親，而你弟弟和他們的母親睡在一起，不，先別解釋，讓我提醒你事實。後來，奧克尼一族殺了你父親和你弟弟，現在你要來殺奧克尼族人，所以日後加文的兒子會去殺你兒子，如此循環。這是北方的律法。」

「不過，阿格洛法，我正想在不列顛建立新法，讓人們不再繼續屠殺下一代。你可曾想過，這對我會是一項艱鉅的工作？俗話說：『以牙還牙，於事無補。』我喜歡這句話。別把這件事攬在你身上，交給我。我可以用謀殺你弟弟的罪名來懲處奧克尼一族，我可以砍下他們的頭。你要我這麼做嗎？」

「是的。」

「或許我該這麼做。」

亞瑟看著他的手，他碰上麻煩時常常這麼做，然後說：「可惜你從來沒有機會看看奧克尼一族在家裡的樣子。他們沒有像你那麼快樂的家庭。」

「你認為我的家庭現在很美滿嗎？你知道我母親幾個月前過世了嗎？父親以前都叫她小豬。」

「我很抱歉，阿格洛法。我們還沒聽說這件事。」

「國王，大家總是嘲笑我父親。我知道，他不是個傑出的人，不過他絕對是個很好的丈夫，對吧？不然我母親不會在他過世之後，也跟著孤寂而死。國王，我母親並不是個內向安靜的人，但是，在奧克尼一族殺了父親和拉莫瑞克之後，她就逐漸失去生氣。現在，她也躺進同一座墳墓裡了。」

「阿格洛法，你必須做你認為正確的事。我知道，你是個純種派林諾漢子，你一定會這麼做。我不會要求你贊同我，不過能讓我提出三件事嗎？第一，我雖然沒有處罰加文，不過你父親是我第一個打從心裡敬佩的騎士；第二，奧克尼一族都仰慕他們的母親，她讓他們非常愛她，她卻只愛她自己。第三，噢，阿格洛法，請聽我這一句吧——國王只能盡可能利用手邊最好的人才。」

「我恐怕不了解第三件事。」

「你認為世仇是件好事嗎？這會讓你們兩家快樂嗎？」亞瑟問。

「不盡然。」

「如果我想遏止世仇這種規則，你認為加文以及其他像他這樣的人會服從嗎？」

「我理解了。」

「若我將奧克尼一族全數處死，又有什麼好處呢？阿格洛法，我們會少掉三個共事的騎士，而他們一直都過得很不快樂。所以，你懂嗎？我的希望全寄託於你了。」

「我得考慮一下。」

「你必須想一想，任何事都別倉促決定。不必考慮我，做你認為對的事情就好。你屬於派林諾家族，所以我知道，最後一切都會很圓滿。現在，把你的聖杯探險故事告訴我吧，今晚就讓我們先把奧克尼一族放在一邊。」

阿格洛法重重嘆了口氣。「據我所知，截至目前為止，並沒有什麼聖杯冒險。不過我已經失去了一個妹妹，或許還失去了一個弟弟。」

「你妹妹過世了嗎？我可憐的孩子。我以為她平安地待在修女院裡。」

「他們發現她死在某艘船上。」

「死在船上！」

「對，一艘魔法船。她手裡還拿著一封長信，裡面敘述的都是聖杯探險，還有我弟弟帕西。」

「我們問這些，會讓你痛苦嗎？」

「不，我想聊這件事。我還有多拿爾。而且，帕西似乎一直都很出名。」

「帕西法爵士做了什麼呢？」

「或許我應該從頭開始講述，先告訴你們那封信。」

「你們都知道，」阿格洛法爵士說：「帕西是我們家族中最像老爸的一個。他個性溫和謙卑又有點迷糊，還很害羞。他在那艘魔法船碰到波爾斯時，覺得很不安，信裡是這麼說的。你知道，他和加拉罕一樣是個處子騎士[1]。我以前看到他和老爸在一起時就常想，這真是好一對父子啊。比如他們都很喜歡動物，也知道怎麼跟牠們相處。之前老爸有尋水獸，而帕西離家後，似乎主要都和獅子交朋友。帕西也是個仁厚樸實的人，有一天，他們試著要將一把神聖的劍從鞘裡拔出來，我是說，那艘聖船上的三個人。帕西第一個試。當然，他沒有成功——這種事都是要留給加拉罕做的。不過他失敗後，只是傲然地看看周遭說：『說真的，我失敗了！』不過這是後話。」

「信上所說的是帕西在離開瓦庚後的第一次冒險，他和藍斯洛爵士同行，最後碰上加拉罕爵士。他們與他進行長矛比試，而加拉罕把他們兩人都打下馬。後來帕西離開藍斯洛，來到一個隱士的住處，在那裡告解。隱士建議帕西跟著加拉罕去古斯或卡波涅克，而且絕對不要與他對戰。事實上，那時候帕西對加拉罕有股狂熱的英雄崇拜，便接受了建議。他騎往卡波涅克，在那裡策馬穿越森林的時候，聽到修道院的鐘聲，他也是在那裡碰上四百多歲的艾弗列王[2]。我最好還是別說艾弗列，這部分我不大了解。我想，要等到發生聖杯被尋獲之類的事，這個老人才會死。不過信裡這個部分又混雜了佩雷斯國王的事，不是很好懂。總之，有八個騎士和二十個武裝的男人在卡波涅克攻擊帕西，就在危險關頭，加拉罕現身救了他。不幸的是，他的馬死了，但天色還沒暗下來，加拉罕就又騎馬離去了。」

「你知道，」萊諾遲疑地說，「維持聖潔又所向披靡可能很不錯，我也不會說加拉罕當個處子騎士有什麼不對，但是你們不覺得這傢伙太不近人情嗎？我不想說惡毒的話，不過他讓我毛髮直豎。他為什麼不能說句早安什麼的，非得這樣救個人，再一言不發地騎馬跑走，姿態還擺得老高。」

亞瑟一句話也沒說。年輕人繼續講著故事。

「帕西想要遵照指示，加入加拉罕的行列。但加拉罕已經騎馬離開了，這可憐的老傢伙只能跟在後面邊跑邊叫：『喂！』他想向人借馬，不過處處碰壁，最後才弄到一匹馬夫的馬，盡全力追加拉罕。然而有個騎士跑出來，把他打下馬來，帕西只能步行，完全趕不上加拉罕。到這裡，我得說，我們家族還都真不是英雄型的人呢。這時候呢，有位女士出現了，他們後來發現她是個精靈，而且不是個好精靈。她熱切地問他要去做什麼，帕西說：『我不是要行善，但也不是要作姦犯科。怎麼樣？』於是那位女士借了一匹黑馬給他，不過後來發現她是個魔物。那晚，帕西很幸運地對自己畫了個十字，那匹馬就戲劇性地消失了。當時他在某個沙漠裡，從一條大蛇口中救了一隻獅子，並和牠成為朋友。就像我說的，帕西一直很喜歡這些不會說話的朋友。」

「後來，有位非常美麗的仕女，帶著全套野餐用具現身，邀請帕西共進晚餐。身處沙漠加上其他原因，他餓了，再加上他一直不大會喝酒，所以他在那場晚宴玩得很盡興，我想他可能有點激動。結果他縱情大笑，非常興奮，又要求那位女士——呃，你們知道我要說什麼。那位女士同意了，不過，接下來事情就好轉了，因為帕西把劍放在地上，而他看到劍柄末端的十字架，所以再次對自己畫了個十字，結果帳棚整個翻了過來，那位女士身後的水燃燒起來，她又吼又叫地坐上一艘船逃走。」

1 Virgin knight，意指無罪的騎士，只有這樣的騎士才可能找到聖杯。

2 King Evelake，即 Afallach，亞法隆之王，克爾特傳說中的冥神，最終將重傷死去的亞瑟帶到塞爾特傳說中的天堂阿瓦隆。

「帕西對自己的行為深感羞愧，而且第二天早上頭痛得厲害，他把劍刺進大腿作為懲罰。在那之後，那艘聖船出現了，而且波爾斯就在船上。他們兩人一起航行，船帶他們去哪裡，他們就去哪裡。」

桂妮薇說：「如果這艘船是要送人尋找聖杯，我完全能夠了解波爾斯為什麼會在船上，因為我們知道他通過了一些可怕的考驗。但為什麼帕西法爵士也行呢？阿格洛法爵士，我無意無禮，但你弟弟似乎沒做什麼呀。」

「他保有了他的童貞。他和波爾斯一樣純淨，說起來，他還更純淨些。他是非常純真的。上帝說過，受苦的孩子會到祂身邊去。」亞瑟說。

「但這樣一個迷糊蛋！」

亞瑟生氣了。

「上帝讓某些人的天堂之路崎嶇難行，但某些人只要爬上去就好，」他反駁道。「如果祂是慈悲的神，我看不出有何不可。阿格洛法爵士，繼續說你那封信吧。」

「就在這時，我妹妹也來了。你知道她是個修女，而她們初次為她落髮時，出現了一個幻象，指示她們把那些頭髮收在一個盒子裡。我妹妹是個受過教育的女人，她的天命就是要從事宗教研究。就在帕西和波爾斯上船的時候，修道院裡出現了新的幻象，要她行使幾件事。首先就是找到加拉罕爵士。」

「我妹妹找到加拉罕的時候，他剛打敗加文爵士，在卡波涅克附近的一個隱士居所過夜。她把他叫起來，為他穿上鎧甲，一起騎去可利比海，在一座堅固城堡的另一頭，他們看到一艘神聖的船，波爾斯和帕西就等在船上。他們所有人一起航行，來到位於兩座高聳岩石當中的凹坑，另一艘船在那裡等著。要上那艘船有些限制，船上有份卷軸警告上船者必須要有無瑕的信仰。加拉罕帶著他那令人無可忍受的自信，稀鬆平常地上了船。他們跟在他後面走上船去，發現船上有張華麗的床，上面有頂絲製王冠，和一把半出鞘的劍。那是大衛王[3]的劍。那裡還有三個用伊甸園的樹做成的魔法紡錘，以及兩把較差的劍，要給帕西和波爾斯。當然，那把重要的劍是給加拉罕的；劍柄上面覆蓋著兩隻怪獸的肋骨，是蛇妖卡利東和魚怪爾塔納[4]，末端的圓球是用美麗的石頭做成，劍鞘則是蛇皮做的；劍的一面殷紅如血，不過劍帶只是一般的麻料。」

「我妹妹遵照指示，把剪下來的頭髮裝在盒裡帶來找加拉罕，這時她坐下來，用那些紡錘將頭髮織成一條新的劍帶。她在書裡讀過那把劍的由來，這時也對他們解釋，又說那些紡錘為什麼是用多種色彩的木頭製成[5]。最後，那把劍就交到加拉罕手上了。她是個處女，而她用處子之木製成的紡錘把自己的頭髮織成劍帶，整理好這把劍。他們回到第一艘船上，航向卡利西[6]。」

「前往卡利西的途中，他們救了一名被幾個惡徒囚禁在自家城堡的老人，他們在對戰中殺了許多惡徒。對此，波爾斯和帕西很不高興，但加拉罕說，那些人沒有受洗，殺了也沒有關係，後來也發現他們的確沒受洗。於是城堡的老人提出請求，希望能死在加拉罕懷裡，而加拉罕紆尊降貴地允准了。」

「他們來到卡利西時，那裡另有一座城堡，城堡主人是一位得了痲瘋的女士。醫生對她說，唯一的治療方法，

3 King David，聖經中曾打敗巨人歌利亞的以色列王。
4 均為馬洛禮《亞瑟王之死》中的怪物。
5 根據馬洛禮《亞瑟王之死》，這些織梭是以夏娃在伊甸園生命之樹上摘採果實的那根樹枝製成的。夏娃將樹枝種到土裡，一開始長出白色的樹；亞當來了，樹變成綠色；亞伯（亞當與夏娃之子，為哥哥該隱所殺）來了，樹變成紅色。參見《亞瑟王之死》第十七卷第三章。
6 Carlisle，位於英格蘭西北部，有一說認為亞瑟的宮廷位於此地。

是要找到一位具有王室血統的純潔處女，在大碗裡盛滿她的血，讓這位女士在裡頭沐浴。所有經過這條路的人都會被城堡裡的人放血，而我妹妹完全符合這些條件。他們三個騎士奮戰終日，想保護她，然而那天晚上，有人對他們說明放血的原因，於是我妹妹說：『一人犧牲總好過兩人死。』她同意放血止戰，所以他們第二天就這麼做了。她先為醫師祝福，並且做了安排，差人把她的遺體放在聖船裡，拿著這封信向外漂流。她在手術中途死了。」

阿格洛法爵士接受了幾句常見的弔慰和感嘆後，正往樓上的寢室去，他走到國王身邊。那時大廳很暗，寶石般的光芒已然消失。

「對了，」他有些不好意思地說。「你能不能請奧克尼一族明天和我共進晚餐？」

透過昏暗的微光，亞瑟細細端詳他，接著露出大大的微笑。他親吻阿格洛法，眼淚滑到微笑的嘴角邊。他說：

「現在我又有一個親愛的派林諾了。」

第三十一章

偉大的湖上騎士還是沒有半點消息。不管他在哪裡，他的名字對所有人的心都有一種神奇的溫暖力量，尤其對女性而言。他成了一位大師級人物，就像戴普大叔從前在他心目中的地位。如果你曾學過怎麼飛行，或曾經受偉大的音樂家或劍客所教，只要想想那位老師，就知道卡美洛的人是怎麼看待藍斯洛。他們會為他而死，因為他的成就確實偉大。而現在，他失蹤了。

那些生還者陸續回來了——帕洛米德，他現在受了洗，快被尋水獸給煩死了；為了贏得伊索德的愛，他與崔斯坦爵士之間有一場漫長而詩意的競爭，也因而逐漸老去；格魯莫．格魯穆森爵士，如今年近八十，頭禿得像顆蛋，為痛風所苦，但仍勇敢地外出探險；凱伊，目光熱切，喜歡諷刺別人；迪納丹爵士，雖然累得眼睛都睜不開了，但還是會拿自己慘敗的事情開玩笑；還有野森林城堡的老艾克特爵士，高齡八十五歲，步履蹣跚。

他們帶回了折斷的武器和傳言。有人說，加拉罕、波爾斯以及另一個艾克特和一名修女參加了一場神奇的彌撒，主祭的是一隻羔羊，助祭的有一個人、一頭獅子、一隻鷹和一頭牛；彌撒結束後，那隻主持彌撒的羊穿過教堂一面窗戶上的彩色玻璃羔羊，卻沒把玻璃弄破，象徵著無玷受胎。又有人說，加拉罕是如何無情地對付一隻墓穴中的魔物，如何冷卻欲念之井，最後又是如何打敗痲瘋女士的城堡。

這些甲冑生鏽、盾牌傷痕累累的人在各地看到藍斯洛的身影。他們說，有個全副武裝、相貌醜陋的男人，對著路旁的十字架祈禱；他們說，在月光下有張疲憊的臉枕著盾牌睡著了。還有一些難以置信的事，說藍斯洛被人打下馬，被人擊敗，敗陣落馬後還跪在地上。

亞瑟問了幾個問題，派出使者，並不忘為他的司令官祈禱。桂妮薇心思處於危險的狀態，開始在言語的懸崖上徘徊，隨時可能說出一些話或做出一些事，危及她自己和她的愛人。莫桀和阿格凡這兩個最先從聖杯探險退下來的人，睜著明亮的眼睛等待；他們按兵不動，像置身伊莉莎白女王議會裡的伯利爵士[1]，也像滑溜的貓咪正偷偷盯著鼠洞——聚精會神，專心看著。

開始有傳言說藍斯洛死了。一位黑騎士在某個淺灘殺了他；他和自己的兒子比試長矛，結果弄斷脖子；他被自己的兒子打敗後，又發了瘋，騎著馬這裡來那裡去；一個神祕騎士偷走他的鎧甲，他被野獸吃了；他和兩百五十個騎士對戰成了階下囚，像狗一樣吊起來。大多數人相信並暗指他在睡夢中被奧克尼一族謀殺，埋在一堆樹葉底下。

騎士團最後潰不成軍，先是三三兩兩晃回來，然後一次只回來一個，最後要隔上一陣子，才有單騎歸來。貝第維爵士記錄的死亡及失蹤名單也逐漸確立為一張亡者名單，失蹤的人要嘛筋疲力盡地回來，要嘛就是有可靠報告說誰死了。和藍斯洛有關的耳語中，開始染上死亡的色彩。由於幾乎所有人都喜歡他，因此那些說話的人也只敢輕聲低語談論他的死，深怕要是提高了音量，事情就會成真。不過，他們輕聲談到他的善良與突出的外貌，講到他以前是如何又如何給了誰誰誰一擊，又說到他的滑腿打法。幾個卑微的見習騎士和廚房女僕仍清楚記得他的微笑或他在聖誕節賞的小費，雖然他們知道這位偉大的司令官甚至不大可能記得他們的名字，卻仍在哭溼的枕頭上入睡。凱伊抽著鼻子公開表示自己一直都是個刻薄的無賴，隨即擤了鼻涕快步走出房間，把大家都嚇了一跳。一股緊張的氣氛和世界末日就要到來的感覺在整座宮廷滋長。

藍斯洛在一場暴雨中歸來，全身溼透，看起來縮得很小。他牽著一匹白色母馬，那馬年紀老大，跑不動了。他們身後跟著烏黑的秋日雲朵，而馬瘦得身體都凹陷了，肋骨突出的雪花白和其間的靛藍暗影形成對比。那時一定有某種魔法、某種讀心術或直覺有所發揮，因為在他出現前，宮殿中所有的城垛和塔樓，以及正門的吊橋上都擠滿人，他們等待、期盼，在沉默中指指點點。他們看到一個小小身影疲憊地穿過獵場遠方的樹林，便交頭接耳起來。白馬旁邊，那個一身緋紅的人就是藍斯洛。他平安無事。至於他的冒險究竟如何，他還沒說，大家全都知道了。亞瑟瘋了般奔跑，要所有人都進去，把城垛讓出來，給那男人一個機會說話。因此在那人影抵達之前，已經沒有人等在那裡刺激他了，只有敞開的正門，以及背已彎駝、白髮蒼蒼的戴普大叔站在那裡，等著把他的馬牽進去。窗簾後躲了幾百對眼睛，看著那個疲累不堪的男人把韁繩交給他的侍從；看著他把頭壓得低低的，一直不抬起；看著他轉身走進他的房間，消失在塔樓階梯的黑暗中。

兩小時後，戴普大叔來到國王寢室。他已服侍藍斯洛脫衣就寢。他說，在那件緋紅色長袍下，有件潔白的襯衣，而在襯衣下，他穿著一件可怕的髮織襯衫。藍斯洛爵士要他送個口信，說他非常疲倦，請國王見諒，他明日會去找國王。不過，重大的消息也不該延誤，他要戴普大叔轉告國王，聖杯已經找到了，是加拉罕、波爾斯和帕西法所尋獲。他們帶著聖杯和帕西法妹妹的遺體，已經抵達巴比倫的薩拉斯[2]。聖杯不能帶到卡美洛來。波爾斯最後會回家，但其餘人永遠都不會回來了。

1 Lord Burleigh，本名威廉・塞西爾（William Cecil），伊莉莎白一世（Elizabeth I）即位期間的首席顧問，並曾兩次擔任國務卿。

2 Sarras，傳說中的城市，其舊時邊界接近埃及，由聖杯歷史中的艾法拉王（King Evalach，據說亞利馬太的約瑟使他後來改信基督教）統治。傳說中聖杯最後的所在，加拉罕和帕西法在此將聖杯交還給上帝。

第三十二章

為了這個場合，桂妮薇打扮過了頭。她化上不必要的妝，而且妝容很難看。她四十二歲了。

藍斯洛看到她站在亞瑟身旁，在桌邊等著他的時候，只覺得體內的心臟破了個洞，內藏的愛意在他血管中奔流。那是他所熟悉的愛，對那二十歲少女的愛，當時的她驕傲地站在王座旁，底下是呈獻給她的俘虜；不過，眼前的女孩雖然還是同一位，但打扮大不相同，妝化得很糟，還穿著過於鮮豔的絲綢衣裳，她想要藉此抗拒人類無可違抗的命運。在他看來，她是個熱情而無暇的年輕靈魂，遭到戲弄青春的把戲圍攻——身體的背叛，血肉化成青森骸骨。他不覺得她那身愚蠢的華服俗不可耐，反而感到貼心。那個女孩還在那裡，對他來說，在破碎的胭脂障壁之後的她仍有魅力。她勇敢地對外宣告：我不會被打敗！在拙陋的媚態和有失莊重的服裝底下，有個人類正在呼救。那雙年輕的眼睛困惑地說著：是我，我就在這裡面，他們對我做了什麼？我不會屈服。她一部分的靈魂明白，這股力量讓她動彈不得，使她痛恨不已，她想要單用她的眼睛去擁抱她的愛人。她的眼睛訴說著：別看這些東西了，看著我，我還在這裡，就在這雙眼睛裡。看看正在囚牢中的我吧，救我出來。而她靈魂的另一個部分則說：我才不老，這都是幻覺。我打扮得很美麗。你看，我的一舉一動都像個年輕人，我會打敗歲月大軍。

藍斯洛只見一個靈魂，那是個被判罪的無辜孩童，以染髮劑和橙色綢衣如此脆弱的武器來守護她薄弱的地位，這些東西，是她想要用來取悅他的，而她又是帶著何等的恐懼啊。他看到——

那熱情的小手
朝雲端緊握，不願屈服，
那樣的驕傲，將使命定失敗的主角
與幽靈巨人搏鬥。

「你有好好休息嗎？覺得如何？」亞瑟說。

「我們真高興看到你，真高興你回來了。」桂妮薇說。

他們看到的是個態度沉著的人——吉卜齡[1]也是這麼描述吉姆的。他們看到的，是個嶄新的藍斯洛，沉默而有洞察力。他正從靈魂的高處向他們走來。

「我精神恢復得差不多了，謝謝你。我認為你們會想知道聖杯的事。」藍斯洛說。

「恐怕我是自私了些，沒讓大家進來。我們會把故事寫下來，放在索爾茲伯里的教堂聖油櫃裡。不過藍斯，我們想要在不受任何打擾的情況下，先聽聽你說。」國王說。

「你確定有體力說故事嗎？」

藍斯洛微笑著握住他們的手。

1 Joseph Rudyard Kipling（1865-1936），英國小說家，《吉姆》（*Kim*）是他一九〇一年出版的長篇小說。

「沒什麼好說的，畢竟，並不是我找到聖杯。」

「坐下來，別再齋戒了，先吃點東西再說。你瘦了好多。」

「來杯香料甜酒？還是洋梨酒？」

「我現在不喝酒，謝謝你。」他說。

他用餐時，國王和王后分坐在兩邊看著。他還不知道自己要鹽時（就在他的手指剛要伸出去拿鹽），他們就把鹽遞到他手上。他取笑他們嚴肅的面孔，說他覺得不自在，還假裝用杯裡的水向亞瑟灑聖水，好讓他們笑一笑。

「你們想要聖徒的遺物嗎？喜歡的話，可以拿走我的靴子。我已經快穿爛了。」

「藍斯洛，這事可不能開玩笑。我相信你親眼見過聖杯了。」

「就算我看過，你們也不用幫我遞鹽啊。」

不過他們還是看著他。

「請你們了解，是加拉罕和其他人找到聖杯的。我沒有那樣的資格。所以，你們這樣大驚小怪是不對的，而且對我來說，這很傷人。有幾個騎士回來了？」藍斯洛說。

「半數的人。我們聽過他們的故事了。」亞瑟說。

「我想你們知道的已經比我多了。」

「我們只知道那些殺人以及不願告解的人被趕回來。你說加拉罕、波爾斯和帕西法擁有資格。有人告訴我，加拉罕和帕西法是處子騎士，至於波爾斯，雖然他不算處子，卻成了一流的神學家。我想，波爾斯的資格是來自於他的教義，而帕西法的資格則來自於他的純真。至於加拉罕，我只知道所有人都不喜歡他，此外什麼也不知道。」

「不喜歡他？」

「他們抱怨他太不近人情。」

藍斯洛看著杯子沉思。

「他是不近人情，」最後他說，「不過，他為什麼得有人情味？你覺得天使有人情味嗎？」

「我不大了解你的意思。」

「你覺得，如果大天使米迦勒此刻出現在這裡，他會說：『今天天氣真好！要不要來杯威士忌？』這樣的話嗎？」

「我想是不會。」

「亞瑟，我說這些，你可別認為我無禮。你要記住，我之前去了奇怪而荒涼的地方，有時候相當孤單，有時候坐在一艘船上，只有上帝和呼嘯的大海與我同在。你知道嗎？當我回來和其他人在一起的時候，我覺得自己快瘋了，不是因為海，而是因為人。這些人環繞著我，讓我逐漸忘卻我所有得到的東西。對我來說，甚至連你和珍妮所說的許多話，似乎都沒有必要，只覺得是奇怪的噪音，感覺很空洞。你知道我的意思嗎？『你好嗎？』『請務必坐下來。』『天氣真好。』這有什麼重要？人說太多話了。我之前去的地方，也就是加拉罕待的地方，『禮貌』是一種浪費時間的行為。只有人與人之間才需要禮貌，因為禮貌可以讓無聊的工作有秩序地運作。你知道『禮貌能造就人品』，卻無法使人近神。這樣你應該能了解吧，為什麼在那些對加拉罕叨叨不休的人眼中，他似乎很不近人情，而且又無禮。他的靈魂已經走遠了，活在孤島上與寂靜和永恆為伍。」

「我理解了。」

「請不要認為我說這些很無禮，我是想解釋一種感覺。如果你們去過聖派翠克的煉獄[2]，就會明白我的意思。等你從那裡出來，也會覺得人類很荒謬。」

「我確實了解，我也明白加拉罕的為人了。」

「他實在是個可愛的人。我跟他在一艘船上待了很長一段時間，所以我懂。不過，這不表示我們要一直把船上最好的座位讓給對方。」

「這就是所有騎士最不喜歡他的一點。我懂了。不過，藍斯，我們在等你說你自己的故事，不是加拉罕的。」

「是啊，藍斯。告訴我們你發生了什麼事，別管那些天使了。」

「既然我沒有碰上天使的資格，」藍斯洛爵士微笑著說：「我也只能對你們說故事了。」

「繼續吧。」

「我離開瓦庚的時候，」這位首席司令官說：「有個狡猾的想法，尋找聖杯，最好從佩雷斯國王的城堡開始……」

桂妮薇突然挪動一下身軀，這讓他稍有停頓。

「我沒去那座城堡，」他溫柔地說：「因為我出了一場意外。發生了一件不在計畫內的事，之後，我就被帶到後來去的地方了。」

「什麼意外？」

「其實不算是意外。加諸在我身上的訓誡中，這不過是第一擊而已，我對此很感激。你知道嗎？我應該常常談到上帝，而這個字眼對那些不敬神的人來說，是有所冒犯的，就像對那些敬神的人來說，『天殺的』之類的字眼也會冒犯他們。那我該怎麼做才好呢？」

「你就假設我們都是敬神的人，繼續講那件意外吧。」國王說。

「我和帕西法爵士並肩共騎，遇上了我的兒子。他只一擊，就把我打落馬下，我兒子做的好事。」

「是偷襲。」亞瑟很快地說。

「那是一場公平的比試。」

「你當然不會想擊敗你的兒子。」

「我確實想贏他。」

「每個人都有時運不濟的時候。」桂妮薇說。

「我騎向加拉罕的時候，用上了我所有的技巧，而他讓我落馬了，我有史以來最了不起的一次落馬。」

「事實上，」藍斯洛咧嘴而笑，繼續講述：「我可以說，他是有史以來讓我落馬的少數幾人之一。我記得，我躺在地上的第一個感覺只是驚奇而已。要到後來，那股驚奇才有所轉變。」

「發生什麼事了？」

「我躺在地上，加拉罕騎著馬站在我旁邊，一句話也沒說。我們對戰時，有個住在那片荒地的女隱士走出來，

2 St. Patrick's Purgatory，位於愛爾蘭紅湖（Lough Derg）中的一座小島，是古代很受歡迎的朝聖地點。傳說中有個愛爾蘭人對聖派翠克表示，除非他能得到實質證據，否則他不會相信上帝。於是聖派翠克向上帝祈求，而上帝應其所請，在這島上揭示了煉獄的模樣。

行了一個宮廷禮，她說：『全世界最傑出的騎士，上帝與你同在。』」

藍斯洛看著桌子，一手作勢敲擊桌巾，清了清喉嚨說：「我抬頭看，想知道是誰在對我說話。」

國王和王后等待他的答案。

藍斯洛再次清了清喉嚨：「如果你明白我的意思，我想談的不是我的冒險，而是我的靈魂。所以我不能在這件事上表示謙虛。我知道我是個壞人，不過戰鬥一向都是我拿手的項目。對我的惡德來說，心裡一面想著——自知是全世界最好的騎士，有時是一種慰藉。」

「然後呢？」

「這個嘛，那位女士不是在對我說話。」

他們默默消化著整件事的意義，同時看著他右嘴角開始抽動。

「加拉罕？」

「是的，」藍斯洛爵士說。「這位女士的目光越過了我，直接看向我兒加拉罕。她才剛說完，加拉罕就慢步離開。隨即，這位女士也走了。」

「她說的是什麼噁心的話！」國王高聲道。「真下流！根本是有預謀要侮辱！應該鞭打她一頓！」

「她說的是事實。」

「但是她故意跑到你面前說給你聽！」桂妮薇大叫著。「更何況，不過就落馬一次……」

「我現在比以前更敬神了，」藍斯洛認罪地說。「不過當時我不能忍受這種事，覺得有人拿走了我的支柱。我明白，她只是說出一個簡單的事實，卻好像將我的心完全粉碎了。所以我獨自一人像隻受傷的動物，離開了帕西法。帕西法說要找些事做，不過我只說：『隨你高興。』便心情沉重地離開，騎著馬漫無目的地走，想要找個地方，自個兒把心給扯裂。最後我來到一間禮拜堂，覺得自己可能又要神智不清了。亞瑟，你看，我腦子有很多問題，這似乎是一個知名的騎士為了那麼一點虛名必須付出的代價，而當這虛名消失時，我覺得自己似乎什麼都沒有了。」

「你的一切都還在。你還是全世界最傑出的戰士。」

「有趣的是，那間禮拜堂沒有門。但不知道是不是我有罪，還是當時因為心碎而憤憤不平，我就是進不去。我睡在外面，枕著盾牌，做了個夢，夢見有個騎士偷走我的頭盔、我的劍和我的馬。我試著醒來卻沒辦法。我所有象徵騎士的東西都被拿走了，但是我醒不過來，因為心中充滿了痛苦的念頭。有個聲音對我說，我再也不能做禮拜了，不過我只想著跟那個聲音對抗，等我醒來，那些東西都不見了。」

「亞瑟，如果我不讓你了解那晚的經過，你就無法了解其餘的事。我本可以去追蝴蝶，但是，我把童年都花在學習成為你最好的騎士。後來我墮落了，但我擁有一樣東西。以前在內心深處，我非常驕傲，因為眾人都認為我是頂尖的；我知道，這樣的感覺很卑劣，但我也沒有什麼別的事可驕傲。起先，我的承諾和奇蹟都離我而去；現在，就在我所說的這一晚，這種感覺也不見了。我醒來時，發現所有的武器都不見了，於是我痛苦地四處遊蕩。說來不大光彩，但我哭泣、詛咒。也就是這時，這些懸念從我內心掙脫了。」

「我可憐的藍斯。」

「這是有史以來最好的事了。你們知道嗎？到了早上，我聽見鳥兒的叫聲，這讓我好過一些。被一大群鳥安慰，實在也滿好笑的。我小時候從來沒有時間去偷鳥巢，所以不知道那是什麼鳥，不過亞瑟，你應該知道。那隻鳥很嬌小，牠看著我，尾巴高高昂起。牠只有馬刺上的齒輪那麼大而已。」

「也許是鷦鷯。」

「是嗎？就當牠是鷦鷯好了。你明天能找一隻給我看看嗎？我的心因為黑暗而無法獨自了解的事，這些鳥讓我明白了。那就是，如果我受到懲罰，那是我的天性使然。不管這些鳥兒發生什麼事，都是依據牠們的天性。牠們讓我了解，如果你是美麗的，這世界就是美麗的，你要有捨，才會有得，而且你要不求回報地捨。所以我接受加拉罕打敗我，也接受鎧甲被拿走，而在這個神聖的時刻，我找到了一個人，向他告解，因此，我不再邪惡了。」

「所有尋找聖杯的騎士，都覺得他們必須先去告解。」亞瑟說。

「在那之前我從來沒有好好告解過。我這輩子幾乎都活在道德之罪中。不過這一次，我告解了所有的事。」

「所有的事？」王后問。

「所有的事。亞瑟，你懂嗎，終其一生，我的良知都是有罪的，我一直認為不能將這個罪告訴別人，因為……」

「如果說了會傷害到你，就別告訴我們了，」王后說。「畢竟我們不能聽你懺悔。你只要告訴神父就夠了。」

「別再讓她煩惱了，」國王也同意。「無論如何，她生了一個好兒子，一個似乎能找到聖杯的好兒子。」

他所指的是伊蓮。

藍斯洛突然悲傷地看著他們，目光在兩人之間流轉，然後他握緊拳頭。三人都屏住呼吸。

「我告解了，」最後他開口，他們又開始恢復呼吸，然而他的聲音頗為沉重，「接著，我就進行苦修贖罪。」

他停了下來，仍然有些猶疑，而他隱約意識到眼下正是他人生的十字路口。他們全都知道，如果什麼時候該坦白，就是現在了，他應該這時把事情告訴身為朋友和國王的他——但是桂妮薇正在阻止他。那也是她的祕密。

「這項苦修，要穿上一件某位已故修道者的頭髮製成的襯衫，那位修道者我們都認識，」他最後敗下陣來，繼續說著。「我不吃肉、不喝酒，每天望彌撒。三天後，我離開神父的房子，騎著馬，回到我失去裝備的地方，到那附近的一個十字架旁。那神父借了我一點錢讓我繼續前進。總之，我當晚睡在十字架附近，做了另一個夢——第二天早上，那個偷了我鎧甲的騎士回來了。我和他比試長矛，取回了鎧甲。這不是很不可思議嗎？」

「我想那是因為你現在好好告解了，得到神的恩典，所以你可以信任自己的能力。」

「我當時也是這樣想，不過你馬上就知道了。我那時想，現在我已經把自己的罪從心中拔除，應該能再次獲准成為全世界最優秀的騎士。我非常快樂地騎馬離去，想要唱點歌，後來我來到一處美麗的平原，有城堡、帳棚，應有盡有。那是一場比武大會，有五百名騎士，分成黑白兩邊。白隊騎士占了上風，所以我認為我應該加入黑隊。我認為，既然已經獲得寬恕，就應該拯救弱小，成就豐功偉業。」他停下話語，閉上眼睛。「不過，白隊的騎士，」他睜開雙眼，補上最後一句，「很快就讓我淪為階下囚。」

「你是說你再次被打敗了嗎？」

「我被打敗了，而且受了羞辱。我覺得自己的罪更深重了。他們放我走時，我像第一晚那樣，一邊騎著馬，一邊詛咒。夜色降臨時，我躺在一棵蘋果樹下，哭著睡著了。」

「但這不符合教義啊，」王后高聲說，她和大多數女人一樣，是個優秀的神學家，「如果你確實告解，又苦修贖罪，而且也得到赦免……」

「我為一項罪行苦修贖罪，」藍斯洛說：「但是我忘了我還有另一項罪行。那天晚上，我做了另一個夢，有個老人跟我說：『噢，信仰邪惡又薄弱的藍斯洛啊，面對你的死罪，你的意志也幾乎毫不動搖呢。』珍妮，我這一生都背負著另一項罪行，那是最糟的罪行。驕傲讓我想成為全世界最優秀的騎士；同時也因為驕傲，讓我炫耀著自己，才會在比武大會幫助弱勢的一方。是。妳可以說那是虛榮心作祟。我只為了……為了那女人的事告解，並不會讓我成為好人。」

「所以你被打敗了。」

「是的，我失敗了。第二天早上，我去找另一個隱士再次告解。這次，所有該做的事我都徹底完成。但他告訴我，在聖杯的探險過程中，光是禁欲、不殺人是不夠的，我得將這世上所有的誇耀與驕傲都拋諸腦後，因為上帝不會想要祂的探險出現這樣的行為。我必須放棄所有世俗的榮耀，而我確實放棄了才得到寬恕。」

「後來呢？」

「我騎著馬，來到莫托斯之水[3]，我在這裡和一個黑騎士比試長矛，他也把我打下馬。」

「這是第三次了！」

桂妮薇大叫：「但是，你這回確實得到寬恕了啊！」

藍斯洛將手放在她的手上，微笑起來。

「如果有個男孩偷了糖果，父母懲罰他，他可能會感到十分抱歉，從此變成一個好孩子。這不會讓他去偷更多的糖果，對吧？但這也不表示，父母應該要給他糖果。上帝讓我被黑騎士撂倒，不是在懲罰我，祂只是保留那份勝利的大禮，至於要不要給我這份禮物，一直都是由祂來決定。」

「但我可憐的藍斯，你放棄了你的榮耀，卻沒有得到任何回報啊！你是個罪人時，戰無不勝；那麼，為什麼在你接近天國的時候，卻一直落敗呢？為什麼你總是被你所愛的事物傷害呢？那你後來怎麼做？」

「我在莫托斯之水中跪下，珍妮，就跪在黑騎士擊敗我的地方——我為這場冒險感謝上帝。」

3 《亞瑟王之死》之中出現的地名，藍斯洛在此登船，遇上他兒子加拉罕。

第三十三章

亞瑟再也聽不下去了。

「實在太過分了！」他憤憤不平地高聲說。「我不想聽了。為什麼一個善良、仁慈又體貼的人要受到這樣的折磨？就算只是用聽的，也讓我打從心裡感到羞恥。到底……」

「噓，」藍斯洛說。「我很高興放棄了愛情和榮耀。還有，我真的不得不這麼做。上帝並沒有讓加文或萊諾承受這樣的痛苦，對吧？」

「呸！」亞瑟王說。他此刻的語調是加文以前在他面前用過的。

藍斯洛笑了。

「好，聽你的口氣是確定沒有了，不過也許你該聽一下這個故事的結局。那天晚上，我在莫托斯之水的岸邊躺下，做了一個夢，要我上一艘船。當然，我醒來的時候，船已經在那裡了。我上了船之後，有絕妙的香氣、感覺和可口的食物等著我，還有……嗯，你想得到的任何東西。我那時『為我所思所欲之物所盈滿』。我知道現在沒辦法向你們解釋那艘船，因為，在我回到人群後，它便逐漸離我遠去了。不過，你們可別以為船上只有薰香或珍貴的布疋。是有這些沒錯，不過，這艘船之所以可喜，並不在此。你們要想想焦油的氣味和海的顏色。海有時候很綠，就像厚玻璃，可以看到底部。有時候是個寬大的緩坡，沿著坡頂飛翔的水鳥會消失在凹谷當中。在暴風雨中，激浪的巨牙咬在岩島上，海水退去時，在懸崖上露出白色利齒。到了夜晚，萬籟俱寂，你可以看見星光反射在潮溼的沙灘上，其中有兩顆星星相當靠近。沙地起伏，就像口腔頂端的構造。還有海草的氣味以及孤獨的風所發出的噪音。有幾個島，鳥停在島上，遠看就像兔子的形狀，而彩虹就是牠們的鼻子。冬天是最棒的，因為島上會有鵝，牠們會排成好幾列，像長長的炊煙，然後在早晨冰冷的微光中像獵犬唱起歌來。」

「亞瑟，不需要為了上帝一開始加諸於我的事情憤憤不平，因為祂回報給我的東西更多。我說：『公正親愛的我父耶穌基督，我不知道自己身處何種喜樂，因為這項喜樂超越了地上所有我曾經歷的喜樂。』」

「那艘船還有一點很奇怪，裡面居然有位死去的女士，手上拿著一封信，那信告訴我其他人的經歷。更奇怪的是，她已經死了，我卻不覺得害怕。她的臉十分平靜，就好像在陪伴我。在船上、在海裡，我們都覺得彼此有了某種交流。我不知道我的勇氣是從哪兒來的。」

「我和那位死去的女士在船上待了一個月後，加拉罕被帶來我們這裡。他賜福予我，讓我親吻他的劍。」

亞瑟的臉紅得像隻公火雞。

「你要他為你賜福？」他質問藍斯洛。

「當然。」

「好吧！」亞瑟說。

「我們一起在聖船上航行了六個月，這段時間，我漸漸了解我兒子，而他似乎也很關心我。他常常用很有禮貌的態度說話。我們不時在外島冒險，都和動物有關：海鼬的叫聲很美，加拉罕還指引我看沿著水面飛翔的鶴，牠們的影子也在底下飛，不過上下顛倒。他告訴我，漁夫把鸕鷀叫做老黑巫，還有，渡鴉的壽命和人類一樣長。牠們會在高空中嘎嘎叫著，以失速下墜來取樂。有一天，我見到一對紅嘴山鴉，真是美極了！還有海豹！牠們像人一樣說話，一路隨著船上的音樂前進。」

「我們在某個星期一來到一處林地，有個白騎士騎下海岸，要加拉罕下船。我知道他會被帶去找聖杯，所以我很難過我不能一起去。你可還記得，當你還小時，孩子們會為了遊戲選邊，而你可能完全落選？我當時的感覺差不多就是那樣，不過還更糟。我要加拉罕為我祈禱，我要他祈求上帝約束我，讓我服侍祂。之後我們親吻對方，互道再見。」

「我不懂，如果你已蒙受寬恕，為什麼你不能跟著去。」桂妮薇抱怨。

「這是個很難解的問題。」藍斯洛說。

他張開雙手，從指縫中看著桌子。

「或許我心術不正，」最後他才說。「或許，在我內心深處，也可以說在我的潛意識裡，我並不是為了一個正當的目的而想要改變……」

王后聽著，臉上露出一股微妙的神采。

「胡說。」她輕聲道，不過意思卻恰恰相反。她親密地壓著他的手，但藍斯洛把手拿開。

「我之所以祈求上帝約束我，或許是因為……」

「在我看來，你讓自身沉浸在不必要的溫柔良知裡。」亞瑟說。

「或許吧。但無論如何，我沒有入選。」

他坐在那裡，看著那片在他雙手之間現身的海洋，聽著島上的塘鵝在懸崖邊發出笨拙的叫聲。

「那艘船乘著一陣強風，又把我帶出海，我沒怎麼睡，不過常常祈禱。我祈求，雖然我沒有入選，但是或許能夠給我一些聖杯的消息。」

當下三人各懷心思，室內一片寂靜。亞瑟想著一幅悲慘的景象——有個塵世的罪人，是他們之中最善良的人，他步履艱難地跟在那三個超凡的處子騎士身後，這是他命中註定、勇敢但徒勞的苦工。

「有趣的是，」藍斯洛說：「無論祈禱的人如何聲稱祈禱會得到回應，不祈禱的人還是認為不會有回應。夜半時分，那艘船乘著一陣大風，把我帶到卡波涅克城堡後面。這也很奇怪，因為那就是我一開始要去的地方。」

「船靠岸時，我知道，我的願望有一部分能夠達成。當然，我看不見全貌，因為我不是加拉罕，也不是波爾斯。不過他們對我很好，已經算是逾矩了。」

「城堡後面有如死亡一般漆黑，我穿好鎧甲走上去。有兩隻獅子等在階梯入口，想要阻止我前進。我拔出劍跟牠們對戰，其中一隻前腳擊中了我的手臂。當然我實在很蠢，我應該信賴上帝的時候，卻選擇信賴我的劍。於是我用我那隻麻木的手畫了十字，往裡頭走去，兩隻獅子並沒有傷害我。途中每一扇門都開著，只除了最後一扇門，我在那裡跪了下來，祈禱，接著門便開了。」

「亞瑟，我說這些，聽起來一定很不真實。我不知道要如何把它化為言語。最後一扇門後面有個禮拜堂，正在舉行彌撒。」

「噢，珍妮，那個美麗的禮拜堂盈滿光和一切！妳或許會說：『是鮮花和蠟燭。』但不是這些，或許那裡什麼都沒有。那是，噢，吶喊——力量與榮耀的吶喊。它攫住了我所有的感官，把我拉了進去。」

「不過我無法進入。亞瑟、珍妮……有把劍阻止了我。加拉罕在裡面，還有波爾斯和帕西法。以及九名騎士，分別來自法蘭西、丹麥和愛爾蘭；船上那位女士也在。亞瑟，聖杯就在那兒，在一張銀桌上，和其他聖物放在一起！不過就算我在門這頭再怎麼渴望，我都無法進入。我不知道主持彌撒的神父是誰，或許是亞利馬太的約瑟，或許是……噢，算了。他帶著一樣看起來很沉重的東西，搬不大動，於是我丟下劍走進去，想要幫他。上帝為證，亞瑟，我只是想要幫忙。但是，在那最後一扇門旁，有股氣息打在我的臉上，像是從火爐中吹出的熱風，之後，我就無聲無息地倒在地上了。」

第三十四章

侍女們在黑暗的房間裡來來去去，水罐和水桶在樓梯上匡啷作響，蒸氣氤氳。她們踩過地上的水灘，發出啪躂啪躂的腳步聲，隔壁房間則傳出低語，夾雜著絲綢摩擦的神祕聲響。

王后爬上通往澡盆的六階木梯臺，坐在澡盆裡的木板上，只露出一顆頭。這個澡盆像個大啤酒桶，她頭上纏著白色頭巾，全身赤裸，只戴著一串珍珠項鏈。角落有面鏡子（這在當時非常昂貴），另一角落裡有張小桌子，放著香水和香油。沒有粉撲，只有放在羚羊皮袋裡的白堊粉，攙了十字軍帶回來的玫瑰油來增添香氣。地板上的水灘間散落著用來擦乾的亞麻巾，此外還雜有珠寶盒、織錦、襯衣、襪帶、襯裙，這些都是從別的房間帶來供她挑選的。有些被主人厭棄的失寵頭巾散置一旁，被漿成奇怪的形狀，像是熄燭蓋、蛋白霜，還有兩隻牛角形。將它們固定在一起的髮網上串著珍珠，手帕布料則是東方的絲綢。一名侍女站在王后的澡盆前，拿著一塊刺繡披飾給王后檢查。刺繡的圖案是一個由她丈夫與她父親的紋章所組成的釘合紋章[1]：一邊是以後腿直立的紅龍，象徵英格蘭；一邊是六隻身體朝前、頭往後看的美麗獅子，象徵羅德格蘭斯王，他名字的字首「Leo」就代表獅子。這塊橫在她胸前的披飾上綴著沉沉的絲質流蘇，就像窗帘繩。絲質盾徽的邊緣則飾有銀藍兩色的逆松鼠紋[2]。

桂妮薇卸去糟糕的濃妝，讓人為她穿上她挑選的衣服，沒有多餘的裝飾。那些侍女洋溢著歡樂的情緒，過去一

1 Impaled arm，一種象徵婚姻或同盟關係的紋章形式，是將紋章分成左右兩半，分別放上雙方（如父親與丈夫家族的）的完整紋章圖案。

2 countervair，是種稱為毛皮紋（fur）的基本裝飾紋，原形是松鼠紋（Vair），紋路形似某種松鼠的生皮，形狀像是成排的鐘，而逆松鼠紋是將上下兩排的鐘對齊，並將「鐘口」兩兩合在一起。不管是松鼠紋或逆松鼠紋，基本色都是藍白色。

年多來，她們服侍的王后易怒而冷酷、自我矛盾又憔悴痛苦；但是現在，她們不再受責，任何事都能取悅她。她們都很確定藍斯洛必定會再次成為她的情人。然而事實並非如此。

桂妮薇看著那六隻身體朝前、頭往後看的獅子，牠們吐出紅色的舌頭、探出腳爪，正在行軍，一面傲慢地朝背後眨眼，一面擺動尾巴尖端的火燄。她帶著一種睏倦的滿意點了點頭，於是那名侍女行了個禮，把披飾帶去更衣室。王后目送她離去。

你可以說，桂妮薇本身就是一隻會吃人的獅子，或者，她是那種堅持要在每個地方掌權的自私女性。其實，只要稍微檢視一下就會發現，她的所為似乎就是如此。美麗、嗜血成性、壞脾氣、頤指氣使、任性、貪得無饜、迷人——所有食人動物的本性她都具備了。但是，這些簡單的解釋都建築在一個基礎上：她並不是個隨便的女人。她的人生除了藍斯洛和亞瑟，沒有別人。她並沒有吃掉其他人。即使如此，她也不是當真吃了他們。那些被獅子吃掉的人通常像個遊魂，只能仰賴獅子維生，如同行屍走肉。但是，那兩個顯然已經被她吞進肚裡的人，無論是亞瑟或藍斯洛，都活得很好，也有自己的成就。

無論真實性有多少，有人這麼解讀桂妮薇：以前他們把她這樣的人稱為「真實人物」。她不是那種會乖乖被貼上諸如「忠誠」、「不忠誠」、「犧牲」或「嫉妒」等標籤的人。她有時忠誠，有時不忠。她的行為就像她自己。而在這個自我當中，一定有些什麼：一顆真誠的心，否則她沒辦法占有亞瑟和藍斯洛這樣的兩個男人。他們說，物以類聚，而他們至少能夠確定，她的兩個男人都十分慷慨，因此，她必然也是個慷慨的人。要描述一個真實人物是很困難的。

她活在戰亂的年代，當時年輕人的生命就像二十世紀的飛行員一樣短暫。在這樣的時代，年長的倫理學家會願意把道德法則放鬆一些，以便得到保護。那些倍受撻伐的飛行員渴望著可能很快就會消逝的生命和愛情，他們觸動了年輕女性的心，也可能喚醒了某種虛張聲勢的回應。慷慨、勇氣、誠實、憐憫、直視生命無常的力量（顯然這是指友誼和溫柔）。這些特質，或許可以解釋桂妮薇為何選擇了藍斯洛和亞瑟。其中，勇氣最為重要，時機到來時，要有能以真心相待的勇氣。詩人總是鼓勵女性要有這樣的勇氣。她在有花堪折時收集了她的玫瑰花苞，而驚人的是，她只拿了兩朵，同時也是其中最出色的兩朵花，並且一直留在身邊。

桂妮薇最大的悲劇是沒有孩子。亞瑟有兩個私生子，藍斯洛有加拉罕，但桂妮薇（她是他們三人當中最該有孩子、最能善盡父母義務的人，似乎也是上帝造來生育可愛孩子的人）是個空殼，是一片看不到海水的海岸。當她到了海水終將乾涸的年齡時，這讓她心碎。為此，她有一陣子錯亂發狂，不過那是後來的事了。這或許也能解釋她為何會有兩份愛情──她對亞瑟可能抱持著對父親的愛，而藍斯洛，則是她無法擁有的兒子。

圓桌和那些豐碩戰果很容易讓人目眩神迷。你讀到藍斯洛成就了某些高貴的功績，而當他返家，回到他情婦身邊，你會討厭她，因為她阻擋或破壞了這些功績。然而，桂妮薇沒辦法尋找聖杯。她不能帶著矛在英格蘭森林裡消失一年從事探險。即便她再熱情，即便她那熱切而溫柔的心多麼真實、多麼渴望，她的本分都是待在家裡。除了那些和現代女性橋牌聚會差不多的娛樂以外，並不獲允從事其餘休閒活動。她可以帶著雌灰背隼去放鷹，玩矇眼捉迷藏[3]或掐瑪莉[4]，這些就是那個年代成年女性的消遣。但是大型鷹隼、獵犬、紋章學、比武大會──這些都是藍

3 當鬼的要矇起眼睛去抓別人，並辨識對方的身分。
4 玩家要掐住別人的手臂，叫出 Mérille 或 Morille。詳細玩法已不可考。

斯洛的事。除非她喜歡做一點紡織或刺繡，否則除了藍斯洛，她無事可做。

所以，我們得把王后想成一個被剝奪了最重要特質的女人。她逐漸衰老，開始做出怪事。甚至有人懷疑她是不是對一位騎士下毒。她也變得不得人心。不過，說一個人不得人心通常是種讚美，而桂妮薇——雖然她的生活騷動不已，又在心有怨懟的情況下過世（她和藍斯洛不同，天生就不適合宗教），但她從來都不會做無意義的事。她以王室的方式做女性會做的事，大致來說都處理得宜；而此時此刻，當她在澡缸裡拿著繡有獅子圖案的披飾時，她也正忙著做這樣的事。

如果一個男人親眼見過上帝，不管他還有多少人性，你都不能期待他立刻恢復情人的身分。如果這男人是藍斯洛，是一個在任何情況下都會為上帝瘋狂的人，那麼，這樣的期待既樂觀又殘酷。不過女人在這方面是殘酷的。她們不接受藉口。

桂妮薇知道，藍斯洛會回到她身邊。從他祈求上帝「約束」他的那一刻，她就知道了。知道這件事讓她雀躍起來，就好像一朵太久沒有澆水的花得到滋潤。他剛回來時，她的胭脂和俗麗的絲綢引起他的憐惜，如今則扔在一邊。現在，她身上只剩下平靜而完整的調合，沒有急躁感。

藍斯洛並不知道，他將會為了王后再次背叛他所深愛的上帝，因此她的態度雖然讓他吃了一驚，他卻很高興。他一直擔心會有一些可怕的嫉妒和指控。他不知道該怎麼向那孩子解釋，向那個被囚禁在塗了胭脂的眼睛裡、正遭受折磨的孩子解釋，他不能到她身邊去；雖然她十分痛苦，但他有了更甜美的義務。他擔心她會攻擊他，會在他面前布下拙陋的陷阱——正因為它很拙陋，更顯出這欺騙的可悲。他實在不知道該如何面對這樣的悲哀。

桂妮薇沒這麼做，相反地，她抹去了胭脂，容光煥發。她沒有攻擊，也沒有指控。她真正開心地微笑著。他明智地對自己說，女人是無法預測的。他甚至還能開誠布公地和她討論這件事，而她也同意他所說。

桂妮薇坐在澡盆裡，心不在焉地看著那些獅子。她回想起他們的對話時，臉上有種做夢般的表情，底下藏著祕密的快樂。她看到那張迷人的醜陋臉龐，非常嚴肅地談論他那顆真誠的心所嚮往的事物。她愛那些嚮往；她愛這位年老士兵，他忠實地追隨自己對上帝的純潔之愛。她知道，他的嘗試終究會失敗。

藍斯洛向她道歉，並乞求她不要認為他侮辱了她。他很小心地指出幾點：一、在找到聖杯之後，他們不能再像以前那樣了，不大好；二、如果不是因為他們有罪的愛，他或許會有接近聖杯的資格；三、無論如何，他們在一起很危險，奧克尼一族已經盯上他們，尤其是阿格凡和莫桀；四、這事對他們來說是一項很大的恥辱，對亞瑟也是。其餘時間，他試著用混亂冗長的言語向她解釋他對上帝的發現。他認為，只要他能使桂妮薇皈依上帝，就可以解決道德的難題。如果他們能一起走向上帝，他就不必為了他自己的快樂而犧牲愛人的快樂。

王后率直地笑了。他真是個貼心的人。她同意他所說的一字一句——這就已經是一種皈依了。

她從澡盆裡舉起一隻雪白的手臂，拿起澡刷的象牙長柄。

第三十五章

在他歸來初期，一切都很好。像王后這樣的女人或許能看到一般男人看不到的事，但她們的眼界也是有限的。藍斯洛忠於神的時間若許只有一週或一個月，那她還能帶著一顆溫暖的心好好等待，但當時間從幾個月拉長到一年，就是另一回事了。或許，他最後還是會與她舊情復燃，但是，女人是無法耐著性子等待勝利的，因為到時她可能就老得無法享受勝利的果實了。時光匆匆，若是歡愉就在門口，你卻只能枯等，未免太愚蠢了。

桂妮薇慢慢起了變化，她沒有變得消沉，卻開始感到憤怒；接連好幾個月的神聖關係，讓她內心深處醞釀起一股風暴。神聖？是自私吧？她對自己大叫，為了拯救自己的靈魂，居然放棄另一個人的靈魂，真是自私。波爾斯寧願讓十二個假仕女被從城堡塔樓丟下去，也不願犯下道德之罪拯救她們，讓她打從心裡震驚。現在，藍斯洛也在做同樣的事。這對他當然很好，他可以帶著他的騎士精神、他的神祕主義、他在男性世界中能夠得到的所有補償，放棄這段愛情。但是，放棄一段愛情是兩個人的事，就好比兩個人才能調情或吵架。她可不是毫無知覺的物品，可以隨他方便拿起來又放回去。你今天要拋棄的是一個人的心，可不是酒。酒是你擁有的物品，你可以丟開不喝，但你愛人的靈魂並不是你自己的靈魂，並不任由你支配，你對它有責任。

對於這些事，藍斯洛和果敢的桂妮薇一樣明白，但是，隨著他們的關係逐漸惡化，他也很難堅守心意。他處境之為難，和有個手無寸鐵的隱士擋在身前的波爾斯不相上下。對他而言，他絕對有權堅持順服於他鍾愛的上帝，就像當時波爾斯向萊諾投降一般。但是，桂妮薇就像那個隱士擋在波爾斯身前一般，擋在他身前，此時他是否有權犧牲自己往日的愛情，讓它如同那個隱士一樣被犧牲？藍斯洛和王后一樣，都被波爾斯的解決之道嚇住了。這兩個戀人的心太過慷慨，無法適應教條。而慷慨是第八死罪。

事態在某天早上爆發，當時他們單獨在城頂房間裡唱歌，兩人之間有張桌子，桌上放著一種名為簧管小風琴[1]的樂器，看起來像是兩本厚重的聖經。桂妮薇唱了一首法蘭西瑪麗[2]的歌，而當藍斯洛吃力地唱著另一首阿拉斯駝子[3]的歌時，王后的右手突然按住手下所有音符，左手往那個像兩本聖經的樂器一壓，簧管小風琴發出一聲可怕的冷笑，之後便歸於死寂。

「妳為何這麼做？」

「你還是走吧，走吧，去探險吧。你難道看不出來，你快讓我筋疲力竭了嗎？」她說。

藍斯洛深吸一口氣說：「是，我的確看出來了，天天皆如此。」

「所以你還是走吧。不，我不是憑空妄想。我不想為此爭吵，也不想改變你的想法。不過，對我仁慈點，走吧。」

「聽起來像是我故意要傷害妳似的。」

「不，這不是你的錯。不過，藍斯，我希望你走，讓我喘口氣。只要一陣子就好。我們無須為此事爭吵。」

「如果妳要我走，我當然會走。」

「沒錯，我要你走。」

1 regal，一種可以搬動的小型管風琴，由兩口風袋輪流上下鼓風，經常造成聖經樣式。

2 French Mary（Marie de France），十二世紀後葉女詩人，在法國出生，後來住在英國。

3 阿拉斯駝子（the hunchback of Arras）即亞當．德拉阿爾（Adam de la Halle, 1250-1306），法國詩人、音樂家和最早的法國通俗劇之創始人。

「也許那樣比較好。」

「藍斯，我希望你了解，我不是想騙你做些什麼，也不想強迫你。只是我認為，讓我們像朋友般分開一、兩個月會比較好。只是這樣而已。」

「我知道妳從沒想過要騙我，珍妮。我覺得自己也很混亂。我一直希望妳能了解這點，了解我身上到底發生什麼事。如果妳也在那艘船上，或是妳能親身感受，事情就簡單多了。但我無法讓妳感同身受，因為妳不在那裡，所以我很為難。我覺得，我似乎為了另一種新的愛情犧牲了妳，或者妳可以說，是犧牲了我們。而且，」他轉過身說：「這看來彷彿——彷彿我也不要自己往日的愛情了，但我並沒有這麼想。」說完，他沉默片刻，站在那裡看著窗外，雙手僵硬地放在身側，過了好一會兒，他頭也不回地用著苦澀的語氣說：「如果妳希望，我們可以重新開始。」

他從窗邊回過頭時，房中已空無一人。晚餐過後，他來到王后門前，要求晉見，但只得到一句口信，求他去做她之前所要求的事。他收拾了一些行李，雖然並不了解到底發生什麼事，不過他覺得自己像從災難中死裡逃生。他的侍從如今無論如何都老得沒辦法再追隨他，因此，次日清晨，他向又老又駝的侍從道別，便騎著馬離開了卡美洛。

第三十六章

王后這段祕密戀情看似重新開始；如果說，那些侍女因而高興，宮廷中其他人則不然。或者你也可以說那些人確實高興，但那是一種殘酷、等著看好戲的喜悅。宮廷中的風向已經第四度改變了。

最初是亞瑟在偉大的十字軍東征中開啟的年輕同袍情誼；接下來，在這全歐洲最偉大的宮廷中，騎士間的競爭一年比一年腐敗，最後幾乎變成宿怨和空洞的競賽；之後，對聖杯的熱情燒毀這種不良的氣氛，成就短暫美景。而現在，最成熟也最悲傷的時期來了：一切熱忱都消耗殆盡，只剩下著名的第七感可用。如今，這個宮廷有了「人生知識」，它結了許多果實：英雄事蹟、文明教化、生活禮儀、蜚短流長、流行風潮、怨憎惡意，以及對醜聞的容忍態度。

半數騎士被殺——而且是最好的那一半。亞瑟在聖杯探險初始時的憂慮已然發生：一旦至臻完美，你就會死去。因此，除了死亡之外，加拉罕對上帝別無所求。最好的騎士都至臻完美，糟的那一半則繼續汲汲營營。的確，有些仁善的影響力留下——藍斯洛、加瑞斯、阿格洛法；還有幾個步履蹣跚的老人，如格魯莫爵士和帕洛米德爵士。但是，風向已經變了。現在的風氣，是加文的乖戾憤怒、莫桀的虛偽優雅、阿格凡的冷嘲熱諷。康瓦耳的崔斯坦也好不到哪裡，傳說那裡有件魔法斗篷，只有忠貞的妻子才能穿——也有人說那是個魔法角杯，只有忠貞的妻子才能喝裡面的酒。他們在隱名盾[1]上表達無聲的吃吃竊笑，在盾徽中埋下線索，暗示盾牌主人的妻子不貞。騎

1 Canting shield，盾面繪上藏有持有人之名的圖案，來暗示持有人是誰。比如說，盾牌的持有人叫 Castletons，他的隱名盾可能就會使用城堡（castle）圖案。

士的忠誠變成一種「新聞」，服裝則變得古怪荒謬。阿格凡腳穿短筒便鞋，長長的鞋尖用金鏈子固定在膝下的襪帶上；而莫桀鞋尖的鏈子則固定在環腰的帶子上。原本穿在鎧甲外面的背心罩衣，做得後襬長、前緣高。你幾乎無法走路，擔心被袖子絆倒。想趕流行的女士爭相剃掉瀏海，把頭髮全都藏起來，她們的袖子得先打結，才不會曳地。男士展露他們的腿，程度也同樣令人吃驚。他們的衣服色彩斑斕，有時兩條腿一紅一綠。他們也不再穿戴鋸齒狀的披飾，浮誇的衣服雖有豐富的視覺效果，但實在稱不上優雅。莫桀以一種輕蔑的方式穿著那些可笑的鞋子，就像對自己的一種諷刺。宮廷變得相當時髦。

現在有幾雙眼睛盯上了桂妮薇——那些眼神既非強烈懷疑，也非溫情縱容，而是算計與上流社會冷酷的厭煩目光。狡詐的貓咪在鼠洞前一動也不動。

莫桀和阿格凡認為亞瑟是個偽君子；如果你認為這世上沒有所謂的禮儀，那全天下有禮貌的人必然都是偽君子。他們還認為桂妮薇品味粗俗。

他們說，美人伊索德以一種文明的方式讓馬克王戴了綠帽。她公然偷情，非常公開、非常時髦，而且品味絕佳。每個人都可以拿這件事去刺激馬克王，享受其中樂趣。她在服裝方面表現出完美的鑑賞力，戴著滑稽的帽子，看起來像隻微醺的小母牛。她還花了馬克王數百萬，用孔雀舌頭做晚餐。

反觀桂妮薇，穿著打扮活像個吉普賽人，款待客人的方式則像個公寓管理人，也不公開她的情人。最讓人受不了的是，她惹人厭惡。她毫無風格可言，衰老得毫不體面，像個漁婦般大嚷大叫、丟人現眼。據傳，她和藍斯洛大吵一架，指控他移情別戀，然後將他遣走。大家認為她是這麼嚷的：「我每天都看到也感覺到，你的愛開始消逝了。」莫桀用他一貫含糊又富旋律的聲音說，他了解漁婦，卻不了解漁貴婦。這句嘲弄可說是無人不曉。

在這股離他而去、而非與他同在的新氛圍中，亞瑟顯得怏怏不樂，他衣著樸素，在宮中走來走去，試著不失禮。王后比較積極；她一如當年他們初次見面時，是個果敢的女孩，黑髮紅脣，頭抬得高高的。她挺身面對情勢，並試圖款待客人，假裝自己跟得上流行，冀求以此解決問題。藍斯洛先前回來時，她曾以胭脂華服妝扮自己，現在這些東西又拿出來了，而且她的舉止變得有點瘋狂。在所有輝煌的王朝中，要是在位者不受歡迎，都會出現這樣徒勞的補救行徑。

藍斯洛離開後，麻煩突然來了。王后舉辦的一場晚宴上，那股從聖杯探險開始以來一直高懸在空中的危機感突如落實。

加文似乎喜歡吃水果，尤其喜歡蘋果和梨子，而可憐的王后急著讓時髦女主人的新方法成功，因此，加文出席她為二十四位騎士所舉行的晚宴時，她特別留心準備美味的蘋果。她知道，在她丈夫心中，康瓦耳和奧克尼家族一直都是威脅。而現在這個氏族的族長就是加文。她希望晚宴成功，將有助於新的氣氛，她也希望這是場雅致世故的晚宴。她希望如美人伊索德，做個彬彬有禮的女主人，軟化針對她的批評。

不幸的是，別人也知道加文喜歡蘋果，而派林諾國王之死的仇隙也沒有消失。的確，亞瑟讓阿格洛法爵士斷了復仇的念頭，兩家的宿怨似乎就這麼和解了。但是，有位皮內爵士，是派林諾家族的遠親，在他看來，復仇是必要的，於是他在蘋果裡下了毒。

毒藥不是一種好用的武器。這次，它一如往常出了亂子：有個名叫派翠克的愛爾蘭騎士吃了本來要給加文的蘋果。

你可以想像當時情景：臉色蒼白的騎士嚇得在燭光中站了起來，想幫忙卻白費力氣，那些臆測的目光輪番掃視旁人，帶著羞人的質疑。每個人都知道加文的弱點。這位現在已不受歡迎的王后從來就不喜歡他們家族，這頓晚餐又是她親自準備，而皮內爵士並未挺身出面解釋。房間裡有人要殺加文，卻誤殺派翠克爵士，在抓到真凶以前，他們同樣有嫌疑。最後，波特的馬鐸爵士（比起旁人，這傢伙更為傲慢自大、心懷不軌、拘泥挑剔）說出大家心裡的話——他指控王后犯下背義的罪行。

在現代，如果是非晦澀不明，正義又難以伸張，雙方會雇用律師，辯論得出結論；而在那個年代，上流階級會雇用戰士，以打鬥的方式解決問題——兩種方式最後的結果都一樣。馬鐸爵士決定省下雇用戰士的費用，自行出戰，而他堅持桂妮薇必須聘雇一名戰士來為自己辯護。亞瑟的王室哲學是以正義取代強權，所以他也沒辦法做些什麼拯救妻子。如果馬鐸要求召開榮譽審判庭，他就會召開。亞瑟也不能在與他妻子有關的爭議上出戰，就像今天丈夫和妻子不能為彼此作證。

情況大大不妙。爭論幾乎還沒開始，臆測、謠言和駁斥就滿天飛。派林諾家族的宿怨、潘卓根與康瓦耳的世仇、王后與藍斯洛之間的愛恨糾葛、一個完全置身事外的人突然死亡……一切都混雜成一團環繞在王后身邊的毒霧。如果藍斯洛還在，他會為她出戰；但是她把他遣走了，沒人知道他的下落，有些人認為他回到法蘭西雙親的身邊。如果有人知道他就在附近，或許馬鐸爵士就會收回指控。

我們還是不要詳述對戰審判之前的那段日子比較好，也不要描述那個發狂的女人跪在波爾斯爵士腳邊的模樣——他從前就不喜歡她，現在他才剛達成聖杯任務回來，還是不喜歡她。她向他乞求，如果找不到藍斯洛，請他為她出戰。她得用求的，可憐的東西，當時宮中氣氛已經變得沒有人會接受她的委託。英格蘭王后連一位能夠委任的戰士都找不到。

對戰前夕出現了最糟的情況。當晚，她和亞瑟都徹夜未眠。他堅信她是無辜的，但他不能干預審判。雖然她是被別的麻煩給捲進這團糾葛中，她還是哀憐地一再重申自己的無辜，因為她知道，明天晚上她可能就會被送上火刑臺。他們將一起目睹圓桌的悲劇和恥辱，因為居然沒人願意出面拯救他們。他們知道，這圓桌的王后在卑劣的謠言中被說成一個消滅好騎士的人。在痛苦的黑暗中，亞瑟突然絕望地大叫：「妳是怎麼了，為何就不能把藍斯洛爵士留在身邊呢？」就這樣，直到天明。

第三十七章

厭女的波爾斯爵士勉強答應，如果找不到別人，他就為王后出戰。他已經解釋過，由於他本人也出席了那場晚宴，這樣做不合規矩；不過，王后跪在他腳邊的模樣被亞瑟見到了，他才紅著臉扶起她，許下承諾。之後他消失了一兩天，因為審判要在兩週後才會進行。

西敏斯特的草地經過整理，準備好對戰。他們在這片寬闊的廣場用堅固的圓木立起一道像是畜欄的屏障，中間沒有柵欄。一般的長矛比試會在場中設下柵欄，不過這一回要進行殊死戰，也就是雙方最後可能要下馬比劍，因此就沒設柵欄了。場子的一端為國王設了一個帳棚，另一端的帳棚則是留給王室侍衛長。這些防禦工事和帳棚都用布料加以裝飾，兩頭各有一個布幕製成的門，看起來就像馬戲團團員要進入表演場地時得通過的浮誇門洞。而在這個像馬廄般場地的某個角落，一個大家都看得到的地方，有一大束柴薪，柴薪當中有根鐵樁，這根柱子不會燒掉，也不會熔化。萬一法律不支持王后，這些東西就會用在她身上。在亞瑟開始他的人生志業之前，控訴王后犯罪的人得立刻被處決，但是現在，由於他自己事業的成果，他得準備燒死他的妻子。

有個新想法開始在國王心中成形。努力疏通強權已然失敗，即便讓它轉向心靈層面亦然，現在，他認為要廢止它。他決定，不再屈從強權，應該要共同建立一套新標準，將強權連根帶葉拔除。此時他正摸索著走向公理，作為一項公平的基準；同時他也走向正義，將正義作為一項不仰賴強權的抽象概念。幾年後，他發明了民法典。

決戰當天是個寒冷的日子，那些布緊緊綁在防禦工事和帳棚架上，三角旗也在風中招展。劊子手在角落呵著自己的指尖，站得離火盆很近，以便用火烤他的大刀。王室侍衛長的帳棚中，由於風太大，傳禮官[1]在舉起喇叭吹奏之前，還得先潤潤嘴唇。桂妮薇在王室侍衛長看守下坐在幾名侍衛中間，還得討求才能得到一條披肩。大家都注意到她瘦了，那是一張蒼白的中年面孔，混在士兵們結實的臉之間，專注而堅定地等待著。

最後救了她的自然是藍斯洛。波爾斯失蹤的那兩天在一間修道院找到他，現在，他及時趕回為王后迎戰馬鐸爵士。認識他的人皆認為，無論他當初被遣走有多麼不光采，他都會這麼做。只是大家都認為他已離開這個國家，因此他的歸來確實有幾分戲劇化。

馬鐸爵士從競技場南面盡頭的凹處出場，他的傳禮官吹奏喇叭時，他重申了他的指控。波爾斯爵士從北邊洞口走出來，與國王和王室侍衛長進行交涉，這場不知是爭論抑或解釋的會談冗長而朦朧不清。風勢強大，周遭的人都聽不到會談內容。觀眾開始躁動，猜測到底是什麼拖延了對戰，這場戰鬥審判為何未照章進行。波爾斯爵士在國王與王室侍衛長的帳棚間來回數趟，最後回到自己的洞裡。之後是一陣令人不安的靜默，期間一隻有著獅鼻的小黑狗溜進競技場，蹦蹦跳跳地忙著只有牠自己才清楚的差事。一位紋章王官[2]抓住牠，用肩帶將牠綁住，得到觀眾嘲弄的歡呼。接著場中再度靜下，只有小販叫賣堅果和薑餅的聲音。

藍斯洛騎著馬從北邊出口現身，手裡拿著波爾斯的紋章盾牌。雖然他變了裝，圓形競技場中的眾人還是立刻認

1 Herald，英國紋章院（Heralds' College，或稱 College of Arms，負責管理貴族紋章）的職官，職級在紋章王官之下。

2 King-of-arms，紋章院官名，職級僅次於紋章院最高長官司禮官（Earl Marshal）。

出他。那陣靜默就像所有人突然都屏住呼吸。

他不是來向王后施恩的。不管是說他「放棄她」以拯救自己的靈魂，還是說他現在回來是因為他這人極度寬宏大量，這些殘酷的解釋都與事實不合。真相要複雜多了。

這位騎士從童年開始（他從未完全脫離這時期）就有這樣的困擾：對他來說，上帝是個真實人物。祂不是在你做壞事時懲罰你，或做好事時獎賞你的抽象存在，祂是個真實人物，就和桂妮薇、亞瑟和其他人一樣。當然，他覺得上帝要比桂妮薇或亞瑟都好，不過，重點在於——祂有人性。藍斯洛清楚知道祂長什麼樣子、會有什麼感覺，而在某種程度，他愛著這個「人」。

殘缺騎士身陷其中的困境，不是「永恆的三角習題」，而是「永恆的四角習題」。這個「永恆的四角習題」既為「永恆」，也是個「四角習題」。他沒有放棄他的愛人，因為他怕受到某種神靈的處罰；但是，今天他要面對的是兩個他所愛的人。一個是亞瑟的王后，另一個則是在卡波涅克城堡舉行彌撒的那個無語存在。不幸的是，就像一般戀愛常有的情形，他所傾慕的兩個對象彼此對立。這就好像要他在珍與珍娜之間抉擇——如果他選擇珍娜，並不是因為他擔心和珍在一起，就會被珍娜懲罰，而是他滿懷溫情與憐惜地認為，自己最愛的人是她。他甚至可能認為，上帝比桂妮薇更需要他。這才是問題所在，是感情上的問題，而非道德上的問題；他為此而隱居修道院，希望想清楚這些事情。

再者，如果要說他回來，跟他本身的寬宏大量無關，這也和事實有出入。他是個有雅量的男人，在這方面可謂大師。即便在平時，上帝比較需要他，但是現在，他的初戀情人顯然急需他幫助。或許，對離開珍而投向珍娜懷抱的男人來說，心中也有一定的溫情，讓他在珍非常需要他時回到她身邊，而這份溫情，或許也可說是憐惜、寬宏或慷慨（雖然這些情感在現代已經不流行，甚至可能有點矯情。無論如何，藍斯洛一直在他對桂妮薇的愛當中掙扎，也一直在他對上帝的愛當中掙扎。但是，當他知道她惹上麻煩，他馬上就回到她身邊。他看到那張等待他的臉龐在羞辱的監禁中煥發出神采，某種尖銳的感情讓他那顆包在無袖短鎧底下的心開始動搖），你可以說那是愛情，也可以說是同情，端看你怎麼想。

同一時間，波特的馬鐸爵士也動搖了，只不過現在回頭為時已晚。沒人看到他的臉在頭盔下紅了起來。他覺得墊著頭的稻草頭帶底下有股溫熱感。他回到自己的角落，用馬刺踢著馬。斷裂的長矛劃過天際時有某種美感。長矛底下的地面仍自奔忙，與長矛一邊上升、一邊靜靜翻轉的慢動作形成強烈對比。

那枝矛似乎不受塵世影響，緩緩移動著。同時，矛下的世界卻瞬息萬變——馬鐸爵士向後仰倒，頭下腳上落馬，在優雅的分離過程中展現自成一格的獨立旋轉姿態，並在所有人都遺忘他存在時跌落到別處去。根據某個彈道迷的說法，馬鐸爵士的長矛是以矛尖著地，就落在那位抓住黑色獅子狗的紋章王官身後。那位王官後來回過頭去，從肩頭向後看，才發現矛就插在他身後，嚇了一大跳。

藍斯洛爵士下馬，不占有馬可乘的便宜。馬鐸爵士起身，開始用劍狂亂地對著敵人揮擊。他太激動了。馬鐸爵士被擊倒兩次後才認輸。他第一次被擊倒時，藍斯洛朝他走去，準備接受投降，但他慌了，對著那個聳立面前的男人底下刺了一劍。這是犯規的一劍，因為從下方刺入對方的鼠蹊部，也就是鎧甲最脆弱的那一點。藍斯洛後退一步，讓馬鐸起身，看他是不是要繼續打。這時，大家都看見鮮血沿著藍斯洛的腿甲和脛甲流下。他明明讓人在大腿上狠狠刺上一劍，卻依舊自我克制地抽身後退，這舉動令人毛骨悚然。如果他發頓脾氣，或許感覺會好些。

第二回合，王后的戰士更加無情地擊倒馬鐸爵士，於是馬鐸扯掉了自己的頭盔。

「好吧，我投降。我錯了。饒了我吧。」馬鐸爵士說。

藍斯洛做了一件好事。大多數騎士只要王后勝訴就滿足了，到此為止，不過藍斯洛思慮周詳，他對旁人當下的想法及他們會對此事有何感想十分敏銳。

「我可以饒你一命，不過你得保證，在派翠克爵士墳上不會寫下隻字片語提及此事，任何與王后有關的事都不可以。」

「我保證。」馬鐸說。

幾名醫生帶走這位敗軍之將，藍斯洛則來到王室帳棚前。王后立刻獲釋，正和亞瑟待在裡面。

「陌生人，脫下你的頭盔吧。」亞瑟說。

當他取下頭盔的時候，他們心中都興起一股親愛之情；他就站在他們面前，傷口不斷淌血，他們再次憐惜地看著那張可怕而熟悉的面孔。

亞瑟走出帳棚，他要桂妮薇站起來，牽著她的手，把她帶到競技場中。他對藍斯洛爵士鞠了個正式的躬，並拉住桂妮薇的手，也讓她行了一個宮廷禮。他在他的人民面前這麼做之後，以古老語言高聲說：「爵士，今日你為我和我的王后費盡辛勞，我等賜福予你。」亞瑟深情微笑面孔的後面，桂妮薇正啜泣，彷彿她的心即將迸裂。

第三十八章

派翠克案的指控獲得澄清的次日，妮姆帶著她預見的說明來到宮廷。在被她鎖進洞穴之前，梅林將不列顛的事交到她手中，並迫使她承諾（除此之外他也別無辦法），既然她通曉他的魔法，她就要親自照看亞瑟。之後他順從地接受囚禁，繼續以寵溺的目光在一旁看著她。妮姆雖然個性散漫又不守時，但某方面而言卻是個好女孩。她晚了一天抵達，說出蘋果被下毒的原委，隨後又回去忙自己的事。皮內爵士那天早上就逃跑了，還留下一篇書面告解證實這個說法。大家也都認為，藍斯洛爵士那時就在附近還真是幸運。

王后就沒那麼幸運。當然，她還安然無恙活得好好的，不過，有件令人不敢置信的事情發生了：藍斯洛無視那些淚水、無視他們之間如泉水般重新湧出的情感，仍然堅持忠於他的聖杯。

「這對他很好。」她高聲說，讓他自身沉浸在新的喜悅中，當然很好。但當時的她日漸瘋狂，對那些親眼目睹的人來說，是件痛苦的事。無疑他感覺非常好，他得到回報，擁有活力、腦袋清楚，還有飛揚的心情。或許他那位有名的上帝確實給他一些她給不了的東西。或許他和上帝在一起會比較快樂，然後他很快就會開始到處去行使奇蹟了。但她呢？他從來沒有想過，她從上帝那裡得到了什麼。她咒罵他，說這跟他為了別的女人離開她是一樣的。他把她最好的東西拿走了，現在她老了，沒有價值，他就去了別處。他的作為就像禽獸般自私的男人，先把某處能用的東西搬空，取完就去別處。他是個卑劣的小偷，居然還以為她會相信他！她現在再也不愛他了，就算他跪在地上祈求，她也不會讓他靠近她。事實上，她早在聖杯探險之前就開始瞧不起他——對，她瞧不起他，而且決定要拋棄他。他可不要以為是他拋棄了她，剛好相反，她把他像髒抹布一樣扔到一旁，因為她心中對他唯一的感覺就是輕蔑。因為他姿態過高、自命不凡，而且卑鄙幼稚又狂妄，因為他那無用的上帝，因為那些假道學的謊言，所以，她要對他實話實說，事實上，她再也不想隱瞞了——在宮中她早有個年輕騎士愛人，早在聖杯探險之前就有了！這年輕人要比藍斯洛好得多，如果有個玫瑰般漂亮的男孩在她腳邊膜拜她（對，他會膜拜她走過的土地），那她幹麼跟一塊發臭的果皮在一起？藍斯洛最好回到伊蓮身邊，回他那個好兒子的母親身邊去。一個老古板，搞不好他們可以一起徹夜祈禱，可以談論他們的孩子，他們的加拉罕，找到那個可恨聖杯的人；之後如果他們高興，還可以嘲笑她，對，她樂於讓他們嘲笑，笑她從來沒能懷上一個兒子。

桂妮薇開始大笑。一部分的她一直從那兩扇靈魂之窗看著外面，而且非常討厭自己製造的噪音。笑聲之後，她的眼淚滑落，真心地哭了。

亞瑟想安排一場比武大會，慶祝王后無罪開釋。奇怪的是，他選中柯賓附近的某處作為比武大會的地點。可能是溫徹斯特或布萊克利，也就是後來四個英格蘭長矛比試場遺跡之一。不過它究竟在哪裡並不重要，重要的是，失去孩子的伊蓮度過寂寞中年時光的地方就是在柯賓堡。

「我猜你會參加比武大會？」王后語帶怒意地說。「我想，你會去到你那個妓女附近囉？」

「珍妮，妳不能原諒她嗎？她現在可能既醜陋又悲慘，她從來就沒有什麼足以依靠。」藍斯洛說。

「多慷慨的藍斯洛啊！」

「如果妳不要我去，我就不去，妳知道，除了妳以外，我從沒愛過任何人。」

「你只愛亞瑟，」她說：「只愛伊蓮，只愛上帝！除非還有哪些人是我沒聽過的。」

藍斯洛聳聳肩——如果對方想吵架，這是一種最愚蠢的回應方式。

「妳要去嗎？」他問。

「我要去？去看你和那顆蕪菁調情嗎？我當然不去，而且我不准你去。」

「很好，我會告訴亞瑟我病了。我可以跟他說，我的傷還沒好。」

他去找了國王。

等到桂妮薇改變心意，每個人都已經出發參加比武大會，整座宮廷空蕩。也許她是想把藍斯洛留下來，以便和他獨處，卻發現跟他獨處也沒什麼用，於是她轉了念頭——不過原因究竟為何，我們無從得知。

「你最好還是去吧，如果把你留在這裡，你會說我是出於嫉妒，還會用這件事來責備我。還有，如果你跟我在一起，可是會傳出醜聞的。而且我不要你在身邊，我不想看到你的臉。把它帶走！走！」她說。

「珍妮，」他理智地說：「我現在不能走。我已經說我有傷不能去，現在去了，會有更多醜聞。他們會認為我們吵架了。」

「他們愛怎麼想就怎麼想。在你把我逼瘋以前，我只告訴你一件事，你一定要去。」

「珍妮。」他說。

他覺得自己的心裂成兩半，她以前將他逼瘋過一次，而那股狂暴好像又要回來了。她或許也注意到這點。無論如何，她的態度突然又變得溫和起來，在他去柯賓前，用一個深情的吻為他送行。

「我答應妳，我會回來。」他這麼說過，而他現在信守承諾。對他而言，參加比武大會卻不去看看伊蓮，毫不可能。他不只承諾要回到她身邊，而且還握有他們獨子的遺言；他們的獨子已經死了（或至少可以說上了天堂）。即便是最冷酷的人，也不能不把這個訊息帶給她。

他會住在柯賓，跟她談加拉罕，並且變裝參加比武大會。他會告訴亞瑟，他先前佯稱傷勢未癒，以便出其不意變裝前來，這是一種新的風尚。而事實也會支持這說法，因為他實際上是住在柯賓城堡，而不是住在比武大會的地點。這樣一來，就不會傳出他在最後一分鐘與王后起了爭執的醜聞。

當他騎在通往護城河的道路上，他的目光穿過那些鐵蒺藜，驚訝地發現伊蓮正在城垛上等他，姿態跟他二十年前離開時一模一樣。她在大門迎接他。

「我一直在等你。」

她現在矮胖豐滿，有點像維多利亞女王。她真誠地歡迎他。他說過他會回來，而他現在就在這裡。她別無所求了。

她的下一句話像刀一般地刺進他心口。

「從現在起你會永遠待在這裡了。」她語氣篤定。多年前他們分別的時候，她便是這樣解讀他給她的回答。

第三十九章

如果有人想讀柯賓比武大會的經過，讀馬洛禮的書就對了。他熱心擁護比武大會，就像今天那些常跑勞德板球場[1]的老先生一樣，而且他可能有什麼門路，能看到某種古老的《威斯頓板球聖經》[2]之類的東西，甚至是計分簿。他完整記錄了這場比武大會，包括各個騎士的得分、誰撂倒了誰，誰又是怎麼被擊倒的。不過，對那些不玩板球的人來說，這些老舊的板球比賽紀錄容易變得很枯燥，所以我們當然略去不提。馬洛禮的書裡唯一可能會讓人乏味的東西，就是這些詳細的得分清單（事實上，對那些知道許多小牌騎士過往戰績的人來說，倒也不那麼乏味），而他前後寫了兩次還三次。在這裡，我們只要提兩件事就夠了：藍斯洛橫掃全場，大敗敵隊（他的技藝在聖杯探險之後又恢復了），若非馬鐸爵士給他的那道傷口再次裂開，他在比武高峰之後還會帶劍上陣。若說他在這場會戰中理當表現優良，顯然很奇怪，因為當時他仍為桂妮薇、上帝和伊蓮這三重痛苦煩心不已，不過，有些人在類似狀況下也有同等絕佳表現。雖然身負舊創，最後他還是撂倒三、四十人（附帶一提，他還擊敗了莫桀和阿格凡），一度有三個騎士同時圍攻他，其中一人的長矛突破了他的盔甲，之後矛斷了，矛頭留在他體內。

藍斯洛趁自己還能坐在馬上時退出場外，他倒在鞍上急馳而去，想找個可以獨自清靜的地方。每當他受了重

1 指位於倫敦的 Lord's Cricket Ground，為板球運動中最重要的組織馬利波恩板球俱樂部（Marylebone Cricket Club）所有，以其創辦人湯馬斯．勞德（Thomas Lord, 1755-1832）命名。

2 *Wisden Cricketers' Almanack*，英格蘭板球選手約漢．威斯登（John Wisden, 1826-1884）在一八六四年創辦的板球年鑑，至今仍在發行。

傷，就直覺想要獨處。對他來說，死亡是私密的，如果他快死了，他希望自行解決。只有一名騎士跟上他（他太虛弱了，無法趕走對方），這名騎士幫他從肋骨當中拔出矛頭，並在他最後昏迷，「快變成風」時緩和他的痛苦。也是這名騎士把他放到床上，又將發狂的伊蓮帶到他床邊。

溫徹斯特比武大會的重要性不在於哪個特定的戰果，甚至也不是藍斯洛受了重傷，因為他最後還是康復了。這件事與我們這四位朋友的人生真正相繫之處，我們隨後再詳述。不幸的伊蓮突然提出了無理的判決（說藍斯洛會永遠留下來陪她），他遲疑著該不該告訴她事實真相。或許他一直是個軟弱的男人——因為軟弱，所以一開始無法將桂妮薇從他最好的朋友身邊搶走；因為軟弱，才想要用上帝取代拿走他的愛人；而他最軟弱處，就是幫了伊蓮一個忙，跟她說他會回來。現在，面對這位可憐女士的簡單願望，他更沒有勇氣給她直接一擊粉碎她的幻想。

除了她的單純或說無知外，要解決伊蓮的問題還有個麻煩：她生性敏感。她其實比桂妮薇還要敏感，只是她缺乏果敢外向的王后所擁有的力量。她敏感到在他長久離家後回來時，沒有用歡迎淹沒他，也沒有責備他。她從來就不覺得自己有理由責備他，尤其她也沒有用自憐自艾讓他窒息。他們在柯賓等待比武大會開始時，她只是堅定地用手捧著自己的心，小心藏住長久以來對主人的期盼，以及在兒子死後那份全然的孤寂。藍斯洛很清楚她藏起來的是什麼。他本身善變而敏感，所以他已經忘了他們的特殊關係是怎麼開始的。對於伊蓮的悲傷，他開始怪罪自己，覺得一切都是他的錯。

因此，在省了那些淚水和歡迎之後，她提出小小的要求。他除了盡力讓她快樂，又能怎麼做呢？雖然他終究還是得告訴她，她那從不動搖的希望毫無根據，但他遲遲沒這麼做。他覺得自己像個知道明天必須執刑的劊子手，想在今天給對方一點小小的快樂。

「藍斯，」比武大會前，她謙卑而稚氣地提出了特殊的請求，「現在我們在一起了，對戰時，你會戴著我的信物嗎？」

現在我們在一起了！在她的語調中，他看到一幅畫，畫了一名被拋棄二十年的棄婦，他因而第一次感覺到，在這段時日，她一直追隨著他的騎士大業，就像個小學生崇拜板球打擊手霍布斯[3]。這隻可憐的鳥兒一直在想像那些對戰——而且當然幾乎都想錯了：那些二手消息祕密地滋潤了這顆飢渴的心，猜測著今天誰的信物會登上榮耀的寶座。或許她這二十年來一直告訴自己，那偉大的戰士有一天會帶著她的信物出戰——那不幸的靈魂一直沒得到善意的對待，只能以此安慰自己的荒謬野心。

「我從來不戴信物。」他說。這是事實。

她沒有反駁，也沒有抱怨，只是試圖隱藏自己的失望。

「我會戴著妳的信物，」他馬上回答。「能戴上它是我的榮幸，對我的變裝也很有幫助。大家都知道我不戴信物，所以這信物會是個絕妙的偽裝。妳真是太聰明了，居然有這方法，會讓我的戰績更加出色。是什麼樣的信物呢？」

那是一枚綴著大顆珍珠的紅色衣袖。二十年的時間足以練出優秀的繡工。

3 傑克．霍布斯（Sir Jack Hobbs, 1882-1963），英格蘭知名板球打擊手。

溫徹斯特比武大會後兩週，伊蓮還在看顧她的英雄。桂妮薇和波爾斯爵士在宮中吵了一架。波爾斯討厭女人，和女人相處時，總愛給她們上些有教育意義的課。他說他的想法，她們說她們的想法，彼此都聽不懂對方的話語。

「啊，波爾斯爵士，」王后說。她一聽聞那隻紅袖子的事，就急急忙忙派人找來波爾斯，因為他是藍斯洛最親的親戚之一，「啊，波爾斯爵士，你可聽說藍斯洛爵士是如何虛偽地背叛了我？」

波爾斯爵士注意到王后臉色漲紅，幾乎「怒令智昏」，因此他耐著極大的耐性說：「如果要說誰遭到背叛，應該是藍斯洛自己。他一次被三名騎士圍攻，受了重傷。」

「我很高興、非常高興聽到這件事！要是他死了，那倒是件好事！這個虛偽背信的騎士！」王后大喊。

波爾斯聳聳肩，轉過身去，表示不想再聽到或討論這樣的話題。他走向門口，整個人的背影顯示出他對女人的看法。王后追上前；如果有必要，她會強迫他留下來。她不會讓自己的人生這麼容易受騙上當。

「在溫徹斯特大型長矛比試中，他頭上戴了那隻紅袖子，」她大喊。「我為什麼不能說他背信？」

波爾斯擔心王后會攻擊自己，於是說：「聽到袖子的事，我非常遺憾。但如果他不用那隻袖子偽裝，那些人也許就不敢以三打一了。」

「他無恥！」王后高聲說。「儘管他驕傲又自負，他還是被打下來了不是嗎？他是在公平對戰中落敗的。」

「不，不是這樣。他們以三欺一，而且他的舊傷裂開了。」

「他無恥！」王后又重複一次。「我聽加文爵士在國王面前說，藍斯洛有多愛伊蓮。」

「加文要說什麼，我管不著。」波爾斯一句話頂了回去，語氣辛辣、絕望、悲哀、憤怒，還帶著些許驚詫。之後他將尊敬拋諸腦後，摔門而去。

此時在柯賓，伊蓮和藍斯洛正握著彼此的手。他無力地對她微笑，低聲說道：「可憐的伊蓮，妳似乎總是在我出事的時候照顧我，似乎也只有在我半死不活的時候，妳才能夠擁有我。」

「你現在永遠都是我的了。」她容光煥發地說。

「伊蓮，我得跟妳談談。」他說。

第四十章

殘缺騎士從柯賓回來時，桂妮薇仍在生氣。不知為何，她相信伊蓮再次成為他的情婦；或許是因為，若要傷害她的愛人，這是最好的方式。她說，他一有機會就跑去找伊蓮，由此觀之，他的宗教情感不過是種偽裝。她說，這念頭一直都在他腦海深處。他是個騙子，還是個軟弱的騙子。他們在一起時，時而因為他的軟弱和欺騙而歇斯底里，時而濃情蜜意；當她想起自己終其一生都跟一個騙子相愛時，還好有片段出現的濃情密意能夠平衡情緒。爭吵過後，她看起來健康多了，甚至再次美麗起來。然而她眉間多了兩道皺紋，雙眼有時會露出驚恐之情，像鑽石般閃閃發亮。藍斯洛則是看起來愈顯固執。他們漸行漸遠了。

伊蓮聽了藍斯洛的解釋，而現在，她擊出了她人生中唯一的強打——她自殺了，不過並非出於故意。

河流是那個年代的交通要道，所以死亡之船順河而下，來到首都，停在宮殿的城牆底下。她就躺在裡面——這隻向來無助的胖鵪鶉就在裡面。或許人自殺是因為軟弱，而非堅強。為了引導命運之手，她付出了溫柔的努力，先是用薄弱的把戲來誘騙她的心上人，繼而是沉默的體恤——這些在生命的獨裁中都不足以獲認可。她的兒子走了，她的愛人也走了，什麼都沒留下。即使是那項要回到她身邊的承諾，也在她徒勞的努力中被揚棄了。以前，她還能為什麼而活，那是個扶手；不是什麼特別華麗的扶手，只是一個能讓她抬頭挺胸的扶手。她原本可能會成功。她從來不是個專橫、苛求的女孩，原本可以在這趟遠路上有點小小的成就；但是現在，連那小小的成就也沒了。

人人都下來看那艘船。他們看到的不是那位阿斯托萊的純真少女[1]，而是一位中年婦人，雙手戴著一副看起來很僵硬的手套，恭謹地抓著一串珠子。死亡讓她看來蒼老了些，而且和先前不大一樣。船中那張堅定的灰色面孔顯然並非伊蓮——她要不是去了別處，就是消失了。

即使藍斯洛是個軟弱的男人、比武狂熱分子，或者說，就算他是個不斷想讓自己行事合宜的惱人生物，他似乎也無法安然面對此事。對他來說，一方面是因為他有著瘋狂的遺傳傾向與古怪的臉，再者也因為他的忠誠與道德標準有所混淆，所以，即便沒有這麼多超出既定範圍的打擊加諸於他，他也很難保持生命的平衡。如果有顆無情的心保護他，那麼，就算有再多打擊，他也撐得住。然而，他的心一向只能與伊蓮的心匹敵，所以現在無力承擔那副迫使她躺下的重擔。所有他原本可以為那可憐的人做、卻來不及做的事，以及該為這起無可挽回的悲劇負責的可恥問題，都在他腦子裡混成一團。

「你為何不能對她仁慈一點？」王后哭喊。「你怎能這樣不留任何東西給她，好讓她活下去？你應該要對她慷慨一點、溫柔一點，讓她能活下去啊！」

桂妮薇還未察覺，伊蓮再次橫阻在他們之間，而且這回的影響更勝以往；她很自然地說出這些話，而且是認真的。她為船上的對手悲傷，並被這股悲傷淹沒了。

1 馬洛禮的《亞瑟王之死》中，加拉罕的母親是卡波涅克的伊蓮（Elaine of Carbonek）；另有一位阿斯托萊的伊蓮（Elaine of Astolat），愛上了到阿斯托萊參加比武大會的藍斯洛，請求對方在比武中配戴她的信物，又在他受傷時照料他，藍斯洛離開之後，她心碎而死。此處懷特應該是將這兩位愛上藍斯洛的伊蓮融為一個角色。

第四十一章

即便伊蓮自殺，卡美洛仍持續新式生活。沒有人認為這種生活方式特別快樂，不過人們緊抓著生命不放，繼續活下去。這種生活的情節一點也不緊湊，泰半只是小事一件接著一件，是一連串不必要的意外。有件約莫在此時發生的荒謬意外值得一提，倒不是這事有什麼承先啟後的地位，純粹因為這事不知為何像是會發生在藍斯洛身上。他行事頗有個人風格。

一天，他正躺臥樹林裡，轉著一些沒人知道的悲傷念頭，一位正在打獵的女射手路過此地。她究竟是個長著髭、戴領結的男裝麗人呢？還是個從電影世界跑出來的無腦角色，只因為弓箭很可愛，就拿來玩玩呢？這很難說。總之，她看到了藍斯洛，以為他是隻兔子。不過，總而言之，她應該是個男裝麗人，雖然她錯把人當兔子來射，相當不可取，但是電影明星能射中目標，可是很不尋常。藍斯洛的屁股上插了一根六吋長的箭，無法起身，他就像是柏忌上校[1]，得在高爾夫球賽中彎腰再下一桿。他生氣地說：「不管妳是位女士，還是個小姑娘，妳在這不幸的時刻帶了弓；而惡魔讓妳成了一名弓箭手！」

就算背後負傷，藍斯洛還是參加了下一場比武大會——這是一次很重要的比賽，過程中出了好幾件事。藍斯洛這人過於純真，察覺不到怪異之處，不過別人都很明白；宮廷中真正緊張的大事，在西敏斯特長矛比試後就清晰地浮上檯面了。首先，亞瑟開始在他們那段不幸的三角關係中維護自己的地位。他採取的方法，是在這場大混戰中，這可憐的傢伙突然加入藍斯洛的敵方陣營。他攻擊他的摯友，還大發雷霆想要傷害他。他沒做出什麼不合騎士規範的事，到了最後關頭他也沒有傷害藍斯洛。儘管如此，他對藍斯洛的感情還是有了奇怪的轉變。事前事後他們都還是朋友，然而就在那憤怒的一刻，亞瑟是戴了綠帽的丈夫，藍斯洛則是背叛者。這是一項表面上的解釋，他們倆在潛意識中承認了這種關係，不過這底下還有另一層想法。這時的亞瑟已經不再是快樂的小瓦，他的家庭和王國也不再處於命運的巔峰。或許他已經厭倦掙扎，厭倦奧克尼結黨營私的老問題，還有那些奇怪的新潮流行，也厭倦愛情與現代正義的兩難。他和藍斯洛對戰，可能是希望死在對方手裡——事實上，那不單是希望，而是有自覺的意圖。這個公正、慷慨、心地善良的男人或許下意識認為，對他和他所愛的人來說，唯一的解決之道就是他的死亡；在那之後，藍斯洛可以迎娶王后為妻，也不用再和上帝交戰。所以，他可能是想給藍斯洛一個機會，好在公平對戰中殺了他，因為他已經精疲力盡。事情真相可能是這樣。不過無論如何，後來什麼也沒發生。他一時失去控制發了脾氣，但過後他們又再次和好如初。

那場比武大會的另一個關鍵是，純真而愚蠢的藍斯洛終於和奧克尼一族徹底決裂。除了加瑞斯以外，他一個接一個將他們全部打下馬來，莫桀和阿格凡還被擊倒兩次。只有聖人才會蠢到在多羅洛斯塔[2]數度拯救他們的性命；不過此時將他們擊倒取得勝利，卻是一種本能策略。至於加文，實際上他十分可敬地拒絕參與謀害藍斯洛的陰謀，而加赫里斯不過是個笨蛋。然而從那天開始，在莫桀和阿格凡的時髦同黨策畫之下，危害這位最高司令官的人身安全，只是時間早晚的問題。

---

1 柏忌為高爾夫術語，即擊球入洞的桿數高於標準桿一桿。此詞源於十九世紀末英國的流行歌詞「I'm the Bogeyman, catch me if you can.」，所以後來高爾夫球界將柏忌先生視為假想敵，大家都「追在柏忌先生後面」，並贈予他上校榮銜。

2 Dolorous Towers，藍斯洛殺了卡拉斯爵士的地方。

在這陣風潮裡的第三根稻草，是加瑞斯在西敏斯特加入藍斯洛的陣營。這特殊的對調所隱藏的意義，立刻吸引眾人注意——國王和他的左右手對抗，加瑞斯則和自己的兄弟對抗。顯然有場暴風雨將至，才會有這樣的暗流。來得十分戲劇化，而且從一個無人起疑之處出現。

有位倫敦東區[3]出身的梅里亞格蘭斯爵士，他在宮中一直都不快樂。如果他早生幾年，在那個人還會被當人看的時代，他可能會過得不錯。不幸的是，他屬於比較晚的世代，也就是莫桀的世代，大家以新標準來評判他。人人都知道，梅里亞格蘭斯爵士的出身並非上品，他自己也明白（上品這個名詞是莫桀發明的），但自知此事並不會讓他快樂。梅里亞格蘭斯爵士感到悲傷，還有個特殊理由，而這個悲傷的理由妨害了他與其他人的關係——自從有記憶以來，他就無助而絕望地愛著桂妮薇。

消息傳來時，亞瑟和藍斯洛正在九瓶球[4]的球道邊，他們養成一個習慣，每天都會跑到這個已經過時的地方聊聊天、提振心情。

亞瑟正說：「不，不，藍斯。你一點都不了解可憐的崔斯坦。」

「他生前是個卑鄙下流的人。」藍斯洛堅持道。

他們使用過去時態，是因為崔斯坦最後為美人伊索德彈奏豎琴時，被憤怒的馬克王殺了。

「即使他死了也一樣。」這位騎士又加上一句。

不過國王大力搖著頭。

「他不是個卑鄙小人，他是個小丑，最滑稽的角色之一。他總是讓自己陷進非常奇特的狀況。」他說。

「小丑？」

「心不在焉的小丑，」國王說。「那是種滑稽透頂的痛苦。看看他的愛情故事吧。」

「你是指素手伊索德[5]嗎？」

「我一直堅信崔斯坦把這兩個女孩完全搞混了。他為美人伊索德發狂，之後完全忘了她。有一天，他和另一個伊索德上床時，某個動作讓他回想起某些事，他才明白，原來伊索德不只一個，有兩個。這讓他氣壞了。他說，我在這裡和素手伊索德上床，我所愛的人卻一直都是美人伊索德！他當然會生氣。後來，他差點就在澡盆裡被愛爾蘭王后殺了。這年輕人身上有種涵義深遠的喜劇光芒，卑鄙下流並非出於他本意，你要原諒他。」

「我——」，藍斯洛才要說話，有個信使來了。

那是一位個頭矮小的男孩，氣喘吁吁，身上鎧甲罩袍在右腋下方有個箭孔。他用手指捏著那道裂縫，語速飛快。

王后出事了。五月一日那天，她去參加五月節的活動。依照慣例，她很早就出發，想在十點以前把還沾著露水的櫻草、紫羅蘭、山楂花及剛冒新芽的樹枝帶回來，五月的早晨很適合收集這些東西。她沒帶護衛（王后的騎士全都帶著素面盾以便識別），只帶了十名平民打扮的騎士。他們全都身穿綠服慶祝這個春日節慶。阿格凡也名

---

3 cockney，指倫敦東區的工人階級，帶有貶意。

4 nine-pin，十六世紀時一種類似保齡球的球類運動。九個球瓶呈直筒狀，排成菱形；而球身比較小且沒有洞。至今在部分國家仍會舉行比賽。

5 Isoud White-Hands，這位伊索德來自布列塔尼，是崔斯坦的妻子。

列其中——他後來一直黏著桂妮薇，好刺探她的祕密；至於藍斯洛，他被刻意支開了。

總之，半路埋伏的梅里亞格蘭斯爵士跳出來時，他們一行人正帶著一堆花朵和樹枝吱吱喳喳地聊天，快樂地騎馬回家。出身是否上品一直蹂躪他的心智，最後他下了決心，如果所有人都說他出身不夠尊貴，他便要堂堂正正地去做不紳士的事。他知道王后的人馬沒有武裝，也知道藍斯洛不在，於是他帶了一隊武力強大的弓箭手和一群武裝的人，計畫俘虜王后。

他們打了一場。王后的騎士手拿刀劍，盡其所能保護她，結果全都受了傷，有六人還傷勢頗重。之後桂妮薇投降，以便保全他們的性命。她被迫與梅里亞格蘭斯爵士談判（他的心倒還不全然是個無賴），如果她叫她的衛士住手，他就必須承諾，把這些受傷的騎士連同她一起帶去他的城堡，而且必須讓他們睡在她房外的會客室。梅里亞格蘭斯愛著桂妮薇，臨時起意的邪惡退縮了，他也明白，不可能強迫他的愛人，違背她的意志，於是他同意條件。這可憐的傢伙從來就沒辦法真正為惡。

可悲的混亂中，傷患一個接一個掛在馬上，但王后還是臨危不亂。她喚來一個年幼的見習騎士，他有匹腳程飛快的健康小馬。她偷偷將她的戒指脫下來給他，要他傳口信給藍斯洛，並要那年幼的見習騎士一有機會就快點逃命——他確實遵照，身後還追著幾個弓箭手。那枚戒指就在這裡。

故事說到一半，藍斯洛就咆哮著叫人去取他的鎧甲。故事說完時，亞瑟已跪在他腳邊，正為他繫上脛甲。

第四十二章

當弓箭手頹喪地騎馬返回，說他們沒能射倒那個男孩時，梅里亞格蘭斯爵士就知道接下來會發生什麼事了。他煩憂苦惱，一方面是他自知做了壞事與蠢事，另一方面則是他真心愛著王后。然而他心中還有掙扎，都到了這一步，回頭為時已晚。藍斯洛接到王后送去的訊息，一定會前來，所以他得爭取時間。城堡並未做好圍城應戰的準備，但是由於王后在城內，如果他們能準備好，就有希望和圍城的人談判。所以，在城堡備妥防禦之前，得不惜代價阻止藍斯洛爵士。他猜得沒錯，藍斯洛才剛武裝好，就匆忙來救王后了。他來此必經的森林中有塊狹窄的空地，要阻止他，最好的辦法就是在那裡設下埋伏。那塊空地非常狹窄，就算弓箭手無法射穿他的鎧甲，也一定能殺死他的馬匹。在那動亂的年頭過後，道路兩旁的灌木叢都被清出一箭之地的距離；但這塊空地地形特殊，所以被忽略了。梅里亞格蘭斯爵士知道，一枝勁射的箭在一定射程內可以穿透最好的鎧甲。

埋伏很快就準備好，但是城堡內亂成一團。牧人將牲畜趕進要塞，所有的牲畜卻到處亂走，要嘛干擾彼此，要嘛就是不肯走到門的另一頭。打水的男孩興奮地將水倒入大桶——這是一座起源似乎可追溯到愛爾蘭時期的無用城堡，城堡外庭沒有水井。女僕瀕臨崩潰，跑來跑去；至於梅里亞格蘭斯爵士，他就像那些出身不高的人，決定用一種不會受到非難的方式接待他的俘虜王后。他們給她弄了一間閨房，從他那間單身漢的房裡搬出繡毯，放在她房裡，擦亮銀器，並且派人向最近的鄰居借來金盤。在他們準備國賓住房，迎接桂妮薇入住的時候，她被帶到一間小小的等候室中；她仍堅持要給她那些受傷的騎士準備繃帶、熱水和擔架，讓情況更加混亂。梅里亞格蘭斯爵士在樓梯上上下下地跑，喊著「是的，夫人，馬上就好。」或「瑪莉安，瑪莉安，妳天殺的，蠟燭收到哪去了？」或

「莫多克，馬上把那些羊帶出城頂房間。」他會找時間將額頭靠在砲眼冰冷的石頭上，緊抓著迷亂的心，詛咒自己的愚蠢，並將已經失序的計畫弄得更加混亂。

最先釐清狀況的是王后。她只要求為傷兵綁上繃帶，她的需求自然最早獲得滿足。她與幾名侍女坐在城堡的一扇窗戶前（此處是這陣旋風平靜的中心點），這時，有個女孩大叫起來，說路的那端有什麼來了。

「那是輛載貨馬車。應該是載著城堡儲糧等物品。」王后說。

「馬車上有個騎士，一個穿著鎧甲的騎士。我猜有人要把他抓去吊死。」女孩說。

那個年頭，乘坐載貨馬車被視為不名譽之舉。

後來，她們看到一匹馬追在那輛馬車後面，全速奔馳而來，馬韁在塵土中晃動。她們驚恐地發現，那馬身上所有的內臟也都在塵土中晃動。牠全身插滿箭，像隻豪豬，而牠帶著一種麻木的奇怪表情奔跑，也許是嚇呆了。那是藍斯洛的馬，而藍斯洛就在那輛載貨馬車上，用劍鞘打著拉車的馬。他一如預期中了埋伏，花了一點時間和那些襲擊者比試，不過他們跳過樹叢、跨過溝渠，輕易逃離了那個沉重的落馬鐵人。於是，即使身穿鎧甲，還是被迫步行走完剩下的路程。一個人不可能穿著和他等重的裝備走完這段路，梅里亞格蘭斯早就預知了，但是，他沒有評估到那輛被藍斯洛霸占的馬車。這個偉大的男人在知道王后出事時有多焦慮？有人說，他剛上路時，騎著馬游過泰晤士河，從西敏斯特橋游到蘭貝斯[1]；如果這是事實，只要哪裡出了問題，他就會因為自己的鎧甲而淹死。

「妳竟敢說那是要被吊死的騎士？」王后大叫起來，「妳這小賤人，竟敢拿藍斯洛爵士和重罪犯相提並論？」

可憐的女孩紅著臉不說話了。同時，他們看到藍斯洛將馬轠丟給嚇壞的馬夫，猛攻上吊橋，一邊扯開喉嚨咆哮。

藍斯洛在城門口破門而入時，梅里亞格蘭斯爵士便已聽見他到來。慌亂的門房驚慌地抓著門，想在藍斯洛眼前關上門，耳邊卻吃了一記鐵拳。大門毫無防備地開啟。當時藍斯洛罕見地大發肝火，或許是他的馬受了苦。

梅里亞格蘭斯爵士原本正在監督幾個武裝的人，當他們躲進中庭的木造小屋（這是用來對抗希臘之火[2]的措施）時，他的神經整個斷了線。他跑向後方階梯，藍斯洛在門房小屋附近怒吼時，他已經跪在王后跟前懇求了。

「現在又怎麼了？」桂妮薇問，她看著那個既特別又粗俗的男人匍匐在她跟前。她眼裡帶著好奇，而非全然嫌惡。畢竟，因為愛情而遭綁架是一種恭維，尤其是結局皆大歡喜。

「我投降！我投降了！」梅里亞格蘭斯爵士大喊。「噢，親愛的王后，我向妳投降。請不要讓藍斯洛爵士殺了我！」

桂妮薇看起來容光煥發、美麗非凡。或許是因為五月節，或許是這個倫敦東區出身的騎士對她的恭維，或許是某種女性對快樂的預感；無論如何，她覺得很快樂，而她對這個俘虜她的人並無怨恨。

「很好，」她愉快而明智地說。「關於此事的流言蜚語愈少，我的名節就愈安全。我會試著安撫藍斯洛爵士。」

梅里亞格蘭斯爵士顯然如釋重負，重重嘆了一口氣。

「是啊，」他說：「那是隻年老的公麻雀——啊哈！啊哈！請原諒，真的。仁慈的王后，您那些受傷騎士的狀

1 Lambeth，倫敦市中一處行政區，位於泰晤士河南岸，著名景點倫敦眼（London Eye）即位於此地。在馬洛禮《亞瑟王之死》之中，梅里亞格斯的城堡便位於此處。

2 Greek Fire，敘利亞人卡里尼科斯（Callinicus）於西元六六八年所發明，古代、中世紀會使用的一種易燃火藥武器。

況不大好，不知在安撫藍斯洛爵士之後，能否請您今晚在梅里亞格蘭斯城堡過夜呢？」

「我不知道。」王后說。

「你們明日一早可以全數離開，」梅里亞格蘭斯爵士慫恿道，「我們不會再提起此事。這麼做比較好。您可以說，您是來此地做客。」

「很好。」王后說。梅里亞格蘭斯爵士抹著自己的額頭時，她已走下樓找藍斯洛。

他站在內庭，咆哮著要他的敵人出來。桂妮薇看見他，他也看見她，他們一個字都還沒說，古老的電流訊息便開始在他們眼中傳遞。彷彿伊蓮和整個聖杯探險從來就不存在似的。就我們可以了解的部分，她接受了她的挫敗。他必然在她眼中發現，她已經屈服於他，也就是說，她準備好要讓他去做他自己（去愛他的上帝，去做他想做的事），只要他還是藍斯洛就行了。她再次變得平靜而理智，宣布放棄自己的瘋狂，而且無論他做了什麼，她都很高興看到他活得好好的。他們是兩個年輕人——是那兩個很久很久以前在卡美洛煙霧瀰漫的大廳上，眼神如同磁石般喀地一聲接起的年輕人，而那接合的喀嚓聲幾乎快被他們遺忘。桂妮薇真心降服了，卻反而陰錯陽差贏得這場戰爭。

「什麼事這麼大驚小怪？」王后問。

他們說話的語調輕鬆而戲謔。兩人再次墜入愛河。

「問得好。」

他臉紅了，用稍微憤怒的聲音說：「他射死了我的馬。」

「謝謝你過來，」王后說，聲音很溫柔，那是他記憶中她最初的聲音。「謝謝你這麼快、這麼勇敢地趕來。不過他投降了，我們必須原諒他。」

「他殺了我可憐的馬，真可恥。」

「我們已經談和了。」

「如果我知道妳要談和，」藍斯洛的語氣有些妒意，「就不會冒著生命危險來了。」

王后拉起他的手，他沒有戴著鐵手套。

「你覺得很遺憾，是因為你表現太好了嗎？」她問。

他沒有說話。

「我不在乎他，」王后說著，臉紅了，「我只是在想，還是別有什麼醜聞比較好。」

「我比妳更不想再有什麼醜聞。」

「你做你想做的事，如果你想跟他打，就打吧。你有權決定。」王后說。

藍斯洛看著她。

「夫人，但得您滿意，我死而無怨。至於我，就聽憑您處置了。」他說。

他受感動時，總會情不自禁地用莊嚴的騎士語說話。

第四十三章

受傷的騎士躺在外面房間的擔架上。桂妮薇就寢的內室中有一扇窗戶，上面裝著鐵條，沒有玻璃。

藍斯洛發現花園中架有梯子，高度足以讓他遂行目的——雖然他們沒有約好，不過王后正等著他。當她在窗前看到那張皺在一起的臉，鼻子還好奇地朝向星空，她完全不覺得那是獸形滴水嘴或惡魔。她站在那裡，有那麼幾下心跳的時間，感到血液在頸間狂熱奔流，她安靜地走向窗戶——那是共謀下的安靜。

沒有人知道他們究竟對彼此說了些什麼。馬洛禮描述：「他們向對方傾訴了各種各樣的怨言。」或許他們同意，他們不可能一邊愛著亞瑟，又一邊欺騙他。或許藍斯洛最後總算讓她了解他的上帝，而桂妮薇讓他了解她沒有孩子的痛苦。也或許，他們最後完全同意接受他們之間的罪惡之愛。

後來，藍斯洛爵士輕聲道：「我想進去。」

「我很樂意。」

「夫人，妳衷心希望我和妳在一起嗎？」

「是的。」

他破壞最後一根鐵條的時候，弄傷了自己的手，傷口深及骨頭。

兩人的低語變得斷斷續續，之後，黑暗的房間便陷入一片寂靜。

隔天早上，桂妮薇王后很晚才起床。梅里亞格蘭斯爵士急著想讓這整件事盡快平安落幕，他在會客室裡大驚小怪，希望她快點離開。說起來，將他心中所愛卻又不能據為己有的王后囚禁在住處是種折磨，而他可不想延長這份折磨。

最後，一方面為了要催她起床，同時也出於愛人的那種無可控制的好奇心，他進房叫醒她——這類行為在晨間會客的日子裡是可能出現的。

「求您寬恕，」梅里亞格蘭斯爵士說。「夫人，您生了什麼病嗎？怎麼睡了這麼久？」

他看著無法得手的美人坐在床上，又假裝沒在看她。藍斯洛之前弄傷了手，血沾得整張床單都是。

「叛徒！」梅里亞格蘭斯爵士突然大叫起來：「叛徒！妳背叛了亞瑟王！」

他深信自己受騙，憤怒和嫉妒讓他發了狂。由於他的冒險精神出了差錯，所以他一直相信王后是位純潔的女性，而這個想染指她的人則是錯的。現在他發現她一直都在欺騙他，她假稱貞潔而不能愛他，同時卻在他眼皮底下和她那些受傷的騎士發生了關係。他擅自下了結論，那些血屬於某位受傷的騎士，不然她為什麼堅持要他們睡在會客室裡呢？最瘋狂的嫉妒與憤怒交混，他一直沒注意到窗上的鐵條，因為已經有人盡量小心地將它們放回去了。

「叛徒！叛徒！我要告妳叛國！」

聽到梅里亞格蘭斯爵士的叫嚷，受傷的騎士紛紛跛著走向門邊，這陣騷動很快便傳了出去，侍女和服侍的女僕、見習騎士、馬童與幾個馬夫，全都興奮地跑過來湊熱鬧。

「這全都是騙局，」梅里亞格蘭斯爵士大喊。「或多或少，都是騙局！有個受傷的騎士來過這裡！」

「不是這樣。他們可以作證。」桂妮薇說。

「這是謊言！」那些騎士大吼，「在我們當中挑一個出來！我們要跟你打！」

「不，你們不會這麼做，」梅里亞格蘭斯爵士尖聲叫著，「不用再說那些漂亮話了！有個受傷的騎士和王后陛下睡在一起！」

血跡顯然是堅實的證據，他一直指著血跡，直到藍斯洛在那群快被他催眠的侍衛中現身。沒有人注意到他戴了一隻手套。

「怎麼回事？」藍斯洛問。

梅里亞格蘭斯爵士告訴他事情經過，狂亂的語氣再加上手勢，還帶著一股找到新的人可以傾訴的亢奮。他看來就像個悲痛發狂的男人。

「請容我提醒你，你對王后做了什麼事。」藍斯洛冷冷地說。

「我不知道你在說什麼，我也不管。我知道，有個騎士昨晚在這個房間。」

「你說話小心點。」

藍斯洛嚴厲地看著他，一方面是想警告他，一方面是想讓他恢復神智。他們兩個人都知道，這項指控最後會以戰鬥審判收場，而藍斯洛想讓他明白，他的對手會是誰。梅里亞格蘭斯爵士最後確實明白了，他突然擺起架子，看著藍斯洛。

「你也要小心，藍斯洛爵士，」他平靜地說。「我知道你是全世界最好的騎士，但是，如果你要在一場錯誤的爭執中挺身而出，你就要小心了。畢竟，上帝有可能會為了正義出擊的，藍斯洛爵士。」

王后真正的愛人咬緊了牙。

「這要由上帝來決定。」他說。又非常惡毒地補上一句：「就我所知，我很清楚這些受傷的騎士都沒有進過王后的房間。如果你要為此而戰，我奉陪。」

到了最後，藍斯洛一共為落難的王后出戰三次，第一次是義正辭嚴地對上馬鐸爵士，第二次是以非常可疑的謬論對上梅里亞格蘭斯爵士，而第三次，他根本站不住腳的；然而他每一次出戰，都領著他們往毀滅更近一步。

梅里亞格蘭斯爵士丟下他的手套。他堅信自己所言都是事實，所以就像那些參與激烈爭執的人，非常固執，而且寧死不屈。藍斯洛接下了手套——他又能怎麼辦呢？所有人都開始準備挑戰的行頭，像是用印章在挑戰信物蓋上戳記之類的事，並且定下日期。梅里亞格蘭斯爵士安靜下來，他現在掉進裁判的體制裡了，有時間可以好好想想，不過，他一如往常想岔了方向。他真是個矛盾的男人。

「藍斯洛爵士，現在我們約定要對戰了，在這時候，你不會對我做出背義的事來吧？」他說。

「當然不會。」

藍斯洛非常驚訝地看著他。他和亞瑟一樣，總是低估這世界的邪惡，讓自己捲入許多麻煩——例如，他在西敏斯特把奧克尼一族打落馬。

「直到對戰之前，我們都還是朋友吧？」

這個老戰士感受到一股長久以來圍繞在他身邊的痛楚，恥辱的痛楚。他竟為了一句真實無偽的話要和這男人對戰。

「是的，」他熱誠地說，「是朋友！」

他良心不安地快步來到梅里亞格蘭斯身前。

「那我們現在可以和平共處了，」梅里亞格蘭斯以一種快活的語調說。「所有事都能正大光明地說。你想看看我的城堡嗎？」

「當然。」

梅里亞格蘭斯帶著他在城堡看過一個又一個房間，最後來到一個有活板門的房間。板子一轉門開了，藍斯洛掉進一個六十呎深的地窖，落在一堆乾草上。梅里亞格蘭斯下令藏起一匹馬，又回到王后那兒告訴她，她的戰士已經騎馬離開了。大家都知道藍斯洛常常無故消失，而這個習慣為這故事染上幾分真實色彩。對梅里亞格蘭斯來說，這似乎是一種保證上帝不會在這場爭執中站錯邊的方式，因為梅里亞格蘭斯自身的是非標準也已陷入混亂。

第四十四章

第二次戰鬥審判和馬鐸那一場同樣聳人聽聞。首先，藍斯洛在最後一刻到來，這回還比上一次更迫近最後時限。他們已經等到放棄，並說服拉文爵士代他上陣。拉文爵士騎馬進入競技場時，那個偉大的男人騎著一匹白馬（那是梅里亞格蘭斯的馬）全速衝來。他一直被關在地窖裡，直到今早才被人放出來——那個幫他送飯的女孩最後趁主人不在時放了他，代價是一個吻。他心中因為某些複雜的顧忌掙扎著該不該給那個吻，不過最後決定，一個吻也無妨。

梅里亞格蘭斯在第一輪交鋒時便坐在地上，拒絕起身。

「我認輸，我完了。」他說。

「起來，起來。你根本沒在打。」

「我不打。」梅里亞格蘭斯爵士說。

藍斯洛困惑地看著他。為了他的馬和地板活門的陷阱，這人都欠他一頓好打。不過他也知道，這個男人的指控實際上是真的，而他並不想殺了對方。

「饒命！」梅里亞格蘭斯爵士說。

藍斯洛的視線轉向王后的帳棚。她坐在那裡，受到王室侍衛官監護。由於他戴著一頂巨大的頭盔，沒人看到他徵詢的眼神。

然而桂妮薇看到了，或說她的心感受到了。她將手伸出包廂，拇指朝下一比，並且偷偷往下戳了好幾下。她認為梅里亞格蘭斯是個危險人物，不殺他，後患無窮。

競技場中一片死寂，所有人都向前探去，看著那兩個戰士，屏息以待，像是一圈等待獵物死去的兀鷹。人人都在等「慈悲的最後一擊」，就像羅馬競技場或西班牙鬥牛場裡的群眾，而且人人都認為藍斯洛會這麼做。在他們看來，梅里亞格蘭斯的指控要比馬鏵的指控嚴重得多；而他們也像桂妮薇那樣，覺得他死有餘辜。在那年代，愛情所受到的規範與現在不同：具有騎士精神、成熟、長遠、有宗教性，而且幾乎是柏拉圖式的，所以不可任人隨意指控。現代人的愛情有時從開始到結束只歷經一個星期，但是在那年代可不是如此。

旁觀的眾人看著藍斯洛在那男人面前猶豫不定，又聽到他在頭盔裡面說話。他正提出某種建議。

「如果你起身，好好和我打，至死方休，我會讓你幾步。我會脫掉頭盔，卸除我身體左側的武裝，我不會拿盾牌，並把左手綁在背後。這樣就公平了吧？如果我這麼做，你要起來和我打嗎？」

梅里亞格蘭斯爵士發出某種高亢而歇斯底里的尖叫，之後大家看到他爬向國王的帳棚，做出幾個猛烈的手勢。

「別忘了他說的，」他咆哮道。「每個人都聽到他說的話了，我接受他的條件，別讓他食言！左邊沒有鎧甲、沒有盾牌、沒有頭盔，而且左手要綁在後面。大家都聽到了！大家都聽到了！」

國王大叫：「停！等一下！」於是傳禮官和紋章王官下到競技場來，梅里亞格蘭斯也閉上嘴。每個人都為他感到羞愧。在這陣令人不安的寂靜中，他低聲喃喃抱怨，並且堅持要有人去監看那些條件是否確實做到。同時，有幾隻勉為其難的手在為藍斯洛爵士卸甲，綁起他的手。這些讓步實在太過分了，他們覺得自己猶如把深愛的人推去刑場的幫凶。當他們綁好藍斯洛，把劍遞給他時，他們粗魯地拍拍他，將他推向梅里亞格蘭斯，別開了臉。

沙質的競技場上光芒一閃，彷彿有條鮭魚躍過河中的阻礙物，那是半身無防備的藍斯洛發動攻勢，當他進攻時，場景喀噠喀噠地換了——就像萬花筒內影像變換時所發出的喀噠喀噠聲。原本是梅里亞格蘭斯進攻，現在變成了藍斯洛。

梅里亞格蘭斯爵士被馬拖去場外時，頭盔和頭顱都被砍成兩半。

第四十五章

好了，這個冗長的故事告訴我們，那個來自班威克的外國人如何贏得桂妮薇王后的芳心，如何為了他的上帝離她而去，最後又無視禁忌回到她身邊。這是個古代的愛情故事，那時成年人仍真誠相愛；它並非現代的愛情故事，沒有青少年追逐電影中的墮落激情。這些人掙扎走過四分之一個世紀才有所了悟；現在，他們來到人生中初秋溫暖的時節。藍斯洛將他的上帝獻給了桂妮薇，而她則以她的自由回報。至於伊蓮，她在這一團混亂當中所扮演的，不過是個無足輕重的插曲。如今，她也得到了她的平靜。而亞瑟，以個人觀點來看，他是這個三角關係當中最不幸的，但也並非全然只有不幸。梅林沒有讓他成為一個享受私欲的人，他被教養成一個要享受王室之樂的人，他要享受的是一個國家的繁盛。在他們遲暮之年，因為藍斯洛那兩場轟動一時的勝利，國家又恢復興盛。那些風尚、現代作風，以及圓桌中心的腐敗都藏起來了，而他重新施行偉大的想法。他發明法律，以此作為權威。亞瑟並沒有公報私仇。他讓自己遠離桂妮薇和藍斯洛的痛苦，下意識地相信他們不會讓他察覺此事。他的動機不是恐懼，也不是姑息，而是無上的高貴。國王握有權柄，身為丈夫，他只要一聲令下，就能在劊子手的斷頭臺或火刑柱上解決這永恆的三角習題。他的妻子和她的愛人就在他指掌之間，這才是他慷慨的內心決定繼續無知無覺的理由，絕不是怯懦。

這段生命的初秋溫暖時期在他們掌握之中，謠言平息了，也不再有無禮行徑。奧克尼一族只能低聲喃喃自語，疏遠得幾乎可以說是私底下的抱怨了。在修道院的寫字間和貴族城堡中，抄寫員在彌撒書和騎士專論上龍飛鳳舞，繪圖員則描繪字首字母，並小心畫出紋章盾徽。金匠和銀匠揮著小鎚子鎚出金箔，將金線彎曲，在主教的權杖上鑲嵌複雜至極的交錯圖案。漂亮的女士養知更鳥或雀鳥當寵物，非常努力教喜鵲說話。有先見之明的主婦在櫃子裡裝滿糖蜜，好在家人因惡氣染疾時充作藥物，並儲藏一種治療風溼的自製藥膏，以及用來嗅聞的麝香丸子。為了預備四旬齋，他們買來椰棗、綠薑杏仁茶和四先令六便士的鯡魚，用馬匹載運。各家鷹匠辱罵彼此的鷹隼，直到他們滿意為止。由於強權年代已過，律師在新法庭像蜜蜂般忙碌，提出各種令狀，有褫奪公權、大法官法庭、合同協定、侵占、扣押、查封、收買陪審團、緊急事故、財物扣押、贍養義務、具保領回、過路權、聽訟法庭、清償債款、遺產占有、是非之辯、贊成反對、初夜權，並且找出適用的法條。小偷可能偷竊價值一先令的物品而處以吊死（這是真的），因為當時法律修訂仍不完備，而且混亂；不過，一先令可以買到兩隻鵝、四加侖葡萄酒或四十八條麵包，對小偷來說是筆難以處理的大錢，只要想想這一點，或許這條法律聽起來也沒那麼糟。鄉間小徑上只有出身並不高貴的情侶，他們互環著彼此的腰，走在日落餘暉中，從後面看起來就像字母X。

亞瑟的格美利一片和平；和平的快樂在藍斯洛和桂妮薇眼前綿延開展。但是，這張拼圖還有第四個角落。

上帝是藍斯洛的圖騰。祂在他們的戰爭當中扮演另一個人，現在，祂終於選擇跨越那條小路。那個看著壺盔的小男孩，那個夢見井水總是從他脣邊溜走的男孩，有個雄心壯志，就是希望能行一般的奇蹟。他已經施行一次奇蹟，從澡盆裡救出伊蓮，當時他是全世界最優秀的騎士——而他在那個可怕夜晚中了伊蓮的陷阱後，便破壞了自己的禁忌。四分之一個世紀的時間，他都悲哀地想著那晚，這份哀傷也在整趟尋找聖杯的探險伴隨著他。事發前，他認為自己是上帝的臣民；但在那之後，他就成了一個騙局。現在，時間總算到了，他即將面對自己的厄運。

有個來自匈牙利的騎士，名叫烏利爵士，他在七年前一場比武大會中受了傷。當時他和一個叫阿法格斯爵士的人對戰，雖然殺了對方，身上卻也留下好幾道傷口：頭上三道、身體和左手則有四道。已故阿法格斯的母親是個西班牙女巫，她對匈牙利的烏利爵士下了詛咒，讓他身上的傷口全都無法癒合，會反覆不斷流血，直到全世界最優秀的騎士來照看這些傷口，用他的雙手癒合傷口。

一直以來，匈牙利的烏利爵士讓人背著走過一個又一個國家（或許他患的是某種血友病），找尋最優秀的騎士幫助他。最後，他勇敢地穿過海峽，來到陌生的北方國度。每個地方、每個人都告訴他，他唯一的機會就是藍斯洛。最後，他前來尋求藍斯洛。

亞瑟總是能感受到每個人身上最好的特質，他非常確定藍斯能做到這件事，只是他也覺得，圓桌所有的騎士都應該有機會試試才公平。或許會找到一個深藏不露的高手，以前也發生過類似的事。

適逢聖靈降臨節，宮廷的人當時都在卡利西，每個人都應該在鎮上的草地聚會。烏利騎士被人用擔架帶到那裡，躺在金布做成的枕墊上，好讓診療開始。一百一十名騎士（另有四十名在外探險）穿著各自最好的衣服，依序繞著他站成一圈，地上鋪著地毯，並設有給貴婦人在旁觀看的帳棚。亞瑟對藍斯洛十分厚愛，為他安排華麗的陳設，好迎接即將到來的無上成就。

這是藍斯洛爵士之書的終章，現在我們要看的，是他在本書裡最後一次現身。他躲在城堡的馬具室裡，從裡頭向外窺探。房間裡有許多皮製韁繩，整齊地掛在馬鞍和鮮亮的馬嚼之間。他發現那些皮繩很強韌，撐得住他的重量。他躲在那裡等待，祈禱快點有人（或許是加瑞斯？）能行此奇蹟，如果沒有，也讓他們忘了他吧，他祈禱不會有人注意到他的缺席。

你認為做個全世界最優秀的騎士是件好事嗎？想一想，然後，也想想你要如何捍衛這個名號。想想那些考驗，那些一再重複、冷酷無情、會傳出醜聞的考驗，它們會日復一日找上你，直到失敗之日，同時也是死去之時。再想想，你知道自己失敗的原因，那是你不欲人知的事，是你二十五年來哀傷地想隱瞞或忽視的事。試想，現在你就要走出去，在目前集結人數最多、地位最尊貴的觀眾面前，公開宣告你的罪行。他們期待你會成功，但你會失敗：你要公布你說了四分之一個世紀的謊言，而他們馬上就會知道原因——你一直想藏起可恥的理由，連自己也不願知道。但是，你在空寂的斗室中，這些事就會鑽出來，會刺激你，讓你晃動著頭，像是想把它扔出去。很久以前開始，你就一直想施行奇蹟，只有心地純潔的人才做得到。外面的人正等著你行使這項奇蹟，因為你之前讓他們相信你心地純潔——但是現在，背叛、通姦和謀殺正把你的心像一塊布那樣扭絞著，你要走到陽光之下，測試你的榮譽。

藍斯洛站在馬具室裡，臉色慘白如紙。他知道桂妮薇就在外面，她的臉色也和他一樣蒼白。他絞著手指，看著強韌的韁繩，盡其所能地祈禱。

「瑟佛斯．勒布烏斯爵士！」傳禮官傳喚著，瑟佛斯爵士隨即踏步上前，他是在那張競爭名單中排名相當後面的騎士，個性害羞，唯一的興趣是自然史，終其一生未曾與人對戰。他走向那個只要別人一碰就會痛苦呻吟的烏利爵士，跪了下來，盡力而為。

「歐茲納．勒寇爾．哈迪爵士！」

如此這般進行下去，整張名單有一百一十人；馬洛禮以合適的順序記下所有這些華麗的人名，所以你幾乎可以看見他們沉重的鋼片甲衣上的漂亮切割、盾徽的色調，以及每個羽飾的鮮亮色彩。那些用羽毛裝飾的頭部讓他們像是印地安勇士。他們行進時，足甲的金屬片鏘啷作響，在馬刺上敲出堅實、令人振奮的聲音。他們跪下，烏利爵士縮了一下身軀，沒有成功。

藍斯洛並沒有用馬韁繩上吊自殺。他已經破壞他的禁忌，欺騙他的朋友，回到桂妮薇身邊，並且在一場錯誤的爭執中殺了梅里亞格蘭斯爵士。現在他準備接受懲罰了，他走過那條長長的大道，兩旁都是在陽光下等待的騎士。他不想引人注目，結果卻讓自己成了最醒目的最後一人。他在那些好奇的顯要人物中繼續前進，還是一樣醜陋、懷疑自我、羞恥，老將就要滅亡。莫桀和阿格凡也向前移動。

藍斯洛跪在烏利身前的時候，他對亞瑟王說：「我有必要在所有人都失敗之後行使嗎？」

「你當然得做。這是我對你的命令。」

「既然你下令，我就得做。但是，在所有人都失敗之後……這實在太傲慢了。我不能拒絕嗎？」

「你這樣想是不對的，由你來試絕對不算傲慢。如果連你都做不到，就沒有人做得到了。」國王說。

烏利爵士現在已經十分衰弱，他用手肘撐著身體坐了起來。

「拜託，我來這裡，就是要請你做這件事。」他說。

藍斯洛眼中含著淚水。

「噢，烏利爵士，如果我做得到，我當然很願意幫你。但是你不了解、你不了解。」

「看在上帝的分上。」烏利爵士說。

藍斯洛看向他認為上帝所在的東方，在心中自言自語。他大概是這麼說的：「我不想要榮耀，但能否請保有我們的正直？看在這位騎士的分上，如果願意治癒他，就請這麼做吧。」接著他要烏利騎士給他看他頭上的傷。

桂妮薇在她的帳棚中，像隻老鷹般看著那兩個男人笨拙地搜索著。之後她看見附近的人群動了，傳來一陣低語，繼而是歡呼。男士開始扔帽子、大叫、握手。亞瑟一再喊著某些相同的字眼，他抓住大老粗加文的手肘，把話不斷塞進他的耳朵裡。「傷口像盒子一樣合起來了！像盒子合起來了！」幾個年長的騎士繞著圈圈跳起舞，把盾牌弄得砰砰作響，像是在玩「豌豆布丁燙[1]」遊戲，互相戳著對方的肋骨。許多侍從瘋了般地笑著，互拍對方的背部。波爾斯爵士親吻了愛爾蘭的安貴斯國王，後者也回以一吻。而驕縱的王子——加拉哈特爵士滾倒在自己的劍鞘上。慷慨的貝勒斯爵士在許久以前的一個夜晚，在一頂紅色絲質帳棚旁被藍斯洛切開肝臟，但他並不記恨，現在他用雙手拇指抓住一根草葉邊緣，吹出可怕的噪音。貝第維爵士自從見了教宗，便深深悔過，喋喋不休說著幾根聖骨的事，那是他去朝聖帶回來的紀念品，上面用彎彎曲曲的字體寫著「來自羅馬的禮物」。布利昂爵士仍然記得他那位個性溫和的野人，他擁抱了卡斯特爵士，後者從來就不曾忘記那位異鄉騎士頗有騎士之風的斥責。仁慈又善感的阿格洛法是寬恕派林諾家宿怨的人，他真心地與英俊的加瑞斯擊掌；莫桀和阿格凡皺起眉頭。馬鐸爵士的臉紅得像是隻公火雞，與匿名回來的毒殺者皮內爵士言歸於好。佩雷斯國王到處承諾，說他要送藍斯洛一件新斗篷；頭髮花白的戴普大叔已經老得令人難以置信，正試著要跳過他自己的手杖。帳棚的布幕放下，旗子在風中招展，而歡呼聲一回又一回響起，聽來像是猛烈的砲火或雷聲，繞著卡利西的塔樓轉。廣場四處和其中眾人，以及城堡中所有的高塔，看起來都像是在雨中上下起伏的湖面。

人群當中，沒有人注意到，她的愛人獨自跪了下來。那寂然不動的身形知道一個祕密，一個沒有人知道的祕密。真正的奇蹟是上帝允許他行了奇蹟。「之後，藍斯洛爵士哭了，彷彿是個受到懲罰的孩子。」馬洛禮說。

1 〈*Pease Pudding Hot*〉，英國童謠。

第四部

風中燭

「他稍稍想了想，便說：『我發現動物園對我許多病人有療效。我該給龐提非先生開個大型哺乳類動物的處方。別讓他以為他是在服藥……』」

第一章

歲月的增長對阿格凡頗為無情。他四十歲的相貌就和現在五十五歲看起來一樣老了。他鮮少有清醒的時候。

而莫桀這冰冷細瘦的男人，看起來一點也沒有老態。他的年紀模稜兩可，就像他那對藍眼睛的深度，以及他音樂般嗓音的抑揚頓挫。此刻，這兩人駐足在卡美洛奧克尼宮裡的方庭迴廊，他們看著陽光下的鷹鳥棲息在綠色庭園的橫木上。這座方庭迴廊有著新式的火焰形拱門，而在這優雅的框架中，神態高貴漠然的鷹鳥看起來十分顯眼——這裡有一隻矛隼、一隻蒼鷹、一隻遊隼和她的雄隼，以及四隻小灰背隼。這四隻小灰背隼養了一整個冬天，都活了下來。橫木很乾淨——對熱衷戶外運動的人來說，如果要參與這種血腥運動，就有義務小心隱藏獸性的痕跡。所有鳥兒都飾以美麗的緋色西班牙皮革和金工裝飾，鷹鳥的皮帶用白馬皮編成，而那隻矛隼的皮帶和繫腳皮繩，則是如假包換的獨角獸皮裁製而成，是對她一生地位的讚美。她大老遠從冰島被帶來，這是他們至少能為她做的事。

「看在上帝的分上，我們離開這裡吧，這地方臭死了。」莫桀愉快地說。

他說話時，那些鷹鳥稍稍動了一下，他們身上的鈴鐺發出一陣細語般的聲響。這些鈴鐺是不惜代價從東印度帶回來的，而且矛隼身上那對鈴鐺還是銀製品。一隻有時作為誘餌的巨大雕鴞站在迴廊陰影處的棲木上，鈴響時，他睜開了眼。睜眼之前，他看起來不過是隻填充貓頭鷹，或是一團邋遢的羽毛，然而在那雙眼睛乍現之時，便成了愛倫坡筆下的生物，你完全不會想看著他。銳眼血紅，殺氣騰騰、可怕駭人，似乎還會發光，就像蘊含火焰的紅寶石。他名為大公爵。

「我什麼也沒聞到。」阿格凡說。他疑心地嗅著，想要聞出些氣味，不過那塊負責嗅覺與味覺的上顎已經廢了，而且，他正在頭疼。

「是『運動』的臭味，」莫桀特別加重語調。「還有『合宜行事』與『好人』的臭味。我們到花園裡吧。」

阿格凡執意要回到他們原先討論的話題。

「不用為了這種事心煩，我們知道是非對錯，但是別人不知道。沒有人會聽我們的。」他說。

「但是他們一定要聽。」莫桀眼睛虹膜上的小斑點燒出藍綠色的火焰，和貓頭鷹的眼睛一樣明亮。他不再是那個肩膀曲斜、衣著華麗的浮誇男子，反而成了一切的肇因。在這方面，他完全無法與亞瑟妥協；他可以說是和那個英格蘭人徹底相反，互相對立。他變成了所向無敵的蓋爾人，他是比亞瑟一族更古老、更奧祕的滅絕民族所遺下的子孫。而今，當他對這一切的肇因燃起怒火時，亞瑟的新法顯得既中產階級又魯鈍；與匹克特人原始而野性的智慧相比，似乎只是一種愚蠢的自我滿足。他唾棄亞瑟時，他的母系祖先群集而至，顯現在他臉上。那些祖先的文明和莫桀一樣，也都來自母系家族，他們騎無鞍馬、駕雙輪戰車、戰鬥時講究策略，並用敵人的頭顱裝飾他們猙獰的堡壘。他們蓄長髮，模樣凶猛，有位古代的作家描述他們行軍的模樣：「手中持劍，與洶湧的河水或暴風雨中澎湃的海洋對抗。」而今他們的民族本性展現在愛爾蘭共和軍身上，而非蘇格蘭民族主義分子，他們不斷殘殺地主，又怨怪那些地主遭人謀害。這個民族會把林奇豪恩這樣的人當成國家英雄，原因是他咬掉了一個女人的鼻子，而那女人屬於戈爾家族；這個民族被歷史的火山驅逐到世界遙遠的角落，他們在那裡懷抱惡毒的牢騷與自卑，甚至至今仍公開表露他們自古相傳的自大。他們是天主教徒，不過，如果有任何一位教宗或聖徒（亞德里安、亞歷山大[1]或聖傑羅姆[2]）的政策不合他們的意，他們會當著聖徒的面直接掉頭走人；這些破碎遺產的守護者不但歇斯底里、暴躁抑鬱，而且飽受責難。很久很久以前，以亞瑟為代表的外來者降服了這個野蠻、狡猾又英勇反抗的民族。而這便是這位父親和他兒子之間的一道障礙。

阿格凡說：「莫桀，我得跟你聊聊。好像沒地方坐了，你就坐在那東西上面吧，我坐在這裡。沒人聽得到我們說話。」

「就算他們聽到，我也不在乎。我們就是要讓他們聽到。應該要大聲說出這件事，而不是在迴廊竊竊私語。」

「這些耳語最後還是會傳出去。」

「不，不會的。他們不會把話傳出去。他不想聽，所以，就算我們有什麼耳語，他也可以一直假裝聽不到。如果你當英格蘭王這麼多年，你不會不知道要怎麼虛偽行事。」

阿格凡覺得不大自在。他對國王的恨意不如莫桀來得真實。事實上，除了藍斯洛以外，他不特別反對哪個人。他的惡意比較像是隨機產生的。

「我認為，抱怨過去發生的事沒什麼好處，如果每件事都這麼複雜，年代又久遠，我們沒辦法期望其他人會站在我們這一邊。」他陰鬱地說。

「或許這事年代久遠，不過無損亞瑟是我父親的事實，也改變不了他想把還是個嬰兒的我，放在船中隨流水漂走的事實。」

「對你而言，或許改變不了什麼，」阿格凡說：「不過對其他人來說，情況就不同了。根本不會有人在乎這麼混亂的事，你不能期待一般人會記得那些祖父或同母異父姊姊這類事。無論如何，現在大家不會為了私仇就開戰，你需要的，是一種民族間的仇怨，得跟政治有關，而且正蓄勢待發，你得利用那些唾手可得的工具。比如說，那個篤信共產主義的約翰．鮑爾[3]，他有上千名支持者，他們各有目的，但隨時會在暴動中協助他。或者是撒克遜人，我們可以說我們支持民族主義運動，如此我們就可以加入他們，以民族共產主義為藉口。總之得要廣泛又普遍、所有人都能感同深受的名目才行。我們反抗的對象一定要人數眾多，比如猶太人、諾曼人或撒克遜人，才能讓大家都義憤填膺。或是，我們可以當先住民的領袖，向撒克遜人聲討正義；或是成為撒克遜人的領袖，對抗諾曼人；或者當農奴的領袖，反抗上流階級。我們要有一面旗幟，對，還要有個徽章。你可以用希臘十字。或是像共產主義、民族主義之類的也行。不過，如果只是你和那個老人之間的個人私怨，沒有用的。不管怎麼做，你都得先花上半小時解釋狀況，就算你爬上屋頂大吼也一樣。」

「我可以咆嘯著說，我母親是他姊姊，而他為了這個緣故想讓我溺死。」

「隨便你吧。」阿格凡說。

那隻雕鴞醒過來前，他們正在談論一些他們家族早年蒙受的苦難──他們的外祖母伊格蓮，她被亞瑟的父親糟蹋；還有蓋爾族與高盧族久已沉湮的宿怨，這是他們那隻母獸在古老的洛錫安給他們的教導。以阿格凡冷血的性格

1 歷史上多位教宗均以亞德里安（Adrian）和亞歷山大（Alexander）為名。

2 St Jerome（約 347-420），將希臘文和希伯來文聖經譯為拉丁文的聖徒，在神學領域有重要貢獻，除了翻譯也增加許多註解，該版聖經至今仍是羅馬天主教的重要經典。

3 約翰．鮑爾（John Ball, 1338-1381），一三八一年，英格蘭因百年戰爭導致國庫空虛，因此徵收人頭稅，再加上當時黑死病流行，農民的遷徙受到限制，最後引發大規模的農民起義（Peasants' Revolt），領頭的三名領導者之一就是約翰．鮑爾。這次事件最後為理查二世鎮壓，鮑爾被處以絞刑。

看來，這些不公不義都太過遙遠、混亂，不足以當成對付國王的武器。現在，他們談到最近期的一項屈辱——亞瑟與他同母異父的姊姊所犯下的罪，最後竟想要以謀殺他們的私生子來了結。這當然是比較強大的武器，問題是，莫桀就是那個私生子。這位兄長的腦袋比較狡猾，而他的怯懦告訴他，身為人子，很難以自己私生子的身分為號召來推翻父親。此外，亞瑟很久以前就讓所有人都三緘其口了；現在由莫桀重提此事，似乎不是個好主意。

他們默然對坐，盯著地板。阿格凡並不是很健康，兩眼底下都有眼袋。莫桀一樣瘦，擁有最流行的纖細體型，身上誇張的服裝是很好的偽裝，讓人幾乎看不出衣服底下的歪斜肩膀。

「我並不覺得光采。」他說。

他痛苦地看向同母異父的兄長，目光中的弦外之音溢於言表。他用自己的眼睛訴說：「那麼，看看我的駝背吧，我沒有理由為我的出生感到光采。」

阿格凡不耐煩地站起來。

「總之我得喝一杯。」他一邊說，一邊拍手叫來見習騎士，然後將顫抖的手指橫在眼皮上，疲倦地站著，帶著嫌惡之情看著那隻貓頭鷹。等酒來的時候，莫桀輕蔑地看著他。

「如果你去耙那堆老糞，」阿格凡說，香料甜酒提振了他的精神，「你會把自己惹得一身臭。你得記住，我們不在洛錫安，是在亞瑟的英格蘭，而他的英格蘭人愛戴他。要嘛他們不相信你，要嘛他們雖然相信你，但他們責備的卻是你而不是他，因為是你挑起事端。肯定不會有誰追隨這場謀反行動。」

莫桀看著他。此時他就像那隻鴞一樣恨阿格凡，並在內心譴責他的懦弱。他無法忍受有人阻礙他復仇的白日夢，他在腦中發洩他對阿格凡的恨意，並告訴自己，這個異父兄長不過是家族裡一個醉醺醺的叛徒。

阿格凡看出莫桀的心思，露出笑容，這時他已經喝了半瓶酒來安慰自己。他拍著莫桀健康的那一邊肩膀，要這個年輕人斟滿他的酒杯。

「喝吧。」他說，然後吃吃地笑了起來。莫桀喝著酒，看起來像是隻被下了藥的貓。

「你可曾聽說，」阿格凡滑稽地問，「有個很厲害的聖人叫藍斯洛？」

他眨了眨一隻泡泡眼，以一種仁慈的表情俯看莫桀的鼻子。

「繼續說。」

「我想你一定聽過我們那位英勇的騎士。」

「我當然知道藍斯洛爵士。」

「如果我說這位純正的紳士讓我們兩個都落過一兩次馬，應該沒錯吧？」

「藍斯洛第一次讓我落馬，」莫桀說：「已經是很久以前的事了，久到我都不記得是何時。不過那一點意義也沒有。有人能用一根棍子把你推下馬，不代表他比你優秀。」

很奇怪，提到藍斯洛，莫桀原本激動的情緒突然變得無所謂；而阿格凡原本有些不情不願，現在則愈說愈順。

「對極了。而且我們這位高貴的騎士一直以來都是英格蘭王后的愛人。」他說。

「早在大洪水以前，大家就知道桂妮是藍斯洛的情婦了，那又如何？國王也知道啊。就我所知，國王被告知三次了。我看不出來我們有什麼辦法。」

阿格凡把手指放在鼻子旁邊，看起來像個喝醉酒的風笛手，他對弟弟搖了搖手指。

「是有人告訴他，不過都講得很迂迴。他們暗示著他，像是在盾面畫上雙關意義的圖案，或是只有忠貞的妻子才能使用的角杯。不過，沒有人公開在宮廷當面告訴他。梅里亞格蘭斯的指控並不完整，而且還是戰鬥審判時說出來的。想想看，要是我們直接告發藍斯洛，在新法制度下會發生什麼事？這樣一來，國王就不得不去調查了。」

莫桀的眼睛亮了，就像那隻鴞的眼睛。

「喔？」

「除了離間他們，我看不出還有別種可能。亞瑟仰賴藍斯洛，作為他的司令官和軍隊的主腦。那是他的權力來源，因為每個人都知道，殘暴的力量無人可匹敵。不過，如果我們可以在亞瑟和藍斯洛之間，挑起因王后而起的有趣小誤會，他們的力量就會散開。接著就是運用手段的時候了，然後輪到羅拉德派、共產主義分子、民族主義分子和所有這類不滿的烏合之眾上場，最後，你就可以展開你那鼎鼎大名的復仇了。」

「我們可以讓他們失和，因為在他們之間已經出現裂痕了。」

「不過這之中還有更大的意義。」

「這意味著，我們康瓦耳人會為外祖父討回公道，而我會為母親討回公道……」

「……而且不用硬碰硬，只是用點智力。」

「也就是說，我可以為我自己向那男人復仇，因為他想把當時還是個嬰兒的我淹死……」

「……只要先揭穿那個惡霸幹的好事，並且小心行事。」

「暗算我們那位聲名遠播的藍色藍斯洛……」

「……暗算藍斯洛！」

情況是這樣的（或許也是最後一次詳細解說了），亞瑟的父親為了享有對方的妻子，殺了康瓦耳伯爵。伯爵被殺的那晚，不幸的伯爵夫人便懷了亞瑟。他倉促的出生，使得許多婚喪喜慶種種習俗措手不及，所以他被祕密送到野森林城堡，由艾克特爵士撫養。他長成一個十九歲的年輕小夥子，對父母仍一無所知。那時他遇上了摩高絲，卻不知道她是他其中一個同母異父姊姊，是伯爵夫人與那位被殺害的伯爵所生的孩子。他這位同母異父姊姊，當時已經是加文、阿格凡、加赫里斯與加瑞斯的母親，年紀比這位年輕國王大上兩倍——而她成功地引誘了他。他們結合所生下的孩子就是莫桀，他在蠻荒遙遠的外島，獨自在他母親身邊長大成人。成長過程，他一個人待在摩高絲身邊，因為他比家族其他成員年輕得多。其他人早已飛奔至國王的宮廷——他們不是受到野心所驅使（那裡是全世界最偉大的宮廷），就是希望逃離他們的母親。莫桀被留下來，受她支配，與她心中對國王的怨恨為伴，她的怨恨不只承襲自祖先，也與個人情感有關。因為，雖然她設計引誘青年時期的亞瑟，但他從她身邊逃走，並且娶桂妮薇為妻，安定下來。而摩高絲帶著那個被留在身邊的孩子，在北方盤算著，她專注地將母親的力量加諸在那個駝背的孩子身上。她一下子愛他，一下子又忽略他，她是隻貪得無饜的肉食動物，以狗、孩子和情人對她的愛維生。最後，她其中一個兒子在嫉妒的風暴中砍下她的頭，因為他發現七十歲的她在床上和一個叫拉莫瑞克爵士的年輕男人在一起。她被暗殺，莫桀也有份，身處於可怕家庭的愛恨之間，困惑不已。而今在宮廷裡，他父親處心積慮要隱瞞他的出生背景。這不幸的兒子發現，他的身分被認定為是加文、阿格凡、加赫里斯、加瑞斯的兄弟，也發現母親要他全心憎恨的國王父親卻是和善相待；他發現，對於一個太過簡單直接、無法接受純粹智力評判的文化來說，他是個殘缺、聰明又好批評的人；最後他發現，他繼承的是北方的文化，與南方魯鈍的道德文化永遠水火不容。

第二章

為阿格凡爵士拿香料甜酒的見習騎士從迴廊門走進。他以誇張的宮廷禮鞠了兩次躬（這是騎士修行過程中，見習騎士成為候補騎士之前應行的禮儀），然後高聲道：「加文爵士、加赫里斯爵士、加瑞斯爵士到。」

三兄弟跟在他身後，喧鬧地談論著戶外活動和各自近況。現在整族都到齊了。除了莫桀之外，他們都有妻子，不過被藏在某處，沒人見過。這群兄弟闊別已久，他們相聚時會做些很孩子氣的事，這些事還滿有趣的，不至引人反感。或許在亞瑟的故事裡，所有戰士都帶有某種稚氣——如果單純坦率與稚氣是同義詞。

家族之長加文領頭走來，一隻隼停在他的拳頭上，身上還披著不成熟的羽毛。如今，這個體格結實的傢伙滿頭紅髮已然斑白，耳上毛髮則是雪貂般的顏色，帶點黃，很快就會轉白。加赫里斯看起來很像他，或者說，至少他是眾兄弟中和他最相像的，只不過他是個比較溫和的複製品，髮色沒那麼紅、身體沒那麼強壯、體格沒那麼魁梧、個性沒那麼頑固。事實上，他還有點傻氣。純正奧克尼血統的所有兄弟中，加瑞斯年紀最小，身上還保留著青春的蹤跡。他走起路一跳一跳的，彷彿正享受著生命的愉悅。

「嘖！」加文粗啞的聲音在門邊響起。「已經在喝酒了嗎？」他仍保有外島口音，拒絕說純正英語，不過已經沒再用蓋爾語思考了。雖然有違自身的意志，他的英語還是有所進步。他愈來愈老了。

「這個嘛，加文，是啊。」

阿格凡知道有人不贊成他這番午前小酌，於是有禮地問道：「你今天好嗎？」

「不壞。」

「今天很棒，」加瑞斯說，「我們帶她去和藍斯洛的候隼[1]一起高空獵擊，她真的很伶俐，我從沒想過，她沒有袋狐[2]也辦得到！加文把她調教得很好，沒有半點猶豫地往下撲，就好像她一直以來的目標就是那隻蒼鷺似的。她先漂亮地繞著白堡旁新堆的乾草飛了一圈，接著在朝聖路的加尼斯側搶到他的上方。她……」

加文發現莫桀故意打起了呵欠，便說：「你可以把你那口氣省下來。」

「真是一趟美好的飛行。」他下了一個不甚有說服力的結論。「既然她有能耐抓到獵物，我們應該為她取名。」

「你都怎麼叫她？」他們紆尊降貴地問道。

「既然她是從藍迪來的，以藍斯洛來為她命名是個不錯的主意。我們可以叫她藍斯洛姐之類的。她會是隻一等一的遊隼。」

阿格凡瞇著眼看加瑞斯，緩緩說：「那你最好叫她桂妮。」

加文從中庭走了回來，他剛把那隻遊隼放在她的棲木上。

「別說了。」他道。

「如果我說的不是事實，那我道歉。」

「我不管是否為真。我要說的是，你要管住你的嘴。」

1 原文為 passager，此指在遷徙途中被捕獲的遊隼。

2 bagman 或 bagfox，裝在袋中，日後放到獵場給犬隻追捕的狐狸。

「加文真是位『英勇的騎士』，」莫桀對著空氣說：「如果誰說了什麼不好的話，就會惹上大麻煩。你看，他真強壯——而且，他在模仿偉大的藍斯洛爵士。」

那名紅髮男子威嚴地轉向他。

「我不算是很強壯，兄弟，而且我不打算利用這點優勢。我只想要我的人民表現正派。」

「當然，與國王的妻子睡覺是正派的表現，還有，即便國王的家族擊垮我們的家族、讓我們的母親懷了孩子、又想把他淹死，都算是正派。」阿格凡說。

加赫里斯抗議：「亞瑟一直都對我們很好。拜託，不要再發這些牢騷了。」

「那是因為他怕我們。」

「我不明白亞瑟幹麼要怕我們，」加瑞斯說，「藍斯洛可是站在他那邊的，我們都知道他是全世界最好的騎士，可以擊敗任何人。不是嗎，加文？」

「我個人不想談這件事。」

加文的高傲口氣激怒了莫桀，他突然對哥哥們爆發怒火。

「很好，但我想談。在長矛比試上，我可能是個差勁的騎士，不過我有勇氣為我的家族和權益挺身而出。我可不是偽君子。宮廷裡每個人都知道王后和最高司令官是一對愛侶。我們應該成為純潔的騎士，保護貴婦人，但是除了那個所謂的聖杯，所有人都對其他事三緘其口。阿格凡和我決定現在就去找亞瑟，當著全宮廷的面，親口問他王后和藍斯洛的事。」

「莫桀，」氏族首領高聲說：「你不能做這種事！這是有罪的！」

「他會的，而且我會和他一起去。」阿格凡說。

加瑞斯仍沉浸在痛苦與吃驚的情緒中。

「他們是認真的。」他斷然說出這句話。

那陣訝異平息之後，加文率先採取行動。

「阿格凡，我是一族之首，我不允許你這麼做。」

「你不允許我這麼做。」

「沒錯，我不允許。因為如果你做了，就成了個可悲的笨蛋。」

「老實的加文認為，」莫桀下了評論：「你是個可悲的笨蛋。」

這回，那個高大的傢伙像馬一般驚跳起來，轉向他。

「我沒那麼說！」他咆哮道。「你以為你是個駝子我就不會揍你，所以你占我便宜。要是你再嘲笑我，我一定揍你，瘋子。」

莫桀聽到自己的聲音響起，口氣冰冷，似乎是從他耳後傳來。

「加文，你真是嚇壞我了。你居然能說出有見地的話呢。」

當那個巨人朝他走來的時候，同樣的聲音又說：「來啊，打我啊。這樣就可以表現你的勇氣。」

「噢，住口，莫桀，」加瑞斯懇求：「安靜片刻就好，你能不能別這樣找人麻煩？」

「如果你們不蠻橫，」阿格凡插嘴道：「莫桀才不會像你說的那樣找人麻煩。」

加文像新式大砲般爆發。他轉身背離莫桀，像隻中了圈套的公牛，對他倆咆哮起來。

「我的靈魂一定是給了魔鬼。你們不能安靜、不能離開嗎？我們這個家族就是沒辦法有點安寧嗎？以上帝之名，別搞這些陰謀詭計，忘了這些藍斯洛爵士的愚蠢閒話吧。」

「這不愚蠢，我們也不會忘記。」莫桀說。

他站了起來。

「那麼，阿格凡，我們去找國王吧？還有誰要一起來？」他問。

加文擋在他們身前。

「莫桀，你不能去。」

「有誰要阻止我嗎？」

「我。」

「真勇敢啊。」那冰一般的聲音說，聲源仍然是從空中某處傳來。隨後，這個駝子移動腳步想要通過。

加文伸出他的紅色大掌，指背上長著金色毛髮，將他推了回去。同時，阿格凡也伸出長著肥胖手指的白色手掌，按在他的劍柄上。

「別動，加文。我有劍。」

「你是有劍，」加瑞斯大叫：「你這惡魔！」

這個小弟發現自己的生命赫然落入一種模式。他們被謀殺的母親、那隻獨角獸、眼前這名正在拔劍的男人，以及某個在儲藏室裡讓短劍閃耀出光芒的孩子：這讓他哭了出來。

「好了，加瑞斯，」阿格凡吼道，臉色白得像張床單。「我知道你的意思，我現在就拔劍。」

情況已然失控：他們的動作變得像木偶一樣，彷彿這些事以前都發生過——也確實發生過。加文一見到劍，就盲目地暴怒起來，他轉身背對莫桀，嘴裡迸出一連串字眼，並且拔出他一直帶在身邊的獵刀，朝阿格凡逼近——這些是同時發生的。那個胖子像是被兄長的怒火逼得採取守勢，從他面前往後退卻，用顫抖的手握住身前的劍柄。

「喂，我漂亮的小屠夫，」加文吼道：「你很清楚他是什麼意思。我們得向自家兄弟拔劍相向，因為你從來也沒饒過那些手無寸鐵的人。我用裹屍布詛咒你！拿起你的劍啊，老兄！拿起來！你是什麼意思？殺了母親還不夠嗎？該死的，你要嘛放下劍，要嘛就拿出勇氣來戰啊！阿格凡……」

莫桀拿著自己的匕首，悄悄溜到加文身後。剎那間，刀光在陰影中閃動，那隻鴞的眼睛反射出光芒；在此同時，加瑞斯跳上去阻止。他抓住莫桀的手腕大喊：「夠了！加赫里斯！把其他人看好。」

「阿格凡，把劍拿起來！加文，別管他了！」

「走開！我自己可以教訓這隻狗！」

「阿格凡，快點把劍放下，不然他會殺了你的。快點啊，老兄。別傻了。加文，別管他了。他不是認真的。

加文！阿格凡！」

不過阿格凡給了這位家族之長無力的一劍，而加文輕蔑地用刀將這一劍打偏。這個鬢髮已白的高壯老人衝上前來，攔腰抱住阿格凡。阿格凡向後一倒，壓倒放著香料甜酒的桌子，他的劍鏗啷落地，加文就壓在他身上。刀子惡毒地舉起，想完成任務，但是加赫里斯從後面抓住了刀。整個場面有一股戲劇性的靜默，所有人都一動也不動。加瑞斯抓著莫桀。阿格凡用還能自由活動的手遮住眼睛，想躲開那把刀。加赫里斯則抓著那隻復仇之手，讓它懸在半空中。

在這難分難解之際，迴廊的門再次打開，那位彬彬有禮的見習騎士如同先前那般不帶感情地宣告：「國王陛下駕到！」

所有人都鬆開了。他們放開自己原先抓著的東西，開始移動身子。阿格凡喘著氣坐起來，加文轉身背對他，抬起一隻手遮臉。

「上帝哪！」他低語道：「但願我沒有這種病態的怒火！」

國王已經來到門口。

他進門，這個長久以來都盡其所能把事情做到最好的沉靜老人來了，看起來顯然比實際年齡要老上許多。他高貴的眼睛眨也不眨地看著眼前的情景，跨越迴廊，溫柔地親吻莫桀，並對他們所有人微笑。

第三章

藍斯洛和桂妮薇正坐在日光室的窗邊。只從丁尼生之輩的作品去了解亞瑟王傳奇的現代人，會很驚訝地發現，這對眾所周知的情侶已然走過了生命的巔峰。而我們這些由羅密歐與茱麗葉這類傳統少男少女浪漫故事來解讀愛情的人，若是能回到中世紀，將會大感驚奇。在那時代，歌詠騎士的詩人會這樣描述真正的男子漢：「在天唯上帝，在地唯女神」。當時的人不與青少年談戀愛，因為他們經驗老道，有自知之明。那個年代的人以生命相愛，沒有離婚法庭和精神科醫師等便利的事物可用。他們在天堂有上帝，在人間有鍾情的女神。此外，由於獻身諸位女神的人必須奉行該神祇的誡律，所以他們的抉擇並非只基於肉體的短暫標準，也不因脆弱的肉體開始衰敗就輕言離棄。

藍斯洛和桂妮薇坐在高塔的窗邊，亞瑟的英格蘭在他們足下延伸開展，沐浴在地平線上的落日餘暉中。這是中世紀（也就是大家習稱的黑暗時代）的格美利，造就它的人，正是亞瑟。這位老國王剛登基時，英格蘭還充斥武裝貴族、饑饉與戰爭。在這個國家，有使用紅熱鐵具的神裁審判[1]，有英格蘭式的法律，還有〈紅色沼澤〉[2]這樣的無言歌。那時，但凡異國船隻所到之地，海岸上連一隻動物、一棵果樹都不會留下。後來，最後殘存的撒克遜人在沼澤和廣茂的森林中抵禦征服者烏瑟的暴政，而「諾曼人」與「貴族」也和現在印度語的「大人」成

1 Trial by ordeal，中古世紀歐洲人普遍相信神會幫助無辜者，因此受審者必須進行類似將手放入沸水等行為，若沒受傷或傷勢很快痊癒，才能證明自己無罪。

2 Morfa Rhuddlan，威爾斯民謠；同時也是地名，在威爾斯東北部克盧伊德河（River Clwyd）出口處，威爾斯人與撒克遜人曾在此地發生多次戰爭。

為同義詞。而後，勒威林．艾葛里菲[3]的頭戴著象牙王冠，在倫敦塔的長釘上腐朽。此後，你會在路邊碰上托缽的乞丐，以及左手拿著右手的傷殘人士，身旁還跟著碎步奔跑的林犬，牠也少了一根腳趾（這樣一來他們就不能在領主的林地中打獵）。亞瑟初來乍到時，這裡的農民習慣每晚把自己關在自家小屋裡，像是碰上圍城似的，在黑暗中向上帝祈求和平，屋主會重複念誦海上有暴風雨逼近時所用的祈禱文，並且加上「上帝祝福我們、幫助我們」等請求，在場其餘人都會回以「阿門」。亞瑟統治初期，你會在貴族的城堡裡發現，有人被剜去腸子，還未死透的腸子就放在他們面前燒；有人會被剖開，看是否吞了貴族的金子；有人被凹陷的鐵馬嚼子箝住嘴巴；有人倒吊，頭頂熏煙；還有人被丟進蛇坑，或者頭纏皮製止血帶，或者被塞進裝滿石頭的箱子弄斷骨頭。要了解那塊土地的模樣，只要去找那個年代的文學作品，其中杜撰著金雀花家族[4]與卡佩王族[5]之類的王族故事。傳說中的國王有的像約翰，習慣在晚餐前吊死二十八名人質；或如菲利普，有一票鎚矛軍隊保護他，這是一個用鎚矛護衛主子的暴風騎兵團；如路易，他在受刑臺砍下敵人的頭，並強迫敵營的孩童站在鮮血四濺的刑臺底下。這些都是考伊蘭的伊格夫[6]經常講述給我們聽的故事（不過後來才發現他是個冒牌貨）。之後來了一群綽號「剝皮惡棍」的大主教，把教堂權充要塞，在滿是屍骨的墓園中掘出壕溝；技巧精進的殺手開出價目表，被教堂拒於門外的人曝屍街頭，饑餓的農民嚼草根、咬樹皮，甚至互食（其中一人吃了四十八人）。他們一手燒烤異教徒（曾經一天之內燒死四十五名聖殿騎士[7]），另一手用擲石器將俘虜的頭投入被圍困的城堡。這裡有個帶頭反抗的農民領袖被鏈著身體，他不停掙扎，頭上還戴著一只燒紅的三腳架。還有個教宗抱怨不休，因為有人抓他求取贖金；那裡有另一個教宗扭個不停，因為有人對他下了毒。財寶鑄成金條，用水泥埋進城堡的牆垣，完工後再將建築師處死。在巴黎街道上玩耍的孩子玩的是治安官的屍體，其他人（有女人和老人）在受圍的小鎮牆外挨餓。胡斯和傑羅姆[8]頭戴叛教的禮冠，在火刑柱上燃燒，滋滋作響。瑞米耶日[9]的跛腳白癡順著塞納河漂流而下。在吉爾斯．德．萊斯[10]的城堡中發現了成噸的孩童屍骨，都已燒成灰燼；之前，他每年殺害兩百四十名孩童，持續了九年。一場戰役犧牲了八百名步兵的悔恨讓貝里公爵[11]失去眾望，最後連王國也丟了。年輕的聖普羅伯爵[12]學習戰爭技藝的方法是：獲得二十四名活生生的囚犯，練習用各種方式殺死他們。另一位虛構的君主路易十一，將那些討人厭的主教關在相當昂貴的籠子裡。羅伯特公爵[13]被手下的貴族冠上「偉大」之名，但教區居民則稱他是「惡魔」。亞瑟到來之前，平民百姓過著這樣的生活：有城鎮在一週內被狼群吃掉十四人；有三分之一人口死於黑死病；有人的屍體「像培根一樣」裝袋掩埋；

3 Llywelyn ap Gruffudd（1223-128）。「ap」為威爾斯語中「某某之子」的意思，故此名意為「艾葛里菲之子勒威林」。勒威林為十三世紀人物，帶領威爾斯人反抗英王亨利三世，最後被封為威爾斯親王。亨利死後，繼位的愛德華一世重與勒威林為敵，勒威林於一二八二年被俘砍頭，頭顱掛在倫敦塔上。

4 House of Plantagenet，也稱為安茹帝國，一一五四至一四八五年間，統治英格蘭及法國部分領土的王族。

5 House of Capet，九八七至一三二八年間統治法國的王族，最後一任國王是查理四世，他死後，卡佩家族絕嗣，英王愛德華三世宣稱自己有權繼承法國王位，與法王腓力六世開戰，演變為英法百年戰爭。

6 Ingulf of Croyland（?-1109），林肯郡考伊蘭修道院院長，被認為著有《考伊蘭僧院史》（*Historia Monasterii Croylandensis*），不過該書後來被證明為偽造。

7 Templar，十二世紀初期耶路撒冷的宗教性軍團，主要職責是保護朝聖者和聖墓。

8 Jan Hus（1369-1415），波希米亞王國的天主教神學士，曾任職布拉格大學。他反對當時教宗出售贖罪券的行為，最後被打為異端，判處火刑。公認為馬丁路德宗教改革的先驅。傑羅姆（Jerome）為胡斯的追隨者，在胡斯死後一年也被處死。

9 Jumièges，法國諾曼地一帶地名。

10 Gilles de Rais（1404-1440），法國貴族，聖女貞德的戰友，百年戰爭結束後被譽為民族英雄，之後他埋頭研究鍊金術，殘殺了可能多達百名孩童；部分說法認為童話故事〈藍鬍子〉以他為藍本。

11 Duke of Berry（1340-1416），法王約翰二世之子，查理五世之弟，是慷慨的藝術贊助者，但不孚人望。

12 Cunt of St. Pol，法國的休二世（Hugh II, 1083-1130）年輕時的封號，他曾參與第一次十字軍。

13 Duke Robert，諾曼地公爵理查二世之子，也是征服者威廉的父親。

有人晚上只能躲在森林、沼澤和洞穴避難；有些人活了七十年，碰上四十八次饑荒；人們仰賴那些名為「天地之主」的封建貴族，還要被不能殺生的主教拿著鐵棒痛打。他們大聲哭泣，認為基督和祂的聖徒都睡著了。「為何，」這些貧苦的人悲哀地唱著：

為何我們如此不幸？
我們一樣都是人呀。[14]

亞瑟繼承的就是這麼一個驚人的現代文明。不過，它並不是橫亙在這對情侶眼前的文明。當下，他們眼前蘋果綠的日落景象是安全的，中世紀傳說中的快樂英格蘭就在他們眼前展開，沒有那麼黑暗。藍斯洛和桂妮薇此刻所注視的，是一個注重個人的年代。

騎士的年代真是令人著迷！每個人都忠於自己，忙著實現人性的奇思異想。在他們窗前延伸的景色有種特別的風情，是由許多意料之外的人事物組成的騷亂景象，你根本不知該從何描述。

黑暗的中世紀啊！十九世紀已貼上厚顏無恥的標籤，而在亞瑟的格美利，窗外的陽光在僧院與修女院中上百塊有如珠寶的彩繪玻璃上燃燒，在教堂與城堡的尖塔上跳舞，這些建築物都是建造者真正喜愛的作品。在他們那個黑暗時代，建築是一股能在心中帶來光明的熱情，所以男人會為他的要塞取個暱稱。在人們會把投石器命名為「美麗」、「愉快」和「馬洛伊辛」（意為惡鄰居）的年代，藍斯洛的「歡樂堡」還不算太稀奇。在這個年代，為瘡所困的虛構笨蛋獅心王理查把他的城堡叫做「活潑」，而且稱為「我美麗的一歲女兒」。甚至那位傳奇惡棍征服者威廉也還有另一個小名：「大建築家」。想想那些染透了五種瑰麗色彩的玻璃，這些玻璃比我們現在的玻璃要來得粗糙，比較厚，尺寸也較小。他們對彩繪玻璃的熱切喜愛不亞於投注在城堡上的熱情，維拉爾．德．奧內庫爾[15]在旅途中受某個特別美麗的樣本吸引，因而停下來畫畫。他這麼解釋：「我是在旅途中服從召喚，來到匈牙利的土地，畫下了這扇窗，因為所有窗子裡我最喜歡這一扇窗。」想像一下那些古老教堂，裡頭的裝潢可不是我們所習慣的灰暗頹圮，這些教堂的內部色彩斑斕，牆上描繪的所有人物都踮腳站著，繡毯或巴格達織錦畫搖曳飄動。想像一下從桂妮薇的窗戶可以看見的那些城堡內部，這些城堡已經不是亞瑟登基時的陰森堡壘，裡面陳設的家具由細木工匠手工製作，而非出於一般木工；在無門的牆上，阿拉斯鮮豔柔軟的掛毯微微起伏，這些有聖丹尼斯長矛競技圖案的繡毯，雖然足以覆蓋四百多平方碼的空間，織成時間卻不到三年，很有創作的熱忱。時至今日，如果仔細觀察這些廢棄的城堡，有時還可以發現以前用來懸掛那些華麗繡毯的鉤子。各位也該記得，洛林的金匠把聖祠做成小教堂的形狀，有側廊、雕像、耳堂[16]，一應俱全，就像娃娃屋；還有，里摩日的琺瑯工匠和內填琺瑯工藝、德國的象牙雕刻家，以及愛爾蘭金屬石榴石鑲嵌工藝。最後，如果你願意想像一下那些創作藝術在我國著名的黑暗時代中所產生的激盪，你必然會揚棄書寫文化是隨著君士坦丁堡陷落才傳入歐洲的說法。在那個年代，每個國家的每座教堂執事都是文化人士，這是他們的工作。「每個字母，」一位中世紀修道院院長說：「都會在惡魔身上打出一道傷口。」早

14 原文為法文：Pourquoi nous laisser faire dommage? Nous sommes hommes coome ils sont.

15 Villard de Honnecourt，十三世紀法國藝術家，以旅行途中的素描、教堂繪畫著名。

16 Transept，十字形教堂中短軸兩邊的小廳，一譯袖廳。

在九世紀，聖皮庫耶的圖書館就有二百五十六卷藏書，包括維吉爾、西塞羅、泰倫斯和馬可比斯的著作。查理五世的藏書超過九百一十卷，所以他的私人藏書與今日的「萬人文庫[17]」等量齊觀。

那扇窗外的最後一樣東西就是人類——這是各種奇特事物的混合體，看起來閃閃發光，自以為擁有軀體與所謂的靈魂，並以最驚人的方式滿足二者的需求。有個魔法師爬上了教宗的王座，他就是西爾維斯特二世[18]，此人惡名昭彰，因為他發明了時鐘。有位虛構的法國國王羅伯特，不幸被逐出教會，結果家事的安排出了大麻煩，不但只有兩個僕人經說服後才願意幫他煮飯，他們還堅持飯後要把燉鍋拿去燒掉。一位坎特伯雷大主教曾經一怒之下將所有聖保羅大教堂的領俸執事都逐出教會，還衝進聖巴托羅繆修道院，在禮拜進行到一半時敲昏修道院的副院長，造成一陣騷動，結果他的外袍在騷動中被扯下，露出底下的鎧甲，最後他只得坐船逃去蘭貝斯。安茹伯爵夫人[19]總習慣在彌撒最後該捐獻時消失在窗外。朵蒂．德．莎蘭諾夫人拿她的耳朵當手帕用，眉毛還長到可以像銀鏈那樣垂到肩後。在虛構的愛德華一世時代，一位巴斯的主教在一般的考評後被判定不適合擔任大主教職務，因為他有太多私生子——不是只有幾個，而是真的太多；不過這位主教遠遠不及亨內伯格伯爵夫人，她突然一次生了三百六十五個孩子。

這是豐饒的年代，任何事都卯足全力去做的年代。或許是亞瑟將這個想法加諸於基督教國家，因為在梅林的教導之下，他所學習到的就是富足。

這位國王是守護騎士之道的聖徒（至少馬洛禮是如此詮釋他的形象）。他不是五世紀時穿著成套鎧甲或塗上靛藍戰彩亂跳的可悲大不列顛人，也不是那些給晚年的馬洛禮帶來許多困擾的波蘭新貴成員之一。亞瑟是騎士精神之王，騎士道的菁華可能早在我們這位好古的作者開始工作的兩百年前就已綻放。他是中世紀所有美好事物的象徵，而這些事物，都由他一手建立。

正如馬洛禮形容，在這段被不當詮釋的歷史中，英格蘭的亞瑟是文明的戰士。那個年代，騎士的農奴並不是沒有希望的奴隸，相反地，他至少有三個合法的晉升管道，其中最偉大的就是天主教會。透過亞瑟的政策協助，這教會（它目前仍是全世界免費開放給知識分子的最大團體）有如一條對底層奴隸開放的高速公路。教宗亞德里安四世原是撒克遜農民，教宗格里高利七世則是木匠之子。在受人鄙視的中世紀，只要你肯學習，就能成為世上最偉大的人。如果你相信亞瑟的文明教化與我們聞名遐邇的科學社會相比失色，那你就錯了。那個時代的科學家雖然碰巧被稱為魔法師，但是他們發明的事物和我們的發明一樣令人敬畏，只不過我們因為長久接觸，已經對他們的發明習以為常。那些偉大的魔法師，像是大阿爾伯特、培根修士和雷蒙．盧爾[20]，他們知道一些現已失傳的祕密。有一樣他們無意間發現的東西也成為重要的文明日用品，就是火藥。他們因其學問而獲得榮譽，大阿爾伯特更當上主教。有

17 Everyman Library，英美在一九〇六年開始出版的一系列平價經典書籍。

18 科學家熱拜爾（Gerbert）就是日後的教皇西爾維斯特二世（Sylvester II, 999-1003 在位），中世紀最傑出的教皇之一，發明全齒輪的機械式時鐘，還提倡農業制度，照顧農民生活。他讓各修道院的院士選出院長，而非過去由教皇派任。除了數學、天文學等研究貢獻，他也大力提倡興建學校與平民教育。

19 Countess of Anjou，傳說為亨利二世之曾祖母，來歷不明。伯爵發現妻子極少上教堂，就算去了也捐獻甚少，聽完福音就離開教堂。為了調查真相，伯爵派四名侍從強押她上教堂，輪到要奉獻時，伯爵夫人掙脫侍從的箝制，從禮拜堂的窗戶跳出去，據說當時雷聲大作，發出硫磺的難聞氣味。其後裔獅心王理查常對手下騎士提起此事以自娛，說出「既是惡魔生，應往魔道行」。

20 大阿爾伯特（Albertus Magnus, 1200-1280），道明會神父，認為神學與科學應當並存，在當時被視為自然科學領域的守門人。培根修士（Friar Bacon，即 Roger Bacon, 1219/20-1292），英國哲學家、鍊金術士，是首位詳述火藥製造流程的歐洲人。提倡實證主義，後來因推廣阿拉伯鍊金術而遭教會囚禁多年，出獄後不久去世。雷蒙．盧爾（Raymond Lully, 1232-1315），廣泛影響中世紀的神祕主義，是〈殘缺騎士〉中「神奇的盧爾」，只是姓名拼法不同。

個人叫施洗者波塔[21]，似乎還發明了電影——不過他很明智地決定不繼續發展這項技術。

至於飛行器，十世紀就有位艾森默修士實驗過，要不是在調整尾部時出了意外，可能就成功了。他的墜毀；馬姆斯伯里的威廉[22]說：「是因為他忘了調整後面的尾巴。」

即使在現代，黑暗時代也離我們不遠。至少他們為自己喝的濃烈雞尾酒取了很響亮的名字：「爆帽」、「瘋狗」、「婊子生的神父」、「天使的食物」、「龍奶」、「關門大吉」、「跨步」，以及「抬腿」。

窗外景色賞心悅目，不過有時也很奇特。我們會用樹籬圍起來的田野和風景區，他們卻是作為村落、荒地、沼澤和大片森林。謝伍德森林從諾丁漢到約克中部綿延了數百哩。這座島一直都很繁忙，忙著養蜂、忙著趕走禿鼻鴉，還要忙著趕牛犁田，說到這裡，你一定要去看看《魯特瑞爾詩篇》[23]，裡面用美麗的圖畫畫出了這些景象。那個年代，如果你喜歡奇特事物，或許有幸看到全副武裝的騎士策馬從窗外走過，你會注意到他的頭部，耳上一圈和後面的頭髮全都剃掉，頂部的頭髮則像日本玩偶那樣直豎，整顆頭看起來像是農家麵包[24]。戴上頭盔，這種頭頂堆髮的髮型就是絕佳的避震器。下一個從窗外經過的可能是個教堂執事，說不定還騎著一匹慢馬，這位的髮型恰恰與前一位騎士相反——由於教會有剃髮儀式，他的頭頂光禿一片。若想成為教堂執事，首先就要帶著剪刀去找主教。接下來，如果你想要某些奇特的人騎馬經過窗前，可能會看到一個誓言要解放上帝之墓的十字軍。當然，你已預想他的外衣會有十字架，不過你可能還沒發現，這整件事情實在讓他欣喜若狂，所以他全身上下只要有可裝戴之處，皆是那個符號。他就像剛剛當上童子軍，興奮無比，他會把十字架釘在他的紋章盾牌、外衣、頭盔、馬鞍，甚至勒馬繩上面。接著通過窗前的人可能是熙篤會[25]的庶務修士之輩，從衣著看來，你可能會認為他是個博學的人，不過事實並非如此，由於職務的關係，他其實是個文盲。他的工作是在教宗的詔書黏上封鉛，為了守住教宗的祕密，得確定他目不識丁才行。現在可能來了個撒克遜人，蓄著鬍子，頭戴類似佛里幾亞帽的帽子，作為挑釁的象徵；然後是一名來自北方蘇格蘭與英格蘭交界處的騎士，他以夜襲為生，深藍色外衣上綴著月亮和星星。在這片景致，可能會有一些煙霧從鍊金術士的風箱裡冒出來，鍊金術士是最聰明的人，想把鉛變成金子——雖然我們現在有了原子融合，離這個目標更近一些，但這項技術仍然不是今日人類所能完成的。遠處的僧院周遭，你可能會看到一列憤怒的僧侶，赤著腳，繞著僧院——不過，因為他們和院長鬧翻了，所以可能是嘴裡一邊罵，一邊頂著太陽走路。如果你往這方向看，可能會看到一座葡萄園，四周用骨頭圍起隔籬（在亞瑟統治早期，有人發現骨頭能造良好的圍籬，不管是葡萄園、墓園，甚至是堡壘的）。又，如果你往另一頭看，可能會看到一座城堡的門，看似城堡主人的絞刑架，上面釘滿了狼、熊、雄鹿等動物頭顱。遠處，從那裡往左邊去，可能正依照傑弗瑞·德·普利設立的規則進行競技會戰，紋章王官會仔細檢查那些戰士，確定他們沒把自己黏在馬鞍上，就像是拳擊賽前裁判的例行公事。在假想的愛德華三世統治期間，有個裁判在某位索斯伯里伯爵與一位索斯伯里主教決鬥的場合發現，主教的戰

---

21 Baptista Porta，即吉安巴蒂斯塔·德拉·波爾塔（Giambattista della Porta, 1535-1615），文藝復興時期那不勒斯王國的科學家，長年研究博物學、物理學、神祕學等，他將照相暗箱加以完善，並聲稱自己發明了望遠鏡。

22 William of Malmesbury（1095/96-1143），英國歷史學家，以拉丁文書寫《英王編年史》及《現代史》。

23 《*Luttrell Psalter*》，一份十四世紀的手稿，由富有的領主傑佛瑞·魯特瑞爾（Geoffrey Luttrell）委製，以圖文呈現許多聖經故事和田園生活。現藏大英博物館。

24 英格蘭傳統麵包，由一大一小的兩個圓麵糰疊合（大的在下）入爐烘烤而成。

25 Cistercian，天主教修會，主張安貧、禁語、茹素等教規。

士鎧甲底下，全身繡滿了禱文和咒語——這幾乎就和拳擊手在手套裡藏了馬蹄鐵一樣糟。窗臺底下，有一對羅患便祕的教廷大使陰沉地騎著馬要回羅馬，這兩人原本帶了詔書，要將巴納巴斯．維斯康提逐出教會，但是巴納巴斯逼他們把詔書吃了下去——包括羊皮紙、絲帶、封鉛，全都吃下肚。緊跟在他們後面走來的人，可能是一名專業朝聖者，他撐著一根盤曲錯節、尖端包有金屬的結實手杖，像根登山杖，杖上沉沉壓著幾塊受過祝福的紀念章、聖徒遺物、貝殼、汗巾等物。他會自稱是個遊方僧；如果他是個遍遊各地的旅人，那麼他的聖徒遺物可能會包括：天使加百列的羽毛、幾塊燒烤聖勞倫斯的煤炭、聖靈「完好如初」的手指、「一小瓶聖米迦勒與惡魔對戰時的汗水」、一小撮「上帝對摩西說話時所在的灌木叢」、聖彼得的背心，或是某個保存在瓦辛漢[26]的受祝福的處女乳汁。在這位遊方僧後面徘徊的人，可能並非善類，也就是那些「白天睡覺晚上警戒，吃好睡好卻身無長物」的傢伙。他也許是個強盜，他們這麼描述他：

> 對強盜來說，失風被逮，這是法律；
> 將被吊死，心中無憾，隨風搖擺。[27]

但是，在他最後一次隨風搖擺之前，他過著自由的生活。他的伴侶堅定地走在他身邊，也有人懸賞她的人頭。她剪去頭髮，進入森林，成了逃犯。她偶爾會回頭望，警戒著要捉拿他們的喊叫聲。

這裡可能來了一名貴族，他小心翼翼將一塊熱餡餅拿在身前，他每年都要將這樣一塊餡餅送進宮裡給亞瑟王聞上一聞，作為他的封建義務。那邊可能有另一名貴族竭盡全力追在飛龍之類的生物後面跑，之後他可能會砰地從馬上摔落，他的馬逕自踱步離開。不過，如果他真落得這樣下場，他的一名僕從會立刻把他扶到自己的馬上（我們今天也會這樣對待獵犬專家），這是封建法規。在遙遠的北方，逐漸黯淡的日落中，可能會有某個忙碌的女巫突然點亮小屋的燈光，她不只為她討厭的人製作蠟像，在她用釘子釘人像以前，她還會幫這些蠟像受洗——如此才會有效。她那些擔任聖職的朋友之中，有一位（順道一提，此君曾去找過那位小主人[28]）願意替任何一個你想解決的人舉行安魂彌撒——而且，當他講到「我主，使他永享安息」時，儘管那人還活著，但他說到做到。在同樣遙遠的西方，你可能會在同樣的日落時分看到在鷲丘搭起巨大絞刑臺的恩格蘭．德．馬里尼[29]，此時他本人也因使用黑魔術被判有罪，而在同一座絞刑臺上腐朽，發出喀啦喀啦響。貝里公爵和不列塔尼公爵這兩個體面的年輕人，可能穿著仿鐵甲的綢緞甲衣，一路小跑步過來。這兩人不想用鎧甲占人便宜，而且發現綢緞穿起來比較涼快，所以他們決定要勇敢做個普通人。藍斯洛可能也幹過同樣的事。在他們上方的山丘旁（他們看不到之處），快樂無比的瓦特[30]可能就坐在那裡，焦油盒子放在身邊。他是格美利最典型的人物，那些焦油有消毒作用，能防止他的羊受感染。要是你告訴他「別為了焦油這種不值錢的東西劫船」，他會馬上同意你的看法——因為這句俗語是他發明的，只是

26 Walsingham，英格蘭東部城市，是記念聖母的著名朝聖地。
27 出自十五世紀的英詩〈*The Nut-Brown Maid*〉。
28 指惡魔。
29 Enguerrand de Marigny（1260-1315），法王腓力四世的重臣，在對外政策及教會問題十分受倚重。
30 Joly Joly War，英國民謠〈Jolly War〉的牧羊人。

我們把羊轉譯成船了。

在更加遙遠的遠方，可能有個破產的人正在莫斯科市場亂捽亂打——不是出於自我厭惡，而是他熱切希望，如果他喊得夠大聲，那些混雜在人群當中的親朋好友就會同情他，出面為他還債。往南到地中海內灣，可能會看到有個漁夫因為賭博受獅心王理查的律法懲罰；包括從主桅被扔進水裡三次，若是看到腹部入水，他的夥伴就會歡呼。第三種絕妙的處罰方式可能就發生在你背後的市場裡。如果酒商賣劣酒，他會被架上頸手枷，被迫灌下大量他自己賣的酒，之後，剩下的酒會倒在他頭上。隔天早上一定頭痛欲裂！往這個方向，你會看到那位活潑姑娘愛麗森，她在得到喬叟描述的那個不尋常的親吻之後大笑：「嘻嘻！」如果你剛好是個胸襟開闊的人，你可能會被逗得很樂。往那方向，就像那位管家在他的故事裡所說，你可能會看到一位生氣的磨坊主人和他的妻女，他們想把昨晚因為搖籃移位而發生的怪事弄個明白[31]。有個運氣很好的年輕學生取得先機，用一門新式大砲射死了索斯伯里伯爵；在那所僧院學校的運動場上，他可能會因此被學者同伴視為偶像。運動場邊的梅樹（這和梅林的桑椹一樣，都是後來才引進）花朵可能正在月光下凋落。而另一個小男孩（這回是個年僅四歲的蘇格蘭國王）可能正難過地簽署一份王家委任書給奶媽，讓她有權揍他又不會被冠上叛國罪名。有一支惡名昭彰的軍隊，過去是以劍維生的精良小隊，現在可能正挨家挨戶乞討麵包（對軍隊來說，這真是個好下場）；而一個躲在東邊教堂尋求庇護的人，只要踏出門外半步，腿就會被砍斷。在同一間庇護所，聚集了一群製造偽幣的人、小偷、殺人犯和欠債的人，他們不是忙著籌畫離開，就是磨利刀子，準備晚上出門；他們在這平和又與世隔絕的教堂是不會被逮捕的。如果他們離開庇護所，最糟的狀況就是遭放逐。這麼一來，他們就得走路去多佛，不但全程都要走在路中央，手裡還得拿著十字架（只要他們放手，你就可以毆打他們）；到了多佛，如果他們沒辦法立刻弄到一條船，就必須每天步行到海裡，讓水淹到脖子上，來證明他們確實嘗試過入海。

你知道嗎？桂妮薇窗外所看見的黑暗時代，有非常多世俗禮儀規範，所以天主教會可以強迫大家停止一切戰事——他們稱之為「休戰運動[32]」，從星期三持續到星期一，同時整個降臨節[33]和四旬齋期間都必須休戰。你是否認為，因為他們有戰爭、饑荒、黑死病和農奴制度，而我們面對的是大戰、封鎖線、流行性感冒和徵兵制，所以他們的生活比我們要來得蒙昧？就算他們蠢到會相信地球是宇宙中心吧，我們不也相信人類是萬物之靈嗎？如果要花上一百萬年，魚類才會變成爬蟲類，我們人類能否在短短幾百年間跳脫成見呢？

31 分別見喬叟《坎特伯雷故事集》中〈磨坊主人的故事〉與〈管家的故事〉。

32 The Truce of God，十世紀晚期，天主教會頒布規定規範殺戮，要求交戰雙方在下列時間必須休戰：復活節、四旬齋、降臨節，以及星期三日落時分到星期一日出時分。

33 Advent，基督教教會重要節慶，近似教會的新年，從耶誕節前四個星期的星期日起，至耶誕節止。

第四章

藍斯洛和桂妮薇從高塔的窗戶俯看騎士年代的夕照，落日餘暉襯著他們的黑色剪影，歷歷在目。藍斯洛這個醜陋老人的影子輪廓形似滴水嘴石獸，就像現今巴黎聖母院屋簷上沉思的怪物。不過，隨著性格成熟，醜陋的外表比以往更加高貴。醜惡的線條隱沒安息，成為力量的曲線。藍斯洛跟牛頭犬這種最表裡不一的狗相同，也長了一張能博得信任的臉孔。

動人的是，這兩人正在唱歌。他們的聲音已不復充滿年輕的力量，但仍緊抓著曲調。他們聲音微弱，但純淨，兩人彼此扶持。

「五月到來，」藍斯洛唱：

「白晝陽光普照
大放光明
我不再害怕爭戰。」

「當，」桂妮薇唱：

「當每日循軌道
奔跑的陽光

不再明亮
我不再害怕夜晚。」
「但是，噢，」兩人合唱：
「但是，噢，不論晝夜
我心愉悅
終將筋疲力竭而去
所有力量，終將歸去。」

他們停下歌聲，那架可攜式風琴發出一個出乎意料的優雅音符。藍斯洛說：「妳的聲音很棒，恐怕我的聲音是愈來愈沙啞了。」

「你不該喝烈酒的。」

「這麼說太不公平了！聖杯探險之後，我幾乎就成了個禁酒主義者。」

「這個嘛，我是希望你一滴也不要沾。」

「那我就連水也不喝了。我會在妳腳邊渴死，亞瑟會為我舉辦一場很盛大的葬禮，而且他會因為是妳逼我而永遠都不原諒妳。」

「是啊，然後我會為了贖罪到尼姑庵，從此過著幸福快樂的日子。現在我們唱些什麼好呢？」

「別唱了。我不想唱歌。來，珍妮，坐近一點。」

「你為了什麼事不開心嗎？」

「沒有，我這輩子從來沒有像現在這麼開心過。而且我敢說，我以後應該也不可能這麼快樂了。」

「為什麼你這麼快樂呢？」

「我不知道。因為春天終究還是來了，我們眼前就是明亮的夏天。妳的手臂又會再次晒成棕色，沿著手臂頂端的這裡會發紅，圓圓的手肘會變成玫瑰色。我不確定我會不喜歡妳彎曲起來的部位，像是手肘內側。」

桂妮薇從這些迷人的恭維中退回現實。

「不知道亞瑟此刻在做什麼？」

「亞瑟去找加文他們了，而我現在正聊到妳的手肘。」

「我知道。」

「珍妮，我覺得快樂是因為妳凡事命令我。這就是我快樂的理由。妳嘮叨要我不要喝太多酒。我喜歡妳照顧我，告訴我該做些什麼。」

「你似乎就是需要人照顧。」

「我是需要，」他說，然後突如其來地說了一句話，嚇了彼此一跳：「我今晚能過來嗎？」

「不行。」

「為什麼不行？」

「藍斯，拜託別問。你知道亞瑟在家，太危險了。」

「亞瑟不會介意的。」

「如果我們被亞瑟抓到，他得殺了我們。」她明智地說。

他不認同這個說法。

「我們的事亞瑟都知道。梅林曾經長篇大論警告過他，摩根勒菲也明顯暗示過他兩次，後來還有梅里亞格蘭斯爵士惹出的麻煩。但他不想曝光此事。除非有人逼他，否則他絕對不會抓我們的。」

「藍斯洛，」她生氣地說：「我不准你把亞瑟說得活像是拉皮條的。」

「我沒那樣說他。他是我第一個朋友，而且我敬愛他。」

「那你就是把我說得好像我一錯再錯。」

「妳現在的行為就像如此。」

「很好，如果你要說的就是這些，你最好還是離開吧。」

「好讓妳跟他做愛，是吧？」

「藍斯洛！」

「噢，珍妮！」他跳起來抓著她，動作敏捷如昔。「別生氣。如果我講話太刻薄，我道歉。」

「走開！別煩我。」

不過他繼續緊抱著她，像是馴服一隻野生動物，不讓牠逃走。

「別生氣。我道歉。妳知道我不是有意的。」

「你是隻野獸。」

「不，我不是野獸，妳也不是。珍妮，我要一直抱著妳，直到妳氣消。我剛剛那樣說是因為我很悲傷。」

她的聲音低沉壓抑，哀傷地說：「你剛剛才說你快樂的。」

「嗯，我不快樂。這整個世界讓我覺得悲傷而且非常不快樂。」

「你以為只有你如此嗎？」

「不，我沒這麼想。很抱歉我說了那些話，說那些話會讓我不快樂。拜託，請妳體諒我，別讓我再一直不快樂了，好嗎？」

她起了憐惜之心。這些年來，他們早年的脾氣都磨平了。

「那我就不為難你了。」

她的微笑和柔順只是再次打動了他。

「和我一起走吧，珍妮？」

「拜託別又開始說這些了。」

「我沒辦法，」他絕望地說：「我不知道該怎麼辦。上帝啊，我們這一輩子都在重蹈覆徹，不過今年春季，情況似乎更糟了。妳為什麼不跟我去歡樂堡，讓整件事都為眾人所知呢？」

「藍斯，理智點，放開我吧。來，坐下來，我們再唱一首歌。」

「可是我不想唱歌。」

「我也不想承受這一切啊。」

「如果妳和我一起去歡樂堡，事情就解決了，一勞永逸。無論如何，我們可以一起度過晚年，而且會很快樂，不用繼續每天欺瞞說謊，可以平靜地死去。」

「你說亞瑟全都知道了，那我們就不完全算是欺騙他。」她說。

「是，但這不一樣。我愛亞瑟，每當我看到他望著我，而且知道他知情時，我就是無法忍受。妳懂，亞瑟是愛我們的。」

「但是藍斯，如果你這麼愛他，和他的妻子一起逃走又有什麼好處呢？」

「我想公開此事，」他固執地說：「至少到了最後要公開。」

「可是我並不想要。」

「事實上，」現在他又開始大發雷霆：「妳要的其實是兩個丈夫吧。女人總是什麼都要。」

她耐著性子緩和爭執。

「我不想要兩個丈夫，而且我跟你一樣，對這件事很不自在。但是，公開有什麼好處？我們現在是很可憎，但至少亞瑟心裡很清楚，而且我們還是彼此相愛，也很安全。如果我和你一起逃走，一切都會毀於一旦。亞瑟必須向你宣戰，派兵包圍歡樂堡。就算你和他沒有同歸於盡，你們其中之一也會被殺，連帶著好幾百人一起送死，對誰都沒好處。而且我並不想離開亞瑟。我嫁給他時，曾經承諾要陪在他身邊，他一直都對我很好，我也喜歡他。雖然我確實愛著你，但我至少要給他一個家、幫助他。我不懂為何要公開我們的事。我們為什麼要讓亞瑟公開蒙羞？」

在逐漸晦暗的薄暮微光中，他們都沒有注意到，她說話時，國王已經來了。他們的身影映在窗上，看不清身後房間裡的情景，但他已經進房，站在那裡好一會兒，將他原本神遊遠方、思考奧克尼一族和其他國事的心神收回來，他在掛著簾子的門邊停下腳步，蒼白的手將繡毯拉到一邊，手上的王戒在黑暗中閃閃發光——他沒有偷聽，放下繡毯後，他離開房間，前去找個見習騎士宣告他到來。

「對我而言唯一正派的做法，」藍斯洛一邊說，一邊在兩膝之間扭絞著他的手。「唯一正派的做法就是我離開，而且不再回來。我試過，但我的心智沒辦法再承受一次。」

「我可憐的藍斯，要是我們剛剛繼續唱歌就好了！現在你又要陷進那種情緒，你的病又要發作了。我們為什麼不能讓一切都順其自然，讓你那偉大的上帝去照看就好呢？嘗試去思考，或是因為對錯而行事是沒有用的。我不知道何謂是非對錯。但我們為何不能相信自己，順其自然，並且懷抱希望呢？」

「妳是他的妻子，而我是他的朋友。」

「那，是誰讓我們相愛呢？」

「珍妮，我不知道該怎麼做才好。」

「那就什麼也別做。過來，給我一個溫柔的吻，上帝自會照看我們。」

「我親愛的！」

這一回，見習騎士發出他們常有的噪音，喀喀喀地上樓來了，還帶著燈。亞瑟下令點了蠟燭。燭光在這對坐在屋中的情人四周點亮了色彩，而他們早已迅速放開對方。當男孩在燭心上點火，屋中的掛毯才展露出壯麗光彩。阿拉斯花開繽紛的草地和鳥兒紛飛的雜木林冒了出來，在四面牆上微微起伏。門邊的簾幕再次拉起，國王來到房裡。

他看起來相當年邁，比他們兩人都來得老。不過，那是種自尊高貴的老態，即使是今日，你有時還是可以在六十歲以上的男人身上看到；他們把背挺得像燈心草一樣直，頭髮還是黑色的，他們就是有那種格調。現在你能看清楚藍斯洛了，他生性正直，是人性的高尚典範，對人類的責任有股狂熱。桂妮薇看起來既甜美又優雅，在她最狂暴的那幾年認識她的人看了可能會大吃一驚，現在她幾乎是個需要被保護的人。不過亞瑟是三人當中最令人動容的。他的衣著非常樸實，個性溫和且能包容自身簡單的事物。當王后在大廳的火炬底下招待那些有名望的客人時，藍斯洛常常發現他獨自一人坐在小房間裡縫補襪子。現在，他身穿一身藍色的家居袍子（藍色在那個年代是很貴重的顏料，會保留給國王或繪畫中的聖人、天使），他在燭光閃爍的房間門口停下來，微笑著。

「啊，藍斯。啊，桂妮。」

呼吸仍然有些急促的桂妮薇，回應了他的招呼：「啊，亞瑟。你嚇了我們一跳。」

「抱歉，我才剛回來。」

「加文他們還好嗎？」藍斯洛問。他一直都無法成功佯裝出自然的語氣。

「我到那裡時，他們正好打起來。」

「還真像他們會做的事！」他們高聲地說。「你怎麼做？他們在爭些什麼？」他們讓這件事聽起來生死交關，自知心裡有鬼，結果把整個氣氛搞僵了。

國王鎮定地看著前方。

「我沒有問。」

「家族的事吧，一定是。」王后說。

「一定是的。」

「沒有人受傷吧？」

「沒有人受傷。」

「那麼，」她大喊，並且注意到自己放鬆的口氣顯得很可笑：「那就好。」

「是啊，那就好。」

他們發現他目光閃爍，而且還覺得他們的困窘很有趣。氣氛恢復正常了。

「好了，我們要繼續談論加文他們嗎？我的妻子不給我一個吻嗎？」國王說。

「親愛的。」

她把他的頭拉向她，吻在他的額頭上。她認為他是個忠實的老東西——是她友善的熊。

藍斯洛起身。「或許我該告退了。」

「別走，藍斯。你陪我們一會兒很好啊。來吧，坐在火邊，給我們唱首歌吧。這火我們應該很快就用不著了。」

「是啊。」桂妮薇說：「夏天即將來臨，太棒了。」

「不過坐在火邊還是很舒服——尤其是在家裡。」

「你在自己家裡當然好。」藍斯洛意有所指地說。

「怎麼了？」

「我沒有家。」

「別擔心，藍斯，你會有的。等你到了我這把年紀，再開始煩惱這個吧。」

「雖然你這麼說，可是你碰上的每個女人都追著你跑好幾哩遠呢。」王后說。

「還帶著斧頭。」亞瑟加上一句。

「她們之中有一半的人真的向我求婚。」

「那你還抱怨你沒有家。」

藍斯洛開始大笑，最後一絲緊張似乎也跟著消散。

「你會不會，跟一個手拿斧頭追著你跑的女人結婚？」他問。

回答這個問題以前，國王鄭重地考慮了一下。

「我不能，」他最後說：「因為我已經娶了別人。」

「娶了桂妮。」藍斯洛說。

現在情況很奇特。他們的對話似乎開始帶有與字面不同的意義，就像螞蟻用牠們的觸角交談一樣。

「娶了桂妮薇王后。」國王反駁。

「也可以說，娶了珍妮？」王后提出了她的看法。

「是的。」他表示同意，不過在此之前停頓了一段很長的時間。「也可以說，娶了珍妮。」

一段更深沉的靜默，最後藍斯洛再次起身。

「好了，我得走了。」

亞瑟將一隻手壓在他的手臂上。

「不，藍斯，再待一會兒。我今晚要告訴桂妮微一些事，我希望你也聽聽。我們已經在一起很久了，有件很久以前發生的事，我要對你們兩個坦白，因為你是這個家族的一分子了。」

藍斯洛坐了下來。

「很好。現在你們兩個各把一隻手給我，我要像這樣坐在你們中間。現在，我的王后和我的藍斯，你們都別為了我即將要說的事責怪我。」

藍斯洛苦澀地道：「國王，我們沒有立場去責怪別人。」

「沒有嗎？嗯，我不知道你這句話的意思，不過我要告訴你們一個故事，是我年輕時的作為。這是我和桂妮結婚之前發生的事，離你受封成為騎士也很遙遠。你們會介意我說這些嗎？」

「如果你想說，我們當然不介意。」

「不過我們不相信你會犯什麼錯。」

「這事的開端，是在我出生以前，是的，因為我父親愛上了康瓦耳伯爵夫人。為了得到她，他殺了伯爵。她就是我母親。這一段故事你們是知道的。」

「是的。」

「或許你們並不知道，我出生的日期有點尷尬，我父母結婚之後，我太快誕生了，所以他們祕而不宣，將襁褓中的我送走，由艾克特爵士撫養長大。將我帶走的人就是梅林。」

「後來，」藍斯洛愉快地說：「在你父親駕崩之後，你被帶回宮廷，從石中拔出魔法之劍，證明你是有權繼承全英格蘭的國王，從此過著幸福快樂的日子。這故事不壞啊。」

「可惜這並不是故事的結局。」

「怎麼說？」

「這個嘛，我親愛的，我一出生就被帶離母親身邊，她一直都不知道我被帶去哪裡，我也不知道自己的母親是誰。只有烏瑟・潘卓根和梅林知道我們母子的關係。事隔多年，我已經當上國王，遇上了我母親家族中的人，卻還不知道他們是誰。烏瑟已經死了，而梅林一直都被那些後見之明搞得糊裡糊塗，忘了告訴我這件事，所以我們相遇時並不認識對方。而我認為其中有個人既聰明又美麗。」

「有名的康瓦耳三姊妹。」王后冷冷地說。

「沒錯，親愛的，就是有名的康瓦耳三姊妹。前任伯爵一共有三個女兒，當然，當時我不知道她們是我同母異父的姊姊，她們分別是摩根勒菲、伊蓮和摩高絲，三人被公認為不列顛最美麗的女人。」

他們等待他沉靜的聲音繼續說下去，而他也沒有半點遲疑。

「我愛上了摩高絲，」那聲音接著說：「我們有了一個孩子。」

即便他們之中有人感到驚訝、憤怒、憐憫或嫉妒，也沒有表現出來。對他們來說，唯一令人吃驚的是，這個祕密居然被埋藏了這麼久。不過他們從他的聲音聽得出來，他深受此事折磨，而在他將心事全數吐露之前，也不希望被人打斷。

他們注視著火焰，度過彼此間最冗長的靜默。亞瑟聳聳肩。

「所以，你們懂了吧，我是莫桀的父親。加文等人是我的外甥，但他確實是我的兒子。」

藍斯洛的眼神看來有話想說。

「即便如此，我也不認為你做了悖德的事。你不知道她是你同母異父的姊姊，當時你也還沒遇上桂妮。而且，無論如何，看看摩高絲後來的作為，這很可能都是她的錯。那女人是個惡魔。」

「她是我姊姊，也是我兒子的母親。」

桂妮薇輕撫他的手。

「我很遺憾。」

「而且，」他說：「她非常美麗。」

「摩高絲……」藍斯洛起了個話頭。

「摩高絲已經付出代價了，她的頭被砍下，所以我們得讓她安息。」

「她是被自己的孩子砍頭；他發現她和拉莫瑞克爵士睡在一起……」藍斯洛說。

「拜託，藍斯洛。」

「抱歉。」

「亞瑟，我還是不認為你犯了錯。畢竟你並不知道她是你姊姊。」

國王深吸一口氣，以更加粗嘎的聲音說：「我還沒有告訴你們，我所做過最糟的事。」

「什麼？」

「你們想想，我那時候很年輕，才十九歲，然後梅林來了，他告訴我發生了什麼事，只是為時已晚。每個人都和我說，這是一項多麼可怕的罪行，又說這事的下場一定會很悲慘。他們還說了很多關於莫桀的事，說如果他出生，會是個什麼樣的人。他們用那些可怕的預言把我嚇壞了，我便做了一件至今仍讓我苦惱的事。母親一知道這件事，就把摩高絲藏起來了。」

「你做了什麼呢？」

「我讓他們弄了一份公告，宣告得把所有在特定時間出生的孩子放在一艘大船上，漂流海上。因為莫桀出生了，我想毀掉他，卻不知道他是在哪裡出生的。」

「他們照做了嗎？」

「是的，船漂走了，莫桀也在船上，那艘船在一座島上失事，那些可憐的孩子大多都淹死了——不過上帝救了莫桀，還將他送回來羞辱我。摩高絲將他帶回她身邊很久以後，有一天突然把他帶到我面前。不過她一直對其他人假裝他和加文以及其他人一樣，都是洛特的婚生子。她當然不會想對外人提這件事，包括莫桀其他的兄弟。」

「好吧，」桂妮薇說：「既然這事只有奧克尼一族和我們自己知道，而且莫桀又平安無事……」

「妳不能忘記其他孩子，」他悲傷地說：「我會夢見他們。」

「你以前為什麼不跟我們說呢？」

「我心中有愧。」

這下藍斯洛情緒爆發了。

「亞瑟，」他高聲道：「你沒什麼好愧疚的。你那時候太年輕，不懂事，你所做的固然不對，但別人也對你做過同樣的事啊。那些用罪行之類的故事來嚇唬孩子的畜生，要是落在我手上，我非扭斷他們的脖子不可。想想你所承受的那些苦難，卻沒有絲毫補償！這有什麼好處？那些可憐的孩子啊！」

「他們全都淹死了。」

他們再次坐下，看著火焰，最後桂妮薇轉向她丈夫。

「亞瑟，你今天為什麼要告訴我們這個故事？」她問。

他沒有馬上回答，還在思考措辭。

「我怕莫桀對我有所怨恨，可憐的孩子，他是有資格這麼想。」

「叛國嗎？」最高司令官問。

「這個嘛，不見得是叛國，藍斯，不過我想他的確心有不滿。」

「砍了那個愛哭鬼的頭，解決他。」

「不，這種事我連想都沒想過！你忘了莫桀是我兒子，我喜歡他。我對這孩子做了很多不對的事，我的家族在某種程度也一直傷害康瓦耳一族，我不能再加重自己的罪過。更何況，我是他父親，我在他身上看到自己的影子。」

「似乎並不是非常相像。」

「不過確實有相似之處。莫桀很有企圖心，也重視榮譽，我一直以來也是這樣。只是他身體虛弱，所以他在我們的運動當中表現並不好，這也讓他難受，我如果不是那麼幸運，可能也會同樣難受。從某個奇怪的面向來說，他也很勇敢，而且他忠於自己的人民。你想，他的母親要他反抗我，這很正常，而我在他心目中也代表邪惡。我幾乎可以確信，他最後會殺了我。」

「你真的認為，這個說法能構成現在不殺他的理由嗎？」

突然間，國王看起來有些驚訝，或說震驚。他既疲倦又悶悶不樂，所以他一直放鬆地坐在他們之間，而現在他打起精神，與他的司令官四目相對。

「你得記住，我是英格蘭國王。如果你是國王，你就不能憑一己喜好來處決人民。國王是人民的領袖，必須為他們樹立典範，照他們的希望行事。」

他忽視藍斯洛臉上的驚訝表情，再次握起他的手。

「你會發現，」他解釋：「如果國王是個相信武力的惡霸，他的人民也會是惡霸。如果我不成為法律的表率，就無法讓人民奉公守法。我當然希望我的人民遵守新法，因為這麼一來，他們會更加繁盛，而我也會更加成功。」

兩人看著他，猜測他到底想要表達些什麼。他對上他們的目光，試著用眼神與他們的眼睛交談。

「所以，藍斯，我必須絕對公正。如果再有嬰兒被淹死之類的事情發生，我的良心無法承受。能夠讓我遠離武力的唯一途徑就是新法。一個真正的國王不能只願意處決敵人，也要願意處決朋友。」

「以及他的妻子？」桂妮薇問。

「以及他的妻子。」他嚴肅地說。

藍斯洛在長凳上不自在地挪了挪身體，想以幽默的方式發表意見：「我希望你不會很快就砍了王后的頭？」

國王仍舊抓著他的手，依然看著他。

「如果有人證明桂妮薇或是你藍斯洛，對我的王國犯下罪行，我就得砍了你們兩個的頭。」

「上帝垂憐啊，我希望不會有人這麼做！」她高聲喊。

「我也這麼希望。」

「那莫桀呢？」過了一會兒，藍斯洛問。

「莫桀是個鬱鬱寡歡的年輕人，我怕他可能會用盡所有手段來推翻我。比如說，如果他能找到某種方式透過你，親愛的，或者透過桂妮來打擊我，我確定他會嘗試。你了解我的意思嗎？」

「我懂。」

「所以，如果有朝一日，你們當中任何一個人可能，嗯……可能給了他可趁之機……你們會為了我小心行事，對吧？我就交在你們手裡了，親愛的。」

「但這似乎沒道理啊……」

「自從他來到這裡，你一直對他很好啊。為什麼他會想要傷害……」藍斯洛說。

國王的手在膝上合起，似乎從低垂的眼皮底下看著火焰。

「你忘了，」他輕輕地說：「我一直沒能給桂妮一個兒子。我死的時候，莫桀也許會成為英格蘭國王。」

「如果他打算叛國，」藍斯洛一邊說，一邊握緊拳頭：「我會親手殺了他。」

一隻浮著藍色血管的手立即按在他的手臂上。

「你絕對不能這麼做，藍斯。不論莫桀做了什麼，就算他想要我的命，你也要答應我，你要記住，從某種意義來說，他是這個血統的繼承人。我一直都是個罪人……」

「亞瑟，」王后高聲說：「你別這麼說。太荒謬了，你讓我覺得心有所愧。」

「妳不覺得我是個罪人嗎？」他驚訝地問道。

「當然不覺得。」

「但是我以為，在知道那些孩子的事情以後……」

「沒有人會這麼想。」藍斯洛激動地大喊。

國王在火光中站起身，看起來既迷惑卻又寬慰。在他看來，說自己無罪才是荒謬，但他對他們的愛充滿感激。

「好吧，無論如何，我不會再說自己有罪了。國王的職責是要盡力預防流血衝突，而非觸發。」

他再次從眉毛底下看了他們一眼。

「所以現在，我親愛的，」他愉快地下了結語：「我要到請願法庭去，為我們那有名的司法安排一些事。你留在這裡陪桂妮吧，藍斯，在聽完那個不幸的故事之後，安慰她一下，這才是我的好夥伴。」

第五章

亞瑟說要去為那有名的司法安排一些事，他並不是真的要去開庭。中世紀國王確實會於法庭出席，即使到晚近，人稱亨利四世的國王也是如此（他應該坐在國庫和王位上才對）。不過要立法，今天實在太晚，亞瑟便離開了，去讀明天的請願書，這是負責任的他養成的一項習慣。現在他最大的興趣就是律法，也是他對抗強權的最後努力。

在烏瑟．潘卓根的時代，除了某種不成熟又一面倒地保護上流階級的成規以外，並無法律可言。即使到了現在，國王開始鼓吹司法，以便一舉約束強權勢力，同時也還有三種法律互相角力。他試圖將習慣法、教會法和羅馬法加以濃縮，變成單一法典，而這部法典，他希望命名為民法。這項工作和讀明天的請願書一樣，每晚都會召喚他，在司法室中獨自安靜地努力工作。

司法室在宮殿另一頭，平時空蕩蕩，此時卻不如往常。

室內已有五人在等待國王，不過我們這些現代訪客仍可能先注意到房間的模樣。首先令人驚奇的是，四周的掛毯把房間圍成正方形；此時已入夜，窗戶都關了，門又總是緊閉，你會覺得自己置身於一個盒子裡：你對這對稱的封閉空間會有種奇怪的感覺，關在瓶子裡被毒死的蝴蝶一定很清楚這種感覺。你可能正疑惑，這五人是怎麼被帶到這地方來的，這裡彷彿是座中國式迷宮。四周牆上，從天花板垂到地板的掛毯兩兩並列，述說著大衛與拔示巴[1]，以及蘇珊娜與兩位長老[2]的故事，色彩鮮豔飽滿。現今我們看到的那些褪色物品，和這些讓司法室變成一只彩繪盒子的明亮掛毯則毫無關聯。

五人的身影在燭光中搖曳閃爍。房裡陳設簡單，無法分散你對他們的注意力——這裡只有一張長桌和國王的高背椅，桌上攤著要給國王檢查的羊皮紙卷，以及角落一組成套的加高閱讀桌椅。這裡所有的色彩全集中在牆面和這五人身上。他們都穿著絲質鎧甲襯衣，盾徽是山形紋，中間有三個薊花紋，不過幾個兄弟各有不同的排行標記以示區別，所以他們看起來就像是一手攤開的撲克牌。這是加文一族，而他們還是老樣子，正在吵架。

「阿格凡，我說最後一次，你能不能別再講那些垃圾話？這事我不想出力，也不想參與。」加文說。

「我也不想。」加瑞斯說。

「我也是。」加赫里斯說。

「如果你們堅持，會讓整個氏族分裂的。我說得很明白了，我們都不會幫你們。你們得靠自己。」

莫桀一直帶著某種輕蔑的耐性等候著。

「我站在阿格凡這邊，藍斯洛和我舅母是我們所有人的恥辱。如果沒有別人願意扛這個責任，就由阿格凡和我來吧。」他說。

加瑞斯猛地轉向他。

「你真適合做這種丟臉的事。」

「謝謝。」

1 聖經人物，大衛王與烏利亞之妻拔示巴私通，後來大衛王安排讓烏利亞在前線遇害身亡，娶拔示巴為妻。

2 聖經人物，蘇珊娜是一位貞潔虔信的貌美女子，一日她在自家花園沐浴，有兩位長老窺浴，意圖施暴，蘇珊娜不從，反被兩位長老誣陷與人幽會，被判死刑。先知但以理得到神的啟示，為她鳴冤，將說謊的長老處死。

加文試著懷柔，不過他原本就不善與人斡旋，所以實際上他的努力就像地震一樣明顯。

「莫桀，拜託，講點道理。做個勇敢樸直的人，這事先緩一緩吧？我比你年長，我能預料這麼做會引起什麼麻煩。」他說。

「不管之後如何，我都要去找國王。」

「阿格凡，如果你們執意如此，就是要開戰了。你難道不懂嗎？這麼一來，亞瑟和藍斯洛就得互相對抗，不列顛諸國的國王會有一半因為藍斯洛的名聲投在他麾下，接著會變成內戰的。」

這位全氏族的領袖腳步沉重地朝阿格凡走去，用巨大的手掌拍著他，像隻天性純良的動物表演雜耍。

「嘿，老弟。就把今早那一點小爭執忘了吧。每個男人心裡都有一股衝動，不過說到底，我們還是兄弟啊。我不懂，你明知藍斯洛爵士為我們所付出的一切，怎麼還會想跟他作對呢？你不記得嗎？他從特昆爵士手裡救了你和莫桀啊。總之你們都欠他一條命。老弟，他也從多羅瑞斯塔的卡拉鐸斯爵士手中救了我。」

「他這麼做只是為了他自己的榮譽。」

加瑞斯轉向莫桀。

「你要在我們之間怎麼說藍斯洛和桂妮薇都隨便你，因為很不幸，這是事實。但是我不許你冷嘲熱諷。我一開始以廚房見習騎士的身分來到宮廷時，唯一善待我的就是他。他完全不知道我是誰，但他一直教我一些訣竅、鼓勵我，還為我挺身而出對抗凱伊，他也是冊封我為騎士的人。每個人都知道，他這一生從沒做過卑鄙下流的事。」

「我還是個年輕騎士時，」加文說：「上帝請原諒我，我被捲入一場很有爭議的戰爭，怒氣攻心——對，我在某人求饒之後還是殺了他，後來又殺了一個少女。藍斯洛卻從沒讓任何比他弱小的人悲痛過。」

「他喜歡年輕騎士，而且會幫助他們贏得長矛比試。我不懂你們為什麼討厭他。」加赫里斯補充。

莫桀聳肩，抖了抖外套的袖子，假裝要打呵欠。

「談到藍斯洛，」他說：「要找他的人是阿格凡。我的仇家是那位快樂的君主。」

「藍斯洛是個名過其實的人。」阿格凡表示。

「他才不是，他是我所知道最偉大的人。」加瑞斯說。

「我對他可沒有那種學校男孩的崇拜之情……」

掛毯另一端的門鉸鏈發出吱嘎聲，門把也發出刺耳聲響。

「別講了，阿格凡，」加文口氣溫和地勸說：「別再講那些事了。」

「我不要。」

亞瑟拉起了簾幕。

「拜託，莫桀。」加瑞斯輕聲說。

國王走入房內。

「這只是為了公正，」莫桀說著提高了聲音，好讓眾人都能聽到：「畢竟我們的圓桌應該要存有司法。」

阿格凡也假裝沒注意到有人來了，大聲回應：「現在該要有人說出真相了。」

「莫桀，安靜點！」

「而且只說真相！」那個駝子以一種勝利的語氣下了結論。

亞瑟啪躂啪躂地走過宮中的石砌走廊，心思全都放在眼前的工作上，他站在門口等著，一點也不驚訝。那些身上佩著山形紋與薊花紋的男人轉向他，看到這位老國王最後的榮耀時刻。他們靜默佇立了幾個心跳的時間，然後加瑞斯心痛地認清國王真正的模樣。他看到的不是一位浪漫的英雄，而是一個盡其所能把事情做到最好的凡人；他不是騎士精神的領袖，而是個不斷思考的孩子，試圖忠於他那位古怪的魔法導師；他不是英格蘭王亞瑟，而是個孤獨的老先生，在命運的齒牙之間，付出大半輩子的時間戴著王冠。

加瑞斯跪了下來。

「這事和我們一點關係都沒有。」

加文沉重而緩慢地屈著單膝，和他一起跪在地上。

「大人，我來這裡是想要勸阻我弟弟，但他們不肯聽勸。不管他們可能會說些什麼，我都不想聽。」

最後跪下的是加赫里斯。

「我們想在他們開口之前離開。」

亞瑟走進房裡，輕輕將加文扶了起來。

「如果你們想要離開，當然可以，親愛的，我希望我不會給你們家族添麻煩吧？」他說。

加文陰沉地轉向另一邊的人。

「這個麻煩，」他說。他又重拾古老的騎士語，將語言像斗蓬般披在身上。「將摧毀全世界騎士道之菁華，將損傷吾等高貴情誼，而罪魁禍首乃二位鬱鬱騎士！」

加文態度輕蔑地快步離開，他將加赫里斯推在身前，加瑞斯則以一種無助的模樣跟在他身後。同時，國王沉默地走向王座。他從位子上拿起兩個坐墊，放在臺階上。

「好吧，外甥們，坐下來，告訴我你們想要做什麼吧。」他平和地說。

「我們還是站著好了。」

「這當然隨你們高興。」

這樣的開場並不符合阿格凡的策略，他斷然說道：「噢，莫桀，算了吧！不，我們不是來和我們的國王吵架的，我們心裡一點也沒這種念頭。」

「我要站著。」

阿格凡謙卑地坐在一個坐墊上。

「你想要兩個坐墊嗎？」

「不，多謝了，大人。」

老人看著他們，一面等待，他像是個即將被吊死的人，或許屈服於劊子手，卻不用別人幫忙上套索。他帶著某種疲憊的嘲諷看著眼前，把這項工作留給他們。

「什麼都別講，」阿格凡用一種假裝得很好的不情願口氣說：「或許是比較明智的做法。」

「或許是的。」

莫桀此時全力爆發，突破當下的氣氛。

「這太荒謬了。我們來是為了告訴我們的舅舅一些事情，應該要有人告訴他。」

「不怎麼愉快的事。」

「這樣的話，我親愛的孩子們，如果你們願意，我們就別再談這件事了。春夜很美，不宜煩惱那些不愉快。

所以，你們兩個何不出去和加文言歸於好呢？你們可以要他把那隻聰明的蒼鷹借給你們明天使用。王后剛剛才說，她想要一隻不錯的幼兔當晚餐。」

他正在為她奮戰，或許是為了他們所有人而戰。

莫桀用熾熱的眼睛注視著他父親，毫無預警地宣告：「我們是要來告訴您一件宮廷裡每個人一直都知道的事。桂妮薇王后是藍斯洛爵士公開的愛人。」

老人彎下身，將披飾弄直。他猛地將它蓋在腳上，讓腿部保持溫暖，然後再次直起身子，看著他們的臉龐。

「你們準備要證明這項指控了嗎？」

「是的。」

「你們知道，以前也有人做過同樣的指控？」他溫和地問。

「如果沒有，就太奇怪了。」

「先前最後一次有人造這樣的謠，是一位梅里亞格蘭斯爵士。由於此事不管在哪方面都沒有可靠的證據，最後是以個人對戰來裁定判決。梅里亞格蘭斯爵士指控王后叛國，並為了他的主張出戰。所幸藍斯洛爵士好心站在王后陛下這一邊。結果如何，你們記得吧。」

「我們記得很清楚。」

「最終戰鬥審判時，梅里亞格蘭斯爵士躺在地上，堅持要向藍斯洛爵士投降，怎麼樣都沒辦法要他起來，最後藍斯洛提出一個條件，表示他願意脫下頭盔和左邊的鎧甲，並且將一隻手綁在後面。梅里亞格蘭斯爵士接受了，最後，他當然還是被砍倒了。」

「這些我們都知道，」他們兄弟當中最年輕的那人不耐煩地高聲說：「個人對戰沒有任何意義，無論如何都不能算是公平的司法，最後勝出的人一定是那些暴徒。」

亞瑟嘆了口氣，雙手交疊。他自始都沒有抬高聲音，此刻也繼續以沉穩的聲音說話。

「莫桀，你還非常年輕。你還要學會一件事，那就是幾乎所有行使司法的形式都是不公平的。如果你能夠提出個人對戰以外的方式來解決爭端，我很樂意一試。」

「只因為藍斯洛比其他人都強，又總是站在王后那一邊，不代表王后永遠都是對的。」

「我確信王后不可能永遠都對。不過，你想想看，一旦我們捲入爭端，就得找個方法來解決。如果一項主張的真假無法獲得證實，就得用另一種方式來解決，而幾乎所有的解決方式，都會對某一方不公平。你不需要親自與王后的戰士對決，莫桀，你能以體弱為由，雇用你所知最強壯的人為你出戰，而王后當然也可以雇用她所知最強壯的人為她出戰。如果你們分別雇用你們所知最好的訟師來辯論，也是類似的。最後通常是最有錢的人勝出，因為他可以雇用最昂貴的訟師或最昂貴的戰士，所以我們也不用假裝說這只是暴力而已。」

「不，阿格凡，」他在阿格凡想開口時繼續說：「先別打斷我。我要把這些藉由個人對戰做出判決的事說清楚。就我所知，這關乎錢財，是錢和運氣的問題，此外，當然還有上帝的旨意。如果兩邊財富相當，我們或許就能說，贏家是比較幸運的那方，就像丟銅板一樣。好，你們兩個能不能確定，如果你們指控王后叛國，你們會是比較幸運的一方？」

阿格凡假裝客氣地加入這場談話。他喝酒一直都很小心，所以他的手不再打顫。

「請您見諒，舅舅，我剛才要說的就是這點。我們希望不要以個人對戰的方式解決這次爭端。」

亞瑟立刻抬起頭看他。

「你很清楚，神裁審判遭到禁止了，而且，如果進行無罪宣誓[3]，也不可能為王后找到那麼多貴族。」他說。

阿格凡微笑。

「我們對新法所知不多，」他流暢地說：「不過我們認為，如果一個說法能夠在你的新法庭上獲得證實，就沒必要進行個人對戰。當然，我們也可能弄錯了。」

「陪審團審判。」莫桀爵士語帶輕蔑：「您是這麼稱呼的吧？某種行商法庭[4]之類的方式。」

阿格凡冷酷的心大喜，想著：「用他自己的武器逼死他！」

國王的手指在椅子扶手敲打著，此刻他們連推帶拉地將他逼了回來。他緩緩開口：「你們相當了解新法。」

「比如說吧，舅舅，如果有證人發現藍斯洛確實在桂妮薇床上，就沒有必要以戰鬥審判，對吧？」

「阿格凡，請你體諒，即使我們是這種親戚關係，至少在我面前，我希望你能用舅母的頭銜來稱呼她。」

「珍妮舅媽。」莫桀說。

「是啊，我確定我曾聽過藍斯洛爵士用這名字稱呼她。」

「『珍妮舅媽』！『藍斯洛爵士』！『請你體諒』！那兩人現在可能正在接吻呢！」

「你說話要有點教養，莫桀，不然請你離開我的房間。」

「我確定他不是故意放肆無禮，舅舅。他是因為你的盛名蒙羞才會生氣啊。我們想讓正義得以伸張，而且……

嗯……而且因為他『家族』的緣故，他的感受非常深刻。對吧，莫桀？」

「我天殺的並不關心我的『家族』。」

國王的臉色看起來更加憔悴了，嘆了口氣，但仍保有耐性。

「好吧，莫桀，我們還是別為這些小事爭吵吧，我不會再阻止你對他們無禮了。你說我的妻子和我最好的朋友私通，而且你顯然打算實際證明這項指控，所以，我們就專注談這件事。我想你應該了解這項指控的含義吧？」

「不，我不知道。」

「無論如何，我確定阿格凡都很清楚。這項指控是指，如果你堅持要提出民事證據，而不向榮譽庭提出控訴，此案就會按照民事證據的流程。如果你們的案子最後成立，那位從特昆爵士手中救出你們的男人就會被砍頭，而我深愛的妻子會因叛國罪名而被活活燒死。如果你們的案子最後不成立，我必須警告你，莫桀，你會被放逐，而這會讓你失去所有的繼承權；屆時我也必須讓阿格凡上火刑臺，因為他做出這項指控，所以必須承擔叛國罪名。」

「所有人都知道我們的案子很快就能夠成立。」

「很好，阿格凡，你是個很厲害的律師，也決心要走上法律途徑。提醒你們有種叫做慈悲的東西，我想應該是沒什麼用處吧？」

「是那種，要施給那些被放在船上隨水漂流的孩子的慈悲嗎？」莫桀說。

「謝謝你，莫桀。我差點忘了。」

3 基於教會法來進行的自清方式。當事人要在相信他／她無罪的公正人士陪同下，到宗教法庭誓言自己無罪。

4 英格蘭以前在市集和市場召開的簡易法庭，就地處理行商與在地商人之間的糾紛。

「我們要的不是慈悲，而是公正。」阿格凡說。

「我了解。」

亞瑟把手肘擱在膝上，用十指覆住臉。他坐著消沉了好一會兒，想要集中責任與尊嚴的力量，接著他在雙手的陰影中開口。

「你們打算怎麼對付他們？」

這個高大的男人一直都很有禮貌。

「如果舅舅同意在晚上離開，我們會找來一支武裝隊，到王后房間抓藍斯洛。你得先離開這裡，否則他不會去。」

「我認為我不能對我的妻子設下陷阱，阿格凡。取得證據是你們的責任，我認為這麼說才公平。是的，我認為這是公平的。我當然有權拒絕成為——嗯，某種同謀。我的職責當中，我沒有義務故意離開來幫助你們。不，我可以問心無愧地拒絕你。」

「但你無法永遠都不離開。你總不能為了讓藍斯洛無法接近，餘生就和王后用鎖鏈綁在一起吧。你下週不是要去參加狩獵大會嗎？如果你不去，就是故意改變計畫，阻礙正義伸張。」

「沒有人能夠阻止正義伸張，阿格凡。」

「那麼，亞瑟舅舅，你會去參加狩獵大會；而藍斯洛如果在王后的房間，我們也獲准闖進去拿人了？」

他興高采烈的語調聽起來下流得連莫桀也覺得厭惡。國王站著，將袍子拉上來環住他的身體，像是覺得有些冷。

「我們會去的。」

「你不會事先告訴他們吧？」那人的聲音興奮得有點結巴。「我們提出這項控訴後，你不會警告他們吧？這樣可是不公平的。」

「公平？」他問。

他從一個非常遙遠的地方看著他們，似乎在稱量著真相、正義、邪惡和人性。

「我同意。」

他的眼神從遠方歸來，筆直地盯著他們，發出遊隼般的閃光。

「不過，莫桀、阿格凡，我以我個人的名義把話說在前頭，我現在唯一的願望，就是要藍斯洛殺了你們兩個和所有目擊證人——我要很驕傲地說，我的藍斯洛絕對有能耐成就這件功績。此外，身為司法首長，我還要補充，如果你們這項嚴重的指控無法成立，我會用上所有你們提出的嚴苛法律追捕你們兩人，絕不留情。」

第六章

藍斯洛知道國王去新森林打獵了，所以他確信王后會派人找他過去。他的臥房很暗，只在聖像前面放著一盞燈，而他穿著一件家居袍子踱著步，身上除了那件色彩鮮豔的袍子以外，就只在頭上纏著某種類似穆斯林頭巾的東西，他準備上床睡覺，也就是說，他幾乎赤裸。

那是個昏暗的房間，並不奢華。牆面裸露，小而硬的臥榻也沒有遮篷。窗子沒有鑲玻璃，上面覆蓋某種浸了油、不透光的亞麻布。偉大的司令官通常都住在這種樸素的戰時臥房裡，房裡除了一張椅子或一口老箱子什麼都沒有──傳說威靈頓公爵以前住在沃爾默堡的時候[1]，都睡在行軍床上。藍斯洛房裡有口用金屬接榫的箱子，看來像是棺材，除了這口箱子和那張床，就只有他那把巨劍，用皮繩吊在牆上。

箱子上放著一個壺盔。他有時會把它拿到聖像燈前，站在那裡看著他在鋼鐵上的映影，臉上帶著和許久以前那個男孩同樣的迷惑表情。他把它放下來，繼續在房內踱步。

門上傳來輕敲聲時，他以為信號來了。他拿起劍，手伸向門閂，不過門自己開了。來人是加瑞斯。

「我能進來嗎？」

「加瑞斯！」

他驚訝地看著對方，然後說：「進來吧，看到你真好。」語氣不怎麼熱烈。

「藍斯洛，我是來警告你的。」

那老人挨近看了他一眼，咧嘴而笑。

「天哪！我希望你不是要來警告我什麼嚴重的大事吧？」

「沒錯，這事是很嚴重。」

「好吧，進來，把門關上。」

「藍斯洛，事關王后。我不知道要從何說起。」

「那就別麻煩了。」他抓住這個年輕人的雙肩，把對方往回推向門邊。

「你來警告我是很令人感動，」他說，雙手捏著對方的肩膀。「不過我不覺得你能告訴我什麼我不知道的事。」

「噢，藍斯洛，你知道，只要能幫上你的忙，我在所不辭。要是別人知道我來你這裡，我不知道他們會說出什麼話來。不過我無法置身事外。」

「出了什麼狀況嗎？」

他停下腳步，再次看向加瑞斯。

「阿格凡和莫桀。他們恨你。或者該說阿格凡恨你。他嫉妒你。莫桀最恨的人是亞瑟。我們已經盡力阻止他們，但是他們一意孤行。加文說這事他不插手，而加赫里斯從來就沒辦法做什麼決定。所以我得自行過來，得來找你，即使這麼做等於反抗自家兄弟和整個氏族也得來，因為我的一切都是你給我的，我不能讓這件事發生。」

「我可憐的加瑞斯！你讓自己陷入了什麼樣的困境啊！」

1 此處指第一任威靈頓公爵亞瑟・韋爾斯利（Arthur Wellesley, 1769-1852），曾在滑鐵盧擊敗拿破崙。沃爾默堡（Walmer Castle）是威靈頓公爵去世的地方，現為英國遺產，向大眾開放。

「他們去找國王，直言說你——說你到王后的臥房去了。我們試過阻止他們，雖然我們沒有留下來聽他們說，不過他們指的就是那件事。」

藍斯洛鬆開他的肩膀，在房裡踱了兩步。

「別為了這種事生氣，」他說著又走回來。「以前有很多人說過同樣的話了，不過什麼也沒發生。不會有事的。」

「這次會出事的。我感覺得出來，我就是知道。」

「胡說。」

「這不是胡說，藍斯洛。他們恨你。有了梅里亞格蘭斯的前車之鑑，他們這次不會接受戰鬥審判。他們太狡猾了，會用某種方法設計你。他們會暗算你的。」

但是那老兵只是笑著拍了拍他。

「你在胡思亂想，朋友，回家上床睡覺，忘掉這事吧。你到這兒來真是令人感動——不過你現在還是回家，放寬心，好好睡一覺。如果國王會為了這種謠言大驚小怪，他就永遠都沒辦法去打獵了。」

加瑞斯咬著手指，鼓起勇氣直言以告。

最後他說：「請你今晚不要去找王后。」

藍斯洛訝異地挑起一邊的眉毛，不過隨即放了下來。

「為什麼？」

「我確定那是個陷阱。我確定國王今晚是故意離開，好讓你去找她，阿格凡便會把你逮個正著。」

「亞瑟絕不會這麼做。」

「他做了。」

「胡說。你還要保母看顧的時候，我就認識亞瑟了，他不會做出這種事。」

「但是這樣很危險！」

「如果有危險，我會好好享用的。」

「求求你！」

這一回，他把手放在加瑞斯背上，重重將他往門外推。

「好了，我親愛的廚房見習騎士，聽好。第一，我了解亞瑟；第二，我了解阿格凡。你覺得我應該怕他嗎？」

「但是背叛……」

「加瑞斯，我還是個年輕小夥子時，有位貴婦人追著一隻扯斷了放鷹繩的遊隼，從我身邊跑過去。拖在底下的放鷹繩纏上一棵樹，所以那隻遊隼被綁在樹頂。貴婦人說服我爬上那棵樹，把她的鷹帶下來。我從來就不是很會爬樹，我爬到樹頂，解開那隻鷹的時候，貴婦人的丈夫全副武裝地出現了，揚言砍掉我的頭。這整件事是個陷阱，誘使我脫掉鎧甲，好讓我落入他手中。我在那棵樹上，穿著襯衣，連把匕首也沒有。」

「真的？」

「嗯，我用一根樹枝敲在他頭上。他比可憐的老阿格凡像樣多了，即使那些輝煌的日子已經過去，我們全都為風溼所苦也一樣。」

「我知道你能應付阿格凡，但要是他組織一支武裝隊來攻擊你呢？」

「他什麼也不會做的。」

「他會的。」

門上傳來一聲刮搔聲，一聲輕敲。可能是老鼠幹的，不過藍斯洛的雙眼變得沒有一點表情。

「這個嘛，如果他真的做了，」他簡短地道：「那我就得和那支軍隊對戰了。不過這完全只是幻想。」

「你今晚不能不去嗎？」

此時他們已然來到門邊，國王司令官的語氣不容置喙。

「聽好，如果你一定要知道，王后已經派人來找我了。若我被宣召，我是不能拒絕的，對吧？」

「所以即使我背叛了先民，也是徒勞無功。」

「不是徒勞無功。任何知道此事的人都會因為你勇於面對而敬愛你。不過我們可以信任亞瑟。」

「所以你無論如何都要去？」

「是的，廚房的見習騎士，而且我立刻就要去了。天啊，別看起來這麼難過。這事就交給身經百戰的壞胚子處理，快點上床去吧。」

「也就是說，我們要道別了。」

「胡說，是該道晚安。而且，王后正等著呢。」

老人輕輕鬆鬆把一件披飾甩過肩膀，彷彿仍保有年少的驕氣。他抬起門閂，站在門邊，想著是不是忘了什麼。

「如果我能夠阻止你就好了！」

「可惜，你不能。」

他踏入通道的黑暗之中，把這件事拋諸腦後便消失了。而他忘記的那樣東西，是他的劍。

第七章

桂妮薇正在她那間華麗寢室的燭光下梳理她的灰髮，等待藍斯洛到來。她看起來美得不可思議，不是電影明星那種美，而是一種靈魂有所成長的女性之美。她獨自唱著歌，那是——居然是——一首讚美詩《聖靈降臨歌》[1]，據信是位教宗的作品。

燭火靜靜立在夜晚的空氣中，映射在散綴床頂深藍色罩篷的金色小獅子上。髮梳和髮刷上的拼貼裝飾閃爍，一口大箱子的磨光黃銅嵌板鑲了聖徒與天使的琺瑯裝飾，牆上的織錦掛簾皺褶輕柔，閃閃發亮，地板還鋪了一條絕妙的毯子，這是種應受譴責的極度奢華。走在那條毯子上會令人不安，因為毯子一開始並非只拿來鋪在地板上。亞瑟走過時通常會繞過它。

門輕輕打開時，桂妮薇正邊唱歌邊刷著頭髮，她低沉的聲音和靜立不動的燭火相得益彰。最高司令官把他的黑色披風放在底下的箱子上，走過去站在她身後。她從鏡子裡看著他，沒有半點驚訝之色。

「我能幫妳做這件事嗎？」

「如果你想要。」

他拿起髮刷，隨著熟練敏捷的手指一同掃過那捧披垂的銀雪，王后閉上眼睛。

過了一會兒，他開口。

1 Veni, Sancte Spiritus，拉丁文，意為聖靈降臨（Come, Holy Spirit），是聖靈降臨節彌撒的歌曲，作者一說為教皇英諾森三世（Innocent III）。

「這像……我不知道這像什麼。不像絲，比較像是傾瀉的流水，但又像是雲。雲是水凝成的，對吧？它是白色的霧氣？還是冬日的海洋？瀑布？還是結霜的稻草堆呢？是了，是稻草，深邃、柔軟又盈滿香氣。」

「這是個討厭的東西。」她說。

「它是海洋，」他莊嚴地說：「我出生的海洋。」

王后睜開眼睛，問道：「你來時安全嗎？」

「沒人看到。」

「亞瑟說他明天就回來。」

「他這樣說嗎？這裡有根白頭髮。」

「拔掉它。」

「可憐的頭髮，很細的髮絲呢。珍妮，妳的頭髮為何這麼美麗呢？大概要拿六條編成一條，才和我的頭髮差不多粗。我該拔下它嗎？」

「是，拔吧。」

「會痛嗎？」

「不會。」

「為什麼不會？小時候我常去拔我那些姊妹的頭髮，她們也會來拔我的，痛得很呢。是不是我們年紀大了，感受力也跟著變差，所以再也無法感受我們的痛苦與快樂呢？」

「不，這是因為你只拔一根。如果你拔的是一把頭髮，就會痛了。來。」她解釋。

他低下頭好讓她能碰到，而她白皙的手臂向後伸出，用手指扭住他額前的頭髮，用力拉扯，直到他開始齜牙咧嘴。

「對，還是會痛。真令人欣慰啊！」

「你的姊妹是這麼拉扯你的頭髮嗎？」

「是啊，不過我更用力拉她們的頭髮。每當我走近她們當中的任一個，她都會用雙手護著辮子，瞪著我。」她笑了。

「我很高興我不是你的姊妹。」

「噢，不過我絕不會拉妳的頭髮。它太美了。我想對它做點別的事。」

「你想做什麼？」

「……嗯，我想像睡鼠那樣蜷在裡面睡覺。我現在就想這麼做。」

「等你弄完再說。」

「珍妮，」他突然問道：「妳覺得這事能持續下去嗎？」

「什麼意思？」

「加瑞斯剛來找我，警告我們亞瑟故意離開設下陷阱，讓阿格凡和莫桀來逮住我們。」

「亞瑟絕不會做這種事。」

「我也是這麼說。」

「除非他們逼他。」她深思。

「我想不出他們要怎麼逼他。」

她突然改變話題。

「加瑞斯真好，竟然願意與他的兄弟為敵。」

「妳知道嗎？我認為他是這宮廷中最好的人之一。加文也很正派，不過他太暴躁了，而且會記仇。」

「他很忠誠。」

「對。亞瑟曾說，如果你不是奧克尼家的人，那麼他們是很可怕的；但如果你是這家族的一分子，那你很幸運。他們打起架來像貓一樣凶狠，不過他們真心喜愛彼此。他們是一族的。」

不知為何，王后改變的話題還是將她帶回原來的軌道。

「藍斯，」她語帶驚恐地問：「你想他們會不會逼國王做出什麼事來？」

「什麼意思？」

「亞瑟有種駭人的正義感。」

「我不明白。」

「上星期那些話。我想他是要警告我們。聽！你有沒有聽到什麼？」

「沒有。」

「我覺得我聽到門邊有人。」

「我去看看。」

他打開門，不過門外一個人也沒有。

「假的警報。」

「那就門上門吧。」

他滑過門木（五吋厚的粗橡木棒），深深插入厚牆洞中。他回到燭光旁，把王后閃亮的髮絲分成容易處理的髮束，雙手像織梭一般移動著，快速地編成辮子。

「沒必要緊張，太可笑了。」他說。

然而她仍沉思，並用一個問題來回答他的話。

「你記得崔斯坦和伊索德嗎？」

「當然。」

「崔斯坦以前和馬克王的妻子睡在一起，所以馬克王殺了他。」

「崔斯坦是個傻瓜。」

「我認為他人很好。」

「那是他要妳這麼想。不過他可是康瓦耳騎士，和其他康瓦耳騎士都一個樣。」

「有人說他是全世界第二好的騎士。藍斯洛爵士、崔斯坦爵士、拉莫瑞克騎士……」

「只是茶餘飯後的閒談罷了。」

「你為什麼說他是個傻瓜？」她問。

「嗯，這要從很久以前說起。妳記不得在妳的亞瑟設立圓桌以前，騎士是什麼樣子，所以妳不知道妳丈夫是怎樣的天才。而妳也不了解崔斯坦和，呃，比如說加瑞斯吧，有什麼不同。」

「有什麼不同？」

「過去，每個騎士都只想到自己。那些老騎士個個都是海盜，比如布魯斯．索恩斯．匹帖爵士就是。他們知道只要穿上鎧甲，就沒人奈何得了他們，為所欲為，公然殺人、淫亂。亞瑟登基時，他們很生氣。妳知道，他相信這世上有是非對錯。」

「他依然相信。」

「幸運的是，他的個性也像他這項理念一樣頑強。他不過是認為人們行事應當溫和些，卻花了大約五年才有所進展。我一定是頭一批從他那裡接收溫和行事理念的騎士之一，我年輕時就接收了，而且他讓這念頭成為我的一部分。大家總說我是個多完美、多溫文的騎士，不過這和我一點關係也沒有，這是亞瑟的理念，是他對加瑞斯這些年輕一代的期許，現在，這變成一種流行風尚了，並且引領我們尋找聖杯。」

「那崔斯坦為什麼是個傻瓜？」

「這個嘛，他就是啊。亞瑟說過，他是個小丑。他住在康瓦耳，從沒接受過亞瑟的教導，不過他的確也抓住了這股流行風尚。他在腦中塞進某種斷章取義的念頭，認為知名的騎士應該溫文有禮，也一直迫切想達到這項流行的標準，但他沒有切實了解理念，內心也沒有任何感覺。他有點像是在模仿。他內心一點都不溫文有禮，對妻子很惡劣，而且老是欺負帕洛米德，只因帕洛米德是個黑人，此外，他更是大大羞辱了馬克王。康瓦耳騎士都是老派人，心裡一直都對亞瑟的理念抱有敵意，就算他們確實掌握了其中某部分也一樣。」

「就像阿格凡。」

「對，阿格凡的母親來自康瓦耳。阿格凡之所以恨我，就是因為我是這理念的代表人物。這事很有趣，不過我們三個——我是說拉莫瑞克、崔斯坦和我，曾被一般人稱為最好的騎士，也是老派騎士痛恨的對象。崔斯坦被殺的時候，那些老派騎士很高興，因為他在仿效亞瑟的理念；又，當然啦，以背叛罪名殺死拉莫瑞克的就是加文家族的人啊。」

「我認為，」她說：「阿格凡恨你，不過就是出於酸葡萄的老套。我並不認為他會在意那個理念，不過他天生嫉妒比他優秀的戰士。他討厭崔斯坦，是因為他去歡樂堡途中敗在崔斯坦手下；而他幫著殺死拉莫瑞克，是因為那孩子在長矛競技排名賽中擊敗他；至於你，你把他擊落馬下多少次了？」

「我記不得了。」

「藍斯，你發現了嗎？在他所憎恨的人當中，另外兩個已經死了呀。」

「人遲早難逃一死。」

王后突然將髮辮自他指間扯開，從椅上扭過身來，一手抓著辮子，睜圓著眼凝視他。

「我認為加瑞斯說的是真的！我認為他們今晚要來抓我們！」

她跳下椅子，開始將他往門推。

「走吧，趁還來得及。」

「但是，珍妮……」

「不，沒有但是，我知道這是真的，我感覺得出來。這是你的斗篷。噢，藍斯，拜託快走吧。他們從背後給了拉莫瑞克爵士一刀啊。」

「來，珍妮，不要為了無中生有的事慌張。這只是幻想……」

「這不是幻想。你聽，你聽。」

「我什麼也沒聽到啊。」

「你看那扇門。」

此時用來拉起門上插銷的把手（一塊形似馬蹄的鍛鐵）慢慢向左移動，像隻螃蟹不確定地移動。

「門怎麼了？」

「你看那把手！」

他們站在那裡，著了魔似的看著把手盲目地拉動、偷偷摸摸又猶疑不決地進行探索。

「噢，上帝。」她低語，「現在已經太遲了！」

那根把手落下，鍛鐵敲在門板的木頭上，發出巨響。那是一扇很好的加厚雙層木門，其中一層木板的紋理是直的，另一層則是橫的，此時有隻金屬手套正從門的另一側擊打。阿格凡的聲音在他頭盔的孔穴中回響，大喊著：

「開門！以國王之名！」

「我們完了。」她說。

「叛徒騎士，」金屬在木頭撞出極大的聲響，門那頭的聲音大喊，「藍斯洛爵士！汝已成甕中之鱉！」

許多別的聲音加入外面那陣吼叫的行列。眾多甲具的關節再也沒有必要保持警戒，在石梯上發出鏗啷鏗啷的響聲。門板在門木上撞擊著。

藍斯洛也不知不覺說起騎士語。

「這房裡有鎧甲嗎？可遮護吾身之鎧甲？」他問。

「什麼都沒有，連劍也沒有。」

他面向那扇門站著，表情困惑又專注，咬著手指。有好幾雙拳頭正在搥打那扇門，所以它震晃著，聲音聽起來就像是一群獵犬。

「噢，藍斯洛，沒有什麼好打的，而且你身上幾乎什麼也沒有。他們全副武裝，人多勢眾，你會被殺，我也會上火刑臺，我們的愛情即將走向苦澀的結局。」她說。

他因為自己沒能解決問題而生起氣來。

「只要我有鎧甲就行了，」他惱怒地說：「像隻掉進陷阱的老鼠被抓，實在太荒謬了。」

他環視房內，咒詛自己為何忘了攜帶武器。

「叛徒騎士，從王后的房間出來！」門外的聲音轟隆隆作響。

另一個聲音美妙、沉著，愉快地喊道：「汝當明白，此地有十四名武裝兵士，汝等插翅難飛。」那是莫桀，門上的敲擊聲更加響了。

「真該死。我們不能讓這一直響下去。我得走了，不然他們會弄醒整個城堡的人。」他說。

他轉向王后，將她抱進懷裡。

「珍妮，我想稱妳為我最高貴的基督徒王后。妳會堅強嗎？」

「我親愛的。」

「我甜蜜的老珍妮，給我一個吻吧。在我心中，妳一直都是個特別的好女人。從來沒人破壞得了我們的愛，別讓這次給嚇著了。如果他們殺了我，記著波爾斯爵士。我所有的兄弟和姪子都會照看妳。送信給波爾斯或德馬瑞斯，若有必要，他們會出手救妳。他們會安全地將妳帶到歡樂堡，妳可以在我的領地住下來，過著如現在王后般的生活。妳明白嗎？」

「如果你被殺了，我也不想獲救。」

「妳會的。」他堅定地說：「要有個人活下來好好解釋我們的事，這很重要。這艱難的工作是妳必須要做的。還有，我需要妳祈禱。」

「不。讓別人去祈禱吧。如果他們殺了你，他們也能燒死我。我會像個基督徒王后從容赴死。」

他溫柔地吻了她，讓她坐在椅子上。

「現在爭論這些太遲了。我知道，無論發生什麼事，妳都還是那個珍妮，而我也還是那個藍斯洛。」他仍專心地環視房間，不經意地說道：「要是他們只衝著我來，那是還好；但硬把妳扯進來，實在很糟。」

她看著他，試著止住淚水。

「我願意用雙足來換取部分鎧甲——就算只有一把劍也好，這樣他們將記取教訓。」

「藍斯，如果他們殺了我，而保你平安，我會很高興的。」

「那樣的話，我會非常傷心。」他答道，突然找回了自己的幽默感。「好吧，好吧，我們得盡力而為。這得勞動我這把老骨頭，不過我想我會喜歡！」

他將蠟燭放在里蒙日箱的蓋子上，這樣他開門時，蠟燭就會在他身後。他撿起自己的黑色斗篷，小心地將長邊摺四摺，纏在左手和前臂上，作為護手。他從床邊拾起一只腳凳，穩穩地拿在右手，接著最後一次環視整個房間。

此時，房外的噪音愈來愈響，有兩個人顯然想用戰斧破門而入，不過雙層木門的交錯紋理阻礙了他們。他走到門邊，揚聲說話，門外登時一片寂靜。

「各位好大人，別再吵，也別再砍了，我這就開門，之後吾人但憑各位處置。」

「那就出來。」他們慌忙叫道：「來啊。」「汝等勿再反抗，反抗是無用的。」「讓我們進房。」「如果你到亞瑟王那裡去，我們將保汝之性命。」

他單肩抵住震盪不休的門，輕輕將門木往回推進牆裡，門那頭的人感到有什麼事要發生，停手不再砍劈。他先將右腳牢牢踏在離門邊側柱大約兩呎處，之後旋開門。門一顫，在他腳邊停下，留下一道狹窄的開口，拉出一道縫隙，而非大開。接著，有位全副武裝的騎士有如懸絲傀儡般順從地孤身闖入，藍斯洛使勁關上他身後的門，上閂，用襯著軟墊的左手抓住那人的劍柄，將他往前一推，伸腳一絆，在他摔落地面時拿起凳子猛毆他的頭，一轉眼便坐到對方胸口上——如他以前一樣敏捷。這些事做來似乎輕鬆寫意，彷彿那個武裝的人一點氣力也沒有。這個穿著高大鎧甲、巨塔般的人進入房內，站了一會兒，透過頭盔縫隙搜索敵人，看起來很溫順——他彷彿是走進房裡，將劍交給藍斯洛，然後自己倒在地板上。現在這個高大的鐵人仍順從地躺在那裡，赤腳的男人將劍尖插入頭盔面甲。他雙手在劍柄端施力下壓時，造成些許掙扎的顫動。

藍斯洛站起身，在睡衣上擦了擦手。

「很抱歉我必須殺了他。」

他打開面甲，看了一眼。「是奧克尼的阿格凡！」

門那頭傳來一陣可怕的叫喊，交雜著搥擊聲、砍劈聲和詛咒聲。藍斯洛轉向王后。「幫我穿上鎧甲。」他簡短地說。她毫不抗拒，立即和他一起跪在屍體邊，將關鍵部分拆卸下來。

「聽著，」他們在拆卸時，他說：「這會給我們一個公平的機會。如果我能逼退他們，我會回來找妳，妳就前往歡樂堡。」

「不，藍斯。我們造成的傷害夠多了。如果你能殺出重圍，你一定要遠離此處直到事情平息。我要留在這裡。若亞瑟原諒我們，若這事能夠順利平息，那時候你就可以回來。如果他不原諒我，你再回來救我。這個要怎麼弄？」

「給我。」

「另一個在這。」

「妳最好和我一起走。」他力勸，同時掙扎著穿上無袖短鎧，就像足球員穿運動衫那樣。

「不，如果我和你走，一切就永遠都完了。如果我留下來，我們還有機會能修補。只要有必要，你總是可以來救我。」

「我不想離開妳。」

「如果我被判刑，然後你來救我，那麼我答應你，我會到歡樂堡。」

「如果不是這樣呢？」

「用你的斗篷擦擦頭盔。」她說：「如果不是這樣，那你不久就能回來，一切都會完好如初。」

「很好。嗯，這樣就好，我不需要別的了。」

他握著血跡斑斑的劍直起身，看著那個殺了自己母親的死人。

「加瑞斯的哥哥，」他沉思道：「也許他喝醉了。雖然這麼說有點可笑，不過——願上帝讓他安息。」

年老的女士讓他面向燭光。

「這代表，再見了。」她輕聲道，「暫時再見了。」

「這代表，再見了。」

「吻我？」她問。

他穿著鎧甲，身上滿是血汙還覆著金屬片，所以他吻了她的手。兩人不約而同想著外面那十三人。

「我想讓你帶個我的東西在身上，藍斯，還有，讓你留個東西給我。你願意和我交換戒指嗎？」

他們交換了。

「上帝與我的戒指同在，就如同我與它同在。」她說。

藍斯洛轉過身，走向門邊。門外的人仍舊喊著：「從王后的房間出來！」「國王的叛徒！」「開門！」他們正盡其所能製造噪音，為這樁醜聞增溫。他叉開雙腿，面對那團混亂，以榮譽的語言回答他們。

「靜下來，莫桀爵士，聽吾一言。汝等全部離開此門，勿再吵鬧、勿再做出中傷他人之舉。離開此地，勿再出聲。吾明日當面見國王，屆時汝等身分、其中又有何人控我叛國，自見分曉。之後，吾將盡騎士本分，答覆汝等控訴，表明吾今日來此並無陰謀詭計，吾將證明此言不虛，並且親手好好給汝等一個教訓。」

「呸，汝等叛徒，」莫桀的聲音叫道，「吾等不會讓汝等稱心如意，汝命皆在吾人手中。」

另一個聲音叫道：「吾等蒙亞瑟王授予生殺之權，可保汝等無虞，也可取汝等性命。」

藍斯洛拉下面甲，遮住他那張隱蔽在陰影中的面孔，接著用劍尖推開門閂。堅固的木頭砰地一聲開了，湧入鐵人和直立的火炬。

「噢，諸位，」他嚴峻地說：「汝等已無風度可言了嗎？既是如此，請小心了。」

第八章

一週後，加文的族人在司法室中等待。窗戶都沒遮蔽，日光下，這個房間看來不大一樣，再也不是個盒子、再也不是四面帶著些許威脅或虛偽冷漠的牆壁、再也不是誘使哈姆雷特出劍刺殺鼠輩的掛毯陷阱[1]。午後陽光自窗口灑入，照亮了那張拔示巴的掛毯，她在一座像是用玩具磚蓋成的城堡城垛上，坐在浴盆裡，露出一對渾圓乳房——這束光讓她認出大衛，他在隔壁屋頂上，頭戴王冠、蓄著鬍子、手拿一把豎琴——這束光還在一百匹馬、成排並列的長矛、頭盔和成套鎧甲的地方形成漣漪，那是烏利亞被殺的戰爭場景。敵方騎士擊中烏利亞的腹部，他跌落馬下，看來像個沒經驗的潛水夫。那把劍的前半已然沒入他體內，所以這個可憐人就要變成兩半了，還有很多逼真的朱紅色蟲子駭人地從傷口中湧出，那應該是他的腸子。

加文陰鬱地坐在一旁為訴願人而設的長椅上，手臂交疊，頭靠在掛毯上。加赫里斯坐在長桌上，正替鷹調整皮盔上的繩子，他想換掉，好讓皮盔更密合。不過繩子交錯的方式很複雜，他把自己搞得一團亂。加瑞斯站在他旁邊，想把皮盔弄到自己手裡，因為他確定他能搞定這件事。莫桀臉色發白，一隻手臂吊著，靠在其中一扇窗的砲眼上往外看。他仍感到疼痛。

「這應該要從這道縫底下過去。」加瑞斯說。

「我知道，我知道。不過我想先把這個穿過去。」

「我來試試。」

「一下子就好。來了。」

莫桀站在窗邊說：「劊子手準備開始了。」

「噢。」

「這將是場殘酷的死刑。他們用了乾燥過的木頭，不會有煙，所以她會在嗆死前被火燒死。」他說。

「你這樣認為啊。」加文的語氣不大高興。

「可憐的老女人。人民幾乎為她感到難過。」莫桀說。

加瑞斯猛地轉向他。

「你以前就該想到這一點。」

「現在，上面。」加赫里斯說。

「我知道，」莫桀幾乎是自言自語地繼續說下去，「我們的國王大人一定會從這扇窗戶觀看這次執刑。」

加瑞斯勃然大怒。

「你就不能管住自己的嘴一會兒嗎？任誰聽了都會認為你享受著看人燒死的樂趣。」

莫桀輕蔑地答道：「你也會呀，真的。只有你才認為這樣說不好。他們會把只穿著無袖連身內衣的她活活燒死。」

「為了上帝，別說了。」

1 出自《哈姆雷特》第三幕第四場，御前大臣普隆涅斯躲在王后房內掛毯後面，偷聽王后葛楚德與其子哈姆雷特之間的對話，誤以為哈姆雷特要殺王后，出聲呼救，因而為哈姆雷特所殺。

加赫里斯以他那緩慢的調子道：「我不認為你有什麼好擔心的。」

莫桀突然看向他。

「你是什麼意思？他沒什麼好擔心的？」

「當然沒什麼好擔心的。」加文生氣地說，「你認為藍斯洛不會來救她嗎？再怎麼樣，他可絕不是個懦夫。」

莫桀的腦筋飛快轉動，他在窗邊的僵硬姿勢被一種緊張不安的亢奮所取代了。

「如果他試圖救她，便會引發戰事。亞瑟王得和他對戰。」

「亞瑟王會在這裡往下觀看。」

「但是這太奇怪了！」他無法控制情緒了。「你是說，藍斯洛可以在我們眼下帶王后逃走嗎？」

「就是這樣。」

「但是這樣就沒人受到懲罰了呀。」

「天啊，老哥。」加瑞斯叫道：「你要看著她被燒死嗎？」

「對，我要。對，我要。加文，你弟弟被殺了，你打算坐在這裡，讓這件事就這樣發生嗎？」

「我警告過阿格凡了。」

「加瑞斯！加赫里斯！你們這些懦夫！要他做點什麼啊！你們不能讓這事發生。他殺了你們的兄弟阿格凡啊。」

「莫桀，截至目前我對此事的了解，是阿格凡帶了十三名全副武裝的騎士，試圖在藍斯洛只穿件睡袍時殺他。結果阿格凡自己連帶十三名騎士都被殺了——只有一個例外，他逃跑了。」

「我沒有逃跑。」

「你還活著，莫桀。」

「加文，我發誓我沒有逃跑。我盡力和他打了。不過他打斷我的手臂，之後我什麼也不能做。我以我的名譽起誓，加文，我有試著和他對打。」

他幾乎哭了出來。

「我不是懦夫。」

「如果你沒逃跑，」加赫里斯說：「藍斯洛為什麼殺了其他人卻讓你離開？他當然想殺了你們所有人，才不會留下人證啊。」

「他打斷了我的手臂。」

「對，但是他沒殺了你。」

「我說的是實話。」

「但是他沒殺你。」

臂上的疼痛和憤怒讓這男人像個孩子大叫起來。

「你們這些叛徒！永遠都是這樣。只因為我不夠強壯，你們就反對我。你們支持那個健壯的笨蛋，不肯相信我。阿格凡死了，守靈式也舉行了，你們卻不打算為此懲處任何人。叛徒、叛徒！從以前到以後都一樣！」

他情緒崩潰時，國王進來了。亞瑟看來很疲倦，他慢慢走向王座，坐了上去，之後比了個手勢，要他們坐下。加文坐回先前的長椅上，加瑞斯和加赫里斯仍站著，他們帶著憐憫的表情看著國王，背景襯著莫桀的啜泣聲。

亞瑟撫摸著他的前額。

「他為什麼哭？」他問。

「他在向我們解釋，藍斯洛為何殺了十三名騎士，卻又轉念決定不該殺我們的莫桀。顯然是因為兩人惺惺相惜嘛。」加文說。

「我想我能解釋這事。你知道，就在十天前，我要求藍斯洛爵士不要殺了我兒子。」

「這真是謝謝您了。」莫桀的語氣苦澀。

「你不用謝我，莫桀。該謝的人是藍斯洛。」

「我希望他那時殺了我。」

「我很高興他沒下手。我們現在已經陷在這樁麻煩裡，兒子，試著有點感恩之心。記著，我是你父親。除了你，我沒有別的親人了。」

「我希望我從未來到這世上。」

「我也希望，可憐的孩子。不過你已經出世了，所以我們得盡力而為。」

莫桀臉上帶著一種虛假的羞愧之情，懷抱著恨意向他走去。

「父親，你知道藍斯洛要來救她嗎？」

「我想會的。」

「您有派騎士阻止他嗎？您安排了強大的守備嗎？」

「已經盡可能加強守備了，莫桀。我試著公平行事。」

「父親，」他熱切地說：「派加文和這兩位去加強守備。他會帶著大隊人馬來的。」

「加文？」國王問。

「謝了，舅舅。我希望您別這麼要求我。」

「加文，為了對已在那裡的守備人員公平，我應該要求你。你知道，若我認為藍斯洛會來，那麼，只有微弱的守備就不公平了，因為那是背叛我自己的人馬。他們會有所犧牲的。」

「不管您是否要求我這麼做，把您的王權用在別人身上吧，我不會去的。我一開始就警告過這兩位，我不會參與。我不想看到桂妮薇王后被燒死，我也得說，我希望她不會上火刑臺，我也不會幫忙執刑。就這樣。」

「這聽起來像是叛國之罪。」

「或許是吧，不過我個人很喜歡王后。」

「我也喜歡王后，加文。娶她為妻的人是我啊。但如今這是公諸於世的司法問題，不能考慮個人的感受。」

「我想我無法不考慮自己的感受。」

國王轉向其他人。

「加瑞斯？加赫里斯？你們能否答應我的請求，穿上鎧甲加強守備呢？」

「舅舅，請不要這樣要求我們。」

「我也不願要求你們，加瑞斯。」

「我知道你不想，但請別逼我們這麼做。藍斯洛是我的朋友，我要怎麼和他對打？」

國王觸碰他的手。

「我親愛的，不管對手是誰，藍斯洛應該會希望你去。他也相信司法。」

「舅舅，我沒辦法和他對抗。冊封我為騎士的人就是他啊。如果你要我去，我會去，但是我不會武裝。我想我也是個叛徒吧。」

「即使我的手臂斷了，我還是準備穿鎧甲上陣。」莫桀說。

加文語氣尖刻地說：「你應該夠安全了，瘋子。我們知道國王已經命令藍斯洛不可以傷害你。」

「叛徒！」

「加赫里斯？」國王問。

「我和加瑞斯一起去，不著武裝。」

「我想我們也只能這麼做。我希望自己盡力而為了。」

加文從椅上起身，帶著笨拙的同情，踩著沉重的步伐走向國王。

「你做的比任何人想得到的都多了。」他親切地說，用厚厚的手掌握住國王青筋畢露的手，「我們現在要向前看，希望有最好的結果。讓我這幾個弟弟不著武裝去吧。只要他看得到他們的臉，就不會傷害他們。我留下陪你。」

「那就去吧。」

「我該通知劊子手準備行刑嗎？」

「是的，莫桀，如果你非這麼做不可。把我的戒指給他，找貝德維爵士拿許可憑狀。」

「謝謝，父親。謝謝。這花不了多少時間。」

那張蒼白的面孔熾烈地燃燒，在這刻顯露一種奇怪而真實的感激，之後他便匆匆出去了。他跟在那兩位要去加入守衛的兄長身後，眼神明亮，嘴脣神經質地扭曲起來。只留下老國王和加文，國王將頭埋進手中。

「他可以把這事處理得更得體一些。他可以試著不要表現得那麼快樂。」

加文把手放在國王佝僂的肩上。

「別害怕，舅舅。一切都會好轉。我相信藍斯洛會及時救走她，不會造成什麼傷害。」

「我試著盡我的責任。」

「你的努力令人讚賞。」

「我審判她是因為法律要審判她。我已經盡力讓審判得以實行。」

「不過這審判不會執行。藍斯洛會安全地帶她離開。」

「加文，你不會認為我想讓她獲救吧。我是英格蘭的司法，現在我們的職責，就是無怨無悔地把她送上火刑臺。」

「哎，舅舅，每個人都很清楚你如何努力過。不過，我們都打從心裡希望她平安無事，這是無法改變的事實。」

「噢，加文，我已經和她結婚這麼多年了啊！」

加文轉過身，走向窗戶。

「不要自尋煩惱，這些亂事會好轉的。」

「什麼是好？」老人神色悲傷地喊道，眼神尾隨加文的背影，「什麼又是壞？如果藍斯洛確實來救她，可能會殺死我派去燒死她的無辜守衛。他們信任我，而我派他們前去阻攔他，因為這就是司法。如果他救了她，他們就會被殺；而如果他們沒有被殺，她就會被燒死。但是加文，她會在可怕、燃燒的火焰當中被燒死——那是我深愛的桂妮啊！」

「別想了，舅舅。不會變成這樣的。」

然而國王崩潰了。

「他為什麼沒有立刻前來？他為什麼要等這麼久？」

加文語氣平穩。「他得等到她出現在公開場合，到廣場上，否則他就得攻城了。」

「加文，我曾試著警告他們。就在他們被抓的前幾天，我試著警告他們。不過這些事很難在不傷害人的情感下坦率直說。而我也是個傻瓜。我不想察覺此事。我希望只要我不弄清所有的事，事情最終就能解決。你認為這是我的錯嗎？你認為，如果我做了不同的選擇，我能保全他們兩個嗎？」

「你盡力了。」

「我年輕時做了些不公不義的事，從那時起，它就成為我生命中不幸的泉源。你認為，如果你做了壞事又去行善，能夠阻止壞事所帶來的苦果嗎？我不覺得。此後，我做了很多好事，想要堵住這不幸的泉源，但是它像漣漪愈擴愈大，並沒有被填塞住啊。你認為這件事也是我的報應嗎？」

「我不知道。」

「如此等待實在太可怕了！」他大叫。「對桂妮來說一定更可怕。他們為什麼不馬上帶她出來，結束此事？」

「他們很快就會這麼做的。」

「這不是她的錯。這是我的錯嗎？我該拒絕接受莫桀的證言，無視整件事的存在嗎？我該判她無罪嗎？我可以把我的新法放到一邊。我該那麼做嗎？」

「你是可以那麼做。」

「我是照我的意願來行事的。」

「哎。」

「但是司法又如何？最後的報應又是什麼呢？報應、司法、不當的作為、淹死的孩子！我昨晚整夜都看到他們圍在我身邊。」

加文改變聲調，平靜地說：「你一定要忘記那些事。你要集中自身的力量克服那些困難。你會這麼做吧？」

國王緊握王座的扶手。

「是的。」

「我想你得到窗戶這兒來。他們要帶她出來了。」

老人沒有移動，手指將那木頭抓得更加緊了。他坐在那裡，緊盯前方。接著他將全身力量都撐在兩隻手腕上，逼自己站起身，執行他的職責。如果他沒有出現在刑場，處決就不合法了。

「她穿著白色的內衣。」

他們安靜地站在一起，像是沒有感覺的人一樣看著。在這關鍵時刻，他們有某個部分是麻木的，這樣的麻木反而讓他們忍不住喋喋不休。

「哎。」

「他們在幹什麼？」

「我不知道。」

「祈禱吧，我想。」

「哎，那前面是個主教。」

「他們在檢查禱詞。」

「他們看起來真怪。」

「他們很普通啊。」

「我已經出現在大家面前了，」國王像個孩子般問道：「你想我能坐下嗎？」

「你得留在這裡。」

「我想我做不到。」

「你一定要做到。」

「但是加文，如果她向上看呢？」

「如果你沒有留下來，就不合乎律法了。」

外頭，就在那扇窗戶下，用透視法繪出的市集中，似乎有人唱著讚美詩，不過無法分辨歌詞或旋律。他們看到遊行的牧師為死刑的禮儀而忙碌，閃閃發亮的騎士一動也不動地站著，人群環繞在廣場外，像是一個個椰子殼。要看見王后並不容易，她深陷在儀式的漩渦中，一下被帶到這邊，一下被帶到那邊，和一小群官員和懺悔神父會面，她被帶到劊子手旁，接受勸說跪下祈禱，再接受忠告起身發表談話，有人中傷她，有人拿蠟燭讓她握在手裡，有人原諒她，也有人要求她的原諒，她讓那些人慢慢帶向前去，將她的生命與儀典和尊嚴一同展示在人前。再怎麼說，黑暗時代符合律法的謀殺，是沒有尊嚴可言的。

國王問道：「你看到任何救援前來嗎？」

「沒有。」

「可真漫長。」

窗外的吟唱聲停止了，形成一片悲傷的沉默。

「還要多久？」

「還要幾分鐘。」

「他們會讓她祈禱吧？」

「會的，他們會讓她祈禱。」

老人突然問道：「你認為我們該祈禱嗎？」

「你想祈禱我們就祈禱吧。」

「我們該跪下來嗎？」

「應該沒什麼差別。」

「我們該說些什麼？」

「我不知道。」

「我該說我們的父嗎？這是我唯一想得到的。」

「那樣就好。」

「我們該一起說嗎？」

「你想一起說，我們就一起說吧。」

「加文，我恐怕得跪下。」

「我站著就好。」奧克尼領主說。

「現在……」

就在他們開始不甚專業的祈願時，模糊的號角聲從市集另一頭傳來。

「噓！舅舅！」

祈禱的人話說到一半便停了下來。

「有一群士兵來了。我想是騎兵！」

亞瑟起身，靠向窗邊。

「在哪？」

「是號角！」

這時，黃銅的音調清楚、尖銳而歡躍地穿透這房間。國王推著加文的手肘，用顫抖的聲音大喊：「我的藍斯洛！我知道他會來！」

加文硬是將強壯的肩膀擠過窗框，兩人貪婪地看著外面的情景。

「沒錯，是藍斯洛！」

「瞧，他穿著銀色的衣服。」

「銀底、紅色斜帶紋的盾徽！」

「這瀟灑的騎士！」

「看他們所有人！」

這確實值得一看。市集像是潰守般，一如荒野大西部的景色。盛裝水果的簍子破了，裡頭的椰子傾瀉而出。守衛的騎士正要上馬，他們一腳踩在馬鐙上，另一腳在戰馬旁邊跳來跳去，馬兒都以他們的主人為軸不斷轉圈。輔祭扔開香爐，神父橫衝直撞地穿過人群，主教想要留下，卻被推往教堂方向走，他的權杖由幾位忠誠的副主祭拿著，高舉在那群混亂之上，像一面旗幟似的跟在後面。有頂罩篷原本是用四根柱子撐起，給某人或某樣東西遮蔭，現在柱子歪斜，罩篷也歪斜傾倒，就像大西洋中進水的小船。亮閃閃的騎兵穿戴著鏗然武裝，伴隨著銅管樂音，像是突進的潮水湧入廣場，羽飾有如印地安人頭般擺盪；他們的劍揚起、落下，有如某種奇怪的機關。舉行桂妮薇的最後儀式時，環繞在她身邊的侍者成群離棄了她，她就像座燈塔般直立在那裡，身上穿著白色內衣，高高綁在火刑柱上一動也不動。她在他們之上，戰爭就在她腳邊開打。

「他們操控馬匹奔跑和停止的手法真妙。」

「沒有別人能像那樣衝鋒的。」

「噢，那些可憐的守衛！」

亞瑟扭絞著自己的手。

「有人落馬了。」

「是瑟瓦瑞德。」

「真是場混戰。」

「他的衝鋒，」國王激動地說，「向來無人能擋，一直都是。噢，這一擊真妙啊！」

「佩提洛普爵士上了。」

「不，那是佩里蒙斯，是他兄弟。」

「看看陽光中的良劍。看看那些色彩。打得好，吉利梅爾爵士，打得好！」

「不，不！看看藍斯洛。看他是怎麼刺、怎麼砍的！現在落馬的是阿格洛法。瞧，他去找王后了。」

「皮亞馬斯會阻止他的！」

「皮亞馬斯——胡扯！我們會贏的，加文，我們會贏的！」

那大個子扭著身體，熱切地咧嘴笑了。「我們是誰呀？」

「好吧——應該說是『他們』，你這傻子。當然是藍斯洛爵士，他會贏的。皮亞馬斯爵士上前了。」

「波爾斯爵士落馬了。」

「沒事。他們一會兒就會再把波爾斯弄上馬。他來了，向王后這邊來了。噢，看哪！他帶件外衣和長袍給她。」

「是的，他帶了。」

「我的藍斯洛不會讓我的桂妮薇只穿件內衣見人的。」

「他是不會。」

「他把那些衣服套在她身上了。」

「她在微笑呢。」

「祝福他們。不過，噢，那些步兵啊！」

「你可以說，這事已經結束了。」

「他不會有過多的殺戮。這一點我們可以信任他吧？」

「這點我們是可以信任那男人。」

「那個落馬的人是達馬斯嗎？」

「噯。達馬斯總戴著紅色羽飾。我覺得那種東西戴了也只會被扯下來而已。他們的速度真快！」

「桂妮薇上馬了。」

號角聲再次傳入房中，這次是不同的信號。

「他們一定是要走了。這是撤退的信號。神哪，神哪，看看這一團混亂！」

「我希望沒有太多人受傷。你看到了嗎？我們是不是該去幫他們？」

「還有很多人不願屈服。」加文說。

「忠實的守衛。」

「有十多個人呢。」

「勇敢的人啊！這全是我的錯！」

「我看不出除了我弟弟，有誰錯了，而他現在已經死了。欸，他們最後一批人集結在那裡，你看，王后的白袍被擁在最前面。」

「我該向她揮手嗎？」

「不。」

「這樣做不好，對吧？」

「是不大好。」

「好吧，我想我不該這麼做。不過，能在她離開時做點事總是好的。」

加文帶著歡喜之情轉向他。

「亞瑟舅舅，你是個偉大的男人。我告訴過你，事情會好轉的。」

「你也是個偉大的男人，加文，善良又仁慈的人。」

他們快樂地以古禮親吻對方的雙頰。「好啦，」他們說：「好啦。」

「現在要做什麼呢？」

「由你決定吧。」

老國王的視線在加文身上四處搜尋，彷彿想找出該做的那件事。他的年紀和那些惶惶然的話語都已從他身上消失。他的腰板挺直了些，雙頰呈玫瑰色，眼旁的魚尾紋向外伸展。

「我想我們應該先來點烈酒。」

「很好，叫見習騎士來吧。」

「見習騎士！見習騎士！」他對著門大叫，「你這天殺的跑到哪去啦？見習騎士！過來，你這小畜生，給我們拿點酒來。你這都做什麼去了？看著你的女主人上火刑臺嗎？你可真是沒有忠誠之心啊！」

那個滿心歡喜的孩子原本爬上一半的樓梯，此時應了一聲，又吱嘎吱嘎地下樓了。

「喝完酒以後呢？」加文問。

亞瑟快樂地回過神來，搓著手。

「我還沒有想法。總會有什麼事發生。也許我們能讓藍斯洛道歉，或是做些類似的安排——然後他就可以回來。我們可以讓他解釋，王后叫他去臥房，是要付給他先前雇用他在梅里亞格蘭斯一事出戰的費用，他才會在她房裡，而王后不想讓人談論這筆費用。之後他當然得來救她，因為他知道她是無辜的。是的，我想我們可以做些這類的安排。不過他們日後得好好規範自己才行。」

然而，面對舅舅的熱切，加文心中的熱忱消散了，他看著地面，話說得很慢。

「我懷疑……」他開口。

國王看著他。

「我懷疑，只要莫桀還活著，你就不可能和他言歸於好。」

一隻蒼白的手拉起門邊的掛毯，如鬼魂般的人倚在門上，他只穿著一半的鎧甲，沒有甲具保護的手肘吊了起來。

「只要莫桀還活著，」那人用完美的悲劇起始臺詞說道，「就不可能。」

亞瑟驚訝地轉過身。他審視著那對狂熱的眼睛，關切地走向兒子。

「為什麼呢？莫桀！」

「為什麼呢？亞瑟。」

「別那樣向國王說話。你好大膽子！」

「絕對不要那樣對我說話。」

缺乏起伏的聲調讓國王走到一半便停下腳步，現在他恢復了神智。

「來，」他慈愛地說，「我們知道這是場可怕的屠殺。我們從窗戶看到了。不過，當然，你舅母應當是安全了，這樣比較好，也符合所有司法形式的要求……」

「這是場可怕的屠殺。」

莫桀的聲音聽起來像是機器，不過帶有深意。

「那些步兵……」

「垃圾。」

加文僵硬地轉向他同母異父的弟弟，整個身體都轉了過去。

「莫桀，莫桀，你是在哪裡離開加瑞斯爵士的？」他沉重地問。

「我是在哪裡離開他們兩個的？」

紅髮男子突然喊了出來，語調變得急促。「別模仿我，」他咆哮，「不要像鸚鵡那樣鬼叫。說他們在哪裡就好。」

「去找他們吧，加文，就在廣場的人群裡。」

亞瑟開口：「加瑞斯和加赫里斯……」

「他們躺在市集上。有鮮血，所以很難認出他們。」

「他們沒受傷對吧？他們沒有武裝呢。他們沒受傷吧？」

「他們死了。」

「胡說，莫桀。」

「胡說，加文。」

「但是他們沒穿鎧甲啊。」國王抗議道。

「他們可沒穿鎧甲。」

加文威嚇地加重了語氣。「莫桀，如果你撒謊……」

「……那麼正直的加文就會殺了他最後的血親。」

「莫桀！」

「亞瑟。」他如是回應。他轉向亞瑟，臉色僵硬如石，狂暴地混合著怨恨、漠然與悲傷。

「如果這是真的，就太可怕了。誰會想要殺加瑞斯？他沒有武裝呢！」

「是誰呢？」

「他們只是去戒備而已，甚至不是參戰，而且是我要求他們才去的。還有，藍斯洛是加瑞斯最好的朋友，那孩子和班恩家族交情很好。這似乎不可能吧。你確定你沒有搞錯？」

加文的聲音突然響徹房內。「莫桀，是誰殺了我的兄弟？」

「到底是誰呢？」

暴怒的加文朝那駝子衝去。

「我強壯的朋友，除了藍斯洛爵士還有誰呢。」

「你這騙子！我要去看看。」

他跌跌撞撞地出了房間，腳步仍然急促，就像他剛剛衝向他弟弟那樣。

「但是莫桀，你確定他們死了嗎？」

「加瑞斯的頭頂不見了，」他冷淡地說，「他表情很驚訝。加赫里斯則面無表情，因為他的頭被劈成兩半了。」

國王心中的疑惑更甚於恐懼，他的語調帶著一種困惑的悲傷：「藍斯不會這麼做。他認識他們……他愛他們。他們沒戴頭盔，所以他應該認得出他們才對。冊封加瑞斯為騎士的就是他啊，他絕對不會做出這樣的事。」

「當然不會。」

「但是你說他做了。」

「我說他做了。」

「一定是哪裡搞錯了。」

「一定是哪裡搞錯了。」

「你這話是什麼意思？」

「我的意思是，純潔而無懼的湖上騎士蒙你准許，讓你戴了綠帽，又帶走你的妻子，而且他離開之前，還殺了我兩個兄弟，來自——兩個沒有武裝的人，還都是他親愛的朋友。」

亞瑟在長椅上坐下。年幼的見習騎士拿著他要的酒來了，向他鞠了兩個躬。

「您的酒，大人。」

「拿走。」

「大人，僕役長路卡爵士問，他能不能幫忙帶那些傷者進來，大人，還有，有沒有可以裹傷的亞麻布？」

「去問貝德維爵士。」

「是的，大人。」

「見習騎士。」他在那孩子離去時出聲叫喚。

「大人？」

「多少傷亡？」

「他們說有二十位騎士死了，大人。驕傲的貝里恩斯爵士、瑟瓦瑞德爵士、葛里菲特爵士、布蘭第萊爵士、阿格洛法爵士、托爾爵士、古特爵士、吉利梅爾爵士、雷諾德爵士的三位兄弟、達馬斯爵士、皮亞馬斯爵士、陌生客凱伊爵士、迪安爵士、蘭貝格斯爵士、赫米迪爵士、佩提洛普爵士。」

「加瑞斯和加赫里斯呢？」

「我沒聽說他們的情形，大人。」

魁梧的紅髮男子一邊哭泣，一邊以極快的速度再次奔回房內。他像個孩子奔向亞瑟，啜泣著：「是真的！是真的！我找到人證了。可憐的加赫里斯和我們的小弟加瑞斯——他殺了他們兩個，在他們沒有武裝的情況下。」

他跪下雙膝，將沙白色的頭埋進老國王的斗篷。

第九章

六個月後，一個明亮的冬日，歡樂堡受圍。陽光灑落的方向與北風垂直，因此犁溝東側一片白霜。城堡外，椋鳥和田鳧焦急地在冷硬的草叢中覓食；落葉樹枯立，像是血管圖譜或神經系統。如果你擊打牛糞，發出的聲音和木頭沒兩樣。一切都帶著冬日的色彩，褪色的苔蘚綠，就像遺留在陽光下好些年的綠色天鵝絨靠枕。血管似的樹和靠枕一樣，樹幹上都有層絨毛。針葉樹全都拉起葬禮的帷幕，水坑和極冷的護城河都發出冰裂聲。歡樂堡獨自矗立，那是一幅在黯淡陽光下的美景。

藍斯洛的城堡並非難以接近。這座亞瑟即位時代的老式要塞，已被繁複的防禦工事所取代，這是現在很難想像的。你不能把它想成今日可見，在石頭當中夾雜破碎灰泥的廢棄堡壘。它抹上了灰泥。他們在灰泥裡頭攙了鉛黃，所以帶點淡金色。鋪著石板的塔樓呈法式圓錐形，上百個出人意料的氣口攢簇在錯綜複雜的城垛上。數條古怪的小橋像嘆息橋[1]一樣覆著頂蓋，從這座小禮拜堂通到那座塔。外面還有樓梯，天曉得通到何處——或許是天堂吧。煙囪突然自堞口穿出，真正的彩繪玻璃鑲在高處，安全無虞，在原本空無一物的牆上閃著微光。方旗、耶穌受難像、滴水獸、排水口、風向雞、尖頂與鐘塔全都擠在突出的屋頂上；屋頂向四方延伸，有時鋪著紅瓦，有時是生著綠苔的石頭，有時則是石板片。這地方是個小鎮，而非城堡，是塊鬆碎的餡餅，而非老洛錫安未發酵的硬麵包。

歡樂堡周圍是圍城者的營地。那個年代，國王出外征戰時會帶著自家的掛毯，而這些掛毯是一項用來衡量營區的標準。帳棚有紅色、綠色、格紋、條紋，有些是絲製。這個迷宮充滿了色彩與固定繩索、營釘與長矛、玩棋的人與隨軍小販、懸著掛毯的內室和金餐具。英格蘭王亞瑟坐了下來，打算餓死他的朋友。

藍斯洛和桂妮薇站在大廳的爐火旁，房間中央的爐火已然失去明亮，逸散出黑煙，恰好自上方塔樓穿出。這裡有座合適的火爐，上面滿是班威克家族和支持者的紋章雕刻，鐵柵裡有半棵樹在悶燒。外面的冰霜讓地面太滑，馬匹無法行走，雖然沒有宣告，但今天是休戰日。

「我不懂你怎麼會搞成這樣。」桂妮薇說。

「我也不懂，珍妮。我甚至不知道我做了，直到所有人都這麼說。」

「你記得什麼嗎？」

「我想那時我很激動，而且很擔心妳，一群人對我揮著武器，而一群騎士想阻攔我。我得殺出一條路來。」

「這似乎不像你。」

「妳不會以為我想這麼做吧？」他苦澀地問道，「加瑞斯喜歡我更甚於他的兄弟。我幾乎可說是他的教父啊。噢，為了上帝，別說了。」

「別介意了。我敢說他置身事外會比較好，可憐的人。」她說。

藍斯洛沉思，踢踢爐中的圓木，一隻手臂放在壁爐上，看著餘燼中的光。

「他有對藍眼睛。」

他停下來，在火光中想著那對眼睛。

1 Bridge of Sighs，義大利威尼斯連接總督府與監獄的著名廊橋，犯人受審後，通過此橋前往監獄。

「他來到宮廷時，不肯說出他父母的名字。一開始為了要來這裡，他決定逃家。他母親和亞瑟有仇，那個老女人不願意他來。不過他必須前來。他要這股浪漫、騎士精神和榮譽，所以逃到我們這裡，而且不肯說出自己的身分。他沒有請求成為騎士。對他而言，只要待在這個偉大的中心就夠了，但後來他證明了自己的力量。」

他把一根岔出的樹枝推回去。

「凱伊帶他進廚房工作，給了他『大小姐』的綽號。凱伊一直是個混蛋。於是……這好像是好久以前的事了。」

寂靜中，他們站著，將手肘靠在壁爐架上，雙腿對著爐火；輕飄飄的火灰慢慢往下落。

「有時我會給他點小費，讓他買些小東西給自己。這位廚房見習騎士大小姐。不知為何，他很喜歡我。我就是用這雙手冊封他為騎士。」

他以訝異的表情看著自己的手指，彷彿以前沒見過它們似的動了動。

「後來他出外探險，與綠騎士對戰，我們發現他是個多麼了不起的戰士……」

「溫和的加瑞斯，」他的語氣幾乎帶著驚異之情。「我用同一雙手殺了他，只因為他拒絕武裝反抗我。人類真是種可怕的生物！如果我們從田野中走過時看到一朵花，我們會用棍棒砍下它的頭。加瑞斯就是這麼離開的。」

桂妮薇悲傷地執起那隻有罪的手。

「這事你無能為力。」

「我可以有點作為。」他陷入慣常的宗教傷感之中，「是我的錯。妳說對了，這不像我。這是我的錯，我的錯，我的大錯。都是因為我任自己在那群人當中亂砍亂殺。」

「你得救人啊。」

「對，但我只能和武裝騎士對戰。然而我放任自己，亂砍亂殺那些一點機會也沒有的半武裝步兵。我全身都是鎧甲，他們只有強化皮甲，只是皮革加上釦釘而已。我卻砍了他們，而上帝為此懲罰我們。因為我忘了我的騎士風度，所以上帝讓我殺了可憐的加瑞斯還有加赫里斯。」

「藍斯！」她語氣尖銳。

「我們如今陷在地獄般的悲慘中。」他拒絕聆聽她，繼續說著：「現在我必須對抗我的國王，那位讓我成為騎士、教導我一切的國王。我怎麼能夠對抗他？我又怎麼能夠對抗加文？我殺了他三個弟弟，怎能再加重我的罪過？但加文絕不會放過我的，現在他永遠不會原諒我了。我不怪他。亞瑟會原諒我們，但加文不會讓他這麼做。眼下除了加文，沒人想打仗，而我得像個懦夫被圍困在這個洞穴，等一下他們就會帶著號角到城外，開始唱：

叛徒騎士

出來戰吧

耶！耶！耶！

「他們唱些什麼不重要，你不會因為他們唱那些歌就變成懦夫。」

「我身邊的人也開始這樣想了。波爾斯、布拉莫、布雷歐貝里斯、萊尼爾——他們一直要我出去迎戰。但要是我出去了，會發生什麼事呢？」

「截至目前為止，我所知道的事實是你打敗了他們，然後你放他們走，拜託他們回家。每個人都尊敬你的仁慈大度。」她說。

他把頭藏在肘彎裡。

「妳知道最後一戰發生什麼事嗎？波爾斯和國王進行長矛比試，把國王打下馬，接著自己也跳下馬，拔出劍站在亞瑟面前。我看到後發瘋似地衝過去，波爾斯說：『我該終止這場戰爭嗎？』我大吼：『汝好大膽，當心汝之首級。』所以我們扶亞瑟上馬，然後我求他，我跪下來求他，要他走。亞瑟哭了，他熱淚盈眶看著我，一句話也沒說。他看來蒼老許多，不想和我們打，但是有加文在。加文曾站在我們這邊，但是邪惡如我，竟殺了他的弟弟。」

「忘了你的邪惡吧。這是加文的壞脾氣和莫桀的狡猾引起的。」

「如果只有加文，倒還有一絲和平的希望。」他悲嘆。「他內心還是正直的，是個好人。但是莫桀一直暗中影響他，讓他感到痛苦。還有蓋爾和高盧兩族的宿怨，以及莫桀策畫的新團體。我看不到盡頭啊。」

王后再次提出她說過一百次的建議：「如果我回到亞瑟身邊，任他處置，有用嗎？」

「我們提議過，他們拒絕了。別去想那些，畢竟他們可能還是會燒死妳。」

她離開壁爐，向窗上的大型砲眼走去。圍城工事在外面底下展開，有幾個迷你的敵營士兵正在結冰的池塘上快樂地玩著一種「狐與鵝[2]」的遊戲。因為跌倒而引發的明亮笑聲遠遠地傳了上來。

「戰爭未曾止息，那些不是騎士的步兵被殺了，卻沒人注意到。」她說。

「未曾止息。」

她沒有回頭，繼續觀察。「親愛的，我想我要回去，回去改變這樣的事。就算我要上火刑臺，也總好過這樣的麻煩。」

他隨著她來到窗邊。

「如果這有任何幫助，珍妮，我會和妳一起回去。如果我們一起讓他們砍頭，這場戰爭就可能停止，我們可以試試。但是所有人都瘋了。就算我們自願犧牲，但要是我們被殺，波爾斯、艾克特和其他人也會記著這筆仇。還有很多仇恨正在形成，有的是為了我們在市集和階梯上殺死的人，有的是為了亞瑟過去五十年間的事。我很快就沒辦法約束這些事了，即使現在也一樣。赫貝斯．勒雷諾米、勇敢的維利爾、匈牙利的烏利，他們將會為我們復仇，然後愈演愈烈。烏利實在太過感恩戴德了。」

「文明的教化似乎已經變得瘋狂了。」她說。

「是的，而且似乎是我們造成的。波爾斯、萊尼爾和加文都受了傷，每個人都瘋狂嗜血。我必須帶著我的騎士突圍，四處奔走，假裝出手攻擊。或許亞瑟將被力勸對付我，否則來的就是加文，那樣一來，我就得用盾遮護自身，保護自己，絕不能還擊。其他人注意到我這麼做，會說我沒有盡全力，拖延戰事，讓他們更加悲慘。」

「他們說的是實話。」

「當然是實話。但我若不如此，就得殺了亞瑟和加文，我怎麼能那麼做？除非亞瑟帶妳回去，離開這裡，否則狀況不會比現在好到哪去。」

要是二十年前，她可能因為這種不得體的提議火冒三丈。然而現在兩人來到人生的秋季，所以她笑了。

「珍妮，這麼說或許很可怕，但這是事實。」

2 Fox-and-Geese，一種北歐傳統的桌上策略遊戲，玩者分別扮演狐與鵝；狐要捉鵝，而鵝要想辦法把狐圍住。

「當然是事實。」

「我們就像對待傀儡娃娃那樣對待妳。」

「我們都是傀儡。」

他將頭靠在砲眼冰冷的石頭上，直到她拉起他的手。

「別想了，耐心待在城堡裡。也許上帝會照看我們。」

「妳以前也說過一次。」

「是啊，在他們抓到我們前一週說的。」

「就算上帝不照看我們，」他苦澀地說：「我們也可以去找教宗。」

「教宗！」

他抬起頭來。

「怎麼了？」

「噢，藍斯，你說的是……如果教宗向兩邊發出詔令，說要是我們不談判就把我們逐出教會呢？要是我們訴請教宗裁決呢？波爾斯和其他人會接受的。當然……」

在她選擇要用什麼字眼表達時，他親暱地看著她。

「他可以指派羅契斯特主教，主持和談……」

「但是要談什麼？」

她已經掌握原本模糊的想法，為此急切起來。

「藍斯，不管要談什麼，我們倆都得接受。即使這意味著……即使會對我們不利，至少能帶來和平。而我們的騎士得聽命於教會，所以他們也沒理由繼續尋仇……」

他說不出話。

「如何？」

她轉向他，表情鎮定祥和——那是女人在照顧別人或勝任其他工作而獲致成就時，特有的滿足與內斂神情。他不知該如何回應。

「我們明天可以派出一名信使。」她說。

「珍妮！」

他無法忍受她竟容許自己被從這人手中送到另一人手中，他們青春不再，或者他就要失去她，或者他不會失去她。他被夾在人民的生命、他們的愛情與他的親族之間，除了羞辱，什麼也沒了。她看出這一點，也用這點幫助他。

她溫柔地親吻他。外頭的例行合唱又開始了：

叛徒騎士
出來戰吧
耶！耶！耶！耶！

「那麼，」她輕撫他的白髮，「別聽那些。我的藍斯洛必須留在城堡裡，而且將會有個快樂結局。」

第十章

「所以教宗為他們下令休戰了。」莫桀冷冷地說。

「噯。」

加文和他在司法室等待最後的協商。他們兩人都穿著黑衣——然而兩人有著奇怪的差異：加文看來像個掘墓人，而莫桀那身衣服顯得燦爛輝煌，就像哈姆雷特。自從莫桀變成某個有名團體的領袖，他就開始做這種戲劇性的簡單打扮。這個團體主張某種民族主義，主張蓋爾族自治，還要屠殺猶太人，好報復那位傳說中的聖徒——林肯的聖休[1]。團體聚集好幾千人，遍布全國，都配戴著他的徽章：一隻血紅色的手緊握著一根鞭子；他們自稱為「持鞭人」。至於年紀較長的那名男人，他穿著制服只是為了取悅弟弟，那是樸實的黑色衣料，代表真實、絕望而深沉的哀嘆。

「真有趣，」莫桀繼續說道：「如果不是教宗，我們絕對看不到這麼美麗的遊行隊伍，人人都帶著橄欖枝，那對無辜的情人還穿著白衣。」

「這是一場很好的遊行。」

加文的心思無法輕易遵循諷刺的套路，他把莫桀話中的輕蔑當成事實陳述。

「這場戲自導自演得真好。」

那位兄長不自在地挪動身軀，彷彿想放輕鬆點，不過他又回復原來的姿勢。

他像是提問或是求助般，含糊地開口：「藍斯洛在信裡說，他誤殺了我們的加瑞斯。他說他沒看見他。」

「這就是說，藍斯洛殺了加瑞斯，是因為他對著那些沒有武裝的人亂砍，並沒看清楚那些人是誰。他一向都以此聞名呀。」

這次，話中的諷刺明顯到連加文都能聽出。

「我覺得似乎不是如此。」

「那麼是？當然不是。這不是藍斯洛的作風。他可是永遠都饒恕別人的英勇騎士，從沒殺過比自己弱小的人呢。藍斯洛會這麼受愛戴，就是因為他走了這條輕鬆的捷徑。你覺得他會突然放棄這樣的偽裝，不顧一切開始殺害沒有武裝的人嗎？」

加文徒勞地試圖表示公正：「他似乎沒有理由殺害他們。」

「理由？加瑞斯是我們的兄弟吧？藍斯洛殺他是為了報復，因為我們家族抓到他和王后在一起。」他更加謹慎地補充：「也因為亞瑟喜歡你，所以他嫉妒你擁有的影響力。他根本計畫好了，要削弱奧克尼一族的力量。」

「他削弱的是他自己的力量。」

「還有，他嫉妒加瑞斯。他怕我們的兄弟會竊占他的名聲。我們的加瑞斯在模仿他，這可不大合那位英勇騎士的意。這兩個騎士當中總有一個要蒙羞。」

1 Hugh of Lincoln（?1135-1200），英格蘭相當著名的天主教聖徒。林肯擔任主教期間，他曾保護猶太人免於受到武力迫害。

司法室已經準備就緒，要成為最後的舞臺。這房間看起來很荒涼，只有兩人在裡面。他們以一種奇怪的方式坐在王座的臺階上，一人坐在另一人身後，也就是說，他們並沒有看著對方的臉。莫桀看著加文的後腦勺，加文則看著地面，他有點哽咽地說：「加瑞斯是我們當中最好的人。」如果他很快轉過身去，或許會為對方目光中的意圖感到詫異。那張年輕面孔的表情和他音樂般的聲音互相衝突。如果你湊近看，可能會注意到莫桀的模樣在過去六個月來更怪異了。

「他是個好人，卻被他所崇拜的那人殺了。」他說。

「這給了我一個教訓，絕對不要信任南方人。」

莫桀以一股幾乎不可察的方式加重語氣，改變話中的代名詞。

「是啊，這事給了我們一個教訓。」

這個年邁的暴君轉過身。他抓住那隻白色的手壓著，語氣困惑：「我以前認為這是阿格凡的錯——阿格凡和你的錯。我認為你對藍斯洛爵士有很深的成見。我真慚愧。」

「血濃於水。」

「確實如此，莫桀。一個人可能會響應理想——響應是非對錯，諸如此類，不過最後還是會回歸你的親族同胞。我記得，加瑞斯以前會去洗劫神父在斷崖邊的小果園……」

他的語尾不確定地拉長，直到纖瘦的男人給了他一些提示。

「他還是個孩子時，頭髮就幾乎全白了，非常漂亮。」

「凱伊以前叫他『大小姐』。」

「那是侮辱。」

「噯，不過也是事實。他就像大小姐，有雙漂亮的手。」

「現在他進墳墓了。」

血色衝上加文眉間，他的太陽穴青筋暴凸。

「上帝詛咒他們！我不想要這種和平。我不想原諒他們。亞瑟王為什麼要設法平息這件事？這又與教宗何關？被殺的是我兄弟，又不是他們的兄弟，全能的上帝啊，我要復仇！」

「藍斯洛會從我們指縫間溜走的。他是個很油滑的人，抓不住的。」

「他溜不走的。我們這次逮到他了。康瓦耳人已經原諒太多事了。」

莫桀在階上挪了挪。

「你有沒有想過，圓桌對康瓦耳和奧克尼做了什麼？亞瑟的父親殺了我們的祖父，引誘我們的母親，而藍斯洛就在弗羅倫斯和洛佛[2]面前殺了我們三個兄弟。我們卻在這出賣我們的榮譽，以便調停這兩個英格蘭人的爭執。這似乎很懦弱吧？」

「不，不是懦弱。教宗可能會迫使國王帶回他的王后，但他的詔書裡完全沒提起藍斯洛爵士。我們會給他一個庇護所，讓他把那女人帶來，然後我們也會讓他走。不過，在那之後……」

2 Florence and Lovel，在馬洛禮的《亞瑟王之死》，是加文的兩個兒子。

去做。」

「到了現在，為什麼該讓他逃出我們的掌心？」

「因為他已經有通行令狀。上帝啊，莫桀，我們可是騎士啊！」

「所以我們不能墮落地耍下流手段，就算我們的敵人這麼耍也不行。」

「噯，要公平。我們要讓這頭野豬走上法律途徑，讓他接受死刑。亞瑟已經失敗了——他會照我們的意志

「整件事已經躁動，可憐的國王完全無法掌控了呢，真令人難過。」莫桀爵士說。

「噯，是很令人難過。不過他懂得是非。」

「他倒是變了嘛。」

「你是說，他失去權威了吧。」

「你也猜得太快了。」

他諷刺別人就像戲弄瞎子一樣容易。

「他沒辦法面面俱到。他一開始就不該把那個叛徒放在身邊。」

「也不該娶桂妮為妻。」

「噯，這個問題一直都橫在他們之間，挑起戰端的並不是我們。」

「確實不是。」

「國王一定要為司法正義挺身而出，就算教宗要他把那女人帶回他的床，我們也有權向藍斯洛爵士討個公道。

老弟，從他帶走王后、殺害我們兄弟的那一刻，他就犯下滔天的叛亂罪名。」

「我們絕對有權向他討個公道。」

那個強壯的傢伙再次握住另一人的手；蒼白的手被握在教會司事粗厚的掌中。他好不容易才開口：「孤獨實在很令人難受。」

「我們是同一位母親所生的兄弟啊，加文。」

「噯！」

「她也是加瑞斯的母親……」

「國王駕到。」

這場調停之劇已經抵達終章。隨著庭中號角響起，教會與政府雙方要人開始慢慢走上樓梯。那些朝臣、主教、傳禮官、見習騎士、法官和觀眾入場時都說著話。室內就像一個以掛毯為四壁的空花瓶，慢慢開始插入鮮花。在此綻放的是那些面色白皙的貴婦人，她們戴著牛角或甜筒式的頭巾，或像《愛麗絲夢遊仙境》那位公爵夫人頭上的驚人便帽。她們身著的緊身衣色彩鮮亮，腰身拉高到腋下，配著長裙和平滑的袖子，是來自的黎波里的精紡毛布、塔夫綢或玫瑰花布裁製，這些嬌弱的生物身上帶著沒藥和蜂蜜（她們用來清潔牙齒）的香氣，游到她們的位子上。走在流行尖端的年輕侍從（許多人還帶著莫桀的徽章，表示自己是「持鞭人」）追求著她們，他們穿著裝模作樣的長趾鞋，根本沒辦法上樓，只能在樓梯底下脫鞋，再讓他們的見習騎士把鞋帶上去。這些年輕人給外界的主要印象就是包在長襪裡的雙腿——甚至有必要通過一項節制法令，堅持他們的外套長度要能遮住臀部才行。而那些責任重大的議員戴著非常特別的帽子，其中有些看起來像是茶壺保溫套、阿拉伯式纏頭巾、某種鳥類翅膀、暖手筒。他們的長袍打了摺、加了襯墊，衣領是高輪狀皺領式，此外還佩著肩章，帶子上鑲有寶石。教堂執事戴著整潔小巧的無邊便帽，好讓他們的剃髮處保持溫暖；與俗人有別的是，他們衣著樸素。一位來訪的樞機主教戴著一頂綴有華麗纓穗的帽子，至今仍用來裝飾牛津沃爾西學院的便箋[3]。還有各式毛皮，有人將黑色與白色羊毛做了巧妙的安排，縫成相對的菱紋。這些人聽起來就像是一群嗡嗡鳴叫的椋鳥。

這是調停劇的第一幕。第二幕初始，預警的號角聲從近處響起，熙篤會修士、祕書、副主祭和其餘宗教人士來了，他們帶著墨水（用黑刺李木的樹皮煮成）、羊皮紙、吸墨沙、印璽、筆以及抄寫員寫字時拿在左手上的小刀。還帶了符木棒[4]和最後一次會議的紀錄。

第三幕，登場的是受命為教廷大使的羅契斯特主教。他雖然把罩篷留在樓下，教廷大使的身分不容置疑。他是位滿頭銀絲的長者，身穿白袍、外披法衣，握有權杖，還戴著戒指——這位彬彬有禮的聖職人員了解屬靈的力量。

最後，號角聲在門邊響起，英格蘭王駕臨。沉沉的貂皮覆住國王的雙肩和左臂，並在他右臂垂下一條長帶，他穿著藍色天鵝絨斗篷，頭戴一頂極其華麗沉重的王冠；王冠得由幾名適任的官員撐著（幾乎確實是撐著）。國王在引導之下走向高臺上的王座；金色的王座罩篷繡著許多以單後腿直立的紅龍。人群向兩旁分開，加文和莫桀走出來與國王會合。國王在別人安排之處坐下，站立的教廷大使也在王座對面掛著白金雙色裝飾的座位落坐。嗡嗡聲停了。

「我們準備開始了嗎？」

羅契斯特主教的聲音像教士一樣，緩和緊張的氣氛。「教會準備好了。」

「政府方面也準備好了。」

那是加文低沉的聲音，帶著些攻擊的意味。

「他們過來以前，我們是不是該先做點安排？」

「已經安排妥當了。」

羅契斯特的眼神看向奧克尼領主。

「我們要謝謝加文爵士。」

「不客氣。」

「這樣一來，我想我們得告訴藍斯洛爵士，法庭準備好了，就等他過來。」國王說。

「貝德維老兄，帶犯人進來吧。」

要注意，加文習慣代表國王說話，而亞瑟也讓他這麼做。但教廷大使可就沒這麼順從。

「等一下，加文爵士。我已經指出，教會並不認為這些人是罪犯。我此行任務是代表教宗進行和談，而非復仇。」

「教會要怎麼看待這些犯人就怎麼看待。我們已經做了教會要求的事，但是我們要依自己的爛方法施行。把犯人們帶進來。」

「加文爵士……」

3 牛津沃爾西學院指的是著名的基督教堂學院（Christ Church），該學院的徽章仍有代表沃爾西樞機主教的紅色帽子，下綴華麗的纓穗。

4 tally stick，古代以刻痕記數的木籤。

「為王后陛下吹號角吧，法庭就座。」

現場響起像是某個糟糕劇場的音樂，外頭也傳來相應的樂聲，所有人都轉向門口。絲綢與毛皮磨擦聲沙沙響起，一列隊伍拖著腳步向前移動。那道拱門打開了，藍斯洛和桂妮薇就在那裡等待他們的判決開始。

他們的莊嚴姿態帶了點悲哀的意味，好像他們偽裝過，但那身裝扮卻又不大合適。他們的白衣外披著金色薄紗，而那位不再年輕可愛的王后以一種不甚優雅的方式拿著橄欖枝。他們怯怯地走了過來，就像那些善意的演員，雖然想做好事情，卻不擅於演戲。他們跪在王座前。

「我強大無畏的王啊。」

這個一致的舉動引來莫桀的注意。

「真美妙啊！」

藍斯洛看向奧克尼族的兄長。「加文爵士。」

奧克尼背過身去。

藍斯洛轉向教會一方。「羅契斯特大人。」

「歡迎你來，我的孩子。」

「我遵照國王和教宗的命令，帶桂妮薇王后前來。」

一陣難堪的靜默，沒有人敢出面為他們說話。

「若無人回應，那麼，我有責任擔保英格蘭王后的清白與無辜。」

「騙子！」

「我來此，係以性命擔保，王后對國王明白而真誠、善良而清白，為此，我將接受國王與加文爵士以外任何人的挑戰。這項提議，乃是我對王后的義務。」

「聖父讓我們接受你的提議，藍斯洛。」

在房中增長的憐憫之情再次被奧克尼一族破壞了。

「汝出此言，真是恬不知恥。」加文叫道，「王后可待他人之寬宥。但汝這虛偽懦夫，因何殺死吾弟，殺害愛汝更甚於吾族之人？」

兩位偉大的男人都開始使用騎士語，配合這個場合和他們心中澎湃的情緒。

「上帝助我，我不會為自己找藉口，加文爵士。我寧願我所殺的是我自己的姪子波爾斯爵士。但我沒有看到他們，加文，而我為此付出了代價！」

「你無視於我、無視於奧克尼一族，你殺了他們。」

「加文爵士大人，你的看法實在令我深感悔憾。因為我知道，如果你反對我，我就無法與國王和解。」

「老實說，藍斯洛，你今天是在通行令狀與庇護所的保護之下帶王后前來，但你預謀殺害他人，你得離開。」

「你是說如果我預謀殺害他們；上帝寬宥我，大人。但我從未犯下同袍相殘之罪。」

他力表自己的無辜——但言者無心，聽者有意。加文一手拍在匕首，大吼：「你是那個意思吧。你是說拉莫瑞克爵士……」

羅契斯特主教舉起手套。

「加文，我們可以留到日後再談這項爭論嗎？當務之急是迎回王后。藍斯洛爵士當然想解釋這件事，教會才能為此和談提出合理的依據。」

「謝謝您，大人。」

加文盯著他，直到國王疲倦的聲音促使和談繼續進行。他們一路停停行行，十分笨拙。

「有人抓到你和王后在一起。」

「大人，我受到召喚，在不知原因的情況下，到我的女士、你的王后那裡去；但我才剛進房，阿格凡爵士與莫桀爵士便來敲門，說我是個叛徒、不義的騎士。」

「他們說得沒錯。」

「加文爵士大人，那場爭執證明他們錯了。我這樣說，是為了王后，而不是為了我的名聲。」

「很好、很好，藍斯洛爵士。」

殘缺騎士轉向他那位老朋友，他此生第一位深自敬愛的人。他沒再說騎士語，改用日常的語言。

「我們無法獲得寬恕嗎？我們再也不是朋友了嗎？我們根本不用回來，亞瑟，但我們帶著懺悔之心回來了啊。你不記得以往我們以朋友身分並肩作戰的時光嗎？只要你願意放我們一馬，這一切都可以在加文爵士的好意之下平復的。」

「國王要公正執法。」紅髮男子說，「你曾放過我那幾個弟弟嗎？」

「加文爵士，我放過你們所有人了。如果說，這個房間有許多人的自由，甚至他們的生命原本都是我的，我說這話一點都不誇張。我曾在他人挑起的爭端中為王后出戰，為何不能在我挑起的爭端中為她出戰？我也曾為你而戰，加文爵士，那讓你免於不名譽的死亡。」

「但是現在，奧克尼一族只剩兩人了。」莫桀說。

加文猛地轉過頭去。

「國王可依他的意志處理此事。至於我，六個月前，我發現加瑞斯爵士沒有武裝倒在血泊中，便下定決心了。」

「我向上帝祈求他當時武裝完備，那樣他或許就能免於一死，或許他也能殺了我，我們現在就不需要這麼悲傷了。」

「真是高貴的演說啊。」

這名老人突然激動地對著任何能聽進他話的人大喊：「為什麼你會以為我想殺他們？封加瑞斯為騎士的就是我。我愛他啊。聽到他的死訊時，我知道你們絕不會原諒我，自知沒希望了。我並無意殺害加瑞斯爵士。」

莫桀低語道：「我們也不想要他死。」

藍斯洛最後一次試圖說服對方。

「加文，原諒我。我的心也為自己的所為淌血。我知道你多痛苦，因為我也為此痛苦。如果我苦行悔過，你願不願意讓我們國家的戰火平息呢？不要逼我為自己的生命而戰，讓我為加瑞斯朝聖吧。我會穿著襯衣，赤著腳，從三明治港出發，步行至卡利西。過程中每十哩路，就以他的名捐奉彌撒。」

「加瑞斯的血，在我們看來是無法用捐奉來償還的——雖然羅契斯特主教應該會非常高興。」莫桀說。

老騎士耐性盡失。

「你閉嘴！」

同時，加文的怒火也燃燒起來。

「文明點，你這殺人的瘋子，否則我們會在國王腳下將你就地正法！」

「這還需要……」教廷大使再次介入調停。

「拜託，藍斯洛爵士。我們之中總要有些人能控制情緒、表現合宜。加文，坐下。他的條件是以加瑞斯之血為名苦行悔過，結束戰爭。說出你們的答案吧。」

在這陣眾所期待的靜默當中，紅髮巨人提高聲調：「我聽到藍斯洛爵士的演說和他偉大的提議了，不過他殺了我弟弟。我可能永遠無法原諒這件事，因為他背叛了加瑞斯爵士。如果我舅舅亞瑟王想與他和解，那麼，我本人與蓋爾一族將不再服侍國王。不管我們怎麼說，我們都知道事實真相。對國王和我而言，這人是個叛徒！」

「加文，那些說我是叛徒的人全都死了。王后的事，我解釋過了。」

「這事已經解決了。既然不能對那女人提出含沙射影的指控，我最好保持沉默。我只會指出你自身的判決。」

「如果這是國王的判決，那我接受。」

「你來以前，國王就已經與我達成共識了。」

「亞瑟……」

「以國王的頭銜稱呼他。」

「大人，這是真的嗎？」

那老人只是低下了頭。

「至少要讓我聽到國王親口說！」

莫桀道：「說話呀，父親。」

他像頭受折磨的熊般搖晃著腦袋，動作一如熊沉重，但目光沒有從地上移開。

「說話啊。」

「藍斯洛，」國王出聲，「你知道事實真相阻隔在你我之間。我的圓桌毀了，我的騎士或者離開，或者死去。我從不想要與你為敵，藍斯，你也不想與我為敵。」

「但這些紛爭無法結束嗎？」

「加文……」他微弱地開口。

「加文！」

「公義……」

加文站了起來，看來狡猾、粗壯而高大。

「吾王、大人、舅舅。庭上要我宣布逮捕這不義的叛徒嗎？」

房內完全靜默。

「那麼，所有人聽好，這是國王的命令。王后應當回到國王身邊，並享有與以往同樣的權利，且不用為過往眾人臆測之事負責。這是教宗的意思。但是你，藍斯洛爵士，不義的騎士，汝當於十五日內離開本國，以上帝之名，吾等日後將會追擊汝，並摧毀法蘭西最堅固的城堡。」

「加文，」他痛苦地說：「別來追趕我，我會接受放逐的判決，會住在我法蘭西的城堡。不過別來追趕我，加文。別讓戰爭無休止地持續。」

「把那塊地留給比你更好的人。那些城堡可是國王的財產。」

「如果你要來追趕我，加文，別向我挑釁，別逼亞瑟與我對立。我無法和我的朋友對抗。加文，為了上帝，別讓我們對戰。」

「別說了，老兄。送走王后，快點離開宮廷吧。」

憑藉某種最後關頭的奮力一擊，藍斯洛凝聚起精神。他的視線從英格蘭王轉向折磨他的人，再慢慢轉向沉默的王后，看著她手上荒謬可笑的橄欖枝，還有她身上拙陋愚蠢的衣服。他抬起頭，將他們的悲劇提升到某種高貴而嚴肅的境界。

「那麼，夫人，看來我們必得道別了。」

他執起她的手，引她來到房中央，將她轉化為他記憶中的那位女士。他的手、他的腳步和充盈在他聲音當中的某種東西，讓她再次綻放成英倫玫瑰——這是他們最後一次相聚。他帶她走向他們都已遺忘的勝利頂峰。一如舞蹈般莊嚴，這個滴水石像獸帶著她走向中心，將她擺好嵌穩，成為王國的拱心石，以此畫下句點。這是藍斯洛爵士、亞瑟王與桂妮薇王后最後一次共聚一堂。

「吾王，我的老朋友，在我離開以前，我有句話要說。我所受到的懲罰，是要我離開我奉獻一輩子的地方；是要我離開你們的國家，並讓戰爭持續下去。最後一次，我會再次代表王后出戰。夫人，我要當著整個宮廷的面告訴妳，如果妳將來受到任何危險威脅，將會有一支弱小的軍隊從法蘭西來此護衛妳——所以，你們所有人都要記著。」

他慎重地親吻她的手指，僵硬地轉過身，安靜地穿過整個房間並往外走。他離開時，眼前淨是不可知的未來。

十五天抵達多佛，是所有受庇護的罪犯要遵守的時限。他得以罪犯的身分來行此事：「不著衣、不穿鞋、不戴帽，只穿襯衣，像是要去接受絞刑」。他得走在路中央，手裡拿著一個小十字架，那是庇護所的象徵。加文或他的人或許會偷偷緊追在他身後，等著抓住他鬆手將護身符放在一邊的時機。然而，不管他穿的是襯衣還是鎖子甲，他仍是他們的老司令官，步伐堅定，未見遲疑，兩眼直視前方。他跨過起點時，堅忍的神情就已顯現。這位年老士兵離開司法室時，房內的人們都覺得不值，許多人側目看向那些紅鞭子，暗自憂心起來。

第十一章

桂妮薇坐在卡利西城堡之中屬於王后的房裡。大床被重製成靠背長椅，在罩蓬底下看起來齊整方正，所以你會有點不好意思坐下。長椅旁有個火爐，裡頭溫著一個壺，房中還有一張高背椅和一張閱讀桌，也有一本書供人閱讀，或許就是但丁[1]提過那本由加羅多所寫的書。這本書的價值在當時等同於九十頭公牛，但桂妮薇讀過七次，對她已沒什麼趣味可言。新落的雪將夜晚的光向上投射到房內，將天花板照得比地面還亮，因而改變了平時光影的形態。那些影子是藍色的，而且位置都不對。這位尊貴的仕女正在做女紅，她頗為正式地坐在高背椅上，書就放在她旁邊；她有個使女坐在床邊的臺階上，也正在做針線活。

桂妮薇做著針線，腦袋像一般女裁縫，處於半空白的狀態，不是空白的那一半腦袋，則在她碰上的麻煩中懶懶地晃蕩著。她希望自己不是在卡利西，這裡太靠近北方(也就是莫桀的故鄉)、離文明的保障太遙遠。比如說，她會想待在倫敦——或許就待在倫敦塔。她想看的不是這片沉悶廣袤的白雪，而是倫敦塔窗外大都市的趣味和繁忙；她想看的是倫敦大橋，上面擠滿搖搖欲墜的房舍，不時會有房子掉進河裡。她記憶中的倫敦大橋是座很有個性的橋，橋上有房子，長槍上掛著叛亂者的首級，還是大衛爵士與威勒斯大人全副武裝進行長矛比試的地方[2]。那些房子的地窖在橋墩裡，而且這座橋有自己的禮拜堂，還有一座塔可以進行防禦工事。倫敦大橋是個完美的玩具小鎮，主婦從窗裡探出頭，或用長繩把水桶縋進河裡，或傾倒廢水、晾衣服，或在吊橋要拉起來時對她們的孩子大吼大叫。

就這一點來說，即使只待在倫敦塔，也是好的。在卡利西，每件事物都靜得像是死了。但在倫敦那座征服者的高塔之中[3]，倫敦東區人的返復往來足以融解冰霜。甚至連亞瑟留在塔內的動物園，也能提供一個由噪音與氣味組成的適意背景。動物園最近加入一隻完全成熟的大象，是法蘭西國王的禮物，那隻孜孜不倦的新聞兀鷹馬休・派里斯特[4]地記錄了此事。

隨著思緒轉向大象，桂妮薇放下手邊的針線，開始揉著手指。手指冷得麻木，而且不像以前暖得那麼快。

「愛格妮絲，妳給那些鳥兒放了麵包屑嗎？」

「放了，夫人。知更鳥今天很快活呢，他對一隻貪吃的烏鶇唱出一聲相當有力的顫音。」

「可憐的生物。不過，我想他們會唱上幾個星期。」

「大家離開似乎已經是很久以前的事了，」愛格妮絲說。「宮廷現在就像那些鳥，非常安靜，而且非常無情。」

「他們會回來，一定會回來。」

「是的，夫人。」

王后再次拿起針，小心地刺穿過去。

「他們說藍斯洛爵士很勇敢。」

---

1 但丁・阿利吉耶里（Dante Alighieri, 1265-1321），義大利中世紀詩人，以長詩《神曲》聞名於世。詩中人物法蘭西絲卡（Francesca）與保羅（Paolo）叔嫂相戀，兩人共讀加羅多（Galeotto）作品中藍斯洛與桂妮薇親吻的橋段後，激起心中熱情，也親吻起來，死後墮入地獄。在法文作品中，加羅多就是撮合藍斯洛與桂妮薇親吻的人，他的作品在法蘭西絲與保羅之間也扮演同樣的角色。

2 於一三〇年五月舉行的一場知名比試。由大衛爵士獲勝。

3 Conqueror's tower，應是指倫敦塔中由征服者威廉所建的白塔（White Tower）。

4 Matthew Paris（1200-1259），英國編年史家。

「藍斯洛爵士一直都是勇敢的紳士，夫人。」

「最新一封信裡說，加文和他決鬥過一次。要和加文對戰，他一定很難過。」

愛格妮絲加重語氣：「我不明白國王為什麼要和加文爵士一起對抗他最好的朋友。誰都看得出來，這只是盲目意氣用事。他們讓法蘭西的土地淪為廢墟，只為了刁難藍斯洛爵士，只為了醜惡的殺戮，只為了表明他們那些『持鞭人』會幹什麼好事。繼續下去，對誰都沒好處。他們為什麼不能讓過去的事算了，我想要的不過如此啊。」

「我想，國王和加文爵士同行，是想表示公正。他認為，奧克尼有權為了加瑞斯的死要求司法正義——我也這樣認為。此外，如果國王不緊抓住加文爵士，他身邊就一個人都沒有了。對他來說，這世上再沒有比圓桌更令他驕傲的事，但圓桌正在分裂，他想留住重要的人。」

「與藍斯洛爵士對戰來保持圓桌完整，實在不大高明。」愛格妮絲說。

「加文爵士有權要求司法正義。至少他們說他有權。國王的抉擇也是情非得已，他受那些人左右；他們有些人想占領法國、宣稱自己的合法統治權，有些人厭倦了他奮力維持的長久和平，有些人急著晉升軍階，還有些想為那些死在市集廣場的人報仇。那些人是莫桀一黨的年輕騎士，他們信仰民族主義，而且有人讓他們相信我丈夫是個跟不上時代的糟老頭；還有人與先前在樓梯上奮戰的人沾親帶故；再者就是奧克尼一族，他們心中充滿古老的仇恨。愛格妮絲，戰爭似火。可能只是一個人點火，但火會蔓延到所有人身上。不僅只有單一起因。」

「噢，夫人，那些了不起的大事，可不是我們這些可憐女人管得了的。不過，來吧，信裡究竟說了些什麼？」

桂妮薇靜坐好一會兒，思緒繞著她丈夫遇上的麻煩打轉，她雙眼雖在看信，卻對內容視而不見。然後她緩緩開口：「國王非常喜歡藍斯洛，所以他只能對他不公正——否則他怕自己會因此而對別人不公正。」

「是的，夫人。」

「信上說，」王后這才驀然一驚，注意到自己正看著的信。「加文爵士每天騎著馬到城堡前面，大喊藍斯洛是個懦夫、是個叛徒。藍斯洛的騎士生氣了，出去一對一和他單挑，但他全數擊倒了他們，有幾人還受了重傷。他差點就殺了波爾斯和萊尼爾，最後藍斯洛爵士必須親自出馬。是城堡裡的人要他出來的。他告訴加文爵士有人逼他這麼做，他就像走投無路的野獸。」

「加文爵士怎麼說？」

「加文爵士說：『別再講個不停，開始吧，讓我們一了心願。』」

「他們打起來了嗎？」

「是的，他們在城堡前面決鬥。所有人都承諾不插手，從早上九點鐘開始對戰。妳知道加文爵士的力量，一直都在上午比較強大，這也是他們這麼早就開始決鬥的原因。」

「上天垂憐藍斯洛爵士，願他擁有三個男人的力量！我聽說先住民中有紅頭髮的人，身上都有精靈血統，妳知道，夫人，這會讓那位領主在正午以前擁有三個男人的力量，因為太陽會為他而戰！」

「那一定很糟糕，愛格妮絲。但藍斯洛爵士太驕傲了，他不可能剝奪對方這項優勢。」

「要是他沒被殺死，我會很驚訝。」

「他差點就被殺了。不過他用盾護住自己，一直慢慢閃避、撤退。也就是說，他是承受了一些重擊，不過他在中午以前都防衛得很好。之後，當然啦，精靈力量削弱了，他採取攻勢的時機到了，他給了加文頭上一擊，把他擊倒，事情就結束了。加文爬不起來。」

「哎呀，加文爵士！」

「是的。藍斯洛可以當場殺了他。」

「但他沒有。」

「沒有。藍斯洛爵士退後，靠著劍站著。加文求他殺了他。他益發憤怒地大吼：『你為什麼停手？來啊，殺了我，一了百了啊！我不會求饒的。馬上殺了我，如果你放我走，我一定會再次回來與你對戰。』他哭了。」

「我們可以相信，」愛格妮斯明智地道：「藍斯洛爵士一定不願攻擊已經落馬的騎士。」

「我們是可以這麼相信。」

「雖然稱不上俊美，不過他一直都是個仁慈的好紳士。」

「他各方面都出類拔萃。」

她們對自己的感覺害羞起來，便安靜不語，回頭縫起手上的東西。不久，王后說：「光線變差了，愛格妮絲。妳想我們可以點幾根燈心草嗎？」

「當然了，夫人。我剛好也麼想。」

她一面在火邊點燈，一面抱怨此地的落後、抱怨這些赤裸的北方蠻族居然沒有蠟燭。桂妮薇卻心不在焉地開始哼歌。這是她以前和藍斯洛一起唱的二重合唱曲，當她察覺時，她突然停了下來。

「啊，夫人，白天似乎開始變長了。」

「是啊，春天很快就要來了。」

愛格妮絲坐下來，在冒出黑煙的火光中重拾方才中斷的針線活。

「關於那件事，國王怎麼說？」

「他看到加文逃過一死的時候，他哭了。這讓他憶起一些事，於是他覺得很不舒服，就這麼病了。」

「他們是不是稱這種情形為精神崩潰，夫人？」

「是的，愛格妮絲。他悲傷成疾。加文則是腦震盪，所以他們兩個一起病倒了。不過其他騎士仍然持續圍城。」

「唔，這不算一封快樂的信，對吧？夫人？」

「確實不算。」

「我記得我以前有過一封信——不過，他們說壞事傳千里。」

「既然宮廷空蕩，世界也四分五裂，除了護國貴族，再也沒有人留下來，現在所有事也只能寫在信裡了。」

「噢，莫桀爵士呀，我從來就無法接受他的喜好。為什麼他會想要在人前演說，還脫下帽子讓那些人歡呼呢？為什麼他要穿一身黑，好像他是要命的末日審判似的，不能穿快樂一點的顏色嗎？我敢說，他這是向加文爵士學的。」

「那件制服是用來哀悼加瑞斯的。」

「他從沒關心過加瑞斯爵士，那人沒有。我不相信他關心過任何人。」

「愛格妮絲，他很關心他母親。」

「噯，她活該讓自己的喉嚨給人開了個口。一群怪人，他們全都是。」

「摩高絲王后一定是個奇人。」桂妮薇若有所思地說。「這件事眾所周知，況且現在莫桀已當上護國貴族，談談也無妨了。不過，她必然是個令人懾服的女人，才能在她有四個大孩子時還俘虜了我們的國王。嗳，她都已經做了祖母，還能俘虜拉莫瑞克爵士啊。要是她其中一個兒子對她的感情激烈到出手殺害她，那她一定對他們有可怕的影響力。她那時年近七十了。愛格妮絲，我想她把莫桀吃了，就像蜘蛛那樣。」

「他們以前確實提過一次，說康瓦耳姊妹都是女巫。當然，她們之中最糟的一人是摩根勒菲。不過摩高絲也好不到哪去。」

「這讓人開始同情莫桀了。」

「不用可憐他，夫人，他不會給妳任何好處。」

「他被留下來主掌大局後一直很有禮貌。」

「嗳，是啊。那些會搞出大麻煩的人通常都很安靜。」

桂妮薇邊思考這句話，邊將手邊的材料拿起來對著光。她有些焦慮地問道：「愛格妮絲，妳不會以為莫桀爵士圖謀不軌吧？」

「他生性陰險。」

「國王留下他照看國家、照看我們，他不會趁機做出什麼壞事吧？」

「請容我出言不敬，夫人，您的國王已經超出我理解的範圍了。他先是和他最好的朋友對戰，只因加文爵士要求；之後又把他的死敵留下來當護國貴族。他為什麼做出這麼盲目的事？」

「莫桀從未觸法。」

「這是他太狡猾了。」

「國王說莫桀會成為王位繼承人，而你不能讓國王和繼承人同時離開國家，他當然就留下來成為護國者了。這很公允。」

「夫人，真正公允的處置，絕不會帶來壞結局。」

她們繼續做手邊的針線活。

愛格妮絲補上一句：「如果那是真的，應該是國王留下，讓莫桀爵士去呀。」

「我希望他這麼做。」

她隨後又解釋：「我想，國王是想和加文爵士在一起，要是有個萬一，他可以居中為他們調解一番。」

她們不甚自在地繼續縫補，那些針融穿了暗色的材料，帶出一道長長的光，就像流星。

「愛格妮絲，妳畏懼莫桀爵士嗎？」

「是的，夫人。我怕。」

「我也是。他最近走路腳步放得好輕，而且……他看人的方式也很怪。大家都在談論蓋爾人、撒克遜人和猶太人了，還有那些互相叫囂、歇斯底里的事。我上星期聽到他自己一個人笑著，真駭人。」

「他是狡詐的人。或許他此刻正在聽我們說話。」

「愛格妮絲！」

桂妮薇手裡的針掉了，彷彿突然受了什麼打擊。

「噢，別這樣，夫人。別當真，我只是說笑罷了。」

不過王后仍是僵著身子。

「到門邊去，我想妳是對的。」

「噢，夫人，我不能那樣做。」

「馬上把門打開，愛格妮絲。」

「但是夫人，他說不定在那裡呀！」

她已經有種感覺，無助的火光不夠亮了。他可能就在這個房間，在某個黑暗的角落。她像隻有老鷹從頂上飛過的鷓鴣般驚慌地站起身，緊抓裙子。對這兩個女人來說，這座城堡突然顯得太晦暗、太空曠、太冷清、太靠北邊，太多黑夜與寒冬。

「如果妳去開門，他就會離開。」

「但我們一定要給他時間離開。」

她們以聲音來抗爭，覺得自身被蓋在黑色翅翼下方。

「到門邊，大聲說幾句話再開門。」

「夫人，我該說些什麼呢？」

「說『我該把門打開嗎？』然後我會說：『好，我想這時候也該上床睡覺了。』」

「我想這時候也該上床睡覺了。」

「繼續。」

「很好，夫人。我該開始了嗎？」

「是的，去吧，快點。」

「我不知道我做不做得來。」

「噢，愛格妮絲，拜託，快點！」

「很好，夫人。我想我現在做得來了。」

愛格妮絲面向著門，彷彿那扇門可能攻擊她似的，然後以最高的音量大聲說話。

「我要去開門了！」

「這時候也該上床睡覺了！」

什麼事也沒發生。

「現在開門吧。」王后說。

她拉起門閂，推開門。莫桀正站在門框當中微笑。

「晚安，愛格妮絲。」

「噢，大人！」

這不幸的女人一手抓著胸口，搖搖晃晃地向他行了一個宮廷禮後，從他身旁匆匆跑過，奔向樓梯。他禮貌地站到一邊去。

她離開後，他才踏進房間，他穿著那襲華麗的黑天鵝絨服，血紅的徽章上鑲著一顆冷硬的鑽石，在燭光下發出光芒。要是你有一兩個月沒見到他，你馬上就會知道他已經瘋了——但是他腦子失常是漸進的，所以那些和他住在一起的人看不出來。他的黑色小獅子狗跟在身後，明亮的眼睛和捲曲的尾巴晃呀晃。

「我們的愛格妮絲似乎很緊張。晚安，桂妮薇。」他說。

「晚安，莫桀。」

「精美的小小刺繡嗎？我以為妳會為士兵織襪子。」

「你怎麼來了？」

「只是晚上過來看看。妳一定要原諒我這些誇張的舉動。」

「你總是等在門外嗎？」

「夫人，再怎麼說，人總是要從門口進來的，這會比從窗戶進來方便些——不過我相信大家都知道，有些人是那麼做的。」

「我懂了。你要坐下嗎？」

他以一種矯揉造作的姿態入座，獅子狗跳上他的大腿。從某方面來說，看著他就好像在看一齣悲劇，因為他正步上他母親的後塵。他在演戲，拒絕進入真實的世界。

人們寫了一些描述蛇蠍美人背叛愛人、並使愛人走向毀滅的悲劇，有克瑞西達[5]、克麗奧佩特拉[6]、大利拉[7]，甚至還有幾個像潔西卡[8]那樣的淘氣女兒把她們的愛人帶到雙親面前，讓他們苦惱不已，但這些皆非悲劇的核心。對男人的靈魂來說，那些都無關要緊。就算安東尼最後是倒在他的劍旁吧，那又如何呢？同是一死罷了。腐蝕其心智的，是母親的欲望而非愛人的欲望；而將這個悲劇人物陷於死地的，也是同樣的事物。住在他內心深處的人是約卡絲坦[9]，而非茱麗葉。將哈姆雷特逼瘋的是葛楚德[10]，而非愚蠢的奧菲莉亞。悲劇的核心無關巧取豪奪，因為任何輕佻的女孩都能偷走某人的心。悲劇的核心在於給予、增添、追加，以及無關乎衾枕的撫慰。對莫桀來說，黛絲德蒙娜[11]被奪走的生命與榮譽一文不值，因為那些事物都由他從自己身上奪走了——當那個母親勝利活存、又給了他令人窒息的愛時，他的靈魂就被偷走、被掩蓋，又枯乾了大半，而且似乎毋須負擔惡意的罪名。莫桀是奧克尼一族中唯一從未成婚的孩子，而他那幾位兄長飛奔到英格蘭時，他獨自被留下來和她一起住了二十年，成了她的糧食。現在她死了，他又成了她的墓穴。她像個吸血鬼待在他體內。他走路、打噴嚏，擺出的是她的姿態。他演戲時，也變得像她以前那樣虛假，假裝自己是吸引獨角獸的處女。他也涉獵同樣殘酷的魔法。他甚至像她一樣開始養玩賞用的小型犬——雖然他對她的狗始終有種苦澀的嫉妒，就像他對她的情人抱持的恨意。

「我是不是在今晚的空氣裡感到一股冷意？」

「二月當然很冷。」

---

5 Cressida，莎士比亞《特洛伊羅斯與克瑞西達》（*Troilus and Cressida*，一譯特洛埃圍城記）與喬叟作品《*Troilus and Criseyde*》中的女主角。

6 Cleopatra，即著名的埃及豔后，她藉凱撒的力量與弟弟托勒密爭位，為凱撒生下一子，凱撒死後，她又引誘凱撒麾下的大將安東尼，安東尼後敗於凱撒姪兒屋大維之手，誤信克麗奧佩特拉的死訊而飲劍自殺，卻又得知她並沒有死，最後讓人抬到她面前，死在她懷中。克麗奧佩特拉最後雖試圖再引誘屋大維，卻遭拒，最後自殺身亡。

7 Delilahs，聖經人物，以色列士師參孫的情婦。參孫在上帝應許下出生，力氣極大，能徒手擊殺獅子，但他的情婦大利拉受收買，問出參孫的勇力來源是他的頭髮，便偷偷剃掉他的頭髮，讓他一度落入敵手，受人戲侮。

8 Jessica，莎劇《威尼斯商人》（*The Merchant of Venice*）中慳吝的猶太商人夏洛克之女，愛上基督徒朗西洛特，最後捲走父親的錢與他私奔。

9 Jocasta，希臘神話中伊底帕斯（Oedipus）之母，太陽神阿波羅預言伊底帕斯會弒父娶母，後來預言成真，約卡絲坦知道真相後自殺，伊底帕斯自我流放。

10 Gertude，莎劇《哈姆雷特》（*Hamlet*）之中，為哈姆雷特之母。

11 Desdemona，莎劇《奧賽羅》中奧賽羅之妻。奧賽羅受人挑撥，誤以為黛絲德蒙娜與人有染，在嫉恨之中殺死妻子，最後得知真相，悔恨無比，在她屍體旁邊自殺。

「我認為這是因為妳我之間的關係很微妙。」

「我丈夫所選定的護國公當然會受到王后的愛戴。」

「但我想，妳對妳丈夫的私生子可能就不是如此吧？」

她放下針，直面看著他。

「我不懂你這趟過來有什麼用意，我也不知道你想要什麼。」

她不希望表現敵意，卻被他逼得必須展現敵意。她從未怕過任何人。

「我想和妳談談政治現況，一下就好。」

她知道他們面臨著某種危險，覺得很無力。雖然她仍未懷疑他的神智是否健全，但她這樣的年紀已經無法應付狂人了。而他語調中令人厭惡的諷刺讓她覺得自己虛假，讓她無法簡單地表達己意。但她不會認輸。

「我很樂意聽聽你要說什麼。」

「妳真慷慨……珍妮。」

實在太讓人毛骨悚然了。他要讓她成為他那些幻想的一部分，他根本不是在對一個真實的人物說話。

她憤怒地說：「莫桀，你能不能好心點，用我的頭銜稱呼我？」

「啊，當然。如果我僭越了專為藍斯洛保留的東西，我一定要道歉。」

他話中的嘲諷宛如興奮劑，喚醒了她這尊雕像；她體內的王室女子現身，那位成功在世上浮沉五十年之久的貴婦挺直了背脊，得了風溼的手指上戒指閃閃發光。

「我相信你會發現，」她即刻答道，「你很難做到。」

「哎呀！不過我恐怕就要這麼做。妳一直都有點烈性……珍妮王后。」

「莫桀爵士，如果你的行為舉止不能像個紳士，我就要離開了。」

「去到哪呢？」

「我可以去任何地方，任何一個年紀老得足以做你母親的女人，能夠避開你放肆言行的地方。」

「問題是，」他深思道，「有這樣的地方嗎？當妳想到人人都已離開前往法蘭西，而我又是這個王國的統治者，這計畫似乎註定會失敗啊。當然妳可以到法蘭西……如果妳去得了。」

她明白了，或說她逐漸明白了。

「我不知道你是什麼意思。」

「那妳一定要想出答案才行。」

「如你見諒，」她說著站起身。「我要叫我的使女來了。」

「當然可以。不過我會再把她送走的。」

「愛格妮絲會服從我的命令。」

「我懷疑。那我們試試看吧。」

「莫桀，能請你離開嗎？」

「不，珍妮。」他說。「我想留下。不過，如果妳安靜坐著一分鐘，聽我說話，我保證我會做個完美的紳士——事實上，我會表現得像妳那些英勇的騎士一樣。」

「你沒有給我選擇的餘地。」

「是沒有什麼選擇的餘地。」

「你想怎麼樣？」她問，坐了下來，雙手在膝上交握；已經習慣危機四伏的日子。

「別這樣，」他的語氣高昂愉快，而且相當瘋狂，正享受著貓抓老鼠的遊戲。「我們不能用這種單調的方式匆促行事。開始談話以前，一定要放輕鬆，不然好緊張呀。」

「你說，我聽。」

「不，不。妳得叫我莫迪之類的小名。如此，我叫妳珍妮才會顯得比較自然。一切都會以更愉快的氣氛進行。」

她沒有回答。

「桂妮薇，妳明白自己的立場嗎？」

「以英格蘭王后的立場，而你的立場則是護國公。」

「亞瑟與藍斯洛在法蘭西對戰時才是這樣。」

「確是如此。」

「如果我告訴妳，我今天早上接到一封信呢？」他拍著那隻獅子狗。「信上說亞瑟和藍斯洛死了？」

「我不會相信你。」

「他們在一場戰役中互相殘殺，最終雙雙陣亡。」

「這不是事實。」她沉靜地告訴他。

「的確不是。妳怎麼猜到的？」

「如果這不是事實，你卻這麼說，那就太殘忍了。你為什麼這麼說？」

「很多人會相信，珍妮，我認為很多人會相信。」

「他們為什麼要相信？」她問，仍未聽出這些話的意義。然後她停了下來，屏住呼吸，生平第一次感到害怕，卻是為了亞瑟而害怕。

「你不能……」

「噢，但我能。」他快樂地說：「而且我要。如果我宣告了可憐亞瑟的死訊，妳覺得會發生什麼事？」

「但是莫桀，你不能這麼做！他們還活著……你什麼都有了……國王讓你做他的代理人……你的忠誠……這不是真的！亞瑟一直都謹慎公正地對待你……」

他的眼神冷酷。「我從不曾要求他公正以待。他這麼待人不過是藉此取樂罷了。」

「但他是你父親！」

「這個嘛，我並沒有要求他生下我。而且我認為他也只是藉此取樂。」

「我懂了。」

她坐著，扭絞著手上正在縫製的東西，試著思考。

「你為什麼恨我丈夫？」她問。語氣幾乎可以說是驚奇。

「我不恨他。我瞧不起他。」

「事情發生時，他並不知道你母親是他姊姊。」她溫柔地解釋。

「那麼，他把我們放到船上送出海時，也不知道我是他兒子囉？」

「他那時還不滿十九歲，莫桀。他們講著預言嚇唬他，他是受情勢所逼。」

「我母親遇上亞瑟王以前一直是個好女人。她和奧克尼的洛特有個快樂家庭，為他生養了四個勇敢的兒子。但之後發生什麼事？」

「可是她的年紀大他兩倍以上啊！我認為……」

他舉起手，沒讓她再說下去。

「妳現在說的是我的母親。」

「我很抱歉，莫桀，但真的……」

「我愛我母親。」

「莫桀……」

「亞瑟王找上一個忠於丈夫的女人。他離開後，她成了蕩婦，最後和拉莫瑞克爵士赤裸裸地死在床上，罪有應得地被自己的孩子殺死。」

「莫桀，如果你不了解……如果你不相信亞瑟的仁慈、他的悔恨和他的不幸，那說什麼都沒有用。他喜歡你。就在這令人傷心的事發生的一兩天前，他才說著他有多麼愛你……」

「這種愛他留著自己用吧。」

「他一直都非常公正。」她懇求道。

「公正而高貴的國王！是啊，在事後要當個公正的人總是很容易。這是最有趣的部分了。司法正義！這個他也自己留著用吧。」

她再次開口，試著讓聲音顯得平靜。「如果你公開稱王，他們會從法蘭西回來與你對戰，那樣我們就有兩場戰爭，而不是只有一場，而且這場戰爭會在英格蘭開打，如此，整個同盟都會瓦解。」

他純然喜悅地笑了。

「實在令人不敢相信。」她捏著那幅刺繡。

她什麼也不能做。一瞬間她腦中掠過一個念頭，如果她對他屈服，用她那年老僵硬的雙膝跪下懇求，也許能打動他。不過這顯然沒用。他的主意就像是顆放在溝裡的球，已經定了。即使是他現在說的話，也都只是臺詞的一部分，就像以前一樣。結局要按照劇本搬演。

「莫桀，」她無助地說：「就算你不同情亞瑟、也不同情我，請你同情一下這個國家的人民吧。」

他將獅子狗從腿上推了下去，站起身，帶著一種瘋狂的滿足對她微笑。他伸展身子，居高臨下地看著她，卻完全沒看到她這個人。

「就算我不同情亞瑟，我當然也會同情妳。」他說。

「你這話什麼意思？」

「我在思考模範的問題，珍妮，一個簡單的模範。」

她看著他，沒說話。

「是的，我父親與我母親犯下亂倫罪行。珍妮，如果我響應此事，與我父親的妻子結婚，妳不覺得這就是一種模範嗎？」

第十二章

加文的帳棚裡昏暗，只有一個裝著煤炭的平底鍋在底下微微發光。與英格蘭騎士的華麗大帳相比，這座帳棚顯得拙陋破舊。硬板床上有幾條奧克尼格紋的花呢，唯一的裝飾是盛著聖水的鉛製水壺，他用壺裡的水製藥；水壺上刻著「湯瑪斯乃聖疾之良醫」，與一束枯乾的石楠一起綁在柱上。這是他家中的守護神。

加文俯臥在花呢布當中，正在哭泣，緩慢且無助地哭著。亞瑟坐在他身旁，拍著他的手。他的傷口讓他變得脆弱，否則他是不會哭的。老國王正試著安撫他。

「別難過，加文。你盡力了。」

「這是他第二次饒我不死了，這個月以來第二次。」

「藍斯洛一直都很強大，歲月似乎沒有在他身上留下痕跡。」

「那他為何不殺了我？我求他殺了我啊。我對他說，如果他讓我去療傷，只要我一復原，一定會再度找上他。」

「而且，上帝啊！」他含著眼淚又說：「我的頭痛死了！」

亞瑟嘆了口氣。「因為你被擊中兩次，都打在同一處。運氣不好。」

「太丟人了。」

「別想了。安靜躺著吧，不然你又要發燒，就沒辦法打長期戰，那我們該怎麼辦呢？要是加文不能領導我們上戰場，我們必敗無疑。」

「亞瑟，我不過是個稻草人。不過是個壞脾氣的惡霸。我殺不了他的。」
「說自己一無是處的人總是最有能力。我們別再談論這話題了，說點快樂的事吧。比如說，英格蘭。」
「我們再也看不到英格蘭了。」
「胡說！我們春天就可以看到英格蘭。啊，春天都快到了呢。雪球花冒出頭好久了，而且我敢說，桂妮薇那兒的番紅花已經開了。她很擅於園藝。」
「桂妮薇對我很好。」
「我的桂妮善待所有人。」老人驕傲地說。「不知道她此刻在做什麼？大概準備上床睡覺吧。或者她待到很晚，和你弟弟說話。想到他們現在正談論我們，感覺真好；或許他們正在談論加文的英勇佳話；或者桂妮正在說，她希望她的老傢伙回家去。」
加文在床上不停翻身。
「我是有回家的念頭。」他低聲說。「如果藍斯洛像莫桀說的那樣憎恨奧克尼一族，他為什麼要放過奧克尼族的領主？也許他真的是錯殺了加瑞斯。」
「我很確定是錯殺。如果你願意幫忙結束這場戰事，我們很快就能收兵。你知道，我們是在為了你的正義而戰。我和其他想要打仗的人最後都得遵從你的正義。如果你想休兵談和，不會有人比我更高興。」
「噯，但我發誓要和他戰到至死方休。」
「你努力試過兩次了。」
「而且兩次都挨了一頓好打。」他苦澀地說。「他已經有兩次機會可以結束這場戰爭。不了，談和看起來實在是懦夫行徑。」

「最勇敢的人不在意別人把他們看作懦夫。記得吧，我們在歡樂堡外頭唱歌唱了數月時，藍斯洛是怎麼躲在裡頭的。」

「我忘不了加瑞斯的臉。」

「我們都對此感到傷心。」

加文試著思考，雖然思考對他而言可大非易事。在這黑暗的夜晚中，他頭上又受了傷，思考更是難上加難。自從在聖杯探險中加拉罕給了他那一擊，他就一直很容易頭疼，而現在，出於某種奇怪的巧合，藍斯洛在兩次決鬥中又先後擊中同一處。

「只因為他擊敗我，我就該放棄嗎？如果現在放棄，就是夾著尾巴逃跑。如果我能在第三次約戰中讓他落馬，或許吧，然後饒了那位司令……那樣才公平。」他問。

「英格蘭的田野很快就會綻放金鳳花和雛菊。」國王沉思道。「要是能夠贏得和平，那就太好了。」

「噯，還有春季放鷹。」

倒在黯淡床鋪上的人形因為費神回憶而扭動了一下，但隨即由於深入腦部的疼痛而僵住。

「全能的上帝啊，我的頭抽痛著。」

「你要我拿塊溼布過來嗎？還是倒牛奶給你喝？」

「不了，就忍一下吧。那不會有用的。」

「可憐的加文，我希望你腦袋深處沒有受損才好。」

「受損的只有我的靈魂。我們談點別的吧。」

國王遲疑了。「我不該說太多的。我想我該走了，讓你睡一下。」

「啊，留下吧。別讓我一個人。我一個人無聊死了。」

「醫生說……」

「讓醫生下地獄去吧。稍等一下。握住我的手，和我說說英格蘭的事。」

「明天應該會有信來，到時我們就可以讀到一些英格蘭的事了。我們會有最新消息，年輕的莫桀將會來信，我的桂妮或許也會寫信給我。」

「從某方面而言，莫桀的信裡總有一種潑冷水的感覺。」

亞瑟隨即為他辯護。

「因為他的生活並不快樂。他心中一直都有股愛的火焰，這一點你用不著懷疑。桂妮說過，他所有的溫情都給了他母親。」

「他的確很喜歡我們的母親。」

「也許他愛上了她。」

「這就能解釋他為何嫉妒你了。」

加文驚訝於這個發現，這想法還是第一次浮現在他腦海。

「也許這就是為什麼她和拉莫瑞克有染時，他會讓阿格凡爵士殺了她……可憐的孩子，這世界一直都錯待他。」

「他是我僅存的兄弟了。」

「我知道。藍斯洛的事是個悲慘的意外。」

洛錫安領主激烈地挪動他的繃帶。

「但這不可能是意外。要是他們戴著頭盔，我還可以這麼猜；但是他們頭上什麼都沒戴啊。他一定會認出他們。」

「我們常常談起這件事。」

「噯，都是徒勞。」

老人問著話，語氣中帶著一股悲慘的無助：「加文，你覺得你永遠也無法原諒他嗎？我不是想替他開脫，但要是司法正義可以用慈悲之心加以調和……」

「等他讓我逮到任我處置時，我會緩和的，但在此之前想都別想。」

「嗯，這事由你決定吧。應該是醫生來跟我說我待太久了。進來吧，醫生，進來吧。」

不過來人是興沖沖的羅契斯特主教，還帶著幾個包裹和一盞鐵製提燈。

「是你啊，羅契斯特。我們還以為是醫生呢。」

「晚安，大人。你也晚安，加文爵士。」

「晚安。」

「今天頭怎麼樣了？」

「好些了，謝謝你，大人。」

「嗯，這是個大好消息。」

他玩笑似的加了一句：「而我呢，也帶了一些好消息過來。信差來早了！」

「有信！」

「有一封是給你的，」他把信拿給國王。「是封長信。」

「有我的信嗎？」加文問。

「恐怕這星期沒有。你下次會好運一些。」

亞瑟拿著信走到提燈旁，打開封口上的火漆。

「請容我讀一下信。」

「當然，有英格蘭的消息來，我們總不能死守那些禮儀不放啊。天哪，加文爵士，我從沒想過我在有生之年會成了個朝聖信徒，還在異地尋歡作樂……」

主教的閒談停了下來。亞瑟動也不動。他的臉既沒變紅、也沒發白，既沒讓那封信掉下來，也沒盯著前方某處。他靜靜讀著，但羅契斯特沒再說話，加文也用一隻手肘把自己撐起。兩人張著嘴巴，看著他讀信。

「大人……」

「沒事，」他揮了揮手。「抱歉。有新消息。」

「我希望……」

「讓我看完，拜託。去和加文爵士說話吧。」

加文問道：「莫非有壞消息……我能看嗎？」

「不，拜託，一分鐘就好。」

「莫桀嗎？」

「不，沒事的。醫生說……大人，我想和你到外面說話。」

加文開始使勁要坐起身來。

「告訴我。」

「沒什麼好生氣的，躺下。我們很快就回來。」

「如果你們不告訴我就離開，我會跟出去的。」

「沒事的，你會弄傷你的頭。」

「到底說了什麼？」

「沒事，只是……」

「嗯？」

「好吧，加文。」他突然崩潰了。「看來莫桀已經在他的新黨支持下公開自立為英格蘭國王了。」

「莫桀！」

「他對他那群『持鞭人』宣布我們的死訊，你看，」亞瑟說，彷彿這是某種需要解釋的問題。「然後……」

「莫桀說我們死了？」

「他說我們死了，然後……」

他仍無法說出口。

「然後怎麼了？」

「他要和桂妮結婚。」

瞬間一片死寂，主教茫然地將手移向胸前的十字架；加文則緊抓著那些紅色布塊。他們不約而同地開口。

「護國公……」

「這不可能是真的。一定是在開玩笑。我弟弟不會做那種事。」

「可惜這是真的。」國王耐著性子道：「這封信是桂妮捎來的。天曉得她是怎麼撐過這一切。」

「王后的年紀……」

「他宣告即位之後就向她求婚。她孤立無援，所以接受他的求婚。」

「接受了莫桀的求婚！」

加文設法把雙腿垂盪到床邊。

「舅舅，信給我。」

他從那隻無力的手中拿過信（那隻手主動投降了），將信紙湊到燈光底下讀了起來。

亞瑟繼續解釋。

「王后接受莫桀的求婚，請求到倫敦打點她的嫁妝。她帶著幾個仍然忠心耿耿的人去了倫敦後，突然逃進倫敦塔，封住閘門。感謝老天，那是座堅固的要塞。他們現在把倫敦塔團團圍住，莫桀還用上了槍。」

羅契斯特困惑地問道：「槍？」

「他用了大砲。」

這已經超出這位老修士的理解範圍了。

「實在太難以置信了！先是說我們死了，他要和王后結婚！還用上大砲……」他說。

「現在槍已經送到，圓桌完了。我們得快點返家。」亞瑟說。

「用大砲對付血肉之軀！」

「我們一定要馬上回去馳援，大人。加文可以留在這裡……」

但奧克尼領主下了床。

「加文，你要幹什麼？馬上躺下。」

「我要和你一起回去。」

「加文，躺下。羅契斯特，幫我讓他躺好。」

「我最後一個兄弟打破了他的忠誠誓言。」

「加文……」

「而藍斯洛……噢，天啊，我的頭！」

他在黯淡的燭光下搖搖晃晃地站著，雙手抱著頭上的繃帶，他的影子怪異地繞著帳棚柱子打轉。

第十三章

愛爾蘭的安貴斯曾做過一個夢，夢中一陣風吹來，吹倒他們所有的城堡和城鎮。現在這陣風也正打算這麼做。它環著班威克城堡吹，吹在所有管風琴的音栓，製造的噪音像是未經處理的絲團在林間被拉開；像是我們用梳子拉扯頭髮；像是成堆細沙從鏟子傾落到沙上；像是大幅亞麻布被撕裂；像是遠方戰場上的鼓聲；像是一條看不到尾巴的長蛇蠕動著穿過這世界下層的樹木和房舍；像是老人的嘆息、女人的哭號和狼群奔跑的足音。風在煙囪中呼嘯、嗡鳴、顫動、發出轟隆隆的聲響，最重要的是，聽起來像是活物：某種怪獸般的原始生物，正為了它的噩運哀泣。這是但丁的風，風裡帶著迷途的愛侶與鶴鳥：無法安息的撒旦輾轉騷動著。

西面的海中，風攪亂了平靜的海面，硬生生將水拉出水面，變成泡沫後席捲而去。乾燥的陸地上，風讓樹木傾倒於前。盤根錯節的棘木兩兩並生，一棵樹呻吟著抵在另一棵痛苦尖叫的樹上。樹上搖擺著發出劈啪聲響的枝條間，鳥兒頭頂著風，身體呈水平，細小的腳爪則成了錨。斷崖上的遊隼堅忍地坐著，羊排鬍被雨水弄成一綹綹，潮溼的羽毛在頭上豎直。野雁在微光中朝牠們夜晚的巢穴飛去，在那股氣流中，牠們幾乎一分鐘也前進不了一碼，而牠們驚惶的叫聲又被風往後吹去，所以雖然只飛了幾呎高，你得先看著牠們飛過去後，才能聽到牠們的聲音。綠頭鴨和赤頸鳧高飛而來，狂風緊追在身後，於是牠們還沒到達目的地就消失了。刺骨強風在城堡門下折磨著狂擺不已的燈心草。它們呼地湧進螺旋梯道間，震得木製百葉窗喀喀作響，一路尖聲哀叫著穿過關閉的窗扇，把冰涼的掛毯捲成嚴寒的波浪，在浪間尋找船脊龍骨。石砌高塔在風中顫抖，像樂器上的低音絃般抖個不停；塔上的瓦片飛了出去，斷斷續續撞擊幾次後整個粉碎。

波爾斯和布雷歐貝里斯此時正蜷縮在明亮的火爐前；苦寒的風吹襲下，火所投出來的光彷彿不帶半點熱度。火焰本身也彷彿凍結，看起來像是漆上去的。他們的思緒被這陣怪風攪亂了。

「但是他們為什麼走得這麼急？」波爾斯抱怨道。「我從來就不知道圍城可以拔營拔得這麼快。他們連夜拔營，簡直像被風吹跑似的。」

「他們一定接到了什麼壞消息，英格蘭肯定出事了。」

「或許吧。」

「如果他們決定要原諒藍斯洛，一定會送信來。」

「的確很怪，一句話也沒說，轉眼間就駕著船走了。」

「你想會不會是哪裡發生叛亂？康瓦耳？威爾斯？還是愛爾蘭？」

「先住民總是會惹出事來。」布雷歐貝里斯木然地同意。

「我倒覺得不是叛亂，而是是國王病了，必須快點回家。也可能是加文病了。藍斯洛第二次擊中他的時候，或許是打在他腦殼上？」

「可能吧。」

波爾斯撃打著火焰。

「就這麼走了，一個字也沒說！」

「藍斯洛怎麼不做點什麼呢？」

「他能做什麼？」

「我不知道。」

「國王已經放逐他了。」

「是的。」

「那就什麼也不能做了。」

「即使如此，我還是希望他能做點什麼。」布雷歐貝里斯說。

塔樓樓梯底下的門喀地一聲開了，掛毯向外飛捲、燈心草立起，爐火也冒出黑煙，藍斯洛的聲音在風中響起，叫著：「波爾斯！布雷歐貝里斯！德馬瑞斯！」

「在這裡。」

「哪裡？」

「上面。」

遠處的門關上，房間又靜了下來。燈心草再次躺下；剛剛他們在這裡還不大聽得見藍斯洛的吼叫聲，但現在，他踩在石階的腳步聲聽起來十分清晰。他匆匆忙忙進來，還拿著一封信。

「波爾斯，布雷歐貝里斯，我找你們好一會了。」

他們已經起身。

「英格蘭送了一封信來，因為風的關係，信差的船擱淺了，就在五哩遠的海岸邊。我們要馬上動身。」

「前往英格蘭？」

「對，對。去英格蘭，當然了。我和萊尼爾說了，要他當交通官；波爾斯，我要你負責監看草料。我們得等到這陣狂風平息才能走。」

「我們要去幹麼？」波爾斯問。

「你應該把消息告訴我們……」

「消息？」他含糊地說。「現在沒時間談這個，我會在船上和你們說。喏，讀一下信吧。」

他把信拿給波爾斯，沒等他們回應就離開了。

「哎呀！」

「讀看看上面寫些什麼吧。」

「我甚至不知道信是誰送來的啊。」

「或許信上有說。」

然而這兩人才研究到了日期，藍斯洛便再度出現。

「布雷歐貝里斯，忘了說，我要你照看馬匹。得啦，把信給我。如果你們兩個想把這信拼出來，你們會讀上整夜的。」他說。

「信上說了什麼？」

「消息大多是信差說的。據說莫桀對亞瑟樹起叛旗，自立為英格蘭領袖，還向桂妮薇求婚。」

「但她已經有婚了啊。」布雷歐貝里斯有異議。

「這就是他們放棄圍城的理由。莫桀後來似乎從肯特發兵阻止國王登陸。他宣布亞瑟已死，更把王后圍在倫敦塔裡，還用上了大砲。」

「大砲！」

「他和亞瑟在多佛開戰，要阻止他登陸。戰況很糟，半是海戰、半是陸戰，不過此戰國王得勝。他成功登陸了。」

「信是誰寫的？」

藍斯洛頹然坐倒。

「加文送來的，是可憐的加文送來的！他死了。」

「死了！」

「他怎麼能寫……」布雷歐貝里斯想要問個清楚。

「這是封可怕的信。加文是個好人，你們逼迫我去和他對戰，你們不了解他的內心。」

「讀信吧。」波爾斯不耐地提議。

「看來我在他頭上弄出來的傷口很危險。他不該隨軍動身的，但他既孤單又傷心，還遭到背叛。他僅存的弟弟成了叛徒。他堅持要回去幫助國王，在登陸戰中，他試圖出擊，卻不幸被人在舊創上打了一記，幾小時後就死了。」

「我不懂你有什麼好難過的。」

「聽我讀這封信吧。」

藍斯洛把信拿到窗邊，陷入沉默，檢視信上的筆跡。這筆跡有動人之處，字大異其人。加文不是那種會讓你聯想到作家的人物；其實，要是他和多數人一樣是個不識字的文盲，或許還更自然些。然而他在這裡所寫的，並不是當時通用、看起來像釘子一樣的哥德體，而是可愛的古老蓋爾草書，字跡依然端正工整、渾圓小巧，就像他在黯淡的洛錫安向某位年老聖人甫習得時的初時筆觸。由於他絕少寫字，所以這門藝術得以保有它的美。那是一名年老女僕的手，或者是某個守舊男孩的手，他坐在那裡，兩腿圈住凳子腳，一邊吐著舌頭，一邊小心寫字。他帶著天真的精確、帶著優美的老式筆尖穿過悲傷與熱情，邁入老年。彷彿有個快樂的孩子從黑色的鎧甲中走出，是個鼻端還掛著鼻涕的小男孩，他赤著腳，腳趾發藍，手指像一把細瘦胡蘿蔔，抓著一枝海藻根。

致藍斯洛爵士，我生平見聞所有高貴騎士中之花：我，加文爵士、奧克尼洛特王之子、高貴的亞瑟王之甥，在此向您致意。

我願世人皆知曉，我，圓桌騎士加文爵士，希望能死在您手中——雖然這並非您的義務，卻是我本人的請求。因此我懇求您，藍斯洛爵士，再次回到這塊土地上，面見我的墳墓，當您向上帝祈禱時，請多少為我的靈魂祈福。

今日有人再次擊傷您先前給我的那道傷口，寫下這封手信的同時，我正因此瀕臨死亡，藍斯洛爵士——也許我無法死在更高貴的人手中。

又，藍斯洛爵士，為了您我之間的一切情誼……

藍斯洛沒再繼續讀，將信扔到桌上。

「就這樣吧，我沒法讀下去了。他催促我快馬加鞭去幫助國王對抗他弟弟，對抗他最後的親人。加文愛他的家人，波爾斯，最後他卻誰也沒有了。但他寫信來原諒我，還說這是他的錯。上帝明白，他是個正直善良的弟兄。」

「國王的事我們要怎麼做？」

「我們得盡快動身到英格蘭。莫桀已經撤退至坎特伯雷，在那裡另闢戰場。消息被暴風雨耽擱，所以這場戰事或許已經結束。一切均不宜遲。」

「我會去照看馬匹，我們何時出航？」布雷歐貝里斯說。

「明天。今晚。現在。風一停就走。我們要一路馬不停蹄。」

「很好。」

「還有你，波爾斯，草料就由你負責了。」

「是。」

藍斯洛跟著布雷歐貝里斯走向樓梯，但在門邊又轉過身來。

「王后被圍困，我們一定要救她出來。」他說。

「是。」

最後只餘波爾斯一人留下與那陣風相伴，他好奇地撿起那封信，湊近逐漸微弱的火光，欣賞寫得像z的g、彎彎曲曲的b、圓弧形的t，字母像是耕犁的齒刃一般，每道犁出來的細線都甜美得像新土，不過這道犁溝一路漫遊著走向終點。他翻過信紙，看著褐色的簽名，費力地拼讀出結語——是用嘴巴逐一發聲來拼字的，同時，燈心草開始狂擺、黑煙噴出，風呼呼吹著。

我在今日書寫此信，就在我死亡的兩個半小時前親自寫下此信，以我心之血署名。

奧克尼的加文

他拼出「加文」這名字兩次，咂了一下嘴。「我想，」他懷疑地高聲說道。「他們在北方是不是把這名字的音發成『庫丘蘭[1]』？這些古老語言實在很難說啊。」

他放下信封，走到沉悶的窗邊，開始哼起一首名為《金雀花，山丘上的金雀花》的調子，歌詞已在時間的浪潮中為人所遺忘，或許就像現代的歌詞：

強壯的血依然，高地之心依然，
我們在夢中見到赫布里底群島。[2]

1 Cuchullain，愛爾蘭民間傳說中著名的英雄。
2 此為十八世紀的蘇格蘭歌曲，作者佚名，描繪蘇格蘭高地人即將航海遠颺，移民到陌生土地的心境。

第十四章

同一股悲風呼嘯著環繞旋過國王位於坎特伯雷的大帳。外間喧鬧，相形之下裡面有股安祥的寧靜。大帳內陳設富麗，懸著王室掛毯（圖案是烏利亞，仍處於被砍成兩半的瞬間），臥榻上鋪著厚厚的毛皮，燭光閃爍。這並非一般帳棚，而是一頂天幕帳。國王的鎖子甲在後方架上，發出幽沉光芒。一隻動不動就大叫的粗野鷲鷹戴著頭罩，一動也不動地站在一根像是給鸚鵡用的棲木上，正在祖先的噩夢中沉思。一隻白得如象牙的靈緹犬四足蜷曲而臥，尾巴彎成靈緹特有的鐮刀形，用那雌鹿般溫柔的眼睛憐憫地看著老人。一張華麗的琺瑯棋盤放在床邊，碧玉與水晶製的棋子站在上頭，最後的棋局是擒王棋。紙張四處散落，蓋住祕書的桌子、閱讀桌，還有幾張凳子——這些枯燥的文件有政府（依然勇敢屹立）文件，有法律（仍有待編纂）文件，有當日的軍需、軍備文件和命令。一冊攤開的厚重帳本底下壓著一張便箋，便箋的內容是要吊死一名不幸的違紀士兵，他是蘭恩的威廉，因為搶劫而被判處絞刑。祕書端正的筆跡在便箋邊緣寫下他簡潔的墓誌銘：「吊」，正適合這種悲劇的氣氛。那張閱讀桌被成堆文件淹沒，有請願書，也有備忘錄，數目多得數不清，但所有文件都已由國王裁定並簽字。國王同意的文件，他會謹慎地寫下「批可」，而遭到駁回的請願書，他會寫下王室慣用的謙詞「再議」。閱讀桌和椅子一體成形，國王此刻正消沉地坐在那裡。他的頭枕在文件上，把它們弄散了。他看起來彷彿死了——他也確乎快死了。

亞瑟累垮了，被先後發生在多佛和巴罕道[1]的兩場戰役給擊垮。他妻子被囚，老友遭逐，兒子正打算殺他。加文下葬，他的圓桌瓦解了，而他的國家陷入戰火。但是，如果他心中的根本信條尚未毀壞，他仍能夠以某種方式承受這一切。很久很久以前，當他的心還是那名叫做小瓦的敏銳男孩時，那位甩著一口白鬍子的老者曾好心教導他。梅林教他相信，人可以變得完美；教他相信，大體而言他是好人，不是壞人；教他相信，美好的德性是值得擁有的；教他相信，沒有原罪這回事。基於人性本善的假設，他被鍛造成一項用來助人的武器，那位年老昏聵的導師將他鍛造得像是巴斯德、居禮或那位堅忍不拔的胰島素發現者[2]。他命中註定要對抗「武力」這項人性的精神疾病。在梅林盡心盡力的教導下，亞瑟的圓桌、他對騎士道的信念、他的聖杯、他對司法正義的犧牲奉獻，一步一步踏著先進革新的腳步。他就像終其一生追蹤癌症根源的科學家。強權——他要結束——他要讓人民更快樂。但這一切都建立在「人性本善」的大前提上。

回顧一生，他覺得自己似乎一直都在防堵洪水，只是無論什麼時候去檢查，都會發現新決口，他必須一再重新防堵。洪水即「強權」。早年尚未結婚時，他試圖以暴制暴（在對付蓋爾同盟時），最後卻只發現，錯上加錯並不會得到好結果。不過他終究粉碎了封建勢力獲勝的夢想。爾後，他想用圓桌約束暴政，好讓這股力量用於正途。他派出信仰強權的人去拯救受壓迫的人，去行俠仗義——他要他們鎮壓貴族的個人武力，如同他鎮壓其他國王的武力。他們照做了，直到歲月推移，達成目的，武力仍不受他掌控。於是他掘了一條新管道：送他們去執行上帝的任務，尋找聖杯。也失敗了，因為找到聖杯的人達到完美境界，離開塵世；但未能找到聖杯的人很快故態復萌。最後他希望訂出用武的準則，也就是說，用法律束死武力。他試著編纂規範濫用個人武力的法條，這樣就能用客觀的國家司法約束這些行為。他有了心理準備，要犧牲他的妻子與摯友，成就司法的客觀。此後，個人武力雖然似乎受到約束，但強權主義又改頭換面從他身後跳了出來——那是集體的武力、群體的暴力，以及許多無法接受個別法律的軍隊。他約束了單一個人的武力，卻發現這些單一個人的武力其實是多數人的集體武力。他克服了謀殺之舉，卻得面對戰爭。沒有律法能夠應付這個問題。

早年，他對抗洛特和羅馬獨裁官的戰爭，是為了推翻封建的戰爭協定，如獵狐和勒贖賭盤之類的事。為了推翻上述協定，他引入全體戰的概念。而今他已年老，相同的全體戰爭又回來賴著不肯走了；這是全然的憎恨，是最現代的敵對狀態。

如今，國王閉著眼睛，額頭靠在文件上，試著讓自己無知無感。因為，如果原罪確實存在，如果人性本惡，如果聖經所言不虛，人心終究狡詐且邪惡無比，那麼，他此生的目標就什麼也不是了。如果他試圖移植騎士之道與司法正義的對象是那些「持鞭人」，是「蠻人」而非「智人」，那麼，騎士道與司法正義也無異於幼稚的幻想。

這想法還躲著一個更糟的念頭，他不敢面對。或許人性既不善也不惡，人類不過就是個沒有感覺的機器——人的勇氣不過是面對危險的反射行為，像是被針扎到時會自動跳起來；或許世上並沒有美德（除非被針扎到後跳起來也算是一種美德），而人性不過是隻機器驢子，跟在愛的鐵製胡蘿蔔後面，繞著無意義的繁衍踏車行走；或許武力是一種自然的法則，而活下來的人得適應武力之法；或許他自己……

不過他無法再深思了，覺得雙眼之間有什麼正在萎縮，就在鼻子與顱骨相接處。他難以入眠，卻又做了惡夢。明日就是最後決戰。他還有許多文件要讀要簽，不過他既無法讀也無法簽，沒辦法從桌面抬起頭來。

1 Barham Down，坎特伯雷附近的地名。根據馬洛禮《亞瑟王之死》，亞瑟王與莫桀一共打了三場仗，第一場在多佛，第二場在巴罕道，最後一場則是在索茲伯里。

2 一九二一年，加拿大醫師班廷（Frederick Banting）在蘇格蘭籍醫師麥克勞德（John Macleod）實驗室中以狗實驗，證明胰臟萃取物可降低糖尿病犬的血糖，之後並純化該項物質，命名為胰島素，兩人在一九二三年同獲諾貝爾生理及醫學獎。但是這個團隊中第一個分離出胰島素的助手貝斯特（Charles Best）並未獲獎，而在此兩年前就已發現胰島素的羅馬尼亞生理學教授尼可萊・普萊科（Nicolae Paulescu）由於語言問題，在科學史上遭嚴重忽視。

人為何而戰？

這個老人一直是個謹守本分的思想家，不是那種天啟的類型。現在，他倦極的大腦又落入一貫的迴圈：他已經踩著沉重的腳步在那些磨耗過度的道路走過數千次，就像繞著踏車行走的驢子，仍徒勞無功。

究竟是邪惡的領導者帶領無辜的群眾走向殺戮？還是邪惡的群眾依己所欲選出領導者？表面看來，似乎沒有哪個領導者能逼迫上百萬名英格蘭人改變意志。比如說，如果莫桀亟欲讓所有英格蘭人都穿上襯裙，或是要他們全都倒立，他們當然不會加入他的黨派吧？不管他提供的誘因多麼巧妙、多麼有說服力、多麼狡詐，或有多麼令人敬畏，他們都不會加入。領導者當然要提供某種有吸引力的東西給他所領導的人吧？他或許是推了這座將傾的高樓一把，但是這座高樓倒塌以前，本身就搖搖欲墜了吧？若是如此，戰爭就不是一群清白無辜的溫和人民在邪惡之人帶領下所造成的不幸，那是民族運動，起源更深奧、更幽微。其實，他也不覺得帶領這國家走向悲慘境地的是他或莫桀。若要帶領國家往哪個方向，就像牽繩遛豬那麼容易，他怎麼會無法將國家帶往騎士道、帶往司法正義、帶往和平之途呢？他一直都試著這麼做啊。

再者（這是第二個迴圈），這就像是地獄——如果造成這個悲慘景況的不是他，也不是莫桀，那該歸咎於誰？戰爭真正的起源到底是什麼？因為任何一場戰爭似乎都深植於先前的戰事。從莫桀回溯到摩高絲、從摩高絲回溯到烏瑟．潘卓根、再從烏瑟回溯到他的祖先。似乎就像是該隱殺了亞伯，竊取他的國家，而後亞伯的後人想要贏回祖先的財產。世代更迭，人們就這麼繼續，以牙還牙，以眼還眼。沒有人獲得什麼好處，兩敗俱傷，但每個人都無法逃開。現在的戰爭可能是莫桀引起的，或是亞瑟引發的。但也是那上百萬名「持鞭人」引起的，是藍斯洛、桂妮薇、加文引起的，是所有人引起的。用劍之人最後必然死於劍下。只要人拒絕原諒過去，一切的終點都必然是悲傷。

要矯正烏瑟與該隱的惡行，唯有既往不咎。

姊妹、母親與祖母，一切都根植於過去！一個世代所做的任何事，都可能會在另一個世代造成無法預估的後果，即便是打個噴嚏，也無異於對池塘投出一塊石頭，漣漪可能會打在最遠的塘岸上。人唯一的希望似乎就是什麼事都不做，不管面對任何事都不拔劍，讓自己像一塊沒有丟出去的石頭靜止不動。但這太可怕了。

什麼是公理？什麼是不義？作為與不作為之間又有什麼差別？這位年邁的國王心想，如果能再年輕一次，我要把自己埋進僧院，因為我害怕任何作為都將導致災禍。

既往不咎是首要之務。如果一個人的所作所為、一個父親的所作所為，都是一連串無止無盡、最後註定會血淋淋破滅的「作為」，那就必須抹消過去，創造一個新的起點。人必得準備好，並說：對，該隱是不義的，但我們若想撥亂反正，就只能接受現狀。土地已受劫掠、人民已遭殺戮、國家也已蒙羞。現在，讓我們遺忘過去，重新開始，而不是一邊前進，又一邊後退。我們不能用冤冤相報的方式構築未來。讓我們像兄弟一樣坐下來，接納上帝的和平吧。

不幸的是，人們確實這麼說過，每次戰爭都這麼說過。他們總是說，這次戰爭是最後一次，此後樂園就會到來。他們一直想重新建立前所未見的新世界，但當時機來臨，他們就變得愚笨。像是一群喊著要蓋房子的小孩，真要建蓋的時候，又沒有實踐的能力，不知道如何挑選正確的材料。

老人的思路變得崎嶇難行了。思緒只是帶著他周而復始原地打轉，哪兒也去不了：但他已經習以為常，所以也停不下來。他進入了另一個迴圈。

或許就像共產主義分子約翰．鮑爾所說，戰爭最大的肇因，就是私有財產。他說：「英格蘭走錯了路途，會一直錯下去，直到一切都由眾人共有為止，到了那時，就沒有農奴與貴族之別了。」或許戰爭的開端在於，人們總愛說「我的」國家、「我的」妻子、「我的」愛人、「我的」東西。這想法一直深藏在他、藍斯洛及所有人的內心深處。或許，自從人們有什麼東西不願彼此共享，想要獨占的那一天開始，戰爭便存在了，即便那是榮譽和靈魂也一樣。飢餓的野狼會攻擊肥美的馴鹿、窮人會搶劫銀行家、農奴會革命反抗上流階級、窮國會和富國打仗。或許戰爭只會在擁有某種東西的人和沒有那種東西的人之間發生。你要與此對抗時，會被迫認清一個事實：無人能定義什麼是「有」，如果穿著銀鎧甲的騎士碰上一個穿著金鎧甲的騎士，他馬上會說自己「沒有」。

但是，他想，無論「有」要如何定義，暫且假定它可能就是問題的關鍵所在吧。

我有，而莫桀沒有。他駁斥了這自相矛盾的想法：說莫桀或我是這股風暴的推手並不公平。因為，其中的力量錯綜複雜，我們不過是有名無實的首腦罷了；這些力量似乎潛藏在一種脈動之下。就好像社會的架構中自有一股脈動存在似的。莫桀現在幾乎可說是無助地被多得數不清的人推著跑；那些人或許信仰約翰．鮑爾，希望藉由宣稱萬物平等，以取得權力去支配同胞，或許他們在動盪之中看到機會，想藉此提升自身的力量。這股脈動似乎是來自下層，如鮑爾和莫桀手下那些想要往上爬的落水狗；如因無法成為圓桌領袖而心生怨恨的騎士；如冀望致富的窮人；如渴望權力的人。而我的手下正是那些身為領袖的騎士（對他們來說，我不過是個權威模範、是個幸運符），他們是要捍衛自身財產的富人，是不想失去權力的權貴。這是一場「有」與「沒有」的武力交會，一場人民間的瘋狂鬥爭，而非領袖間的衝突。但暫且不論這個部分，我們先假定這個不明確的概念是真的，也就是戰爭是因「有」而起。如此，最好的做法就是拒絕擁有任何東西。就像羅契斯特曾說過的，此為上帝的忠告。世上有受仇視的視線威脅的富人，也會有兌幣人。因此教會不能太過介入俗世的悲傷；因此羅契斯特說，因為所有國家、階級和個人總是大喊：

「我的，我的。」而教會所受的指示卻是說：「我們的。」

若是如此，這就不只是共享財富的問題了，而是共享一切的問題——包括思想、感覺與生命。上帝告訴人們，他們必須放棄以個人的方式生活。他們必須走入生命的力量，就像滴水進入河川一般。上帝說，只有拋棄嫉妒之心、拋棄個人微不足道的快樂與悲傷，才能夠和平死去，進入天國。凡要救自己生命的，必喪掉生命。

不過這顆年老的白色頭顱中，有某種東西讓他無法接受上帝的觀點。當然，沒有子宮，就沒有子宮癌。徹底而猛烈的治療能夠切除一切——連生命也一起切除。再理想的忠告，若無人能遵循，也無濟於事。將塵世變成天堂是徒勞的。

另一個已然磨耗的迴圈轉到他眼前。或許戰爭是出於恐懼：恐懼去信賴。除非世上有真相、除非人所說都是真相，否則自身以外的一切皆危險。你會對自己說真話，但你可不敢肯定鄰居的話句句屬實。而這股懷疑最後會讓鄰居成為威脅。至少，這會是藍斯洛對於戰爭的解釋。他以前總說，一個人最寶貴的資產就是他所說的話。可憐的藍斯，他已經打破自身的承諾：但無論如何，世上沒有幾個像他這麼好的人了。

或許戰爭發生，是那些國家不信賴彼此的承諾。他們害怕，所以對戰。國家就像人民，也有自卑感和優越感，也會想要報復，也會害怕。把國家視為人是合理的。

懷疑與恐懼、擁有與貪婪、對先代恩怨的憤怒，這些似乎都是戰爭的一部分，卻都不是解決之道。他看不到真正的解決之道。他已太老、太疲倦、太悲傷，無法建設性地思考。他不過是個懷抱善意的人，僅因那位擁有某種人性弱點的古怪法師鞭策，才走上思考之途。司法正義是他最後的努力——不做不義之事。不過最後也失敗了。實在太困難了。他筋疲力盡。

亞瑟抬起頭，證明他其實還沒有完全耗盡。他心中有某種不會被打倒的東西，那是一種簡單的莊嚴色彩。他坐直身子，手伸向鐵鈴。

「見習騎士，」他說。小男孩一面快步走進來，一面用指節揉著眼。

「大人。」

國王看著他。即使在他最困厄時，他依然能注意別人，尤其是新來的人，或表現得體者。他去帳棚安慰受傷的加文時，其實比對方更需要安慰。

「我可憐的孩子，這時你應該已經上床睡覺了。」他說。

他以一種緊張又空乏的關切看著那個男孩，他很久沒看過年少的天真與篤定了。

「喏，你能把這張便箋拿給主教嗎？要是他睡了，就別吵醒他。」

「大人。」

「謝謝你。」

那個生氣蓬勃的小傢伙走出去後，他又把對方叫了回來。

「噢，見習騎士？」

「大人？」

「你叫什麼名字？」

「湯姆，大人。」少年很有禮貌地說。

「你住在哪裡？」

「靠近華威之處，大人。」

「靠近華威之處。」

老人似乎試著想像那地方的模樣，彷彿那是地上的天堂，或曼德維爾[3]筆下的國家。

「那地方叫紐伯雷維爾，很漂亮。」

「你幾歲了？」

「我十一月就滿十三歲了，大人。」

「而我讓你整晚都不能睡覺。」

「不，大人，我在馬鞍上睡很久了。」

「紐伯雷維爾的湯姆，」他說，語氣帶著驚奇。「我們似乎把很多人都扯進來了。告訴我，湯姆，明天你打算怎麼辦？」

「我要上場打仗，大人。我有一把好弓。」

「你要用這把弓殺人嗎？」

「是的，大人。要殺很多人，我希望如此。」

「要是他們來殺你呢？」

3 約翰．曼德維爾（Sir John Mandeville），曾於一三五七至一三七一年間出版虛構旅行文集，該書以盎格魯—諾曼法語書寫而成。

「那我就會死去，大人。」

「我懂了。」

「我現在可以去送信了嗎？」

「不，等一下。我想找個人說說話，不過我的腦袋有點糊塗了。」

「要我拿杯葡萄酒來嗎？」

「不了，湯姆。坐下來，試著好好聽我說。把凳子上的西洋棋子拿開。別人和你說話的時候，你都能理解嗎？」

「是的，大人。我的理解能力很好。」

「那麼，如果我要你明天別去打仗，你能理解嗎？」

「我想去打仗。」他堅決地說。

「每個人都想打仗，湯姆，但沒有人知道原因。如果我叫你別去打仗，就當作國王格外開恩吧，你會聽命嗎？」

「只要您吩咐，我就聽命。」

「那麼，聽好。在這裡坐一會兒，我要告訴你一個故事。我已老邁，湯姆，你還年輕。我希望，當你年老的時候，你能對別人說我今晚告訴你的故事。你了解這項要求嗎？」

「是的，大人，我想我了解。」

「這麼說吧。從前有個國王叫亞瑟王，也就是我。他登上英格蘭王座時，發現所有國王和貴族都像瘋了一樣彼此爭戰。而且，因為他們有錢，能夠在對戰時穿著昂貴的鎧甲，所以根本無法阻止他們為所欲為。他們做了很多壞事，因為他們行事的準則是武力。現在，這個國王有個想法，如果人一定要使用武力，就應該好好利用，要讓武力代表正義發聲，而不是為武力而動武。你要記著這一點，孩子。他認為，如果他能夠讓他手下的貴族為真理而戰，濟弱扶傾，振弱除暴，如此，他們的爭戰就不會像以前那樣糟糕。因此，他集結起那些他認識的真誠仁慈的人，為他們披上鎧甲，讓他們成為騎士，以他的想法教導這些人，讓他們在圓桌旁坐下。在那段快樂的時光中，他們有一百五十人，而亞瑟王全心全意愛著他的圓桌。他為圓桌感到驕傲，程度更勝於他對愛妻的感情。有許多年，他的新騎士四處遊歷，殺死食人魔、拯救少女、救出可憐的囚犯，試著導正世界。這就是國王的想法。」

「我覺得那是個很好的想法，大人。」

「是，也不是。只有上帝知道。」

「國王最後怎麼了呢？」就在故事似乎要中斷的時候，孩子問道。

「由於某些緣故，變調了。圓桌分裂，一場苦鬥開打，大家都被殺了。」

男孩信心滿滿地插嘴。

「不，才不是這樣呢。國王贏了。我們會贏的。」他說。

亞瑟微微一笑，搖了搖頭。現在的他只想傾聽真相。

「大家都被殺了，」他重複方才的話，「只有一名見習騎士活了下來。我知道我在說什麼。」

「大人？」

「這名見習騎士是年輕的湯姆，他來自華威附近的紐伯雷維爾，雖然這讓年老的國王蒙受羞辱之痛，但他在戰爭前夕將他遣走了。你看，國王想要讓某個人留下來，某個記得他們偉大想法的人。他非常希望湯姆回到紐伯雷維爾，在那裡長大成人，在華威郡過著和平的日子——國王還希望他把這個古老的想法告訴所有願意聆聽的人，把他們兩人都一度認為很棒的想法告訴那些人。湯瑪斯，你是否能做到，以取悅國王？」

孩子純真的眼裡帶著絕對的真誠。「我會為亞瑟王做任何事。」

「真是個勇敢的小傢伙。現在聽好了，老兄。別把這些傳奇人物搞混了。對你說出我心中想法的是我本人。命令你立刻乘馬至華威郡，明天不許帶弓上戰場的也是我本人。這些你都了解嗎？」

「是的，亞瑟王。」

「你可願承諾，從此以後要珍惜你的生命？你可願記住，你就像一艘承載著這些想法的小船，萬一情況不對，所有希望都取決於你的生命能否繼續？」

「我會的。」

「我這樣利用你似乎太自私了。」

「對您卑微的見習騎士來說，這是一項榮譽，好大人。」

「湯瑪斯，我對這些騎士的想法就像是一根蠟燭，就像眼前這些蠟燭。我帶著它許多年了，用我的手遮護它，讓它不受風吹。它常常搖曳不定。現在我要把蠟燭交到你手上——你不會讓它熄了吧？」

「會繼續燃燒的。」

「好湯姆。帶著光亮的人。你說你幾歲了？」

「快十三歲了。」

「那麼，這或許會花上你六十幾年的光陰。那是半個世紀的時間啊。」

「我會將它傳給別人的，國王。傳給英格蘭人。」

「你會在華威郡對他們說：啊，他有一根非常美麗的蠟燭？」

「是的，伙伴，我會的。」

「那麼，啊，湯姆，因為你必須快點動身，帶著你所能找到最好的小馬走吧，往後方去到華威郡。伙伴，那不是杓鷸嗎？」

「我會朝後方前進的，伙伴，蠟燭會繼續燃燒。」

「好湯姆，願上帝祝福你。在你離開以前，別忘了把信送給羅契斯特主教。」

小男孩跪了下來，親吻他主人的手──他的外衣看來新得可笑，上面有馬洛禮家的紋章圖記。

「我英格蘭的王。」他說。

亞瑟溫柔地扶起他，在他肩上吻了一下。

「華威的湯瑪斯爵士。」他說──然後那男孩離開了。

華麗的茶色帳棚空了。風聲哭號，燭影搖曳。垂垂老矣的老人坐在閱讀桌邊，等待著主教。現在他的頭又伏在紙頁上了。蠟燭恍如鬼火般燃燒；靈緹看著他的時候，倒映燭光的雙眼宛如兩只帶著野性光芒的琥珀杯。莫桀的大砲整夜按兵不動，以待清晨之戰。現在砲彈已經落下，在外發出重擊。國王放棄最後的努力，向悲傷讓步。甚至當訪客拉起帳棚垂幕時，他沉默的眼淚依然沿著鼻子滑落在羊皮紙上，發出規律的滴答聲，有如一座古老時鐘。他轉過頭，不想讓對方看到，他無法表現得更得體了。垂幕落下，有個像是穿戴斗篷和帽子的奇怪身形輕輕走了進來。

「梅林？」

不過那裡一個人也沒有，他只是在年老的瞌睡中夢見了他。

梅林？

他重新開始思考，但這回思路清晰一如往昔。他想起教導他的那名年老法師——那個用動物教育他的人。他依稀想起，這世上有五十萬種不同的動物，而人類只是其中一種。人當然是動物——總不會是植物或礦物，對吧？梅林教他有關動物的事，一個物種能夠藉由觀察其他幾千個物種的問題來學會一些東西。他想起那些宣告國界的好戰螞蟻，想起那些沒有劃出疆界的野雁。他想起他從獾那兒學到的一課，想起嘹嘹以及遷徙途中見到的島；在那島上，所有海鸚、刀嘴海雀、海鳩和三趾鷗都和平共處，保有自己的文化，卻沒有開戰——因為他們沒有劃出疆界。而今他識別出眼前的問題，就像展開地圖那樣一目了然。戰爭最奇妙的事就是，為了虛無之物而戰——沒錯，名副其實的虛無之物。國界是一條想像出來的線。蘇格蘭和英格蘭之間並無肉眼可見的界線，但福羅登之役與班諾本之役都為此而戰。癥結在於地理學——政治地理學。沒別的了。各個國家就像海鸚和海鳩，不必擁有一致的文明，也不需要一致的領導人。只要他們能給予彼此貿易的自由、通行的自由、往來世界各地的自由，他們仍能保留他們的文化，就如愛斯基摩人和霍屯督人[4]。國家仍得是國家，但這些國家能保留固有文化和在地法律。至於地表上那些想像出來的界限，別再去想像就好了。空中的鳥很自然地忽略了界限。對嘹嘹來說，國界這種東西是何等瘋狂啊，如果人類能學會飛行也會這麼想。

老國王精神大振，神清氣爽，幾乎準備好再次開始。

會有那麼一天——一定會有那麼一天——當他帶著新圓桌回到格美利，那張圓桌就像這個世界，沒有稜角——

那張圓桌不會在國與國之間設下彊界，可以讓他們坐下來舉行宴會。要塑造這樣的圓桌，唯一的希望就是文化。如果能夠說服人民學會讀寫，不再僅僅只會吃飯做愛，就還有機會讓他們習得理性。

不過這時，要為另一件事努力已然太遲。因為此時，他的命運就是死亡，或像某些人所說，被帶往阿瓦隆，在那裡等待更好的時代。因為此時，藍斯洛的命運是削髮，桂妮薇是戴上修女頭巾，而莫桀則必然會被殺。在陽光閃耀的萬頃碧波中，個人的命運不過是滴水而已，雖然是滴閃亮的水珠。

叛軍的大砲在這破敗的早晨響起，英格蘭之王起身，以和平的心迎接未來。**（下冊完）**

4 Hottentot，非洲南部的原住民族之一。

繆思 13

永恆之王：亞瑟王傳奇（下）
The Once and Future King

作　　者	特倫斯・韓伯瑞・懷特（Terence Hanbury White）
譯　　者	簡怡君
社　　長	陳蕙慧
總 編 輯	戴偉傑
責任編輯	丁維瑀
行銷企劃	陳雅雯、趙鴻祐
封面設計	高偉哲
排　　版	顧力榮
讀書共和國集團社長	郭重興
發 行 人	曾大福
出　　版	木馬文化事業股份有限公司
發　　行	遠足文化事業股份有限公司
地　　址	231 新北市新店區民權路 108-3 號 8 樓
電　　話	02-2218-1417
傳　　真	02-2218-0727
E-mail	service@bookrep.com.tw
郵撥帳號	19588272 木馬文化事業股份有限公司
客服專線	0800-221-029
法律顧問	華陽國際專利商標事務所 蘇文生 律師
印　　刷	前進彩藝有限公司
二版一刷	2023 年 1 月
定　　價	新台幣 600 元
ISBN	978-626-314-357-9（全套：平裝）
EISBN	9786263143555 (PDF)、9786263143562 (EPUB)

國家圖書館出版品預行編目

國家圖書館出版品預行編目 (CIP) 資料
永恆之王：亞瑟王傳奇 / 特倫斯 . 韓伯瑞 . 懷特 (Terence Hanbury White) 作；譚光磊，簡怡君譯 . -- 二版 . -- 新北市：木馬文化事業股份有限公司出版：遠足文化事業股份有限公司發行，2023.01
冊；　公分 . -- (木馬文學)
譯自：The once and future king.
ISBN 978-626-314-357-9(全套：平裝)
873.57　　　111021629